KB263368

◎ 서사란 무엇이었는가 ◎

지은이 **김찬기**(金瓚起, Kim, Chanki)
1965년 충남 당진 출생.
고려대 국문과 및 동대학원 졸업.
현 한경대학교 교수.
저서『한국 근대문학과 전통』
　　『한국 근대소설의 형성과 전(傳)』
역서『고등소학독본』
공저『근대 국어 교과서를 읽는다』등.

서사란 무엇이었는가

초판인쇄 2015년 4월 3일 **초판발행** 2015년 4월 7일
지은이 김찬기 **펴낸이** 박성모 **펴낸곳** 소명출판 **출판등록** 제13-522호
주소 서울시 서초구 서초중앙로6길 15, 1층
전화 02-585-7840 **팩스** 02-585-7848 **전자우편** somyong@korea.com **홈페이지** www.somyong.co.kr

값 22,000원　ⓒ 김찬기, 2015

ISBN 979-11-86356-32-6　93810

이 저서는 2009년 정부(교육부)의 재원으로 한국연구재단의 지원을 받아 수행된 연구임
(NRF-2009-812-A00232 과제명 : 근대 초기 서사의 지형학과 경전의 몰락)

서사란 무엇이었는가

김찬기
지음

소명출판

책머리에

십 년 만에, 세 번째 저서의 원고들을 탈고한다. 게으름에 대한 자책 때문인가, 기쁨보다는 부끄러움이 앞선다. 원고의 내용과 엉성한 논리를 생각하면 더 부끄럽다.

늘 단정하게 생각하고, 치렁치렁한 표현과 생각들은 반드시 버리자고 앙다짐까지 하였건만, 원고를 탈고하고 보니 이번에도 다 허사였다란 생각마저 든다. 도대체 어림없는 생각과 격이 한참 떨어지는 현학적 허세에서 언제 벗어날 수 있단 말인가.

그래도 "이 책의 저술 의도는 그런대로 괜찮았어!"라며 작위적 부끄러움의 속병을 애써 무두질해본다. 근대 초기의 서사 지형을 옛날의 서사 문법 그대로 따라가 보자는 처음의 의도는 그런대로 드러낸 것 같아서, 작은 보람은 있다.

이제 그만 부끄러움의 사치도 접고, 문학에서 인간의 얼굴을 찾고 세계의 속살을 보자는 문학 연구 청년 시절의 패기를 떠올리자. 그래서 나만의 돌올한 생각과 표현을 찾는 먼 길을 다시 떠나보자. 그것만이 앞선 선생 연구자들께 진 빚도 갚는 길이고, 가족에 끼친 폐도 작으나마 갚는 길 아니겠는가.

거듭 남형이와 남호에게 미안할 뿐이고, 아내에게는 더 미안하다.

원고를 예쁘게 꾸며준 소명출판'에게는' 그냥 감사할 뿐이다.

안성 연구실에서
저자 삼가 씀

목차

제1장

근대 초기 서사와 계몽의 언어

1. 근대 초기 서사와 계몽의 기술학

을사늑약 이후 단재(1880~1936)의 서사물에서는 유교 사상을 준신하고, 그 공리에 따라 삶을 살아가는 인물은 보이지 않는다. 이 시기의 단재에게 조선의 유학은 결코 치란(治亂)의 법이 될 수 없었다. 물론, 단재가 유학의 자기 갱신(근대성) 자체를 전면적으로 부인한 것은 아니었지만,[1] 적어도 이 시기 단재에게 유학은 기울어가는 나라를 일으켜 세우고, 허물어진 세도를 만회할 통치 원리가 될 수는 없었다. 그에게 조선의 건국학(유학)은 국민을

____

[1] 근대 초기 유학의 전향적 변형태는 분명 탈유학의 근대주의와 만나는 지점이 존재하고 있었다. 한편, 근대 초기 강화학파의 양명학이나 청말 사상가 강유위의 영향 속에서 재구성된 금문 경학론 등이 보여주고 있었던 유학의 근대성 자체를 단재와 같은 탈유학과 계몽 사상가들이 전면적으로 부인한 것은 아니었다.

'안전한 집'으로 인도할 수 있는 '바른 길'이 될 수 없었고, 바로 그 유학에 의해 사달이 난 현실은 말 그대로 '위험한 집'이었다. 단재는 유학의 "그 순수에로 회귀"[2]와 공리의 준신을 통해 현실의 '악(제국주의)'을 퇴치해낼 수 있으리라는 믿음도 끝내 버린다. 을사늑약 이후 단재는 자기 사상의 시원이었던 유학을 버리고, 그 위험한 집을 구원할 새로운 구국 기술학을 탐색한다. 우리는 단재의 이 시기 기술학을 '계몽의 기술학'으로 명명할 수 있겠는바, 그 명명법의 근거는 무엇보다도 그의 서사에서 드러나는 문학적 사유가 정치 공학과의 그 환유적 인접성의 농도가 짙은 것과 우선 관련한다.

특히 단재의 역사 서사물이나 우의 서사물에서 드러나고 있는 국수론(國粹論)의 맥락을 보면, 이 시기 단재의 계몽 기술학의 사회 공학적 성격을 잘 알 수 있게 된다. 단재는, "계몽이란 무엇인가"라는 물음을 거의 극단으로 몰고 간 작가였다. 그의 서사를 국수론(國粹論)의 맥락에서 이해하든, 근대주의의 맥락에서 이해하든 단재의 서사물을 공통적으로 가로지르는 물음은 "계몽이란 무엇인가"로 압축된다.[3] 그런데 단재의 계몽 기술학에서의 '계몽'은

---

2   김형효, 『물학 심학 실학』, 청계, 2003, 246면.

3   1920년대 단재는 "Nationalism"을 국수론(國粹論)으로 번역하고 있었다. 이것은 망명 시절에 발행한 『천고(天鼓)』(1921)를 통해 확인할 수 있다. 여기에서 단재는 '국수론'의 위험성을 인정하지만, 동시에 우리의 특수성을 들어 '국수론'을 옹호한다. 이 시기 단재는, 우리의 국수론을 '공자(유학) 존숭'과 같은 퇴수적 복벽(復辟)이 아니라, 일방적 '구신(求新)'이 가져오는 폐단을 방어할 수 있는 방어적 민족주의로 이해하고 있었다. "然則國粹者 卽軍國侵略之別名也 由是而國交裂 由是而大戰作

이 시기 여타의 근대주의자들이 찾거나 옹호한 서구 근대의 '그 계몽'과는 매우 다른 자질을 가지고 있었다. 단재의 계몽 기술학은 '우리의' 근대를 실질적으로 설계한 일본, 바로 그 일본적 근대의 모델이었던 '서구 근대(성)'의 보편주의와 잇닿아 있는 계몽 기술학이 아니었다. 이 시기 단재가 디자인한 새로운 당위의 도덕성이 계몽 기술학을 통해 구성된 것이고 또 그것을 위해 유학까지도 버렸지만, 그렇다고 결코 서구 근대의 에피스테메(épistémè)를 찾거나 그것을 옹호하지도 않았다. 단재는 서구 근대를 확립하기 위한 초석으로써의 '그 계몽'을 거의 수용하지 않았고, 바로 그 계몽을 이성적 진리의 핵심으로 여기지 않았다는 점에서도 결코 '서구 근대인'이 될 수 없었다.

단재가 특정 공간(19세기 말에서 20세기 초) 안에서 그가 찾고자 한 하나의 "변법, 곧 독자적 동방의 길"[4]은 말할 것도 없이 우선은, 역사학과 같은 사회 공학을 대상으로 한 것이었다. 그의 계몽 서사의 주석서가 전(傳)이나 몽유록 같은 전대의 역사 서사물인 이유도 이와 무관하지 않다. 단재는 전(傳)과 몽유 서사물(심지어 신화와 설화까지도)을 통해 서구 근대의 보편성을 끝내 부정한, 이

由是殺死人累千萬 由是損棄財物 至累億萬 殘男半道 髮婦萬國 全歐嗷嗷 氣象愁慘 未始國粹 卽Nationalism一言 階之厲也 傷弓驚於曲木 懲羹及於吹虀 痛定思痛 追恨禍始 唾棄國粹而不欲復道 固人之情也 然吾國果何如 遺忘三寶自高麗 (…중략…) 雖然尊孔之烈 易至於復辟 尙古之弊 必及於退化 守舊不化 又久爲內外所詬病 如中華者 不屑國粹 固不足怪也 若吾人 則不然 知人而不知我 其害 爲媚外 知今而不知古 其弊 爲誣先"(신채호, 「고고편」, 『천고』 제1권, 아연출판부, 2004, 278~279면).
4 최원식, 『제국 이후의 동아시아』, 창비, 2009, 165면.

른바 이 시기 저항의 고고학을 거의 유일하게 극단으로 몰고 간 작가였다. 한편으로 단재는, 서구 근대의 보편성뿐만 아니라 그 것과 경쟁하려던 유학의 보편성도 동시에 부정한다. 그에게 유 학의 공리는, 서구 근대의 보편성을 부정하는 논리와 동일한 방 식으로 부정된다. 단재의 저항의 고고학 안에서는, 유학의 보편 성과 서구 근대의 보편성 자체도 '계몽'이라는 유일한 공약수만 을 갖는 '서로소(素)' 관계에 다름이 아니었다.

사실 조선 초기부터 근대 초기에 이르기까지 '반유학'이라는 문제 설정은 근원적으로 불가능한 것이었다. 그러나 서사의 영 역에서는 주자학에서 벗어나려는 '새로운 분할(인식론적 단절)'의 면모가 선명하게 드러나고 있었던 것만은 사실이다. 이와 관련 하여 그동안 우리의 소설사가 조선 후기 한글 소설과 여항 문인 들의 작품에 주목하는 이유도 다른 데 있지 않았다. 이 작품들은 그 이전 작품에서는 좀처럼 찾아보기 힘든 낯선 서사적 상황과 인물(반주자학적 인간)을 포치하여 전혀 '새로운 세계상'의 동력을 탐색하고 있었다. 조선 후기 서사에서 일어났던 이러한 새로운 분할은 그 이전의 사유와 단절적 대칭 관계를 이루며, 단재와 같 은 근대 초기의 작가들에 이르러서는 체제 교학(유학)의 보편성을 거의 상실케 하는 동인으로 작동하게 된다.

현재에도 '우리의' 근대를 가능케 한 인식론적 단절의 시기를 어디로 잡을 것인가에 대한 논쟁은 여전한 듯하다. 적어도 서사 사의 맥락에서 보면 두 개의 단절의 시기가 명백하게 드러나는

바, 한글 소설과 여항 문학이 열리는 조선 후기의 단절이 그 하나 라면, 단재 이후의 어느 시기(20세기 초)의 단절이 그것이다. 물론 완전히 달라진 근대(근대성의 연대기)를 실제로 구성할 수 있는가 하는 문제는 더 검토할 여지가 있겠다. 이렇게 구성한 근대성의 연대기가 탁월한 서사물들을 통해 거의 완전하게 일반화될 수 있 는 근거를 충분하게 찾아낼 수 있게 되었다 하더라도, 전근대와 근대 사이의 분할을 무색케 하는 또 다른 우리의 '전'근대는 우리 의 근대 안에 여전히 존재하고 있었다. 이 시기의 서사에서도 여 전히 전근대 표상들(유가주의 · 국문 배척 · 신분제 · 봉건적 소작 노동의 일상화)은 유령처럼 떠돌고 있었다. 단재에게 '그(서구적) 계몽'은 '우리의' 근대를 확립하기 위한 근본적 단절이나 불연속의 집합 적 구성물이 아니라, 서구중심주의를 확장시키는 '식민'의 과학 언어로 이해되고 있었다. 그러기에 전술한 바대로 단재의 국수 론이 이중적 의미를 지니듯이 서구 근대와 연결된 계몽의 의미 역시 이중적일 수밖에 없었다.

사실 20세기 초의 소위 도학 정통주의자들은 지식-권력의 프 레임워크를 거의 상실한 집단이었다. 그들은 도학의 전통과 경 전의 공리가 이성주의와 만나는 지점을 찾고, 또 그것에 어떤 의 미를 부여하고자 했다. 말하자면 이들의 유교 개혁은, "유교(유학) 는 (비이성적인) '종교'가 아니라 (이성적인) '철학'이라는"[5] 식의 유교

---

5   이용주, 『동아시아 근대사상사론』, 이학사, 2009, 22면.

근대성론에 정향되고 있었다. 근대 초기의 유교 개혁론자들이 그들의 문자(한자)주의에서 벗어나고, 국한문체를 수용하고, 심지어 '국어'로 '국문(한글)'을 수용하는 것도 이와 무관하지 않았다. 그들은 공간된 매체(신문·잡지)로, 그리고 국어 독본 교과서의 서사물을 통해 유교 경전을 새롭게 해석해낼 지점을 찾고 있었다. 우리가 이 시기 공간된 매체들과 더불어 관찬 및 사설 학교의 교과서의 유교 근대성의 논리에 주목해야 하는 이유도 여기에 있다.

2. 서사의 담화 환경과 '국어' 인식

근대 초기의 '국어'와 '국문' 인식과 관련한 가장 핵심적 쟁점은 '어'와 '문'이 분리된 언문상리의 상황을 어떻게 극복할 것인가의 문제였다.[6] 물론 국어가 '어'와 '문'으로 이루어져 있음을 지각한 것은 훨씬 전의 일이다. 그것은 훈민정음 창제의 동기에서부터 선명하게 드러나고 있으며, 조선 후기로 내려오면서 족출한 자국어 문학의 위상과 관련한 담론에서도 대개는 언문상리의 리터

---

6 근대 초기, 이 문제의 핵심은 결국 '국한문체'의 탄생이라는 문제로 귀결되는바, 이에 대해서는 최근에 임상석, 『20세기 국한문체의 형성과정』, 지식산업사, 2008 에서 구체적으로 탐색되었다.

러시 문제에 주목하고 있었다.

주지하다시피 '국어 = 국문'의 근대적 동일성 체계에서 제일 먼저 배제된 것은 '한자'이다. 언문일치체의 성립 과정은 한자문화권으로부터 이탈을 전제한다. 말은 한글로 하면서 글은 한자로 써야 하는 한자문화권의 관습은 빠른 속도로 소멸하게 되고, '어'와 '문'의 일치를 불가능하게 했던 한자를 배제함으로써 한글은 드디어 '미디어'로 거듭나게 된다.[7] 그런데 적어도 근대 초기로만 한정하면, 미디어로서의 '한글'의 성장 생태계가 그렇게 자유롭게 펼쳐진 것은 아니었다. 식자층은 여전히 한자로 깊게 내면화된 문자성에 침윤되어 있었고, 한글의 생태계는 '방각본'이나 '구활자본'과 같은 문학장의 부유(婦幼)들이 읽는 독서물로 한정되어 있었다. 이 시기 한글은 문학장 안에서는 물론이거니와 심지어 공행문자로 그 위상이 격상된 이후(갑오개혁)에도 여전히 녹록하지 않은 성장 생태 환경 안에 놓여 있었다. 국한문체의 탄생은 한글이 가지는 이러한 형세의 산물이었다.

우리가 근대 초기의 독본류 국어 교과서의 표기 체제(국한문체와 국문체)의 탄생과 두 계몽의 언어가 구획하는 문자 생태계의 이데올로기, 곧 서구 근대성에 대한 대응 논리로서의 '구본신참'의 의미를 탐색하고자 하는 이유도 여기에 있다.[8]

---

7   이와 관련해서는 이혜령, 「한글운동과 근대 미디어」, 『대동문화연구』, 성균관대 대동문화연구원, 2004를 참조할 것.

8   국한문체는 '근대 지식(과학)'을 지시하는 계몽 언어이기도 하다. 다만, 이 연구에서는 '근대 지'를 설명하는 표현 수단으로서의 국한문체가 가지는 수사적 특징을

　현재의 국어 표기법(국문체)이 정착되기 이전에 우리말 표기법은 한자 문화권의 공용 문어인 한문체 표기법이 있었고, 그 언문상리(言文相離)의 모순을 해결하기 위해 발명한 국문체와 차용체(향찰, 이두, 구결) 표기법이 더 있었다. 한편, 갑오개혁 이후부터 정부 공식 문서에서 '국한문체' 문장을 범용하기 시작한다.[9] 1894년 8월 4일에 "법률 칙령은 모두 국문을 기본으로 하고 한문을 번역하여 붙인다. 혹은 국한문을 혼용한다"[10]는 규정이 반포되고, 그 이듬해인 1895년 5월 8일에 반포한 공문식 규정에서는 "종래 공문서에 사용하는 문자를 순한문으로 조제(調製)하며 이두(吏讀)를 혼용함이 예규에 어긋났고(已違規例), 또 외국인으로 본국 관리가 된 자가 혹 그 국문을 전용하면 일반 해석상 잘못 해석할 우려가 있을 뿐만 아니라 규정에 위반"[11]이 됨을 근거로 국한문 혼용을 강조한다. 칙령 제1호의 「공문식」(1894)이나 칙령 제86호의 「공문식개정건」(1895)의 반포로부터 짐작할 수 있듯이 이 시기 국한문체는 각종 공문서 문자의 표준 표기법으로 정착하게 된다.

　그런데 국한문체는 공문식 규정 반포 이전에도 이미 개항과

차후의 연구 과제로 남겨 두고자 한다.

9　물론 일본의 훈독(訓讀)에 상응하는 국한문체 표기법은 근대 이전에도 존재하고 있었다. 대개 불경과 유교 경전을 우리말의 어순에 따라 풀이하는 '언해(諺解)'와 일부 '국문시'에서 국한문체가 사용되고 있었고, 개항 이후 『한성주보』(1886)가 국한문 혼용을 처음 시작한 이래로, 유길준의 『서유견문』(1889)에 이르기까지 국한문체는 우리말 표기 체제에서 엄연히 존재하고 있었던 표기법이었다.

10　칙령 제1호, 「공문식(公文式)」, 『구한국관보』, 개국 503년 11월 21일.

11　칙령 제86호, 「공문식개정건(公文式改正件)」, 1895.5.8.

더불어 사용되고 있었다. 무엇보다도 여러 나라와 외교 관계를 맺으면서 각종 외국 공문의 번역 업무나 국서 작성이 요청되고 있었던바, 외무아문의 번역국과 외부의 대신관방이 설치된 이유도 이와 관련한다. 실제로 1886년 미국 대통령이 공사 파커(Paker)를 조선에 파견하면서 보내온 영문 외교 문서에 대한 조회문을 보면 잘 알 수 있는 데, 외부 작성 조회문의 번역 초안에서 영문과 국한문체 번역문이 한 문서에 함께 기록되고 있는 데서 이러한 사실이 잘 입증된다. 적어도 공적 영역의 공문서 문자의 표기 문자는 국한문 혼용 표기법을 준용하고 있었다. 그러나 한문의 통사 구조와 국문의 통사 구조는 이질적인 것이어서, 한문의 요소와 국문의 요소가 결합한 국한문 혼용체는 사실 준별이 뚜렷한 문체가 될 수 없었다.

그럼에도 불구하고 갑오개혁 이후 국한문체는 대체로 공식 문체로 준용되고 있었다. 국문체나 한문체와 준별되는 문체로써의 독자성을 갖지 못했음에도 불구하고 각종 공문서의 상용 문체로 준용된 이유는 다른 데 있지 않았다. 그것은 우선 특정 집단, 곧 국문과 한문의 문리가 다 나지 않은 부유(婦幼) 집단을 가장 넓게 포섭할 수 있는 계몽의 언어로 기능할 수 있기 때문이었다. 물론 공문서를 순한문으로 조제(調製)하거나 이두를 혼용하는 것이 예규에 어긋나고, 외국인(당시 주재 외국 관리)에 대한 배려의 차원에서 국문 전용의 부담도 있어서 국한문체를 사용한 이유도 있었다. 한편 1895년 5월 8일에 반포된 공문식 규정(칙령 제86호)에서 국한문 혼용이 강조되었음에도 불구하고 여전히 국서는 한문으로 작성되었지만, 근대 초기의 담화 환경을 실질적으로 지배하는 표현 문자는 대체로 국한문체로 수렴되고 있었다. 실제로 근대 초기의 신문·잡지에 산생되기 시작한 여러 문예물들의 표현 문자가 국문이나 한문에서 국한문체로 바뀌는 것에서도 이 점은 선명해진다.

그런데 유학자와 부유(婦幼) 양측의 계몽을 동시에 겨냥하기 위해 고안한 국한문체는 특정 집단(예컨대 유학자 집단)에게는 몹시 불편한 것이었다. 이것은 실제로 국문이나 국한문 혼용에 대해 매우 우호적이었던 이기(1848~1909)의 글을 보면 분명해진다.[12] 요컨대, '수구주의'와 '국문 차별'의 폐습을 언급하는 개신 유학자 이기의 글에서조차 실제의 글에서는 한문의 문리를 거의 파괴하지 않은 문체를 사용한다. 국한문 혼용에 대한 우호적 의식을 갖고 있었던 유학자들조차도 한문의 관습에서 벗어난 글을 짓는 일은 쉽지 않은 작업이었다. 그럼에도 불구하고 "국민을 ᄒ여곰 공동의 정신은 보지(保持)케 ᄒ며 지력(智力)의 교통(交通)을 굉심(宏深)케 ᄒ기에 최유력"[13]한 언어 수단으로서의 국한문체를 채택하고, 그것을 공식 문자로 준용하리만큼 계몽 언어에 대한 요구는 절실하였다.

---

12 이기, 「일부벽파(一斧劈破)」, 『호남학보』 제1호, 1908, 14면. "是謂 滅國新法也니 滅國者ㅣ 旣用新法이면 則復國도 亦當用新法者ㅣ 其理甚明矣어늘 而猶將自居守舊ᄒ고 不念圖新ᄒ니 則其於尙書所稱舊染汚俗咸與惟新과 毛詩所稱周雖舊邦斯命維新과 論語所稱溫故而知新과 大學所稱日新又日新之義에 不相繆戾아." 이 글을 보면 토씨(~니~이면~도~어늘~ᄒ고~ᄒ니~아)로 사용한 국문 토씨만 제거하면 전적으로 한문의 문맥으로만 이해할 수 있는 문장을 구사하여 자신의 생각을 전달하고 있다.
13 윤효정, 「국민의 정치사상」, 『대한자강회월보』 제6호, 1906.

근대 초기의 계몽 기획은, 새로운 이데올로기의 전파이건 아니면 기존 가치의 추인에 있었건 간에 어떤 식으로든 최대치의 대중성을 확보해야 할 필요성이 있었다. 대중의 문자성을 확보한다는 것, 그것이 민족의 자주성 쟁취와 가장 민감하게 관련하는 시기가 바로 이 시기였다. 그러기에, 그동안 한자(漢字)로 깊게 내면화된 유학자 집단의 문자성('유가적인 것')이 국한문체로 드러나기 시작하는 '국민'의 문자성('반유가적인 것')과 정면으로 부딪치는 것일 수 있음에도 대중 계몽에 대한 열망은 그만큼 절실했던 것이다.[14] 이 시기에 족출한 신문·잡지의 문예물들(곧 전대 문예물의 갱신이건, 혹은 새로운 미적 감수성을 드러내는 근대적 형태의 문예물)이 대개 국한문체를 표현 문자로 하여 근대 초기의 망탈리테(국가주의, 민족주의, 반제국주의)를 형상화하고 있었던 점에서도 이 시기 계몽 언어의 성격은 분명해진다.[15]

---

14 국문이나 국한문을 사용하는 집단의 세계관이 어떤 식으로든 '한문'을 사용하는 집단의 세계관에 투사될 수 있다는 점에서 일단 국문이나 국한문은 유학자 집단에게는 '위험'한 문체일 수밖에 없었다.

15 물론 이 시기 국한문체가 가지는 이와 같은 계몽적 성격에도 불구하고 여전히 한문체의 문자성이 견고하게 드러나는 문예물들도 실제로 존재하고 있었다. 예컨대 이 시기 족출한 한문 전(傳)이나 몽유록, 그리고 『신단공안』(1906.5.19~12.31)과 같은 한문현토체 소설(전계 서사물)이 그것인데, 이 작품에서는 거의 한문의 문리에 따른 문체적 표현 양상을 드러내고 있는 점에 주목할 필요가 있다. 발표 지면이 『황성신문』임을 고려하면, 우선은 한문에 익숙한 독자들의 기호에 호응하기 위한 것으로 볼 수 있겠다. 한편, 그것은 국한문체가 가지는 자기 한계를 스스로 노출하고 있는 것으로 볼 수도 있고, 여전히 영향력을 발휘하고 있는 한문맥의 자장으로 볼 수도 있겠다. 끝내 국한문체가 '이중 기획(유학자 집단은 국문으로, 부유 집단은 한문에로의 도상에서 고안한 기획품)'이 만들어낸 변종 문체란 평가가 가능한 것도 이와 관련한 것이라 하겠다. 한편 이 글에서 사용하고 있는 망탈리테의 개념은 근대 초기의 '정치적 이념항(국가주의, 민족주의, 반제국주의)'에 국한된 것이다. 주

한편, 이 시기 정부에서 작성한 각종 공문서의 국한문체 기획과 신문·잡지의 문예물들, 그리고『국민소학독본』(1895), 『신정심상소학』(1896),『고등소학독본』(1906)과 같은 근대 초기의 교과서들이 드러내는 계몽 기획의 성격 역시 마찬가지였다. 잘 알려진 바대로 이 시기의 근대적 교육 학제는 기본적으로 "균질적인 의식을 갖는 '국민'을 통해 집단 정체성"[16] 형성을 목표로 하고 있었다. 이러한 '국민' 배양의 기제로 이 시기 독본 교과서는 매우 유력한 장치였던바,『국민소학독본』(1895),『신정심상소학』(1896),『고등소학독본』(1906) 등과 같은 국어 교과서의 표현 문자가 국한문체란 사실에 주목할 필요가 있겠다.

우리의 근대적 국어 교과서가 전대에서는 곧 문명 그 자체였던 '한문'을 폐기하고 '국한문체'와 '국문체'에로의 전환을 통해 탄생한 것인바, 그 자체는 우리 근대 '국어'의 형성을 알리는 것임과 동시에 "동양 전통과의 결별을 뜻하는 것"이기도 했다.[17] 요컨대 우리의 국어 교과서와 '국어' 인식은 국한문체와 국문체가 상호 공존하는 지점에서 형성된 것이다. 그러기에 "한문으로 근본을 삼고 국문으로 통하도록 한다"[18]는 광무 연간(1899)의 학부 편집

지하다시피 그것이 널리 지시하는 '감성'의 영역은 적어도 이 시기 독본류가 가지는 내면적 특성을 헤아려 볼 때, 섬세한 텍스트 분석의 층위에서는 다루기 어려운 측면이 있다고 판단되기에 이 문제 역시 차후의 숙고 과제로 놓아두고자 한다.

16 우에노 치즈코, 이선이 역,『내셔널리즘과 젠더』, 박종철출판사, 1999, 13면.

17 임형택,「근대계몽기 국한문체(國漢文體)의 발전과 한문의 위상」,『민족문학사연구』, 민족문학사학회, 1999, 23면.

18 이규환,「보통교재 동국역사서」, 학부 편집국, 1899. "今吾亦欲使天下之人, 以漢文爲

국장 이규환의 논리는 한문체에로의 회귀보다는 한문의 정신적 유산을 보지한 국한문체와 국문체 사이의 상보적 공존을 겨냥한 '국어 교과서', 혹은 '국어' 인식과 관계한다. 이규환의 '한문'은 지식을 독점적으로 전유한 동아시아 보편문어로써의 '한문'이 가지는 위상과 체격을 완전하게 지키고 있는 "한문의 위상이 아닌 한자(漢字)"[19]로 설정된, 이른바 국문의 통사구조를 따른 국한문체를 염두에 둔 주장이었다. 이렇게 우리의 근대 국어 교과서는 한문체에서 벗어나 국한문체와 국문체의 공존 과정을 통해 '국민' 배양의 기제로써의 위상을 확보해 나가고 있었고, 그것은 고스란히 우리의 근대 '국어 및 국문' 인식의 틀을 마련하는 토대로도 기능하고 있었던 셈이다.

최초의 관찬 교과서 『국민소학독본』에서 "전통적 화이관을 부정하고" 더불어 "문명개화의 열망을 강렬하게 표현하고"[20] 있거나, 그 이듬해 학부 편집국의 관찬 교과서인 『신정심상소학』에서 "새로운 형태의 '국가' 공동체를 환기시키면서, 그 구성원들로 하여금 상상된 주체를 호명하는 표준적 지식이자 제도적 장치의 역할을 수행하려는"[21] 이유 역시 다른 데 있지 않았다. 그것은 국

本而通之文以國文."

19 임상석, 「유길준의 국한문체 기획과 문화의 전환」, 『우리어문연구』 43집, 우리어
    문학회, 2012, 454면.
20 강진호 편역, 「우리나라 최초의 신교육용 교과서」, 『국민소학독본』, 학부 편집국,
    1895, 10면.
21 구자황 편역, 「국민 만들기와 식민지 교육의 정형화 기반」, 『신정심상소학』, 학부
    편집국, 1896, 11면.

한문체와 같은 계몽의 언어를 통해 어떤 식으로든 새로운 '국민의 상(像)'을 창안하려는, 이른바 '국민화' 프로젝트를 수행하기 위한 것이었다.

『국민소학독본』이나 『신정심상소학』보다 십여 년 늦게 휘문의숙 편집부에서 간행한 『고등소학독본』 역시 이 시기 대개의 국어 교과서가 가지는 성격에서 크게 벗어나지 않는다. 전체적으로 자립과 자강을 강조하여 독립 사상을 표나게 드러내거나, 과학적 지식을 전달하려는 교과 내용이 구성되기도 하며, '심정소학류'와 같은 초등소학독본류보다는 상대적으로 더 심도 있는 사회 교과적 성격의 교과 내용과 유교적 이념을 교육하는 전통적 수신서의 성격이 짙은 교과 내용이 구성되기도 한다. 한편, 『고등소학독본』의 문체는 국한문체로 되어 있지만, 『국민소학독본』이나 『소학독본』과 같은 광무 연간의 교과서 저작물에서 흔히 보이는 문체적 혼란은 비교적 잘 극복된 것으로 보인다. 요컨대 여전히 한문 전통의 영향에서 완전히 벗어난 것은 아니지만 전체적으로는 한문 문장이 구절 단위로 분리되거나 한문은 주로 단어의 형태로만 사용되어 국주한종체(國主漢從體) 문장이 비교적 일관되게 드러나는 국한문체 유형이라 보아도 무방하다. 말하자면 국문의 통사 구조가 한문의 통사 구조보다 더 월등하다는 것이다. 이 시기 국문화의 정도가 비교적 선명한 『소년』의 문체와 비교해서도 손색이 없는 국한문체로 볼 수도 있다.[22]

결국 『고등소학독본』의 진전된 국한문체 역시 엄밀하게는 '공리적 착상에 의한 발명품'의 하나인바, 그 계몽의 발명 언어를 통해 '자강', '자립', '국민' 배양의 논리가 간단없이 제시된다. 흥미로운 사실은 관찬인 『신정심상소학』보다 십 년이나 늦게 편찬된 『고등소학독본』과 같은 각급 학교의 자체 제작 민간 교과서에서 오히려 국문화의 정도가 상대적으로 더딘 모습을 보여주고 있다는 점이다.[23] 그렇다면, 『신정심상소학』과 같은 교과서에서 보여주고 있는 썩 진전된 국한문체는 교과서 편찬 주체들의 어떤 특별한 전략적 모색이 작동된 결과로 볼 수 있겠다. 그 이유는 무엇보다도 교과서 편찬을 담당했던 학부의 의지와 더불어 교과서의 실질적 체제에 간여하는 일본의 교육·편집 전략이 서로 교차하기 때문인 것과 관련한다. 이렇게 볼 때, 『신정심상소학』(1896)은 근대적 국어 교과서의 내포와 외연을 수립하는 과정임과 동시에 일제의 정교한 교육 전략의 소산이며, 식민지 지배를 위한 '정형화 작업'의 일환이라 할 수 있다.[24] 말하자면 일제의 식민지 조

---

22 근대 초기 국한문체의 형성과 발전에 대해서는 임상석, 『20세기 국한문체의 형성 과정』, 지식산업사, 2008을 참고할 것.

23 국문체와 국한문체는 기본적으로 계몽의 기획과 그 속도를 효과적으로 끌어 올리고, 계몽의 대상과 그 범위를 확대하기 위해 채택한 표기법이었다. 이런 점에서 『고등소학독본』의 국문화 문제(더 구체적으로는 이 시기 민간 교과서의 역방향성 문제)는 사실 이 시기 문체와 계몽의 상호 관련성의 문제에서 매우 섬세하게 다루어야 할 영역이다. 그런데 이 글에서는 매우 중요한 문제임에도 불구하고 이와 같은 문제에 대한 탐색은 수행하지 않는다. 우선은 이 문제와 관련한 기왕의 유의미한 성과들이 이미 제출되었고, 이 연구에서는 우리 근대 국어교과의 이데올로기와 서구의 근대성(구체적으로는 친일의 이데올로기)의 문제와 관련한 근대 국어 교과서의 탄생 이데올로기의 문제에만 주목하기 위해서이다. 차후의 연구 과제로 남기고자 한다.

24 구자황 편역, 「국민 만들기와 식민지 교육의 정형화 기반」, 『신정심상소학』, 학부

선 지배와 관련한 문자 관리 방식이 이 시기 국어 교과서에도 은밀하게 작동하고 있는 것이다.

실제로 근대 초기 각종 공문서식 사용 문자의 변화상 속에는 식민지 지배를 위한 일제의 은밀한 문자 관리 방식이 침투되어 있었다. 1895년 5월 8일에 반포한 공문식 규정에서는 "종래 공문서에 사용하는 문자를 순한문으로 조제(調製)하며 이두(吏讀)를 혼용함이 예규에 어긋났고[已違規例], 또 외국인으로 본국 관리가 된 자가 혹 그 국문을 전용하면 일반 해석상 잘못 해석할 우려가 있을 뿐만 아니라 규정에 위반"[25]이란 이유를 들어 국한문 혼용을 강조한다. 그것은 공문서 사용 문자의 변화를 통한 단순한 문제 해결만이 아닌 또 다른 함의를 지니고 있었다. 요컨대 근대 초기 공문서에 사용하려는 국한문체는 우선은 각종 공문서에 대한 문식성을 상층 계층(양반)뿐만 아니라 부유(서민) 계층에로 확대하기 위한 이중 기획의 산물이었다. 그런데 이와 같은 근대 초기의 리터러시 정책이 사실은 일본의 메이지 시대의 문체 정책과 상응하는바, 그것이 바로 『국민소학독본』이나 『소학독본』의 국한문체와 『신정심상소학』의 국한문체와 같은 국어 교과서의 표기 문자 정책에 그대로 반영되고 있다는 것이다.

이와 관련하여 메이지 시대의 리터러시 문제를 연구한 신도 사키코[進藤咲子]의 논의를 주목할 필요가 있다. 메이지 시대 일본

편집국, 1896, 12면.
25 칙령 제86호, 「공문식개정건(公文式改正件)」, 1895.5.8.

사회는 전혀 문자를 읽고 쓸 수 없는 '비식자층'과 가나는 읽고 쓸 수 있지만 한자를 그다지 읽고 쓸 수 없는 '준식자층', 그리고 한자와 가나 양쪽을 읽고 쓸 수 있는 '식자층'으로 구성되어 있었다. 이 시기 일본의 리터러시 정책은 한자 히라가나 혼용 문체를 사용하고, 한자에는 후리가나를 달아서 어떻게든 '준식자층'을 매체의 독자로 끌어들일 것인가의 문제에 주안이 되어 있었다.[26]

말하자면, 한자에 후리가나를 달아서 한자 지식이 없는 준식자층을 문자 생태계(계몽의 공론장) 내로 흡수하는 한편, 한자를 버리지 않고 사용함으로 인해 한자 지식을 가지고 어문 생활을 영위하는 식자층도 문자 생태계의 유력한 구성원으로 흡수하자는 정책이 바로 메이지 리터러시 정책의 요체였다. 한문의 문자성이 내면화된 계층들과 '언문'만이 자기 표출의 유일한 수단이었던 계층들을 함께 묶어내려 했던 우리의 근대 초기의 국한문체 리터러시 기획은 이른바 '알기 쉬운 문체'를 통해 식자층과 준식자층을 동시에 포섭하려는 메이지의 문자 정책이 우리 국어 교과서 안으로 수렴된 결과로 볼 수 있겠다. 그것이 바로 『국민소학독본』이나 『소학독본』, 그리고 장지연을 숙장으로 한 휘문의숙의 『고등소학독본』보다 국문화의 정도가 더 진전된, 이른바 '알기 쉬운' 『신정심상소학』의 국한문체가 탄생한 이유도 바로 여기

---

26 進藤咲子, 「明治初期の言語の生態」, 『明治時代語の研究』, 明治書院, 1981, 156면. 한편 이와 관련한 구체적 논의로 김성은(「메이지 초기 기독교신문에 나타난 문체와 전통」, 『비교문학』 제53집, 2011)의 논문을 참조할 것.

에 있었다. 더불어 『국민소학독본』이나 『소학독본』에서는 전혀 보이지 않던 그림 도상을 통한 문식력 확장 방식은 일인(日人)이 편찬에 직접 참여하여 일본의 습속을 은밀하게 드러낸 『신정심 상소학』에 와서 처음 드러나는바, 이러한 방식 역시 메이지 교과 서와 신문 매체에서 흔히 드러나던 문식력 확장의 보조적 장치란 점을 환기할 필요도 있겠다.

3. '구본신참(舊本新參)'의 변통 논리와 유가 경전의 해석학

근대 초기의 '국민화' 프로젝트는 기본적으로는 한문을 타자화 하는, 곧 한문을 배제하는 논리 안에서 진행되고 있었다. 그것은 한문이라는 동아시아 보편 문어를 통해 형성한 유가적 세계상을 포기하는 것이었다. 근대 초기의 계몽 담론을 구성하고 있었던 많은 문예물들이나, 또 다른 읽을거리들이 한문을 통해서 연역 한 지식들을 계몽의 공리(상수)로 받아들이지 않는 것에서 사뭇 분명해진다. 한문은 근대 국민을 배양하는 지식의 장에서 거의 배제되었다. 그럼에도 불구하고 한편에서는 "한문을 타자화하기 는커녕 한문 그 자체를 활용하여 계몽 담론"[27]을 견인하려는 경 향도 여전히 존재하고 있었다.

여기에서 우리는, 이 시기 계몽 담론의 언어로 기능하고 있었던 국한문체의 성격을 다시 환기할 필요가 있다. 근대 초기 국한문체는 단순한 문체적 확장성만은 아닌, 한문을 통한 계몽 담론의 제시라는 근대 한문학의 자기 갱신의 논리, 그리고 소수 언어로써의 한문이 가지는 호구주의(好舊主義) 속에 내장된 전통의 논리와 교집하는 부면들을 분명하게 가지고 있었다. 말하자면 이미 사회적 실재로서의 의의를 상실한 '한문'이 새로운 공행 언어(국한문체)를 만나면서 이 시기 계몽 벡터를 새롭게 정초한 셈이다. 폐기의 대상으로서의 한문이 이제 계몽 담론의 언어로 활용되면서 전대의 세계상(유가 이데올로기)을 새롭게 해석하는 국면을 열어 놓은 것이다. 그것은 곧 과거 한문을 통해 제시했던 공리들을 비판적으로 수용하면서 동시에 그것을 새로운 체계(공리) 속으로 어떻게 포섭하느냐의 문제와 관련하는 것이기도 했다.

其後에 三韓과 三國과 高麗를 經ᄒ야 我太高祖皇帝ㅣ 開國ᄒ심이 孔子의 敎를 尊崇ᄒ샤 文化를 大闢ᄒ시고 聖神이 繼承ᄒ샤 典章을 大備ᄒ시니 風化의 文明홈이 東方의 第一이라 國體ᄂᆫ 君主의 專制로 成立ᄒ나 實은 立憲의 制度를 用ᄒ신 故로 君主ᄂᆫ 主權을 摠攬ᄒ시고 政府에 責任을 委ᄒ샤 政治를 擧ᄒ시며 人民도 國家政治에 與論의 權을 許ᄒ더니 近代에 至ᄒ야 文弱의 弊로 由ᄒ야 國力이 不振홈에 至ᄒ니 픔

27　김진균, 『한문학과 근대전환기』, 다운샘, 2009, 32면.

人은 先王의 遺澤을 勿忘ᄒ고 祖國의 精神을 奮發ᄒ야 學을 日修ᄒ고
智를 益硏ᄒ야써 獨立의 國權을 挽回홈을 努力홀지니라.[28]

주지하다시피 '유가 경전'의 공리들은 조선조 내내 통치자가
준행해야 할 가장 중요한 덕목이었다. 삼봉 정도전이 작성한 조
선조 즉위교서[29] 제3항을 보면 이 점은 선명해진다. 조선은 개국
과 함께 유교 경전에 밝은 자, 곧 사서로부터 오경과 통감에 통달
한 자를 탁용하고, 그들을 관리로 삼아 국가 경영을 맡길 것을 천
명하고 있다. 위정 활동의 기초를 유가 경전에 둔 셈인바, 이제
유가 경전의 공리가 통치(자)의 기본적 조건이 된 것이다. 유교를
통치 이데올로기로 채택한 한자 문화권의 국가들이 모두 유교 경
전을 존숭했던 이유도 여기에 있었다.

물론 실천 유학 사상이 이미 삼국시대부터 전래되어 있었고,
고구려 태학(소수림왕 2년, 372년)에서 사서(四書)와 오경(五經)이 교재
로 다루어진 것을 보면 유교 경전은 그 이전부터 적어도 한자 해
독이 가능했던 지식층에게는 학습의 대상이 되었던 듯하다. 삼
국시대 지식층에게 삶의 결행 원리로 중요하게 준행되었던 유학
의 실천 윤리는 불교 국가인 고려에 와서도 여전히 중요한 덕목
이었다. 수신(修身)의 근본을 불교에 두기는 했어도 동시에 치국
(治國)의 원리로 유교를 배척하지는 않았다. 그것은 고려 태조의

---

28 「대한(大韓)」, 『고등소학독본』 권1, 휘문의숙, 1906, 7~8면.
29 『태조실록』, 1년(1392) 7월 28일.

훈요십조에서 보인 숭유론(崇儒論)의 맹아가 성종(981~997)에서 인종(1122~1146)을 거치면서 완성되어 가는 과정에서 잘 드러난다.

고구려의 태학이 시작된 이후 유학 공부가 근 천년 동안 오경(五經)을 중심으로 지속되다가 13세기 말을 기해서는 거기에 '사서(四書)'가 더해진다. 주지하다시피 이 사서는 당말 송초(唐末宋初) 도(道)·불(佛)의 사조에 대응하는 유가의 자기 혁신적 입장에서 『예기(禮記)』 속의 「대학(大學)」, 「중용(中庸)」을 분리 독립시키고 종래의 『논어(論語)』에다 『맹자(孟子)』를 더하는 형식으로 나타나는 11세기 중국 유학의 새로운 모습이었다. 그것은 이른바 '신유학(新儒學)'의 새로운 경전 기반을 낳는 것이기도 했다.[30] 이후 신유학, 곧 주자학은 고려 후기의 교학 운동의 활성화와 더불어 점차 큰 사상사적 흐름을 주도하게 된다. 삼봉 정도전도 고려 말의 '유종(儒宗)'으로 불리던 이색과 더불어 성균관에서 유교 경전을 공부하던 유자(儒者)였다.

사실 동양에서 '경전'이란 명칭은 원래 중국 학술사에서 한 무제(漢武帝) 때 성립한 '경학(經學)'의 중요 문헌을 뜻하는 '경(經)'이란 개념에 기초한 것이다. 실제로 고대에는 '經典'보다 '經傳'이란 표현이 훨씬 많이 쓰였지만, 뜻이 좀 다르다. '經傳'이란 '經典'의 의미를 가진 經과 이에 대한 일종의 주석인 傳을 통칭하는 것이다.[31]

---

30 조남욱, 「조선조 유교국가의 형성 기반」, 『유교사상연구』 제34집, 한국유교학회, 2008, 189면.
31 동양에서는 '정전'의 의미로 '정전'이란 명칭보다는 '경전'이란 명칭이 자주 사용된다. 물론 '경'의 원의(原義)에 대해서는 학자들의 의견이 분분하지만, 정전으로서의 '경'에 담긴 의미에 대해 보편적으로 제시되는 주요 해석은 다음과 같다. 대체

결국 경전이란 위정 활동의 기초가 되는 고래의 지식을 집성한 문헌과 그 주석서의 의미로 볼 수 있다. 그렇다면, 유교를 통치 이데올로기로 채택한 국가들의 통치 원리가 내장된 유교 경전 역시 통치 목적을 달성하기 위해 반드시 존숭되어야 할 대상이었다. 우리의 경우도 결국은 중국의 경전 개념과 크게 다른 것은 아니었던 듯하다. 유교 경전은 여말선초를 관통하면서 제 분야에서 근대에 이르기까지 통치자는 말할 것도 없거니와, 문학가들에게도 자기 주장의 근거로 확고한 지위를 차지하고 있었다. 조선시대 내내 이루어진 경전 해석과 그와 관련한 번쇄한 주석들과 논쟁들도 결국은 경전이 가지고 있는 권위를 방증하는 것이다.

조선시대의 재도론에 근거한 문학이론들이 궁극적으로는 '경', 특히 '시경'에 의존하였다는 사실도 결국은 이와 무관하지 않았다. 시(詩)와, 다분히 실용적 목적을 위해 저술한 산문조차 모두 유교 경전에 근거하고 있었다는 사실에서 잘 드러나는바, 유교 경전은 모든 해석의 근거로 더할 수 없는 지위를 차지하고 있었다. 조선조 내내 유교가 득세하면서 조선조 문학(문학 창작)은 유

___

로 정전으로서의 '경'이란 표현에는 다음과 같은 정의들이 복합적으로 수용되어 있다고 볼 수 있다. ① '경영(經營)', '경륜(經綸)' : 세상을 경영하고, 천하를 경륜한다는 의미. / ② '경상(經常)' : 늘상 그러하며 영원히 절대 변치 않을 이치라는 의미. / ③ '경위(經緯)' : 베틀로 옷감을 짤 때 세로에 놓이는 날실 '경(經)'을 주축으로 삼아 가로로 씨실 '위(緯)'를 넣는 것에 대한 비유, 날실처럼 모든 것을 관통하고 있는 이치라는 의미. / ④ '경로(經路)' : 아무 막힌 없는 도로처럼 이를 통해 도(道)에 다다를 수 있다는 의미(김장환·이영섭, 「중국 정전(正典)의 성립과 변천」, 『인문과학』 제93집, 연세대 인문과학연구원, 2011, 5면).

가의 경학이나 경전의 논리를 섭취하여 그것을 내면화하고 있었다. 조선 후기 들어 "철저히 국가질서에 종속적이고 오로지 군주만을 정점으로 바라봐야하던 기존 경학의 관점"[32]이 흔들리면서 새로운 세계관이 제시되기 시작하지만, 기존의 유가적 세계관이 근본적으로 폐기된 것은 아니었다.

물론 유가 경전의 위계 질서 체제에 대한 근본적 부정에 기초한 도(道)·불(佛)의 세계 인식이나 유가에 대한 새로운 해석에 기초한 변혁 운동이 일어나기는 하였지만, 기존 경학의 관점이나 주자학적 세계관이 근본적으로 흔들린 것은 아니었다. 흔히 심학이라 불리는 양명학 운동이나 주자학의 극도의 형이상학적 편중과 번쇄한 주석들이 야기한 공소함에 대한 반발로 일어난 고증학도 마찬가지였다.[33] 그것은 확고한 경전의 권위를 획득하고 있었던 주자학, 곧 이학(理學) 안에서의 새로운 변화를 모색한 것에 불과하였다.

우리는 경전이 가지는 보편적 의미를 존중하되, 그것은 어떤 경우에도 역사적 산물이어서, '지금-여기'라는 시대적 문제의식 안에서 구성해야 한다. 경전은 그것이 가지는 보편적 의미를 '지

---

32 위의 글, 15면.
33 이것은 유가의 본산인 중국의 영향을 그대로 이어받은 것으로 볼 수 있다. 중국에서 양명학은 자유분방한 주장들로 주자학을 공격했지만, 결정적으로『사서집주』로 대변되는 주자학을 대체할만한 패러다임과 이를 반영해낸 유가 경전의 새로운 주석들을 제시하지 못했다. 주자학은 각종 경서들에 대한 주석을 통헤 경전으로서의 정통성을 인정받고 있었고, 이로 인해 청대 말엽 과거제가 폐지될 때까지 과거시험의 주교재가 주희의『사서집주』였던 것을 보면 분명해진다(위의 글, 17면).

금-여기'의 문제와 결부시켜 이해할 때 그 생명력을 부여받는다. 유가 경전 또한 장구한 세월을 거치면서 '해석된' 것이다. 경전이 '해석된 것'이라면, 그것은 어떤 경우에도 해석 집단과 경전 사이의 시·공간적 역사 경험과 그러한 경험을 언어화하는 해석 집단의 문제의식이 투영된 결과인 셈이다. 그렇다면 경전과 경전을 해석하는 집단 사이의 매개 언어의 문자성이 개입되는바, 동아시아의 유가 경전의 표현 문어인 '한자'의 문자성은 늘 역사적인 주목의 대상일 수밖에 없었던 듯하다. 동아시아의 유가 경전 해석이 늘 논란의 여지에 휩싸일 수밖에 없는 여러 이유 중의 하나가 바로 경전의 표현 언어가 가지는 문자의 문자성, 곧 의미의 다중성과 모호성과 관련한다. 말하자면 한자는 늘 소통에 필요한 '주소(注疏)'를 필요로 한다. 이 '주소'를 통해 유가 경전과 독자의 소통을 매개하였던바, 이 '주소'를 특징으로 하는 동아시아의 '해석학'은 논쟁을 야기할 수밖에 없었다.[34] 특히 해석자(집단)와 경

---

34 동아시아의 공통 언어였던 한문은 기본적으로 애매모호한 특징을 지니고 있다. 한자 의미의 다중성이라는 애매함과, 그 한자의 뜻에 따라 단구(斷句)가 달라지는 모호함이 경전과 독자의 소통을 막는 중요한 원인이 되었고, 이러한 경전과 독자의 단절을 소통하기 위해 주소(注疏) 작업이 시작되었던 것이다. 이 '주소'를 특징으로 하는 '해석'은 대체로 두 가지의 특성을 지니고 있었다. 하나는 문자·어휘의 훈석(訓釋)을 통해 문장의 정확한 뜻을 풀이하여, 독자가 해석 대상인 문헌을 이해할 수 있도록 돕는 일이고, 다른 하나는 해석자가 해석 대상의 문헌을 자기 사상을 계발하는 도구로 삼고, 문헌에 대한 사유를 거쳐 그를 빌려 개인의 '이해(理解)'를 피력하는 것이다. 이른바 대부분의 고주(古注)가 전자에 해당되고, 주희로 대표되는 송학(宋學)의 경우가 후자에 해당된다. 학자들에 따라 전자의 경우를 "원의 해석(原意解釋)" 또는 독자와 경전을 매개시켜 준다는 의미에서 "중개성 해석(仲介性 解釋)"이라고도 부르며, 후자를 "의리 해석(義理解釋)" 혹은 해석자가 텍스트의 원의(原意)와 상관없이 자기 뜻을 드러낸다고 해서 "부회 해석(附會解釋)", 창조적으로 해석한

전 사이의 '의리 해석' 과정에서 일어날 수 있는 곡해와 논쟁은 필연적으로 수반될 수밖에 없는 문제였다.

근대 초기 독본 교과서인 『고등소학독본』의 인용문에서 드러나듯이 이 시기에 이르러서도 '공자(孔子)의 교(敎)를 존숭(尊崇)ᄒ샤 문화(文化)'를 연, 이른바 주자학적 세계관이 여전히 현실의 문제(독립과 국권 회복)와 연계되고 있었다. 더불어 '국체(國體)는 군주(君主)의 전제(專制)로 성립(成立)ᄒ나'에서 알 수 있듯이, 주자학의 공리인 "오로지 군주만을 정점으로 바라봐야하던 기존 경학의 관점"[35]이 근대 초기에도 여전히 중요한 상수로 작동하고 있었다. 한편, '입헌(立憲)의 제도(制度)를 용(用)ᄒ신' 것이나 '정부(政府)에 책임(責任)을 위(委)ᄒ샤 정치(政治)를 거(擧)ᄒ시며'에서 근대적 입헌군주제의 맹아를 볼 수도 있지만, 실제로 그것은 조선조 경국대전 체제의 영향력이 여전히 상존하고 있음을 방증하는 것이기도 하다. 근대 초기 국어 교과서의 논리 안에는 여전히 전통적인 유교 경학의 틀이 존재하고 있었다.

그렇다면 근대 초기 『고등소학독본』 안에 단단하게 들어앉은

다는 의미에서 "창조적 해석"이라고도 하고, 혹은 "비중개성 해석(非仲介性 解釋)"이라고 부르기도 한다. 전통적으로 전자의 경우를 훈고학(訓詁學)·고거학(考據學)이라 하고, 후자의 경우는 의리학(義理學)이라고 불러왔다. 후자의 경우, 해석자의 철학적 이념을 투영한다는 점에서 "철학적 해석학"이라고 할 수 있는데, 이것을 좁은 의미에서 서양의 해석학에 상응한다고 볼 수 있다(안재순, 「유가 경전해석과 『논어』의 해석」, 『동양철학연구』 제62집, 동양철학연구회, 2010, 249면 참조).

35 김장환·이영섭, 「중국 정전(正典)의 성립과 변천」, 『인문과학』 제93집, 연세대 인문과학연구원, 2011, 15면.

전통적인 경학의 틀(유교 존숭)을 어떻게 볼 것인가와 관련하여 우리는 이 시기 유가 경전의 해석학적 관점을 다시 환기하지 않을 수 없다. 그것은 근대 초기에 새롭게 호명된 주자학에 대한 두 시선과 맞닿아 있다. 말하자면, 근대 초기 주자학을 창조적인 해석의 동력을 잃어버린 퇴행적 호구주의로 보느냐, 그렇지 않느냐의 문제로 좁혀지는 것이다. 여기에서 우리는 인용문의 '근대(近代)에 지(至)ᄒ야 문약(文弱)의 폐(弊)로 유(由)ᄒ야 국력(國力)이 불진(不振)홈에 지(至)ᄒ니'와 관련한 전통적 해석의 지평을 환기할 필요가 있다. 사실 유교의 문약지폐 문제는 근대 초기 '유학 개신'의 논리 틀 안에서 이미 보편화된 것이었다. 유학을 새롭게 정립하자는 것 자체가 유교주의에 근거한 계몽 담론(국권 회복)의 성격이 존재하지만, 그것은 또한 식민지로 전락한 대개의 나라가 그렇듯이 서구 근대성을 내면화하기 위한 논리와도 관련하는 것이었다. 근대 초기 '유학 개신'의 문제가 전통의 문제와 관련하는 이유도 여기에 있었다. 주지하다시피 이 시기 근대성, 특히 서구 근대성은 항용 "서구로 상징되는 풍요와 진보의 세계로 인도하는 이정표였던 반면, 유학은 빈곤과 수구를 상징하는 '전통'이라는 가난한 집안의 적자(嫡子)"[36]로 이해되곤 한다.

그런데 근대 초기의 국어 교과서가 특별히 '선왕의 유택', 곧 태조의 유훈을 기치로 내세워 유학을 다시 호명한 이유가 자못 홍

---

[36] 박원재, 「유학과 자유주의─정치적 영역을 중심으로 한 비교적 고찰」, 이승환·이동철, 『중국철학』, 책세상, 2007, 431면.

미로운 것이다. 이미 잘 알려진 바처럼 유가 경전의 공리들은 그 것이 가지는 보편적 의미를 '지금-여기'의 문제와 결부시켜 이해할 때 그 생명력을 부여받을 수 있다. 무엇보다도 그것은 장구한 세월을 거치면서 어떤 경우에도 해석 집단과 경전 사이의 시·공간적 역사 경험과 그러한 경험을 언어화하는 해석 집단의 문제의식과 그 '해석의 투쟁물'일 수밖에 없기 때문이다. 요컨대, 공자 이래 유가 경전에 대한 해석학의 '정전적 탄생(주희의 해석학)'이 있었지만, 주희의 경전 해석조차도 그 시대의 시대정신과 해석 투쟁의 반영일 수밖에 없는바, 경전의 해석학적 의미는 항용 해석자(집단)와 경전 사이, 그리고 해석자(집단)가 처한 시대적 상황과 그것이 야기한 역사적 맥락을 통해 구성되는 것일 수밖에 없다.[37]

시대를 초월하여 수많은 유학자들(해석자)에 의해 경서가 해석의 대상이 된 이유는 말할 것도 없이 경전 해석의 과정을 통해 당대의 문제를 해결하고자 했기 때문이다. 그것은 무엇보다도 유가 경전이 '항구(恒久)와 불역(不易)'의 내용을 내장하고 있다는 오랜 믿음에 기초한다. 실제로 조선조의 유학자(집단)는 성경현전(聖經賢傳)의 논리 속에서 나름대로 경(經)안에서 해석학의 기초를 정초하는 것을 평생의 업으로 여기던 '해석자들(집단)'이었다. 조선조 500여 년 내내 가법(家法)과 사승(師承)을 달리하는 수많은 유가 경전의 해석 행위가 그 나름대로 존속할 수 있었던 이유도 여기

---

37 안재순, 「유가 경전해석과 『논어』의 해석」, 『동양철학연구』 제62집, 동양철학연구회, 2010, 249면.

에 있었다. 그것은 유가 경전 자체가 내장하고 있는 '항구불역'의 의미가 역설적으로 시대와 해석자(집단)의 논리에 따라 '가역적으로 재구된 된 것'이란 사실과 관계되는 것이기도 하다.

그러니까 근대 초기의 『고등소학독본』과 같은 독본 교과서에서 드러나는 '선왕의 유택에 대한 물망(勿忘)'의 논리는 현실 문제에 대한 해결의 대안을 유학의 이념에서 찾자는 논리와 궤적을 같이하는바, 그것은 유학적 전통(개인의 사적 욕망을 넘어서 공동체의 규범을 준행케 하는 유학의 공동체주의)을 어떤 식으로든 서구 근대성의 코드(예컨대 개인의 '권리'를 중시하는 자유주의 등)와의 통이 프레임 속에서 이해하려는 태도와는 거리가 있다.[38] 이와 관련하여 『국민소학독본』이나 『고등소학독본』의 다음과 같은 논리는 근대 초기 독본 교과서가 가지는 이러한 사유의 일단을 보여주는 사례라 할 수 있다.

第十九果에 支那國이 漸漸 衰殘훈 緣由롤 求ᄒ얏거니와 支那國이 如此히 되ᄂᆞᆫ 緣由롤 硏究ᄒ면 其間에 遠因과 近因과 쏘훈 直接因과 間接因과 間接因이 各各 다 잇ᄂᆞ니 一朝一夕에 仔細히 說明ᄒ기 쉽지 못홀 일이로디 아마도 文敎의 失宜홈이 大原因인듯 孔子와 前後賢人의 論說은 그 나라 文化롤 開進ᄒ야 世道人心의 扶植훈 바ㅣ라 後學이 그 敎

---

38 물론, 유학의 '극기복례'를 도덕적 개인주의(개인의 도덕적 성숙)와 연계시켜 서구 근대성의 바탕이 되는 자유주의(개인의 '권리'를 중시하는 입장)와의 대비 논리로 이해할 수 있다. 그러나 이 글에서는 기본적으로는, 근대 초기의 '유학 개혁'의 논리 속에서는 이러한 성격이 매우 희미하다는 점에 입각하여 이 글을 전개하고 있음을 밝혀 둔다.

의 實地롤 眞正窮究치 아니ᄒ고 ᄒ갓 虛文만 崇尙ᄒ며 ᄯᅩᄒ 前人의 ᄯᅳᆺ
슬 忖度지 못ᄒ야 그 맛당홈을 일코 日新치 못ᄒ기로 맛춤니 스스로 暴
棄홈으로 習을 成ᄒ지라 이런 故로 스름의 智慧가 開達치 못ᄒ야 時勢
롤 죠츠 敎義에 適用홈을 아지 못ᄒ고 다만 中華ㅣ라 自尊ᄒ며 外國을
夷狹이라 ᄒ니 次ᄂᆫ 곳 支那人의 偏見이니라.[39]

　惟人의 才能은 必敎學을 由ᄒ야 成ᄒ거ᄂᆯ 彼禽蟲은 天然ᄒ 才能이 有
ᄒ야 敎學을 不須ᄒ야도 能ᄒ나 然ᄒ나 禽蟲은 其才思의 能홈이 自古至
今으로 皆一同ᄒ 式ᄲᅮᆫ이오 前進홈을 未聞ᄒ얏스나 人은 敎學으로 由ᄒ
야 舊法을 變ᄒ야 新智를 ᄭᅢᆨᄒ며 昔習을 改ᄒ야 新想을 發홈으로써 世
代를 隨ᄒ야 前進홈이 有ᄒ니 是ᄂᆫ 敎學의 效果라 靑年은 宜此를 思ᄒ
야 敎에 服ᄒ며 學에 勤ᄒ야 益益新智의 發展홈을 努力홀지니라.[40]

동아시아의 근대 기획은 대체로 서구 근대를 모범으로 삼았던
바, 우리의 사정도 크게 다르지 않았다. 그럼에도 불구하고 한편
에서는 유가와 유생을 '부유하생(腐儒鰕生)'으로 비판하였던 단재
조차도 '예수쟁이'로 형상된 서구 근대에 대한 맹목적 추수를 여
전히 경계하고 있었다.[41] 실제로 이 점은 이미 유길준의 『서유견

39　「지나국 2」, 『국민소학독본』, 학부 편집국, 1885, 78~79면.
40　「교학의 효과」, 『고등소학독본』 권2, 휘문의숙, 1906, 112~113면.
41　중국의 넓적 글 / 서양의 꼬부랑 글 / 우리 글과 바꿀소냐 매암매암 / 마음 굳은 놀
　　부의 타령 / 음미한 춘향 노래 / 우리 입에 올릴소냐 매암매암 / 예수쟁이 뒤를 따
　　라 / 하느님을 찾을소냐 매암매암 / 시대 영웅의 본을 받아 / 입 애국을 부를소냐

문』에서 드러나듯, 개화의 죄인(개화당)이나 개화의 원수(수구당)보
다 개화의 병신들이 가지는 문제가 더 심각하다는 유길준의 비판
을 보면 더욱 선명해진다. 말하자면, "외국 담배 회중 시계를 늘
이고 외국어를 대강 알고 외국에 관한 잡담이나 해대는 자들"[42]
과 같은 얼치기 개화의 병신들이 야기하는 폐해가 실제로는 더
심각하다는 것이다. 그렇다면 이 시기 계몽 담론의 한 벡터가 유
학과 교섭하는 것도 이와 관련한다.

그것은 『고등소학독본』에서 드러나고 있는, 이른바 '구본신참'
의 이데올로기에서 선명하게 드러난다. 요컨대, '서기'로서의 "외
국(外國)의 언어(言語)와 문자(文字)"는 본질적인 것, 곧 "자국(自國)의 정
신(精神)"[43]을 '도(道)'로 했을 때만이 '새것'을 감싸기 할 수 있고, 궁극
적으로는 '개화의 병신'으로 전락하지 않을 수 있다는 논리가 바로
그것이다. 『국민소학독본』과 『고등소학독본』이 "시기야 비도야(是
器也 非道也)",[44] 곧 동도서기와 만나는 지점도 바로 여기이다.

결국 '구법(舊法)을 변(變)ᄒ야 신지(新智)를 창(刱)ᄒ며'의 갱신 논
리, 곧 유학 개혁을 통해 '신지(新智)'를 창출하는 것 자체는 유학적
종법 질서의 원칙을 폐기하는 것이 아니었다. 적어도 이 시기 독
본 교과서 안으로 수렴된 '국민'의 생태계는 서구 근대의 논리로

매암매암(신채호, 「매암의 노래」, 『단재 신채호 전집』, 단재신채호전집편찬위원
회, 2008, 214면).

42　유길준, 『서유견문』(영인본), 경인문화사, 1969, 384면.

43　「애국의 실(實)」, 『고등소학독본』 권1, 휘문의숙, 1906, 12면.

44　『승정원일기』, 고종19년 12월 22일.

는 결코 귀납할 수 없는 무늬를 가지고 있었다. 물론 인용문의 '신지(新智)'는 서구 근대로부터 귀납하여 얻은 근대 지(知)의 계몽과 관련될 수 있다. 그러나 적어도 두 교과서 안에서의 '신지(新智)'는 과학적 근대 지(知)일 수는 있어도 당대의 삶을 통어하는 이데올로기로써의 근대 지(知)로 확장하기 어려운 부면이 존재한다. 곧 유가 전통에 얽매어져 있는 현재의 삶을 변화시킬 수 있는 '새로운 지식과 지혜'로써의 '신지(新智)'라기보다는 '세대(世代)를 수(隨)ᄒᆞ야 전진(前進)'하면서 시대의 습속에 맞게 고쳐온 '신지(新智)', 이른바 시대를 관류한 '군군', '신신', '민민'을 만드는 '유학의 공리들'이었다. 근대 초기 독본 교과서 안에서의 유학의 공리들(예컨대 인, 공덕 개념들)은 사직이 위멸할 시대를 당하여 뿔뿔이 흩어져 있는 인민들을 단단하게 결속시키고, 그들을 새로운 '신민'으로 거듭나게 할 변인으로 작동하고 있었던 것이다. 근대 초기『국민소학독본』이나『고등소학독본』과 같은 독본 교과서의 사유는 허문주의만을 숭상한 '문교(文敎)의 실패'와 전통적 화이관을 비판하는 것에서 구국의 '신상(新想)', 곧 '새것'을 찾았을지언정 "근대화된 서구와 같은 방향으로 발전하고자 하는 동일시의 욕망"[45]과 같은 지점의 '신상(新想)'과 거리가 있다.

결국, 계몽의 '신법'은 유학의 조종지법을 '세대(世代)를 수(隨)ᄒᆞ야' 변개한 것일 뿐, 그것 자체를 폐기하는 것이 아니다. 근대 초

---

45 강진호, 「'국어' 교과서의 탄생과 근대 민족주의」,『상허학보』제36집, 상허학회, 2012, 279면.

기의 『국민소학독본』이나 『고등소학독본』과 같은 교과서에서 공자의 '문교(文敎)'의 공리들을 강조하고, 항용 '교학'을 강조하는 것도 실제로는 '신법'을 수행할 수 있는 신민을 양성하기 위한 전략과 관련하고 있었다. 『국민소학독본』이나 『고등소학독본』과 같은 교과서가 기본적으로 체제교학(體制敎學)의 성격을 띨 수밖에 없는 이유가 여기에 있었다.[46] 물론 그것이 유교적 관료 정치의 부활은 아니었지만, '교학과 문교'를 강조하는 것이 공자(유교)의 공리, 곧 유교의 공리들을 겨냥하고 있었다는 점에서 이 시기 국어 교과서가 서구 근대를 모델로 삼은 것만은 아니었다. 근대 초기 이들 교과서에서는 주자가 강조한 『소학』의 실천 윤리를 그대로 복사하여 강조하는 것은 아니지만, 효와 충, 그리고 예와 인과 같은 유가적 실천 윤리를 어떤 식으로든 강조하고 있다. 결론적으로 『국민소학독본』이나 『고등소학독본』과 같은 독본 교과에서 드러나는 근대 초기의 계몽 담론과 연계된 유학 개혁은 일상적 삶과 실천이 유리된 채 훈고와 장구에만 얽매여 있는 '허문(虛文)의 유학'에 대한 갱신이었지, 유학의 공리들을 모두 폐기하자는 개혁은 아니었다. 근대 초기의 『국민소학독본』이나 『고등소학독본』에서 유가적 실천 윤리를 구현한 수범 인물들의 삶이 표창되는 이유도 여기에 있었다.

46　이 시기 독본 교과서가 '국어 교과서'로서의 위상이 미흡한 것은 사실이지만, 민족 문화에 기반을 둔 국민 창출의 이데올로기로 기능하면서도 동시에 보편적 이상을 추구하는 교양으로서의 문학 이념은 드러나고 있었다(정종현, 「국어 교과서와 '(국)문학' 이데올로기」, 『한국문학연구』 41집, 동국대 한국문학연구소, 2011, 280면.

4. '국민' 배양의 논리와 역사 찬탈의 도상 언어

근대 초기에 이르면 전통적 화이관(華夷觀)에 입각한 조공체제에 대한 비판이 한층 더 준열하게 제기되기 시작한다. 더불어 많은 지식인들이 국가의 형태에 관한 관심을 갖게 되는바, 근대 초기의 지식인들은 대체로 국가의 유형을 국체(國體)를 기준으로 하여 군주국과 민주국, 그리고 정체(政體)는 전제국과 입헌국으로 구분하고 있었다. 이 시기 『국민소학독본』에서 우리나라의 국제적 위치를 '독립국'으로 인식하는 것에서,[47] 그리고 『고등소학독본』에서 국체를 '군주국'으로, 정체를 '입헌국'으로 인식하고 있는 것에서 이 시기 국가 형태에 대한 지식인들의 이해가 잘 드러난다.[48] 특히 갑오개혁 이후 개혁의 주체들과 반외세적 정치세력 사이의 갈등도 결국은 근대 국민국가 체제의 성격, 그리고 외세를 어떻게 이해할 것인가와 관련한 문제로 수렴될 수 있다. 이 과정에서 개혁의 주체들이 가장 중요하게 인식한 것이 바로 근대적 '국민' 배양을 뒷받침할 수 있는 학교와 교육 제도의 정비였다. 소학교 교과서 편찬의 시급성을 알리는 의안이 반포되고, 1895년 2월 2

---

47 「대조선」, 『국민소학독본』, 학부 편집국, 1895, 9면. "世界萬國中에 獨立國이 許多ᄒᆞ니 우리 大朝鮮도 其中의 一國이라."

48 「대한(大韓)」, 『고등소학독본』 권1, 휘문의숙, 1906, 7~8면. "國體ᄂᆞᆫ 君主의 專制로 成立ᄒᆞ나 實은 立憲의 制度를 用ᄒᆞ신 故로 君主ᄂᆞᆫ 主權을 摠攬ᄒᆞ시고 政府에 責任을 委ᄒᆞ샤 政治를 擧ᄒᆞ시며 人民도 國家政治에 與論의 權을 許ᄒᆞ더니."

일 교육에 관한 조칙이 발표된 이유도 이와 관련한다.

이 조칙에서 강조된 점은 왕실의 안전도 신민 교육에 있으며, 국가의 부강도 신민의 교육에 있다는 것이었다. 이에 의해 3월 이후 교원 양성을 위한 사범학교 설립, 신민 교육을 위한 소학교 설립이 이루어진다. 중요한 점은, 군주를 높이고 나라를 사랑하는 마음을 중점적으로 가르쳐서 학생들로 하여금 평소에 충효의 대의를 갖추게 하고 국민의 지조를 진작시킬 것을 교육의 목표로 삼았다는 점이다. 즉, 보편적인 국민교육을 표방하되 국왕에 대한 신민으로서의 충성을 강조함으로써, 권리의 주체로서보다는 의무 주체로서의 국민을 강조하고 있었다.[49] 이러한 '국민' 배양의 논리가 가장 적실하게 드러나는 것이 이 시기 교과서인바,『신정심상소학』의 '만수성절' 대목을 주목하는 이유도 여기에 있다.

> 九月八日은 萬壽聖節이라. 今上大君主陛下계옵서 誕生ㅎ옵신 날이니 國民들이 業을 休ㅎ고 慶을 賀ㅎ며 門前에 國旗를 달고 恭謹히 此日을 奉祝ㅎㄴ이다. 今上大君主陛下계옵서 建陽元年前四十四年에 誕生ㅎ사 建陽元年前三十二年甲子에 登極ㅎ옵시니 쩨 春秋ㅣ 十三이시오 太祖大王부터 繼統이 二十八代시오이다.[50]

잘 알려진 바대로 19세기 말, 대한제국은 "국가주권을 확보하

---

49 왕현종, 「갑오개혁연구」, 연세대 박사논문, 1999, 260~264면.
50 「만수성절」,『신정심상소학』 권3, 학부 편집국, 1896, 159~160면.

고 대내적 통합을 상징할 수 있는 황제를 필요로 한 독립협회와, 왕권 강화를 추구했던 고종의 이해관계가 결합함으로써 이루어진 것"[51]이었다. 특히 제국 수립의 이론적 기초를 제공했던 독립협회의 개화파 관료들은 어떤 식으로든 황제(고종)의 위상을 제고하고, 그 황제를 통해 '국민'을 통합할 필요가 있었다.[52] 이 시기 신문·잡지와 같은 근대적 매체에서 '애국충군'의 시문들이 족출하고, 황제(고종)에 대한 축수(祝壽)와 만세(萬歲)가 계몽 행사에서 빈번하게 행해진 이유도 여기에 있었다. 사실 이 시기 제정된 '기원절(紀元節)'과 '만수성절(萬壽聖節)'과 같은 기념일 제정은 '전제황권' 아래에서 '제국' 수립의 망탈리테를 표나게 드러내기 위한 상징 자원의 하나로 기획된 것이다.

이 시기 계몽 기획의 주체들은 『신정심상소학』의 '만수성절' 인용문에서 드러나듯이 '국기(國旗)'와 '만수성절(萬壽聖節)'과 같은 상징 자원을 매개로 하여 '국민들'로 하여금 공동체적 '묶임(bonding)의 시간'을 서로 공유케 하고, 그 과정을 통해 황국의 '신민'을 만

---

51 도면회, 「황제권 중심 국민국가체제의 수립과 좌절」, 『역사와 현실』 50, 한국역사학회, 2003, 80면.

52 물론 독립협회의 개화파들이 필요로 했던 것은 국민을 동원 통합하고 대외적 독립을 표명할 수 있는 국가주권의 상징으로서의 황제였지, 정치권력을 직접 행사하는 황제는 아니었다. 1898년 10월 29일 관민공동회 때 독립협회가 제출한 「헌의육조」 중 제1조로 '전제황권을 공고히 할 것'이 포함된 것도 이러한 구상에서 비롯된 것이었다. 이때 '전제황권'의 범위를 어디까지 인정할 것인가의 문제에서 독립협회와 황제의 입장에 차이가 나는 것이었다. 독립협회 주도층으로서는 황제가 인민에 대한 전제권을 가지고 국정 운영을 해나가는 것을 전제하면서도 그것은 무제한적인 전제권이 아니라 자신들을 통한 '민의'의 수렴과 동의하에서 행사되는 권력이어야 했다(위의 글, 71~81면).

들어 내려 하고 있었다. 이것은 공동체가 공유할 수 있는 "신뢰할
만한 기억의 시간"[53]을 함께 만듦으로써 민족적 정체성을 공고히
하고, 더불어 국가 보존의 상징적 기제로 여전히 작동하고 있었
던 '조상(太祖大王)'을 당대의 시간 안으로 호명하는 것과도 관계한
다. 주지하다시피 인간의 기억은 개인의 실존적 삶(혹은 역사적 실
체)을 가장 선명하게 표상하는 수단이다. 그러기에 인간은 어떤
식으로든 기억의 저장 형태(매체, 구술)를 통해서 끊임없이 기억의
내용들(과거의 정신)을 후대에 전수한다. 이 시기『국민소학독본』이
나『신정심상소학』, 그리고『고등소학독본』과 같은 독본 교과서
역시 아주 유력한 기억의 저장 매체였다. 국가 공동체의 구성원
들은 독본 교과서를 통해 '특정 문화의 원소(과거의 정신 / 근대 지)'
를 학습하고 또 그것을 후대에 전수한다. 때문에 공동체는 늘 공
유(또는 학습)의 과정에서 그 집단의 구체적 망탈리테(근대 초기의 국
가주의와 근대주의, 그리고 유교 이데올로기)와 만날 수밖에 없고, 그것
들은 복잡한 '해석의 과정(기억화)'을 통해 공동체 안에 착근된다.
　사실, 이러한 기억화의 과정은 항용 개인적, 혹은 집단적 만남-
투쟁을 수반하고 이 과정에서 자기 이데올로기를 작동시켜 타자
의 기억을 공유-배제하는 행위가 일어난다. 근대 초기의 독본 교
과서가 제출하고 있는 호구주의(好舊主義)-유교 개신, 그리고 이것
과 대타적 관계를 형성하고 있었던 서구 근대성(일본 제국주의) 역

53　알라이다 아스만, 변학수 역,『기억의 공간』, 경북대 출판부, 2003, 69면.

시 기억화 과정을 거친 '새로운 해석 투쟁물'이고, 이 해석의 과정에서 투쟁적 길항이 일어날 수밖에 없었던 이유도 여기에 있었다. 그러니까 『신정심상소학』의 '만수성절' 단원의 이질적인 '일본식 가옥' 그림이 바로 이러한 투쟁적 길항의 흔적일 수 있는 이유도 여기에 있다. 『신정심상소학』의 계몽 언어 안에는 '일본식 가옥' 그림뿐만 아니라, '일본인의 거류지 지도', 그리고 '서양의 구두'와 같은 그림, 곧 문자(언어)가 미치지 않는 곳에 그 무엇보다도 웅변적일 수 있는 도상(圖像) 기제를 작동시켜 개화 주체들의 망탈리테를 옮겨 놓고 있는 것이다. 『신정심상소학』의 도상 표상들이 문자 언어의 보조 수단이라기보다는 서구 근대성(일본 제국주의)의 은밀한 '확대 기술'일 수 있는 이유도 여기에 있다. 그것은 휘문의숙에서 십 년 뒤에 편찬한 대표적인 민간 편찬 교과서인 『고등소학독본』에서 단 하나의 '일본(서양)' 도상이 활용되지 않는 것과 대조되는 것에서도 분명하게 드러난다. 『신정심상소학』이 "근대적 국어 교과서의 내포와 외연을 수립하는 과정임과 동시에 일제의 정교한 교육 전략의 소산이며, 식민지 지배를 위한 정형화 작업의 일환"[54]이란 평가가 타당한 이유도 여기에 있다.

한편, 『신정심상소학』의 전3권 97 단원의 교과 내용 어느 곳에서도 '일본(혹은 서구 근대)'에 대한 경계와 비판의 논리가 제시된 단원은 보이지 않는다. 이에 비해 『고등소학독본』에서는 유교 이

---

54 구자황 편역, 「국민 만들기와 식민지 교육의 정형화 기반」, 『신정심상소학』, 학부 편집국, 1896, 12면.

넘이나 근대 지식을 소개하는 단원 외에도 '외세(일본)'에 대한 경계를 담은 교과 내용이 족출한다. 다음의 인용문에서 이 점은 선명하게 드러난다.

天下에 强훈 者는 敢侮치 못ᄒ고 弱훈 者는 人의 欺侮를 受ᄒᄂ니 人만 豈然ᄒ리오. 物도 亦同ᄒ니 昔에 鴉가 有ᄒ야 羊을 見ᄒ고 愚弄훈 디 羊曰 汝ㅣ가 豈我身을 將ᄒ야 玩弄의 物을 作ᄒᄂ뇨. 此는 我의 弱홈을 欺홈이니 假令 我ㅣ가 雄犬이 되얏스면 汝ㅣ가 敢히 戱치 못ᄒ리라 ᄒ되, 鴉曰 吾가 爾性의 柔弱홈을 知훈 故로 能戱홈이라. 若爾性이 剛ᄒ면 吾가 豈敢如是리오 ᄒ니 嗚呼라 方今競爭ᄒᄂ 時代에 處ᄒ야 自强의 力이 無ᄒ면 羊이 鴉에게 멸시 見侮홈과 如차아니훈 者ㅣ 鮮ᄒ니라.[55]

근대 초기 계몽 담론의 중대한 결단은 "국민 동포의 어리석어 사리에 어두운 뇌를 타파(國民 同胞의 頑迷腦를 打破)"[56]하여 하나의 '국민'을 배양하는 것인바, 이 시기의 '동포'와 '국민'은 동일한 개념이었다. 그런데 실제로 '동포(同胞)'란 개념은 조선시대에는 국왕과 관인, 유생 등 지배층에만 한정되어 사용되던 개념이었다. 이와 같은 '동포(同胞)' 개념이 근대 초기(『독립신문』)에 오면 '한 나라 인민' 즉, '국민'과 같은 개념으로 확대된다.[57] 이 시기 독본 교과

---

55 「아기양약(鴉欺羊弱)」, 『고등소학독본』 권1, 휘문의숙, 1906, 26~27면.
56 「철추자전(鐵椎子傳)」, 『황성신문』, 1908.10.8.
57 권용기, 「독립신문에 나타난 동포의 개념」, 『한국사상사학』 12, 한국사상사학회, 1999, 12면.

서들 속의 '동포' 개념도 마찬가지였다. 독본 교과서란 텍스트 속에서 '동포'는 철저하게 '계몽되는 타자'로만 형상화된 '국민'이었다. 독본 교과서 속의 동포는 "의충의(宜忠義)를 상(尙)ㅎ야 투생(偸生)으로 위치(爲恥)ㅎ고",[58] "애국충군(愛國忠君)ㅎ는 마음"[59]을 가진 국민, 곧 특정 이데올로기를 전유하는 주체들(권력 집단)에 의해 '만들어진' 국민이었다.

그러나 애국충군의 '만들어진 국민'은 실제로는 매우 상이한 이데올로기를 가진 주체들에 의해 '국민화'된 동포였다. 요컨대 입헌군주제를 통해 미래의 역사를 견인하려는 주체들(갑오개혁파)에 의해 만들어진 '국민'과 전제군주제에로의 국가 정체(政體)를 구상하려는 주체들(황제 측근파)에 의해서 배양된 '국민'이 바로 그것이었다. 특히 갑오 이후의 근대적 개혁조치들을 '구본신참(舊本新參)'의 논리로 통어하려 했던 주체들은 어떤 식으로든 '유교 이념'을 강조하지 않을 수 없었던바, 그들은 기본적으로 서구 근대를 지향한 갑오개혁파와는 서로 갈등할 수밖에 없는 입장이었다. 고종이 스스로 조서를 내려 "기자(箕子)와 공자의 도리를 밝히고 거룩한 선대 임금의 뜻을 이을 것"[60]을 천명하는 데서 이 점은 분명해진다. 근대 초기 독본 교과서의 계몽 이데올로기가 '구본신참'의 원칙과 만나는 지점도 결국은 다른 데 있지 않았다. 그것은

---

58 「충의(忠義)」, 『고등소학독본』 권1, 휘문의숙, 1906, 14면.
59 「기원절이라」, 『신정심상소학』 권3, 학부 편집국, 1896, 204면.
60 『고종실록』, 광무3년 4월 27일.

『고등소학독본』 인용문에서도 잘 드러나듯이 '자강(自强)의 역(力)'
을 강조하는 실력 양성론의 독본 논리와 '까마귀'의 은유가 서로
결합되는 것에서 선명해진다.

　근대 초기 독본 교과서의 계몽 담론을 '서구 근대성(제국주의)의
옹호-비판'이라는 양극단의 논리로만 건져 올리려는 해석학은
늘 그 자체의 문제를 가질 수 있지만 실상 다른 해석이 썩 만족할
만하게 열리는 것도 아니라는 점에서 보면, 『고등소학독본』의
'까마귀'는 우선 우리 역사를 '찬탈하는' 서구 근대성(제국주의)의
은유로 해석할 수 있겠다. 물론 이와 동일한 맥락에서 '기자'와
'공자' 존숭의 이데올로기를 담고 있는 『고등소학독본』도 『신정
심상소학』의 '서구(일본)' 그림이 가지는 함의처럼 특정 주체들이
'찬탈한' 역사의 기념비적 도상이 될 수 있다. 『고등소학독본』안
에 단단하게 들어앉은 '구본신참'의 계몽 언어가 서구 근대성(제
국주의)과 맥락화되어 비판받는 이유도 결국은 이와 관련한다.

　근대 초기의 서사물들, 특히 단재와 같은 개신 유학자들의 서
사물에서는 공통적으로 '지배'의 이념(제국주의)을 부정한다. 이들
의 작품에서 서구 근대로 형상화된 '예수교'나 '천국'이 정의와 합
리의 체계, 그리고 '최소 도덕'이 결여된 집단으로 이해되는 이유
가 여기에 있었다. 그러니까 근대 초기의 계몽 주체들에게 서구
는 온갖 형태의 비이성적 행태와 간계의 표상이었고, 우리 역사
마저 찬탈하는 주체로 이해되기도 했다. 근대 초기의 신문 잡지
에 산생한 많은 문예물(특히 역사 전기물)에서 유가의 '노예성(지배를

받으려는 마음'이 준열한 비판의 대상이 된 이유 역시 다른 데 있지 않았다. 무엇보다도 그것이 내장한 전통적 화이관과 그와 관련한 지배의 이데올로기를 그대로 용인하고 있었기 때문이었다. 그렇다면 이 시기 교과서에서 계몽의 언어(국한문체)를 통해 끊임없이 동양의 고전적 인물이나 유가 이데올로기를 표창한 인물들의 생애와 삶을 조망하기도 하고, 유가 이데올로기의 종조인 공맹의 삶을 다루는 이유도 다른 데 있지 않았다. 근대 초기의 계몽 담론의 장에서 완고한 퇴수주의(退守主義)에 대한 경계는 여전히 준열하게 드러나지만, "공맹(孔孟)의 교(敎)를 존숭(尊崇)"61하자는 주장은 단순한 퇴수주의를 넘어서는 함의를 지니고 있었기 때문이었다.

이 시기 독본 교과서의 국한문체는 한문을 통한 계몽 담론(근대 한문학의 자기 갱신의 논리)의 논리 속에 내장된 전통의 논리와도 교집하는 부면들을 가지고 있었다. 말하자면 이미 보편 문어로써의 의의를 상실한 '한문'이 새로운 공행 문자(국한문체)를 만나면서 이 시기 계몽 벡터를 독본 교과서 안에서 새롭게 정초한 것이다. 과거 한문을 통해 제시했던 유가의 공리들이 근대 초기의 독본 교과서 안으로 수렴되면서 유교를 새롭게 해석하는 국면을 열어 놓은 것이다. 독본 교과서의 계몽 신법은 유학의 공리들을 '세대(世代)를 수(隨)호야' 변개한 것일 뿐, 그것 자체를 폐기하는 것이 아니었다. 그러기에 근대 초기의 독본 교과서에서 공자의 '문교(文

---

61 「대한」, 『고등소학독본』 권1, 휘문의숙, 1906, 6면.

敎)'의 공리들을 강조하고, 항용 '교학'을 강조하는 것도 실제로는 '신법'을 수행할 수 있는 국민을 배양하기 위한 전략과 관련하고 있었다. 이 시기 독본 교과서가 기본적으로 체제교학(體制敎學)의 성격을 띨 수밖에 없는 이유도 여기에 있었다. 결론적으로 근대 초기의 독본 교과에서 제시한 유학 개혁은 일상적 삶과 실천이 유리된 채 훈고와 장구에만 얽매여 있는 '허문(虛文)의 유학'에 대한 갱신이었지, 유학의 공리들을 모두 폐기하자는 개혁은 아니었다.

특히 이 시기 독본 교과서 안에서는 '구본신참(舊本新參)'의 논리로 서구 근대성(일본 제국주의)을 통어하려 했던 주체들의 (갱신의) 유가 이념이 투사되어 있었다. 근대 초기 독본 교과서 안의 계몽 담론에 대한 그 어떤 해석학적 이해의 지평이 늘 그 자체의 문제를 가질 수밖에 없다면, 적어도 『신정심상소학』과 같은 독본류 교과서 안에서의 서구 근대성(일본 제국주의)은 어떤 식으로든 우리 역사의 찬탈 주체로 해석될 여지는 분명해 보인다. 물론 이와 동일한 맥락에서 『고등소학독본』과 같은 독본류 교과서 속에 단단하게 들어앉은 '구본신참'의 계몽 언어도 특정 주체들이 '찬탈한 역사'의 기념비적 도상으로 이해될 여지는 얼마든지 있겠다.

제2장

근대 초기 서사의 민족문학론과 서사의 두 유형

1. 근대문학과 민족문학론의 출발

조선시대 내내, 그리고 근대 초기에 이르러서도 '문(文)', 혹은 '문학(소설)'은 여전히 "나라의 인심풍속과 정치사상"[1]과 밀접한 관련이 있는 것으로 규정되고 있었다.[2] 그러나 근대 초기에 이르

1 "夫小說者는 感人이 最易ᄒ고 入人이 最深ᄒ야 風俗階級과 敎化程度에 關係가 甚鉅ᄒ지라 故로 泰西哲學家가 有言ᄒ되 其國에 入ᄒ야 其小說의 何種이 盛行ᄒᄂ 것을 問ᄒ면 可히 其國의 人心風俗과 政治思想이 如何ᄒ 것을 觀ᄒ리라 ᄒ엿스니 善哉라"(박은식, 「서」, 『서사건국지(瑞士建國誌)』, 대한매일신보사, 1907, 1면).

2 이렇게 '문(文)' 혹은 '문학(文學)'은 개인에서 국가에 이르기까지 사회의 전 단위를 유지시키는 힘으로 선전되었고("蓋文也者, 政治制度之具也, 文化之盛, 煥乎其章, 郁乎其明, 光輝燦爛, 發越炫耀"(장지연, 「문약지폐(文弱之弊)」, 『위암문고(韋庵文庫)』, 국사편찬위원회, 1956, 351면)), 질(質)을 보완·발현할 몫을 문학에 기대하는 일("藉於文學ᄒ야以補天資之不足"(안종화, 「홍학(興學)이 위국지급무(爲國之急務)」, 『기호홍학회월보』 11호, 1909.6))도 있었다. 특정 지방을 일컬어 "일체의 정치와 문학과 미술과 실업 등의 중심뎜"(「기호 선비의 제일 첫걸음」, 『대한매일신보』,

러 문학을 세도의 논리 안에서 이해하는 방식, 곧 재도적 문학관은 어떤 식으로든 자기 갱신을 모색하지 않을 수 없었던바, 이 시기에 들어와 다시 호명된 전대의 서사 양식들(전계 서사물, 야담계 서사물, 몽유록 등)의 변전상이 이를 방증하는 것일 수 있겠다. 특히, '애국과 계몽'의 논리에 기반을 두어 '도(道)'의 실질 개념을 규정하려 했던 이 시기 계몽(근대) 기획의 주체들에게 '새쇼셜(신소설)'은 '녯적 쇼셜(고전소설)'과 크게 다를 바 없는, 여전히 '불경(不經)'하고 '속(俗)된' 범주였다. 이 지점, 곧 '녯적 쇼셜'은 절종되어 마땅한 것으로 전락되어 있고, '새쇼셜'은 턱없이 함량 미달인 상황에서 '문(文-소설)'이라는 양식과 접합시켜 계몽의 기획을 실현시키는 문제에 있어서는 그리 간단한 것이 아니었다. 이 상황에서 결국 계몽 기획의 주체들이 선택할 수 있는 가장 실효적인 문예 양식은 전대의 서사 양식들, 특히 유가 이데올로기를 표창하고 있는 문예물이었다. 즉, 근대 초기 역시 '문'이 정치와 결합된 전대(조선) 사회, 곧 '문'으로 국가를 다스린다는 '이문치국(以文治國)'의 지

1908.1.28)이라 한다든가 "수빅년 문학을 숭상ㅎ던 호서"(「호서학생 부형에게 권고함」, 『대한매일신보』, 1909.1.13) 혹은 "論文學之盛者ㅣ 以嶠南爲最"(「경고교남 인사(警告嶠南人士)」, 『황성신문』, 1908.6.27)라 하듯 '문학'이라는 말로 한 지역의 문물·역사를 요약해 내려 한 시도 역시 문(文)의 통합적 의미에 크게 기대고 있는 것이었다. "포천은 수빅년리로 문학을 숭샹홈으로 나라ㅅ가온더 일홈이 쟈쟈ㅎ더니"(「포천에 밝은 빛」, 『대한매일신보』, 1909.2.18)라거나 "례안은 곳 션싱의 구긔로 풍속이 돈후ㅎ고 문학이 빈빈ㅎ여 수빅년리 령남 젼부의 의양ㅎ던 바ㅣ 라"(「영남 진보당의 선봉」, 『대한매일신보』, 1910.3.31)는 식으로 크고 작은 지역 단위의 문물 제도를 설명할 때도 역시 마찬가지였다(권보드래, 『한국 근대소설의 기원』, 소명출판, 2000, 81면).

배방식이 여전히 유효한 통치 이데올로기로 기능하는 시기였던 셈이다.

결국 이 시기는 어떤 식으로든 '문(文)'이 애국 계몽과 동심원적인 연장선에 있었던바, '문'의 미적 자율성이 민족적 정체성, 혹은 집단의 정체성과 유리된 채로 현시될 수는 없었다. 그러니까 '문'에서, '문학적 자율성'이 개별의 질량(문학이 정치와 결별하는 지점)을 갖고 그 존재적 가치를 확보하기 시작하는 시기는 적어도 근대 초기를 지나는 어느 시점(적어도 1920년을 전후한 시기)으로 잡아야 하다는 주장의 설득력도 이와 관련한다.[3]

근대 초기의 서사는, 전대의 유가 경전과 그 이데올로기가 이제는 당대의 현실 문제의 해결의 근거로 기능할 수 없다는 데 기초하고 있었다. 그것은 유가와 그 경전을 '부유하생(腐儒蝦生)'과 같은 존재로 인식하던 단재의 사유나, 또 다른 차원에서 유가 경전을 폐기한 국초의 사유에서 동시에 드러나는 것이었다. 문제는, 유가 경전과 그 이데올로기의 몰락이 단순히 '폐기되어 몰락한 것'일 수 없다는 사유(유교 갱신이란 '별난 정치성')가 여전히 한편을 점유하고 있다는 사실이다. 그것은 필연적으로 우리에게 민족문학이란 무엇인가 라는 물음을 다시 환기하게 하는 셈인바, 민족문학은, 특별히 우리에겐 마치 문학이란 무엇인가와 버금하는 보편성과 역사성, 게다가 매우 별난 정치성까지 혼재되어 "흡사

---

3   김찬기, 『한국 근대소설의 형성과 전(傳)』, 소명출판, 2004, 80~91면 참조.

다양한 입장과 견해들이 쟁탈전을 벌이는 하나의 고지"[4]로 보이기도 한다. 이런 형편에 '근대'란 용어를 덧붙여 '근대 민족문학'이란 개념을 떠올려보면, 이제 움켜질수록 오히려 더 허전하게 빠져나가는 물속의 모래알처럼 허망해지기까지 한다.

근대 민족문학, 곧 '근대'와 '민족문학'이란 두 원소의 공유결합은 엄연한 실체이기는 하지만, 도대체 정체를 헤아릴 수 없는 불가사의한 화합물같기도 하다. 이러한 형편에도 불구하고, 한 세기를 넘어서는 근대 민족문학 논의들은 대체로 다음과 같은 원칙과 내용들에 대해서는 합의되는 듯하다. 그것은 근대라는 말이 함의하는 바처럼, 우선은 근대의 근대다운 특성에 값하는 문학이어야 할 것이고, 둘째는 "민족의 주체적 생존과 그 대다수 구성원의 복지가 심각한 위험에 직면한"[5] 구체적 현실에 대한 대응을 내용으로 하는 문학이어여야 한다는 것이다. 그러나 여전히 문제는, 근대 민족문학의 주체가 되어야 하는 '민족' 구성에 대한 폭넓은 합의를 특정 시기(조선 후기나 개항기 어디쯤)와 관련하여 찾기 어렵거니와, 민족의 주체적 생존의 문제와 관련한 어떤 구체적 현실을 소재로 하는 문학 텍스트의 역사적 성격 자체가 좀 더 명료한, 이른바 내실에 부합하는 서사 텍스트를 실제로 풍부하게 확보해내기도 어렵다는 점이다. 또한 근대의 근대다운 특성이란 어쩔 수 없이 서구의 근대 경험과 결부시킬 수밖에 없다는 점에

---

4   서영채, 『문학의 윤리』, 문학동네, 2005, 52면.
5   백낙청, 『현대문학을 보는 시각』, 솔, 1991, 19면.

서 근대 민족문학론이 가지고 있는 복수의 어려움을 요령 있게 처리해나갈 방법이 퍽 마뜩치 않은 것이다.

그렇다면 굳이 근대 초기(근대계몽기)를 우리의 근대 민족문학의 출발로 보는 이유는 비교적 자명한 듯하다.[6] 무엇보다도 이 시기의 문학은 민족의 주체적 생존이 위협받는 절체절명의 역사적 상황을 내용으로 하는 문학이란 점, 더불어 전대의 유가 이데올로기의 반복적 추인이 아닌 새로운 가치(혹은 재도론의 자기 갱신의 논리)를 구체적으로 탐색하고 있었다. 특히, 이 시기 민족문학이 외세(일제)에 대항하는 반식민의 내용을 작품화하는 것이라는 점은 이 시기 민족문학과 근대문학의 성격을 압축적으로 보여주고 있다는 점에서 매우 중요한 의미를 갖는다. 이와 함께 전시대의 문학적 규칙들이 깨어지는 시기, 그것이 이 시기 문학의 특징적 현상들이란 점에도 주목할 필요가 있다. 요컨대 고전적인 양식 구분이 흐려지면서 양식 혼합적 경향이 두드러지는 시기가 근대 초기 문학의 특징이다. 이러한 양식상의 변화는 주지하다시피 단순한 양식상의 변화만이 아니다. 구체적인 삶의 현장의 변화를 기존의 스타일(양식·문체)로 작품화하지 못하는 경우, 스타일의 변화뿐만 아니라 세계 인식의 변화도 함께 수반할 수밖에 없다는 점을 이 시기 문학은 좀 별나게 보여주고 있었다.

6　이 연구에서는 '근대 초기'를 '근대계몽기'와 동일한 시기와 개념으로 규정하고자 한다. 무엇보다도 학문 분과와 인식론의 차이를 넘어서는 교집합이 시기를 규정하는 두 용어 사이에 존재하기 때문이다.

그런데, 흥미로운 사실은 이 시기 민족문학론 그 자체가 보여주고 있는 한계(물론, '근대' 민족문학론이라는 좀 더 보편적 성격의 담론이란 점은 인정할 수밖에 없지만) 역시 너무도 자명하다는 점이다. 특히 이 시기 민족문학론이 가지고 있는 자기 수호의 논리 역시 아이러니하게도 근대 주체 담론이 가지고 있는 한계(주지하다시피 전근대의 이데올로기로부터의 해방이 곧바로 또 다른 형태의 배타적 주체를 형성시켰다는 역사적 경험이 이를 잘 환기하고 있다)를 그대로 가지고 있었다. 우리가 근대 초기 서사의 지형학을 '근대성'의 문제와 관련한 해묵은 민족문학론으로 시작할 수밖에 없는 이유도 여기에 있다.

2. 근대 초기 서사의 두 유형과 근대성

1) 근대 비판의 로고스

잘 알려진 바처럼, 서구의 자본주의적 근대를 비서구가 그대로 받아들이는 과정을 '근대화'로 요약한다면, 19~20세기 동아시아는 그것이 타율이건 자율이건 간에 '근대화'의 레일 위에 있었던 것만은 분명하다. 서구가 16세기 이후부터 경험하기 시작하는 '어떤 것', 곧 '근대성'을 이 시기 동아시아 국가들도 그것이 자율이건 타율이건 간에 경험하기 시작했다는 것이다. 이른바 '자본주의적 발전 과정'으로 이해되고 있는 근대화와 그러한 근대의 '근대다운 특성', 곧 '근대성'을 어떻게 인식하느냐의 문제로 사회구성체 전체가 고민하는 시기가 바로 19~20세기 중엽이었다. 이 과정에서 동아시아는 식민과 약탈을 경험하게 된다. 동아시아(특히 한국과 중국)에서의 근대(성)에 대한 부정적 인식은 근대(성)가 수반한 폭력적 제국주의와 무관하지 않다. 물론, 조선의 근대화가 '아래(민중)에서 위로에로의 내발적 동력'이나 '경제적 서구화와 정치적 비서구라라는 이중의 기획(예컨대 개신유학파의 동도서기론)'에 의한 '자생적 근대화'에 도달하는 측면이 존재하기는 하지만[7] 그것이 근대화의 전체 장력으로 이어진 것은 아니다. 결국, 19세기 말의 조선은 일본의 제국주의적 침략에 의해 타율적으로 근대화(식민화)된 셈이었다.

때문에 조선의 근대화는 '위로부터의 국가 주도형' 근대화를 이룩한 일본과도, 타율적 근대와 위로부터의 근대화가 갈등하는 과정 속에서 '아래로부터의 혁명'에 의해 사회주의적 근대화를 이룩한 중국과도 달랐다. 요컨대 일본에 의해서 조선에서 이루어진 근대화는 "외부로부터의 근대화", "타율적 근대화", 그리고 "근대성 없는 근대화"로 요약될 수 있을 것이다.[8] 조선의 근대화가 서

---

7   이 시기 동학과 갑오농민전쟁이 이와 같은 내발적 근대화론에 근거하여 집중 조명된 사실에서 이 점은 잘 드러난다.

8   신광영, 「근대성, 근대주의, 근대화와 민족주의」, 『아시아문화』 제14호, 한림대 아시아문화연구소, 1999, 9면.

구의 근대주의의 구성물(계몽주의 / 자유주의 / 국가주의)과 교집하기 어려운 이유도 여기에 있었다. 조선은 일본에 의한 타율적 근대화로 인하여 서구의 근대화가 구성하고 있었던 그러한 가치체계를 체제 속성으로 착근시킬 기회를 상당 기간 박탈당하였다.[9]

특히 조선의 근대화가 문제적인 것은 전술한 바대로 조선의 근대화가 '근대성 없는 근대화'란 점에 있었다. 그런데 이 근대성의 결여 문제는 그 어떤 것보다 복잡한 문제를 수반한다. 요컨대, '근대성'이 서구적 근대성의 결여인지, 아니면 초역사적 의미에서의 근대성 자체의 결여인가에 대한 합의가 쉽지 않다. 서구적 근대성에 초점을 맞추면 엄연한 실체일 수 있는 '내발적 근대성' 론 자체가 무화될 것이고, 근대성을 초역사적 개념으로 이해한다면 세계사적 보편성으로서의 '근대성'론과 우리의 근대성론이 결과적으로 유리되어 이 또한 실체적 진실에서 비껴나는 측면이 존재하게 된다. 근대성론을 다루는 어려움의 하나가 여기에 있다. 그러기에 동아시아(특히 한국) 근대성은 '당대의 속성(quality of contemporaneity)'이란 문자적 개념 안에서만 볼 수 없는 특수한 국면들이 존재할 수밖에 없다.

근대성은 그 역사적 조건에 따라 나타난 변이형이라는 점에서 고정 불변의 것일 수 없으며, 어느 시공간에서나 공통적으로 전

9　이런 관점에서 보면, 일본에 의한 근대화론의 긍정적 측면을 주장하는 논의들은 매우 협의적인 관점에서 근대화를 인식한 것이거나 결과론적으로 식민지 근대화론의 부정적 측면에 대해서는 눈감아버린 관점으로밖에 볼 수 없다.

통과의 단절을 함의하고 있다는 점에서 결코 발전론적 세계관과 무관할 수 없다. 요컨대, 근대성은 과거보다는 '지금 여기, 곧 현재'가 더 좋다는 이데올로기를 조직 원리로 삼고 있는 것이다. 그러나 조선의 경우, 곧 일제에 의한 식민지 근대화를 통해서 경험하게 되는 근대성은 식민지 권력에 의하여 체제화된 침략적 제국주의의 구성물과 결코 무관할 수 없었다. 제국주의에 저항하는 식민지 국가들의 저항적 민족주의가 구체제(전통성)를 옹호하는 이유도 여기에 있다. 이 시기 조선의 근대성이 안고 있었던 문제, 곧 "자본주의적 산업화의 심화, 확대로 나타난 19세기의 새로운 민족주의, 곧 제국주의"[10]와 탈전통화와 탈식민화의 논리로 수용한 저항적 민족주의를 어떻게 이해하느냐의 문제가 다양한 형태로 족출하고 있었다는 점이다. 이와 관련하여 우리는 근대 초기의 서사 지형학을 우선은 단재와 국초의 서사적 함의를 탐색하는 것에서부터 출발하고자 한다. 우리가 단재의 탁몽 서사인 「꿈하늘」(1916)에 주목하는 이유도 여기에 있었다.

> 한놈이 그 말슴에 소름이 몸에 좍 끼치며 입이 벙벙한이 안젓다가
>
> "무삼 말슴임닛가? 언제는 싸우라 하시더니 인제는 싸우지 말나 함닛가?" 하며 돌녀 물으니 꼿송이가 어엽분 소리로 대답하되
>
> "싸우거던 내가 남하고 싸워야 싸움이지, 내가 나하고 싸우면 이는

---

10 신광영, 「근대성, 근대주의, 근대화와 민족주의」, 『아시아문화』 제14호, 한림대 아시아문화연구소, 1999, 17면.

自殺이오, 싸움이 안이니라."

한놈이 밧싹 달녀들며 뭇되

"내란 말은 무엇을 가라치시는 말임닛가? 눈을 크게 쓰면 宇宙가 모다 내몸이오, 젹게 쓰면 올흔팔이 왼팔다려 남이라 할 만하지 안함닛가?"

꼿송이가 날캅게 째처 갈오대

"내란 範圍는 時代를 쌀어 줄고 느나니 家族主義의 時代는 家族이 내요, 國家主義의 時代에는 國家가 내라. 만일 時代를 압서 가다가는 다리가 찌저지고 時代를 뒤서 오다가는 머리가 불어지나니 네가 오날이 무삼 時代인지 아느냐?"[11]

단재의 서사에서 드러나는 특징적인 사유 방식, 특히 「꿈하늘」과 같은 탁몽 서사에서 드러나는 단재의 민족주의(탈전통화와 탈식민화의 논리를 기반으로 한 저항적 민족주의)는 어떤 식으로든 '과거보다는 지금 여기, 곧 현재'가 더 좋다는 이데올로기를 조직 원리로 삼고 있었던 '(서구적) 근대성'에 대한 부정에 기초하고 있었다. 단재는 어떤 의미에서는 철저하게 개인을 전체(민족이나 국가)에 귀속시켰지만, 그렇다고 전근대성의 강령들을 이데올로기로 받아들이지도 않았다.[12] 단재의 서사를 놓고, 특별히 근대성과 민

---

11 단재신채호전집편찬위원회, 「꿈하늘」, 『단재 신채호 전집』 제7권, 독립기념관 한국독립운동사연구소, 2008, 521면.
12 잘 알려진 바대로 문학 예술에서의 근대성 논의와 철학이나 사회 이론에서 사용되어온 근대성 논의는 구별하여 이해한다. 다만, 단재를 두고 논의할 때는 철학이나 사회 이론에서 사용되어 온 근대성 개념, 곧 어떤 시대의 특별한 흐름이나 삶의

족주의를 함께 논의할 때, 근대성의 적실성 문제가 결국 제기될 수밖에 없는 이유가 여기에 있다. 그러나 분명한 사실은 「꿈하늘」이나 「용(龍)과 용(龍)의 대격전(大激戰)」과 같은 우의 서사만을 놓고 볼 때, 두 서사는 명백히 '(서구적) 근대성'에 대한 비판 논리를 드러내고 있는 작품으로 읽혀진다는 것이다.

위의 인용문을 보면 '한놈'의 관심은 '내'의 의미와 '싸움'의 의미가 무엇인가에 있다. '한놈'의 이런 의문에 대해 '꽃송이'의 갈파는 매우 간명하다. 곧 '내'는 '시대(時代)를 짤어 줄고 느나'는 것으로 가족주의 시대에는 '가족'이 '내'이고, 국가주의 시대에는 '국가'가 '내'라는 것이다. '내'를 '가족'이나 '국가'에 귀속시키는 이러한 사유 방식을 어떻게 이해해야 하는가. 적어도 「꿈하늘」과 같은 탁몽 서사만을 놓고 볼 때, 개인의 사적 욕망은 공적 영역에서 구축하고 있었던 이데올로기, 곧 '민족(국가)주의'를 넘어설 수 없었다. 단재는, 유가 이데올로기, 혹은 그러한 가치를 규범화한 집단을 '썩은 새우만도 못한 무리[腐儒鰕生]'로 규정하고 있었지만, 유가의 규범적 속박으로부터 풀려난 가치들을 그대로 다 용인한 것도 아니었다. 「꿈하늘」 창작 당시의 단재에게는 근대성의 핵심어인 '개체의 자유(사적인 자유)' 개념 자체가 매우 낯선, 아니 생경함을 넘어 '투쟁'의 대상이었던 듯하다.

<hr>

방식, 혹은 어떤 제도나 그 조직 양식 등을 일컫는 넓은 의미의 근대성 개념 안에서 단재를 이해할 수 있는 지점이 있을 수 있다. 흥미로운 점은 단재의 민족주의가, 구체제(전통성)를 옹호하는 아이러니와 만나고 있었던 식민지국가들의 저항적 민족주의와는 거리를 두고 있었다는 것이다.

위의 인용문에서 잘 드러나는 바와 같이 단재는 개체 사이의 분절적 차이나 개체의 자기 분열적 상쟁, 이를테면 "올흔팔이 왼팔다려 남이라" 일컫는 식의 자기 분열과 상쟁의 근대적 세계상을 인정하지 않았다. '나(개체)'의 자기 '싸움'을 극단적 자기 파멸, 곧 '자살'로 규정하는 사유 방식은 개체의 자율성을 존중하는 근대의 이성 중심적 세계 인식과는 어떤 식으로든 거리가 먼 것이었다. '가족'과 '국가' 중심주의에 의해 구성된 '내(개체)'만이 참된 실존적 지배력을 가질 수 있다는 단재의 이 결연한 기투는 당대의 식민지 근대성을 비판하는, 가장 절정의 비판적 로고스 중의 하나이기도 했다. 단재의 이러한 세계 인식은 그의 또 다른 우의 서사인 「용과 용의 대격전」에 와서 더욱 구체적으로 드러난다.

미리가 다시 엿자오더

"地上의 民衆은 대개 두 部分으로 난울 수 잇으니 (一)은 强國의 民衆이오 又(一)은 植民地의 民衆이올시다. 强國의 民衆은 아즉 그 惰力의 愛國心을 가진 同時에 國을 支配階級의 國으로 誤認하야 支配階級의 勢力을 擴張 增進케 하는 일은 愛國으로 誤信하여 그 愛國心 僞愛國心이 되고 말었습니다. 그런즉 强國의 民衆에게는 얼만큼 普通選擧의 權利 갓흔 것 勞動賃金의 增加 갓흔 것이나 許하여 주고 一面으로 그 僞愛國心을 獎勵하야 弱小國 民衆을 征服케 하면 植民地의 民衆을 壓迫케 하야 支配階級-資本主義의 先鋒이 되게 하면 彼等의 곱흔 배(腹)가 다시 私益 업는 虛榮에 불너저어 우리가 비록 멧십 년동안 彼等의 피를 빨아먹어도 압흔지를 모를 것이오. (…중략…) 植民地의 民衆처럼 속이기 쉬운 民衆이 업슴니다. 鐵道, 鑛山, 漁場, 森林, 良田, 沃畓, 商業, 工業 (…중략…) 모든 權利와 利益을 다 빼앗스며 稅納과 賭租를 작구 더 바더 몸서리나는 搾取를 行하면서도 것흐로 "너의들의 生存 安寧을 保障하여 주노라"고 써들면 속음니다."[13]

「용과 용의 대격전」(1928)은 잘 알려진 바대로, '환상성'이란 미적 장치를 통해 식민지 현실을 날카롭게 드러내고 있는 단재의 우의 서사물이다. 「꿈하늘」에서는 작중 인물인 '한놈'의 깨달음이 '강감찬'이나 '을지문덕'과 같은 역사적 위인과의 논쟁 플롯을 통해서 얻어지는 것에 비해, 「용과 용의 대격전」에서는 '천국(天國)의 상제와 지국(地國) 인민'이거나 '천사와 바울, 혹은 미리', 그리고 '미리와 드래곤' 등 서사 원환상의 주인물과 반면 인물(antagonist)들 사이의 '싸우는 플롯'을 통해 깨달음(어떤 가치)이 드러난다. 특히 「꿈하늘」과 비교해 볼 때, 이 작품에서는 '보통선거(普通選擧)의 권리(權利) 갓흔 것, 노동임금(勞動賃金)의 증가(增加) 갓흔 것'이나 '지배계급(支配階級)-자본주의(資本主義)'와 같은 '제도'의 문제가 비판과 투쟁의 대상으로 구체적으로 제시된다. 인용문에서도 잘 드러나는 바처럼, 이러한 제도들은 천국(天國)의 상제가 지국(地國)의 민중

---

13 단재신채호전집편찬위원회, 「용(龍)과 용(龍)의 대격전(大激戰)」, 『단재 신채호 전집』 제7권, 독립기념관 한국독립운동사연구소, 2008, 606면(이하 작품명, 인용면수만 표기).

을 통치하기 위하여 만든 것이었다.

여기서 우리는 천국 상제의 총신 '미리'를 통해 설계된 '지배계급-자본주의'라는 제도가 지국의 민중과 서구의 반적(叛敵)인 드래곤에 의해서 거부되는 서사에 주목할 필요가 있겠다. 작품의 '미리'와 '드래곤'에 대한 기존 연구는, 대체로 "동양적 복종 정신"의 상징으로서의 '미리'와 "서양적 반항 정신을 상징하는 '드래곤'"[14]이라거나 "지배 계급의 종교와 윤리 사상을 대표하는 것"으로써의 '미리'와 "민중적 혁명 사상을 대표하는 것"[15]으로써의 '드래곤'을 대립시켜 그 서사적 의미를 추출하고 있었다. 이후의 연구 성과들도 크게 보면, 이러한 구도와 시각에서 크게 벗어나지 않는다. 다만, 기존의 이와 같은 연구 성과가 보여주고 있는 생산적 결과에도 불구하고, 우리는 단재의 이 우의 서사를 관류하고 있는 민족주의와 근대성 인식에 대한 더 구체적인 탐색을 여전히 요청할 필요가 있다.

요컨대, 이 우의 서사를 통해 단재가 비판한 서구 근대의 두 모순에 주목할 필요가 있다는 것이다. 그 하나가 바로 서구 근대가 창출한 근대의 지식과 제도, 그리고 이 시기 서구적 근대성의 토대를 이루고 있는 이성이 '도구적 이성'으로 전화하면서 배태시킨 당대의 현실 모순과 관련한 단재의 인식을 탐색하는 것이다.

---

14 송재소, 「단재소설에 있어서의 민족과 민중의 인식」, 『한국 근대문학사론』, 한길사, 1982, 321면.

15 이선영, 「신채호의 사상과 문학」, 『신채호』, 고려대 출판부, 1990, 231면.

단재의 우의 서사는 단재의 서사물(전(傳) / 역사소설 / 야담류)을 통틀어 '(서구적) 근대성', 그리고 그 왜곡으로서의 식민주의와 자본주의에 대한 비판이 가장 극명하게 드러난 서사물이었다. 특히 도구적 이성의 환유인 '천사'와 '미리'가 "코쑬네보다 더 잔악(惡)한 정치법률(政治法律)"과 "굴네보다 더 흉참(凶慘)한 윤리도덕(倫理道德)"을 통해 "인민의 피를 짜먹고 살을 쓰더 먹고 내종에는 뼈까지 밧삭밧삭 쌔물어 먹는"[16] 행위로 지국의 민중을 악랄하게 통치하는 존재로 묘사하는 「용과 용의 대격전」에서 이 점은 잘 드러난다. 말하자면, 개별 주체(천사 / 미리)들이 자행한 야만적 행위에 대한 비판을 통해 '(서구의)근대적 주체'에 대한 근원적인 불신과 그 억압적 속성을 선명하게 드러내고 있는 것이다. 이 점은 천궁 잔치에서의 상제의 말, 곧 "엇지하면 고놈들의 반역성(叛逆性)을 쏙 뽑아내여 산송장을 맨들어 노코 아모 염려(念慮) 업시"[17] 살 수 있는 방책을 올리라는 진술에서 특히 잘 드러난다. 단재의 이 우의 서사에서는 서구적 이성은 "권력 관계의 유지 확장을 위한 수단으로 기능하고 있으며, 그런 한에서 이성은 '권력적 이성'이자 인간 주체를 억압하고 소외시키는 도구임이 밝혀진다."[18]

천궁의 시각(고놈들의 반역성)이 아닌 지국(地國)의 논리에서 보면, 그것은 반역이 될 수 없다. 결국, 천궁의 상제주의라는 "미신(迷信)

---

16 「용과 용의 대격전」, 604~605면.

17 「용과 용의 대격전」, 604면.

18 선우현, 「탈근대(성)의 포용으로서의 근대(성)」, 『사회와 철학』 2호, 사회와철학회, 2001, 109면.

이 깨여지니 상제(上帝)도 쏘 깨여질"[19] 수밖에 없는 것이다. 미리의 패배와 서구의 반적인 드래곤의 승리는 바로 단재의 이러한 시각이 반영된 서사적 귀결이었다. 망명(1910) 이후의 사상적 변화는 있었지만, 단재에게 '내(我)'의 '싸움' 대상(非我)은 여전히 변화하지 않고 있었던 것이다.

아울러 서구 근대의 또 하나의 모순인 서구적 인종주의에 대한 단재의 인식 역시 매우 날카롭게 드러나고 있었다. 주지하다시피 서구의 인종주의 개념은 계몽주의 이후 형성되기 시작한 지적 담론의 하나였다. 특히 계몽주의 이래 서구의 사회구성체를 형성하는 가장 강력한 이데올로기로써의 인종주의가 사람들의 인식을 주형하는 사회적 상상태로 자리 잡는 데에는 18세기 급성장한 인쇄출판문화에 토대한 제도화된 문학의 역할이 결정적이었다.[20] 이러한 사정은 비단 서구에만 국한되는 것은 아닌 듯싶다. 실제로, 근대 초기의 우리 서사물(서구적 인쇄 기술과 출판 자본주의 형성의 결과로 족출한 매체들을 통해서 발표된 서사물)들에서 드러나고 있는 인종 담론의 내용과 형식, 그리고 인종 담론의 형성 과정 자체가 고스란히 서구의 그것을 닮아 있다는 점에서 이 점은 잘 방증된다. 이제 문학과 인종주의, 그리고 이 시기 문학의 근대성 논의에 대한 성찰적 접근은 이제 매우 보편적인 문학사적 과제이기도 하다.

---

19 「용과 용의 대격전」, 618면.
20 신문수, 「근대성·인종주의·문학」, 『영어영문학』 제52호, 2006, 219면.

사실 보편적 이성에 토대한 서구 근대가 타자 배제에 기초한 인종주의와 교섭할 수 있는 담론 지점은 적어도 이론적으로는 존재할 수 없다. 계몽주의 이래 서구 근대는, 인간 해방과 역사적 진보에 대한 신념, 그리고 객관적 과학과 보편적 도덕에 대한 믿음에 기초한 근대성 기획을 표방하고 있었다. 18세기 린네의 인종 분류가 객관적 과학원리에 기초한 분류라고 해서 보편적 도덕 기율에 어긋나는 그의 인종적 편견까지 모두 용인하는 논리는 일단 서구 근대성의 기획과는 배치되는 것이었다. 그러나 이후 현실은 서구 근대성의 기획과는 정 반대의 결과를 드러내고 있었다. 서구 근대성의 인종주의, 곧 배타적 인종주의가 야기한 파괴적 결과에 대한 단재의 인식은 매우 절박했던 듯하다. 단재는 서구 근대의 "물질적(物質的) 문명(文明)이 발달(發達)ㅎ야 인종(人種)의 멸절(滅絶)이 백년(百年) 혹(或) 십년(十年)에 일현(一現)ㅎ나니 엇지 가경(可驚)홀 바 아니리오"[21]라며 서구 근대성에 대한 비판적 성찰을 요구하고 있다. 말할 것도 없이 '인종의 멸절'이란 명백하게 "동서(東西) 황백(黃白) 양종(兩種)의 경쟁시대(競爭時代)"[22]에 서양, 곧 역사적 진보와 인간 해방에 기초한 서구적 근대에 의해 오히려 타자화된 '황인종'의 멸절 상황을 지칭하는 것이다. 서구 제국주의의 비서구 타자화의 논리는 서구 우월적 인종주의에 다름 아닌 것이다.

---

21 신채호, 「멸절(滅絶)된 인종(人種)」, 『대한매일신보』, 1909.12.30.
22 신채호, 「동양주의(東洋主義)에 대(對)훈 비평(批評)」, 『대한매일신보』, 1909.8.8.

단재는, '멸절된 인종론'을 통해서 서구 근대성을 구성하는 한 구성 요소로써의 '배타적 인종주의'가 야기한 파괴적 결과(인종의 멸절)를 매우 절절하게 인식하고 있었다. 때문에 단재에게 '서구'는 단순한 지리적 구성물만이 될 수 없었던 듯하다. 단재에게 '서구'는 배제적 인종주의에 기초한 역사적 구체물이었던바, 드레곤에 의해 거부되는 '지배계급-자본주의'와 같은 서구 '제도'가 결국 인종주의와 연계될 수밖에 없는 이유는 다른 데 있지 않다. 서구 근대(성)의 구성물인 배타적 인종주의에 의해서 타자화된, 이른바 '속이기 쉬운 민중(民衆)'이 바로 동양의 '황인종'이었고, 이 시기 문학은 이렇게 왜곡된 타인종(서구 문학의 동양 황인종) 이미지를 끊임없이 유포시키는 역할을 하였다. 「용과 용의 대격전」의 또 다른 서사적 의의는, 바로 이와 같은 서구의 배타적 인종주의를 가장 날카롭게 직시한 인물 형상, 곧 서구의 반적(叛敵)인 드래곤을 창출한 데 있었다.

한국소설사의 100년, 특히 리얼리즘 소설로 '규정된' 소설들의 앞자리는 어쨌든 '그 기원의 최대치'인 단재의 작품들로 수놓아질 수 있겠다. 단재의 소설은, 100년을 지나는 동안 이 시기 소설의 날카로운 '변모'(더 극단적인 문학사적 평가로는, 주지하다시피 전대 소설과의 날카로운 '단절')의 소설사와도 어찌되었든 관계를 하고 있었다. 단재 이후의 소설사의 큰 흐름의 하나가 새로운 '내성(면)'과 '일상'의 발견과 확대이거나, 혹은 실험 소설의 족출로 규정되거나 간에, 이 시기의 리얼리즘 소설, 특히 민족문학론은 여전히 단재 소설이 성취한 역사적 성취를 크게 웃돈 것은 아니었던 듯하다.

물론, 단재의 서사에서 '주어진 사실로서의 역사'가 '특정한 시선', 곧 민족주의 역사관에 의해서 '왜곡'되었다는 평가를 얻을 수도 있겠다. 우리는 이러한 비판적 평가가, 역사 서술과 이해에 대한 전통적 견해(역사 서술의 주체는 오로지 주어진 역사적 사실만을 객관적/과학적으로 드러낼 뿐, 자신의 관점을 '드러내서 만들지' 않는다)와 관련한다는 사실을 어렵지 않게 읽어낼 수 있다. 그럼에도 불구하고 여전히 단재 서사의 의미(굳이 푸코의 역사 철학적 담론에 기대지 않더라도)는, '기억'이 역사(특정한 사건의 역사적 의미)를 어떻게 '만들어내고 있는가'의 문제와 관련하여 탐색될 수 있다는 사실에 주목할 필요가 있다.[23] 요컨대 단재의 서사는, 특정 기억을 전유하는 주체들(권력 집단)에 의해 '만들어진' 역사, 곧 개인적 기억이 집단적 기억으로 전이하면서 '찬탈되는' 역사를 형상화하고 있다. 짐작할 수 있듯이, "어느 시대 어느 민족이건 새로운 권력 주체들은 역사

---

23 주지하다시피, 푸코는 역사적 사실의 객관성에 대한 믿음을 망상이라고 폄하하면서 역사적 사실이란 오로지 담론의 산물이라고 주장했다. 그에 따르면, "우리의 기억은 그 내용보다는 그것이 재현되는 형식에 의해 규정되며 이것에 영향력을 행사하는 것은 특정한 집단의 권력이다. 권력 집단은 나름의 정치적 수사를 동원하여 과거의 이미지를 창조"하는데, 이때 과거 재현의 수단인 "언어란 단지 담론을 운반하는 기구일 뿐만 아니라 현실을 구축하는 힘으로 작용한다." 과거 재현의 수단에 주목하라는 푸코의 요구 이후 "역사 서술이 정치적 수사의 성격을 띠는 내러티브를 이룬다는 점"은 재론의 여지없이 분명해졌고, "역사 서술이 객관적 진리를 전달한다기보다 특정한 가치관을 그렇듯 하게 풀어내는 '이야기'에 속한다는 견해는 많은 연구가들에게 별다른 거부감 없이 받아들여지고 있다"(전진성, 『역사가 기억을 말하다』, 휴머니스트, 2005, 105면 이하 참조; 권선형, 「역사 새로 쓰기와 기억／망각화 작업―역사와 기억 그리고 정체성」, 『혜세연구』, 한국혜세학회, 2006, 414면 참조).

를 새로 쓰고, 각종 기억 매체들을 이용한 기억화 작업을 통해서 자기 묘사에 열을 올리는데, 경우에 따라서는 현재의 정치적 이해가 역사 서술의 제반 기능을 능가하기도 한다."[24] 이러한 현상이 문제가 되는 것은, 그것이 근대적 역사철학을 구성하는 일련의 탈역사 개념과는 다른 차원의 '과거 억누르기'와 관련할 때이다. 말하자면, 현재에 의해 '(부정적으로) 지휘된' 과거를 다시 회복하려는 탈역사적 개념을 역(부정적으로 전복)으로 활용하는 것이다.[25]

우리는 역사를 과거의 재현으로 정의하는 보편적 방식에 동의할 수 있지만, 한편으로는 '현재에 의해서 새로 만들어진 과거'란 생각에 주목할 필요도 있다. 이런 관점에서 보면, 현재를 구성하고 있는 존재(자아)의 정치적 이데올로기에 의해서 활성화된 기억은 늘 어떤 사실(경험)을 '성스럽게 하거나, 혹은 불온하게' 할 수 있다. 말하자면, 현재를 구성하고 있는 '어떤 자아(집단)'는 늘 '어떤 경험'을 '마법화'할 수 있는 것이다. 이런 점에서 역사는 '탈마법화' 과정이다는 보편적 정의에 동의할 수 없는 경우도 존재한다. 역사가 역으로 마법화(왜곡)되는 것이다. 특히, '기억'이 집단의 이데올로기에 의해 '새로 만들어져' 맥락화될 때, 이와 같은 기억과 결합한 역사를 우리는 '마법화된 역사'라 명명할 수 있겠다. 이러한 경우의 '역사'란 객관적(중립적)인 역사라기보다는 '당파적

24　권선형, 위의 글, 421면 참조.
25　주지하다시피, 탈근대적 반역사주의 역사철학에서는 '현재(과거와 미래의 연결(과도기)로서의 현재가 아닌)'의 회복은 과거와 미래 사이에서의 긍정적 단절을 통해서 이루어질 수 있는바, 기억이 늘 '현재'에서 활성화되는 이유도 이와 무관하지 않다.

인' 역사(사실 모든 역사가 의미 부여의 조건, 곧 당파성과 무관할 수는 없지만)가 될 수밖에 없다. 역사의 보편성, 곧 '모든 사람의 역사'가 될 수 없는 것이다.

잘 알려진 바처럼, 역사는 기록하는 순간, '있는 그대로의' 역사는 상실된다. 그러나 역사, 곧 "현재와의 활성적 관계를 상실한 것을 기록한 기억들의 기억"[26]으로서의 역사는 언제나 '새로운 활성적 의미'를 만들어낼 수 있다. 역사는 개인과 집단의 자기 해석과 자기 규정(정체성)의 문제와 늘 관련하기 때문이다. 우리는, 과거의 모든 경험을 의미화할 수는 없다는 사실에 동의한다. 의미는 언제나 기억이 '발생시킨(기억을 통해 과거의 경험을 자기화 / 집단화한)' 구성물(파생물)이다. 특히, 국가나 민족과 같은 집단적 주체들에 의해 의미화된 과거는 매우 '특별한 의미'를 만들어낸다. 문제는 이 과정에서 일어나는 '진실의 왜곡' 가능성이다. 주지하다시피 역사는 본질적으로는 '모두에게 귀속되는 되는 것'이기도 하지만, 또 한편으로는 '누구에게도 귀속되지 않는 것'이다. 과거의 생생한 사건이 '누구에게만 귀속하는' 진실이 될 때 역사의 진실에 대한 왜곡이 야기된다. 이런 의미에서 역사적 진실의 왜곡은 '모두에게 속해야할 역사'를 '누군가에게만 속하는 진실'로 '바꾸어 놓는(혹은 찬탈하는)'는 과정인 것이다. 특히 정치적인 기억이 첨예화된 '과거의 경험'이 그러하다. 찬탈의 주체들은 늘 '과거도

---

26 알라이다 아스만, 변학수 역, 『기억의 공간』, 경북대 출판부, 2003, 169면.

찬탈'하지만, 동시에 '미래도 찬탈'한다. 이런 의미에서 단재의 「용과 용의 대격전」의 '천상'이나 「꿈하늘」의 '아픔 벌'도 결국은 정치 이데올로기의 주체들(집단들)에 의해 '찬탈된' 장소(기념비)이다. 바로 이와 같은 찬탈의 주체를 우리는 '(역사적) 승자'로 지칭할 수 있는바, 이들에 의해 기술되는 '역사'는 말할 것도 없이 승자의 역사이다. 문제는, 찬탈 주체에 의해 기술되는 '(그들의)역사'는 역으로 그들에 의해 '잊혀진 역사'가 될 수도 있다.

이와 관련하여 우리는, '인간의 기억이 개인의 실존적 삶(혹은 역사적 실체)을 가장 선명하게 표상하는 수단이다'는 생각에 동의할 필요가 있겠다. 인간의 기억은 늘 '왜곡적 확장'(어떤 부면에서는 '축소'일 수도 있겠지만)의 문제와 만날 수 있지만, 어떤 식으로든 기억의 다른 저장 형태(매체, 구술)를 통해서 끊임없이 후대에 전수된다. 기억이 '문화적 원소'인 이유가 여기에 있다. 공동체는 문화적 학습을 통해서 기억을 공유하는 집단이다. 때문에 기억은 늘 공유(또는 학습)의 과정에서 특정 집단의 이데올로기와 만날 수밖에 없다. 특정 이데올로기와 결합된 기억은 매우 복잡한 '기억화'의 과정을 거칠 수밖에 없다. 사실, 개인(집단) 간의 만남과 투쟁은 기억화의 과정에 다름 아니다. 곧 개인적, 혹은 집단적 만남과 투쟁은 자기의 이데올로기를 작동시켜 타자의 기억을 공유(혹은 배제)하는 행위인 것이다. 지나간 역사적 사건과 실체에 대한 엇갈린 해석도 결국은 기억이 가지고 있는 본래적 특성과 무관하지 않은 것이다. 말하자면 주체의 기억과 배제된 타자의 기억이 다르다는 것, 이른바 '모순의 기억화' 과정 때문에 기억은 늘 문제적 쟁점을 야기한다.

한편, 개인의 과거도 그러하겠지만, 집단의 역사적 과거가 늘 새로운 것도 결국은 기억화 과정을 거치면서 과거가 '지휘되기' 때문인 것이다. 기억에 의해서 '과거가 지휘되기' 때문에 과거는 늘 새로울 수밖에 없는 것이다. 여기에서 우리는 기억의 속성, 곧 "기억은 단순히 전해지는 것이 아니라 항상 새로운 타협을 하고, 매개되고 적응되는 것"[27]이란 사실을 환기할 필요가 있다. 우리는 기억과 관련한 '새로운 타협'이 개인이나 집단 사이에서 일어나는 '새로운 해석'의 범주란 사실에 주목할 필요가 있다. 물론, 이 해석의 과정에서 투쟁적 길항이 일어날 수밖에 없다. 기억 투쟁이 '해석 투쟁'인 이유가 여기에 있다. 특히, 이와 같은 기억 투쟁(말할 것도 없이 한국 문학 진영으로만 한정할 경우)은 단재 서사 이후 매우 긴요한 현실적 과제로 대두하였다. 이런 점에서 단재 이후 생생한 문학의 언어로 소생한 '역사의 기억'과 관련한 문학 진영의 해석 투쟁은 정치적 공론의 장이나 사회공학에서 다분히 유폐적 형태로 진행된 학술적 탐색들을 뛰어넘는 값진 성과로 볼 수 있겠다. 단재 서사 이후, 역사의 기억 문제를 다루는 소설 작품을 통해서 우리는 '사실의 언어'가 가지고 있는 한계를 문학의 언어가 어떻게 훌쩍 뛰어 넘으면서 역사의 기억을 활성화시키는가를

---

27 위의 책, 23면.

확인할 수 있었다.

이와 관련하여 보면 「꿈하늘」이나 「용과 용의 대격전」의 소설적 위상도 더욱 선명해진다. 단재의 서사는 결국 투쟁의 기억을 가진 개인들(한놈, 미리, 드래곤 등)의 기억 투쟁을 생생한 문학의 언어로 살려내고 있는 작품인 셈이다. 특히 아래의 인용문을 보면, 기억 투쟁 대한 작가의 독창적 시선이 돋보이는바, 곧 민중의 기억을 '빼앗아 강탈하는', 이른바 '제국', '천국' 등으로 표상된 모든 '지배 세력'의 기억 투쟁에 대한 작가의 비판적 시선이 구체적으로 진술된다.

> 天國이 全滅되기 前에는 드래곤의 正體가 오즉 '0'으로 表現될 쑨이다. 그러나 드래곤의 '0'은 數學上의 '0'과는 달으다.
>
> 數學上의 '0'은 자리만 잇고 實物은 업지만 드래곤의 '0'은 一도 二도 三도 四도 乃至 十 百 千 萬 等 모든 數字로 될 수 잇다.
>
> 數學上의 '0'은 자리만 잇고 實物은 업지만 드래곤의 '0'은 총도, 칼도, 불도, 베락도, 其他 모든 '테로'가 될 수 있다. 今日에는 드래곤이 '0'으로 表現되지만 明日에는 드래곤의 對象의 敵이 '0'으로 消滅되야 帝國도 '0', 天國도 '0' 기타 모든 支配勢力이 '0'될 것이다. 모든 支配勢力이 '0'되는 째에는 드래곤이 正體的 建設이 우리의 눈에 보일 것이다.[28]

---

28 「용과 용의 대격전」, 610면.

단재는 「꿈하늘」에서 '한놈'의 투쟁, 곧 한놈과 그 분신으로 형상화된 '아(我)와 비아(非我)'의 투쟁을 통하여 민족 정신이 형성되는 과정을 형상화하고 있다. 「용과 용의 대격전」 역시 마찬가지이다. 서사 공간인 '천궁'은 민중에 대한 억압책이 기획되는 '상처의 장소(공간)'가 된다. 그렇다면 천궁은 말할 것도 없이 '상처의 기억'을 내장하는 공간일 수밖에 없다. 물론 '장소' 그 자체는 기억을 환기시키는 역할을 하지만, '상처의 장소'가 모두에게 동일한 '상처의 기억'을 공유하게 할 수는 없다. 예컨대, 기억 주체의 성격에 따라 기억의 의미는 상이하게 분유될 수밖에 없다. 상처의 장소는, 늘 통제의(혹은 정치적) 메커니즘을 통해 '저장된 기억'만을 제공하거나, 제공할 수밖에 없다. 물론 우리는 기억을 통해서 '부당한 역사'에 저항하는 힘을 얻게 된다. 그러나 그것은 역사적 '통어'와 '감시' 안에 있을 때, 망각과 왜곡에 저항하는 힘이 된다.

주지하다시피, 어떤 "물질적 잔여물을 가진 역사적 현장인 기억의 장소들은 항상 모든 상징적 의미 해석과 이용 가치 면에서 하나의 상징"[29]으로 작동한다. 이러한 기억의 장소들을 통해서 우리는 '과거, 혹은 역사와의' 직접적인 만남을 경험하게 된다. 「용과 용의 대격전」에서, 민중들이 경험하는 역사는 '과거의 생생한 삶의 현실'도, 또 그것과 서로 얽어 짜인 '현재(지금 여기의 삶)'도 사라진, 말하자면 화석화된 '반쪽 진실'만 환기시키는 공간으

---

[29] 알라이다 아스만, 변학수 역, 『기억의 공간』, 경북대 출판부, 2003, 442면.

로 형상화된다.

　인간에게 기억의 공간은 본질적으로 지나간 것(사람)과의 결합을 위해 존재하는 것이라기보다는 '살아 있는 사람'들을 결속시키기 위해 존재한다. 인간은 '특정한 공간'(서사 공간)을 통해서 서로가 공유한 '공동 기억'을 향유하게 된다. 말하자면, 특정한 공간을 통해 '공동 기억'을 도출해내고, 그것에 대한 의미 부여를 통해 자신의 정체성을 확인하게 된다. 때문에 '공동(혹은 집단적) 기억'이 해체될 경우 그 기억을 공유한 집단도 해체될 수밖에 없다. 특히, 정치적 환경(이데올로기)의 변화와 기억의 날조는 '공동 기억'을 해체하는 가장 큰 요인이 될 수 있다. 아울러, 특정 기억 장치(현대에서는 대표적으로 박물관)가 과거의 경험(사건)을 탈개인화하는 방식(종교적 차원에서 보면 '신성함을 획득하려는 방식')으로 활용된다면, 그 기억 장치는 대표적인 기억 왜곡 장치가 될 수밖에 없다.

　과거(혹은 '역사적 과거'에 대한 기억의 통제)가 권력의 유지와 통치 행위의 수단이 되는 것은 기억의 기능 때문이지만, 그것이 특정한 이데올로기와 결합하여 구성될 때에는 필연적으로 기억 왜곡 논쟁이 더욱 첨예화된다. 이른바, 기억이 서로 적대적인 이데올로기, 혹은 서로 상반되는 제도적 맥락에서 재구성될 수 있다는 것이다. 「용과 용의 대격전」의 '천궁' 역시 '현재'가 작동시킨 기억 장치였다. 그런데 문제는, '천궁'에서 민중을 억압하는 억압책에 의해 역사적 과거가 '억눌려진다'는 것이다. 그것을 위의 인용문에서는 드래곤의 정체가 '0'으로 표상된다고 진술하고 있다. 드래곤을 탄생케 했던 '천궁'의 원래 기억은 사라지고, 왜곡된 기억의 장소(천궁)만 남았기 때문이다. 드래곤에게는 자기를 탄생케 한 '천궁' 자체가 "기억을 정복하고 뽑아내려는"[30] 압력, 곧 왜곡된 역사에 의해서 기억이 '지휘된, 혹은 빼앗긴' 공간이 된 셈이다. 요컨대 '천궁'의 기억 왜곡자들(미리와 상제)에 의해 민중의 삶의 역사가 말 그대로 "더 이상 없는 과거의 것"[31]으로 실종되면서 오히려 의심스런 존재로 전락한 것이다.

주지하다시피 단재는 「용과 용의 대격전」을 저술할 당시 이미 아나키즘에 깊이 경도되었던 점을 비추어본다면, "총도, 칼도, 불도, 베락도, 기타 모든 '테로'"가 될 수 있는 존재로 표상된 드래곤의 '0'은 그의 아나키즘적 세계관을 드러내는 것일 수 있겠다. 말하자면, '모든 지배세력이 0이 되는 때'까지 상제가 왜곡시킨 기억과 투쟁하는 것 자체가, 곧 상제와 미리가 구성한 제도와 국가 자체가 부정의 대상이 된다는 점에서 아나키즘의 세계와 분명하게 만나는 지점이 존재한다. 다만, 그것은 단재가 부정하려 한 '지배'의 주체(구체적으로는 일본 제국주의와 종교)와 그들에 의해 구성된 '국가' 체제의 부정이란 한정적 의미 안에서의 이해이기도 하다.

사실, 「용과 용의 대격전」에서의 더 중요한 핵서사의 의미가, '천궁'의 개별 주체들(상제와 같은 신적 주체나 미리와 같은 충노)의 서사

---

30 김인중, 「기억과 역사 사이에서」, 『서양사론』 제87호, 한국서양사학회, 2005, 287면.
31 정기철, 「리꾀르의 기억과 역사이론에 대한 숙고」, 『해석학연구』 제19집, 한국해석학회, 2007, 65면.

적 기능을 약화시키는 것(허약한 적대자)을 통해 주체의 해체를 겨
냥한 것임(아나키즘의 표상)은 아니었던 듯하다. 그것보다는 바로
탈취와 배제의 망탈리테에 의한 '역사 실종'을 더 절절하게 드러
내려 했던 듯하다. 사실, '(역사적) 기억'은 당대의 생생한 삶이고
언제나 살아있는 집단에 의해 생겨나며, 그것은 늘 '기억(력)'과 '망
각'의 변증법에 노출되어 있다. 하나의 기억은 다른 하나의 기억을
배제한다. 그렇지 않고서는 '새로운 생성'이 존재할 수 없다. 그러
기에 "기억은 언제나 현재 일어나고 있는 현상이고, 우리를 영원
한 현재에 묶는 끈이 기억이라면, 역사는 과거에 대한 하나의 표
상"[32]이다. 그러기에 '천궁'의 개별 주체들(상제와 미리, 그리고 천사)의
역사는 그들이 '새로 만든', 요컨대 그들의 기억이 결속시킨 집단
으로부터 솟아난 마땅한 '삶'일 수 있다. 그런데 문제는, 이러한 기
억이 타자를 통해서 '내적으로 체험되지 않거나, 적대적으로 전유
될' 때에는 그러한 기억에 의한 역사는 말 그대로 '초현실적인 그
림(민중을 억압하는 천궁)'같은 역사로 '차폐(遮蔽)'된다는 점이다. 역사
가 자신의 보편적 사명, 곧 '신성한 것을 박탈하여 속화시키는' 사
명을 잊어버리고 '특정한 영웅(이데올로기)'을 신화화하는 초월의 시
간으로 빨려 들어가는 것이다. 우리는, 그것(예컨대 상제와 미리가 느
낀 감정)을 '역사 실종'이라 호명해도 무방할 듯하다. [33]

---

32 김인중, 「기억과 역사 사이에서」, 『서양사론』 제87호, 한국서양사학회, 2005, 288면.
33 말할 것도 없이 이러한 관점은 이미 잘 알려진 근대의 역사철학적 관점에 기대어
    본 해석으로만 이해하는 것이 온당할 듯하다.

흔히 전쟁(혹은 기억 투쟁)과 같은 매우 특별한 경험은 개인에게서 어떤 식으로든 떨쳐버리기 어려운 '각인된 기억', 곧 트라우마를 갖게 한다. 실제로 우리의 근대문학사, 특히 근대 초기의 민족문학을 탐색하는 자리에서 그 트라우마 때문에 고통받는 인물들의 '기억 대체' 행위와 관련한 작품은 의미 있는 탐구의 대상일 수 있다. 그렇다면, 「용과 용의 대격전」에서의 '천궁'과 관련한 기억 투쟁과 그 트라우마의 핵심적 의미는 무엇과 연계되어 있는가.

여기에서 우리는 우선 「용과 용의 대격전」이 가지는 극단의 모험 형식에 대한 이해가 필요할 듯하다. 요컨대 이 작품에서는 일반적인 이야기 형식(골격)을 '깨트리는' 방식, 곧 인물들의 경험 층위들(에피소드)을 매우 자유롭게 배열하거나, 초월적인 시공간 전환과 배치와 같은 형식을 통해 기억 투쟁을 다층적으로 펼쳐내고 있다. 실제로 전쟁이나 그와 관련된 기억 투쟁을 다루는 많은 작품에서는 늘 전통을 넘어서는 '자기 고유의 형식'을 통해 '투쟁과 기억'의 문제가 더욱 예각화한다. 말하자면, 초월의 형식이 지적인 형식(정통적 근대소설 형식)보다 '투쟁과 기억'을 이야기하는 방식으로는 훨씬 더 '지적'인 것이다. 민중들의 '투쟁과 기억'을 말하는 데 있어서 지적인 형식이 작가에게는 오히려 더 불편했던 듯하다.

그런데, 작품의 형식에 대한 새로운 고안(예컨대, 환상기법의 차용)이 겨냥하는 지점은 모든 소설 형식이 그러하듯, 「용과 용의 대격전」 역시 말할 것도 없이 '투쟁과 기억' 문제를 소설적으로 형상화하기 위한 것이었다. 여기에서 우리는 「용과 용의 대격전」의 핵서사의 의미가 지배와 복종의 문제와 관련하는 증오 기억이란 사실을 다시 환기할 필요가 있다. '드래곤'과 민중의 입장에서 보면, 권력주체들(상제와 미리, 그리고 예수와 공자와 석가)의 행위는 그들의 삶을 말살하려는 행위이다. 물론, '상제나 미리'의 입장에서 보면 그 반대의 역이 성립한다. 이런 점에서 보면 「용과 용의 대격전」은 종교적 차원의 '개인화된 죄'의 문제를 다룬다기보다는 정치적 차원의 생사 투쟁을 다루고 있는 작품이다. 말하자면, 작중 인물들은 '현실'을 어떻게 해석하는냐에 따라 그들의 정치적 정당성과 이데올로기가 좌지우지되고 있다. 그들의 삶은 자신들을 둘러싸고 있는 현실의 '조건'에 따라 규정될 수밖에 없다. 「용과 용의 대격전」의 민중들이 "가진 것은 그 빨간 몸"[34]뿐이다. 그러기에 그들의 '빨간 몸'은 그들에게는 삶의 '기억'을 저장하고 있는 가장 활성화된 매체이다. 따라서 그들 스스로 자신들의 몸의 "피를 뽑아 술을 빗고 눈물을 짜아 떡을 맨들어 장엄(莊嚴)한 제단 (祭壇)"[35]에 '미리님'을 위해 바치는 것이야말로 가장 신성한 행위인 셈이다. 이들에게 '(역사적) 삶'이란 '몸'을 매개로한 기억행위에 다름 아니다. 역사(혹은 역사적 기억)가 어떤 특정 장소에 새겨진 기억과 만나는 과정이듯이, 이들에게 삶은 '몸'에 새겨진 기억을 매개로한 과정일 따름이다.

---

34 「용과 용의 대격전」, 603면.
35 「용과 용의 대격전」, 603면.

　그런데 문제는, 이들의 기억이 무엇보다도 봉건제도하의 '지배와 복종'의 기억을 내장하고 있다는 사실이다. '지국(地國)' 체계 내에서 이들은 독립된 개체가 아니라 천궁의 식민지와 봉건적 질서와 사슬을 구축하는 하나의 고리에 불과하다. 삶의 가치와 의미는 사라지고, 오직 봉건적 질서, 곧 봉건적 기억을 내장한 '천궁'과 '지국'의 질서를 철저하게 지켜나가는 데 필요한 수단으로 전락한 삶만이 보장될 뿐이었다. 이들은 역사를 '만들지 못하는' 사람들인 셈이었다. 그러나 드래곤 이후의 '지국'은 이제 역사의 새로운 주체들을 요구하고 있었다. 이제, 자신들의 정당한 "생존(生存)을 요구(要求)하는 인민(人民)"[36]이 되어 역사의 새로운 주체들로 등장하고 있다. 이들에게 봉건적 질서의 정당성은 이미 상실되었다.

　특히 '천궁', 그리고 이들이 생존하고 있는 '지국'은 봉건적 습속이나 사회적 차별에 대한 역사적 기억이 가장 첨예화된 공간이었다. 이들에게 '천궁'과 '지국'은 서로에 대한 증오 기억으로 점철된, 이른바 '상처'의 공간이기도 하다. 이러한 공간에서의 자아는 과거의 경험(상처)을 미래화(화해)하는 역동적 에너지가 상실된다. 특히 지배 주체(상제와 미리)의 '자아'는 늘 "자기 왜곡, 자기 분리, 자기 이중화"[37]의 가능성을 더 갖고 있다. 원래가 '과거의 경험(상처)'를 회상하는 기억이 원래의 기억과는 거리가 멀지만, '증

36　「용과 용의 대격전」, 604면.
37　알라이다 아스만, 변학수 역, 『기억의 공간』, 경북대 출판부, 2003, 127면.

오 기억'에 사로잡힌 자아들의 회상 기억은 훨씬 더 '신뢰하기 어려운 과거'를 재생하는 경우가 허다하다. 원래가 과거의 경험을 회상하는 기억 자체가 '사후 재생'의 속성, 곧 자기 기억의 '수정본'을 만들어 나가는 과정이기는 하지만, '증오 기억'을 가진 자아들(상제와 미리)의 기억 수정본은 훨씬 더, 위험한 수정본을 생산해 낸다. 차라리 기억하지 못하는 자들(민중)보다 훨씬 더 위험한 것이다. 이러한 점에서 왜곡된 증오의 기억을 가진 자들에 대한 문제를 환기시키는, 이른바 '기억의 환기자들'의 지혜와 성숙은 매우 중요한 역할을 한다. 이 작품의 드래곤은 바로 이런 점에서 새로운 기억을 매개하고, 이와 같이 매개한 기억에 의해 '역사적 기억'이 완성하려는 새로운 '기억의 환기자' 역할을 하는 셈이다. 역사는 '기억' 그 자체이지만, 엄밀하게는 매개된 기억이기 때문에 '변하는 기억'일 수밖에 없다.

이런 점에서 「용과 용의 대격전」은, "어떤 지역과 사람들은 지배를 '받아야만 한다'는 생각을 포함하는 이념적 형성에 의해서 그리고 지배와 연관되는 지식의 형태에 의해 추진된"[38] 사회 구성체를 모두 부정한다. 말할 것도 없이 이 작품에서는 지배를 '해야 한다 / 받아야 한다'와 같은 지배의 망탈리테에 의해 '예전부터 살아오던 사람살이의 일'이 훼손되는 사회를 부정하고 있다. 이 작품에서는, 특히 투쟁의 매개적 함수가 '종교와 신분'이란 사

---

38 에드워드 사이드, 김성곤·정정호 역, 『문화와 제국주의』, 창, 1995, 56면.

실에서 두 집단의 생사 투쟁의 공리는 더욱 선명해진다. 두 집단
이 야기한 '긴장'을 처리하는 방식에는 합리와 정의의 체계가 존재
할 수 없는 것이다. 온갖 형태의 비이성적 행태와 간계, 그리고 초
월적 문제 해결 방식이 족출하는 이유가 여기에 있다. 이 경우, 모
두가 다 만족할 수 있는 질서와 가치에 대한 합의적 결과를 기대할
수 없기 때문에 「용과 용의 대격전」 인물들은 본질적으로 시대와
불화하기 마련이다. '상제와 미리'도 그러하지만, 미리와 쌍생아인
'드래곤'도 적어도 '지금의' 우리에게는 '성숙한' 최소 도덕을 경험
할 수 있게 한 인물과는 어떤 거리가 여전히 있는 듯하다.

　인간의 기억은 숙명적으로 '부정확성'과 잇닿아 있다. 인간의
기억은 끊임없이 날조되고, 왜곡되고, 또 활용된다. 특히, 특정
개인들의 기억이 집단의 문화와 길항하는 과정에서 '기억 왜곡'
의 현상이 족출한다. 인간의 기억에 대한 공공의 감시와 비판이
요청되는 이유도 여기에 있다. 「용과 용의 대격전」에서는 (왜곡된)
역사의 침묵 밑에 가려진 '지국'의 억눌려진 과거가 새로운 기억
필터에 의해서 '정화된다(새로 만들어진다).' 전대의 서사물에서도
'드래곤'이나, 혹은 '민중' 같은 소외계층에 시선이 닿아 있었던
서사물들이 출현하고 있었지만, 그들은 여전히 '불온한 존재이거
나 낯선 존재', 혹은 '음흉한 존재'였다. 이들에게는 특별한 경우
를 빼놓고는 여전히 시선이 가지 않은, 무명이었다. 그들은 대개
가 철저하게 탄압받는 존재이거나, 늘 배경으로만 존재하는 '그
림자형' 인물에 지나지 않았었다. 이러한 한계가 단재의 「용과

용의 대격전」에 이르면 좀 다른 시각으로 형상된다. 특히 "집합적 기억을 가지고 있는 집단들 사이의 권력 관계"와 두 "체계의 논리에 새겨져 있는"[39] 기억의 작동, 기능, 왜곡에 대한 섬세한 탐색을 수행한 작품이다. 우리는 「용과 용의 대격전」을 통해서 '찬탈된' 기억이 "더 이상 존재하지 않는" 과거를 어떻게 "마치 존재하는 것"[40]처럼 왜곡시키는가를 분명하게 이해할 수 있었고, 한편으로는 그것을 극복해내는 성숙과 지혜의 길을 만나볼 수도 있었다. 이런 점에서 근대 초기의 민족문학론의 단초를 트는 작업에 있어서 단재의 서사는 의미 있는 지점들을 제공하고 있다.

주지하듯이, 단재는 「꿈하늘」(1916)을 통해 "무사적(武士的) 종교혼(宗教魂)-싸움",[41] 곧 이 시기 애국 계몽의 담론 표준을 '몽유자(한놈)-역사적 인물들(을지문덕이나 강감찬)' 사이에서 구축되고 있는 '질문과 좌절'이란 몽유 문법의 구성 시학을 통해 견인하고 있었다. 이 시기 단재 몽유록의 시선은 전(傳)과 조금도 다를 바 없는, '무강(武强)'의 계몽 벡터를 내장하고 있었던 셈이다. 그러기에 전(傳)과 더불어 이 시기 몽유록이, 한문학의 쇠잔과 무관하게 오히려 신문·잡지와 같은 매체를 통해서 활발하게 공간되는 것은 결코 상무 정신의 고양과 무관하지 않은 것이었다. 이 시기 단재에 의해서 몽유록은, 폐쇄적 회람의 영역(유학자들 사이에서만 창작되고

---

39 나당 바슈텔, 윤틱림 역, 「기억과 역사 사이에서」, 『역사 연구』 제9호, 역사학연구소, 2001, 262면.
40 김인중, 「기억과 역사 사이에서」, 『서양사론』 제87호, 한국서양사학회, 2005, 310면.
41 신채호, 「꿈하늘」, 『단재 신채호 전집』 하(개정판), 형설출판사, 1995, 181면.

향유되던 양식)에 갇혀 있던 전대의 서사물에서 신문·잡지라는 공론장의 영역 속으로 편입되면서 이 시기 애국 계몽 담론의 '최상 기호-상무주의'를 헌걸차게 호명해내는 계몽의 서사로 갱신되고 있었다.[42]

한편, 이 시기 단재의 몽유록의 시선이 '상무론'을 호명하여 '낡은 것으로서의 유가주의'를 비판하는 것에 있었다면, 또 다른 단재 서사(신화)의 시선은 '부여족(扶餘族)'에 가 있었다. 그것은 '아(我) : 낭가사상-비아(非我) : 유교사상'과 짝패를 이루면서 '아(我) : 고구려주의-비아(非我) : 제국주의'를 호명해내는 기억술과 관계하는 것이기도 하다. 우리가 단재가 남긴 두 편의 신화, 곧 「철마(鐵馬) 코를 내리치다」와 「구미호(九尾狐)와 오제(五帝)」의 기억술에 주목해야 하는 이유도 여기에 있다.

"五帝는 天神의 助力者인데 어떻게 先生이 이를 부렸으며 五色나무는 무슨 나무이기에 神이 이 나무에 依據합니까?"

"이 나무 이름은 扶桑이라 한다. 또 一名 無窮花나무라고도 한다. 世上사람들이 扶桑을 뽕나무의 一種으로 아는데 이것은 옳지 않다. 無窮花는 夫餘의 神聖한 나무인데 그 잎이 뽕나무 비슷하다 하여 扶桑이라 일컫는다. 世上에서 흔히 말하는 扶桑은 우선 五色이 나지 않고 오직

---

42 김찬기, 「근대계몽기 세 서사의 영웅과 그 인물 형상」, 『고전과 해석』 창간호, 고전문학한문학연구학회, 2006; 김찬기, 「근대계몽기 전(傳)에 관한 연구」, 고려대 박사논문, 2003.

無窮花만 五色이 나나니, 天地間에 나서 天宮 아래서만 자라난다. 바람·비·눈·서리·벌레·새·짐승, 또는 사람들의 侵害도 받지 않으므로 다섯 가지 精氣를 독차지하였으니, 能히 五色을 갖추어 變치 않는 것이다."[43]

우리의 신화, 특히 주몽신화나 단군신화와 같은 국조(國祖) 신화의 "기본 구상은 식물(나무)의 생명 현상에서 유추된 것임"[44]에서 알 수 있듯이 우리 신화의 출발 역시 어떤 식으로든 자연 현상과 관련한 경험에서 생겨났다. 우리의 국조 신화의 신적 존재들, 요컨대 환웅, 해모수, 혁거세, 수로와 같은 신적 존재들이 모두 산정이나 나무(숲)와 관련되고 있는 것도 바로 이러한 자연 현상에 대한 경험을 토대로 했기 때문이다. 말하자면 햇빛을 의인화한 태양신(sun-god), 곧 '환웅'과 '해모수'는 숲의 '나무'와 남달리 관련되어 있는 여성신으로서의 웅녀와 그 명명부터가 '유화(柳花)'라는 식물의 이미지를 띠고 있는 '나무'의 의인화, 곧 '나무신(tree-god)'과 만나 단군과 주몽을 낳았던 것이다. 말하자면 우리 신화의 신적 존재들의 탄생은 '햇빛–나무'와 같은 자연 현상, 특히 식물의 생명 현상에서 유추된 것이었다.[45]

---

43 신채호, 「구미호(九尾狐)와 오제(五帝)」, 『단재 신채호 전집』 하(개정판), 형설출판사, 1995, 361~362면(이하 작품명, 인용면수만 표기).

44 이상우, 「단군신화의 기본 구상」, 『고전문학 어떻게 가르칠 것인가』, 집문당, 1994, 100면.

45 위의 글, 102면.

　　흥미로운 사실은, 단재 서사의 신화적 사유(나무를 신성한 존재로 신화한 것)가 겨냥하는 지점 역시 그의 다른 서사물(전(傳)과 같은 역사 서사, 우의 서사, 몽유 서사)과 다르지 않다는 것이다. 단재의 신화 작품인 「구미호와 오제」에서 "부여(夫餘)의 신성(神聖)한 나무"로 표상된 '무궁화' 나무가 환기하는 의미는 어떤 식으로든 근대 초기의 자강파의 담론 표준(제국주의 부정)과 잇닿아 있었다. 서사에서 '무궁화나무'는 '이인(異人)'으로 둔갑하여 "지혜(智慧) 있는 사나이들을 미혹(迷惑)시키고는 그 정혈(精血)을 빨아 먹는"[46] 존재인 '구미호'를 물리치는 나무[五帝]였다. '구미호'는 원래 "천궁(天宮)의 권속(眷屬)으로서 향반(香飯)을 훔쳐 먹다가 죄(罪)를 입어 여우"[47]였다. 그렇다면, 「구미호와 오제」의 '구미호'는 「용과 용의 대격전」에서 제시된 '천궁' 권속의 '미리'와 상응할 수 있는 존재일 수 있겠다. 세계의 어느 역사적 시공간에서도 그렇듯이, 특히 신화는 민족적 위난의 상황에서는 늘 민족의 정체성을 확인시켜 주는 상징으로 기능한다. 단재의 신화관 역시 다르지 않았다. 「구미호와 오제」에서 드러나듯이 강한 국가주의적 관점에서 신화가 매개되는바, 젊은이를 미혹하여 정혈을 빨아 먹는 '구미호(일본 제국주의·서구 근대성)'를 물리치는 '오색(五色)나무[五帝]'의 원류를 "부여(夫餘)의 신성(神聖)한 나무"인 '무궁화나무'에서 찾는 단재 신화의 의도도 결국 우리 민족의 원류를 부여족(扶餘族)에서 찾는 근대 초

46　「구미호와 오제」, 362면.
47　「구미호와 오제」, 362면.

기 자강파의 계몽 논리의 서사화와 관련하는 것이다.

말하자면 근대 초기 자강파의 논리가 과거(단군-부여족-고구려)와 관련한 수사학적 기억술(신화)을 통해 매개되고 있었던 셈이다. 그렇다면 「철마 코를 내리치다」의 '단군(檀君) 시절(時節)'과 같은 신화적 공간 역시 마찬가지일 수 있겠다. 요컨대 '과거(단군-고구려)'와 관련한 기억이 단군 시절과 같은 상상적 공간이나 부여족의 '신성한 무궁화나무'와 같은 신성한 이미지를 통해 근대 초기 자강파의 논리(일본 제국주의 및 서구 근대성 부정)를 헌걸차게 호명하고 있었던 것이다.

2) 근대 추수의 파토스

민족의 미래를 위하여 폐기할 것과 이어가야 할 것, 그리고 투쟁해야 할 것과 따라가야 할 것들에 대한 어떤 역사적 판단을 하느냐의 문제는 근대 초기의 핵심 과제였다. 이와 관련한 역사적 판단에 있어서 국초는 단재와는 매우 다른 작가였다. 특히 후자의 과제(투쟁과 추수)와 관련한 서구 인식은 다르거니와, 적어도 국초에게 서구는 따라가야 할 대상이었지 투쟁의 대상은 아니었던 듯하다. 그러나 일본의 지배권 내에 들어간 조선의 현실에서 서구에 대한 '추수'는, 어떤 식으로든 식민지 현실에 대한 역사적 판단(식민지 현실 긍정)과 무관할 수 없는 문제였다. 서구 추수가 언제든지 친일로 귀일될 수 있는 현실에서 서구 추수를 소박한 미래주의(근대성 기획)로만 볼 수 없는 사정이 여기에 있다. 국초의 선택이 일본을 통한 근대 기획이건, 아니면 독자적 근대의 길을 모색했건 간에 결과적으로는 일제를 긍정하고 있었다는 점에서 국초는 '(역사의식)결여'의 작가란 평가에서 자유롭지 못한 것이다.

한편, 국초 서사에서 드러나는 근대 추수주의적 성격을 '친일 근대화'의 맥락과 관련시켜 '천박한 현실주의'로 낙인 찍어버리는 경우와 격차를 달리하는, 이른바 '기능적 이상주의'로 이해할 수도 있겠다. 적어도 식민지 현실의 문제를 봉건 잔재 청산이란 상수에 기초해 계산할 때, 국초에게 일제에 의한 억압적 삶은 크게 문제될 수 없는 것이었던 듯하다. 「혈의루」에서 드러나는 사유의 일단만을 보면 이 점을 부인하기 어렵다. 국초는, 현실의 결여(근대의 결여)와 관련한 문제를 외적 조건(일제)과 별개의 논리로 계산해낼 수 있다고 믿었던 것이다. 그러나 여전히 문제는, 국초의 서사가 "현실을 어딘가 현실 그대로와는 다르게 '관념적'으로 파악하고 있다"[48]는 점이다. 국초는, '천박한 현실주의'나 '기능적 이상주의'가 모두 가지고 있었던 관념성(현실의 모순에 눈감아 버리는 태도)에서도 끝내 벗어나지 못한 것이다. 「혈의루」를 두고, "이념성과 흥미성의 절묘한 균형감각 위에 설정된 것이고 그 때문에 그것은 새로운 소설 형식의 창출에 해당되는 것이었다"[49]는 평가

---

48 백낙청, 『현대문학을 보는 시각』, 솔, 1991, 244면.
49 김윤식, 『김윤식 선집』 2, 솔, 1996, 114면.

에도 불구하고, 여전히 국초가 제시한 '이념성'의 성격에 대해 끊임없이 회의하게 되는 것도 국초 서사가 가지고 있는 이러한 성격 때문이다.

> 구씨는 본러활불ᄒ고 것칠것업시 수죽ᄒᄂ사람이라 옥년이롤 물끄
> 름이보더니
> (구) 이이 옥년아
> 어―실체하였구 남의집 쳐녀더러 또 히라ᄒ얏구나 우리가 입으로
> 조션말은 ᄒ더리도 마음에ᄂ 셔양문명한풍속이 저졋스니 우리ᄂ혼인
> 을ᄒ여도 셔양사람과갓이 부모의명녕을 좃칠거시아니라 우리가 셔로
> 부부될마음이잇스면 셔로직졉ᄒ야 말ᄒᄂ거시 오른일이다 그러나 우
> 션말부터 영어로 슈작ᄒᄌ 조션말로ᄒ면 입에익은말로 외짝히라ᄒ기
> 불안ᄒ다 ᄒ면셔 구씨가 영어로 말을ᄒᄂ디 구씨의학문은 옥년이보
> 다더단이 놉푸ᄂ 영어ᄂ 옥년이가 구씨의 선셩노릇이라도 할만한터
> 이라 그러ᄂ 구씨ᄂ 셧투른영어로 수작을ᄒᄂ디 옥년이ᄂ 조션말로
> 듄졍이디답ᄒ더라[50]

「혈의루」에서는 근대를 표상하는 서사가 두루 포치된다. 그중의 하나가 '자유연애(결혼)'라는 근대 표상이다. 이 서사는 「혈의루」의 또 다른 계몽 벡터, 곧 "남자의게 압제밧지말고 늠자와 동

---

50 이인직, 「혈의루」, 『광학서포』, 1907, 84~85면.

등권리를 찾계ᄒ"[51]자는 '남녀평등' 서사와 함께 작품을 지배하는 중요한 서사의 하나로 작동한다. 잘 알려진 바대로 「혈의루」는, 어떤 식으로든 유가적 윤리나 이념(또는 그에 기반을 둔 제도)에 저항하려는 이념적 촉범의 윤리를 드러내고 있었다. 「혈의루」는 단호하게 '부모의 명령'에 의한 결혼이 아닌, '셔로 직졉ᄒ야 말ᄒ 눈거시 오른일이다'는 근대적 결혼 공리를 제시하고 있다. 주목할 점은, 이러한 공리를 호명하는 도구가 '영어'란 사실이다. 이제, '결혼'을 호명하는 언어로써의 '조선말'은 인용문에 드러나는 바처럼 '불안' 그 자체가 된다. 불안의 언어로 환유된 '조선말', 좀 더 확장하면 말하면 그것은 '버려야 할 조선'인바, 이제 「혈의루」가 '따라가야 할' 가치, 곧 근대는 '영어'라는 사명의 언어를 통해서만 도달할 수 있는 가치가 된 셈이다.

그러나 조선은 어떤 식으로든 '영어'로 기획하는 근대를 수용할 수 없는 형편이었다. 서사적 장치가 소거된 채로 뜬금없이 편재된 「혈의루」의 문제적 근대 담론, 곧 "우리ᄂ라를 독일국갓치 연방도을 삼으되 일본국과 믄쥬를 ᄒ티합ᄒ야 문명한 강국을 맨들고즈 ᄒᆞᆫ"[52] 식의 근대화론에 대한 회의적 시선 역시 다른 데 있지 않다. '영어'로 기획되는 근대가 결국은 '일본에 의해 강제되는 식민화'의 논리와 연결되고 있었기 때문이었다. 그것은 또한 '영어'로 묻는 데 '죠선말'로 대답하는 현실이 갖고 있는 모순에 대해 눈감

---

51 위의 글, 86면.
52 위의 글, 85면.

아 버리는 태도, 곧 모순의 "'현실'을 어딘가 현실 그대로와는 다르게 '관념적'으로 파악하는"[53] 태도와도 관련하는 것이었다.

그렇다면 우리는 국초의 「혈의루」에서 드러나는 관념성의 기원을 어디에서부터 찾아야 할까. 그것은 무엇보다도, 현실(근대 초기의 역사적 현실)의 문제를 철저하게 '계산'하여 그 시기 대개의 사람들이 교감할 수 있는 상수를 찾아내지 못한 것에서부터 우선 비롯된다.[54] 특히 이 시기는, 개인의 삶이 민족 전체의 삶과 결부될 수밖에 없는 것이라 하더라도, 새로운 가치를 탐색하려는 개인의 예외적 세계관이나 가치를 역사적 함량이 '결핍'인 개인의 세계관이나 가치로 폄훼할 수 없는 시기였다. 어떻게 보면, 「혈의루」의 '옥련'과 '구완서'가 겨냥한 '사명의 시대언어'는 어떤 사람들에게는 매우 생경한 의미를, 또 다른 사람들에게는 자신들의 세계관과는 너무 멀리 떨어져나간 관념어일 수 있다. 요컨대, 매우 이질적인 삶의 경험이나 가치가 끊임없이 융합되거나 확산되면서 전대의 세계관적 전망이 비로소 명백하게 부서지던 시기가 근대 초기였다.[55]

더욱이 근대 초기의 역사 발전, 곧 현실 경험의 누적에 의한 상승을 우리가 '역사적 발전'이라 부른다면, 이 시기의 현실 경험의

---

53 백낙청, 『현대문학을 보는 시각』, 솔, 1991, 244면.
54 이와 더불어 역사의 진보와 문학 예술의 진보가 함께 수렴될 수 없다는 논리를 펼수는 있지만, 이러한 개별적이면서도 보편적인 논리로 국초의 서사, 특히 「혈의루」를 평가한다면 이 작품의 의의는 더 희미해질 수도 있을 것이다.
55 물론, 이것은 「혈의루」 식의 계몽 문학이 안고 있는 근본적 결함일 수도 있다.

누적이란 분명하게 외세에 의한 타율적 경험의 누적이란 측면이 짙고, 또한 물질적 차원의 발전에 국한되는 측면이 더 강하다는 점이다. 국초의 「혈의루」가 목적 실현을 위하여 일종의 수단으로 호명한 '계몽'의 서사라면, 무엇보다도 이러한 당대 '현실'의 외부 모순과 내부 현실의 모순을 모두 조화롭게 계산해낼 수 있는 상수를 찾아내야 했다. 이것은 계산 주체(국초라는 문제적 개인)의 양심과는 무관한 것이었다. 특히 근대 초기의 가장 핵심적인 주제가 서구적 근대를 수입하는 것이란 현실적 상황을 인정하는 것에서 볼 때도, 국초의 「혈의루」에서 보여주고 있는 계몽 기획은 "새롭고 기이한 것의 매력에 무비판적으로 끌려들어간 결과"[56]란 혐의에서 결코 자유롭지 못한 것이다. 이 점은 그의 『은세계』에 오면 더 철저하게 형상화된다.

어머니가 저런마음으로 병이드르셧소구려 지금은 빅셩의직물 쎄서 먹을ᄉ룸도업고 무죄훈 빅셩을죽일ᄉ룸도 업눈셰상이오 본평부인이 이말을 엇지아라드러던지

응 무어시야

그 강원굄ᄉ갓흔놈들이 다어디갓단말이냐

(옥남) 어머니가 그 말을 아라드르셧소

지금셰상은 이젼과 ᄃ른 쎄오

56　김우창, 『김우창 전집』 2, 민음사, 1993, 365면.

황뎨폐하게셔 정치를 기혁ᄒ셧ᄂ디 지금은 권리잇ᄂ지샹도 벼슬파
라먹지못ᄒ오 관찰ᄉ 군슈들도 잔학싱민(殘虐生民) ᄒ던 녯버릇을 드
바리고 관항돈외에ᄂ 낫션돈호푼 먹지못ᄒ도록 나라법을세워노흔씨
올시다.[57]

「혈의루」에서는 '수입하려는 근대'라는 제도, 곧 '독일국갓치
연방도'이거나 '문명한 ᄅ국'의 바탕이 되는 지식과 기술 제도는
근대 초기의 현실 문제를 "창조적으로 해결하는 데 도움을 주기
보다는 하나의 부적이나 물신"[58]으로만 기능하고 있었다. 적어
도 국초가 「혈의루」를 통해 수입한 제도는 이 시기 많은 사람들
에게 '지금보다 더 나은 삶'을 보증하지는 못했다. 동시에 「혈의
루」에서 근대 도달의 언어로 제시하고 있는 영어 역시 결국은 '해
답의 언어'가 될 수 없는 관념어였던 듯하다. '영어'로 번역하는
근대, 그것은 '근대화 과정'일 수는 있었지만, 현실의 문제를 창조
적으로 해결해내는 "매우 위대한, 새로운 것"일 수는 없었다. 특
히 일본을 통해서 들어온 일본어 번역어로써의 '근대'는, 오히려
"혼란 그 자체이며 지옥이라 해도 좋을"[59] 그 무엇, 곧 '잔학싱민
(殘虐生民)의 현실' 그 자체였던 셈이다.

물론, 「혈의루」가 '이념성과 흥미성의 절묘한 균형감각'을 드

---

57 이인직, 『은세계』, 동문사, 1908, 133~134면.
58 김우창, 『김우창 전집』 2, 민음사, 1993, 367면.
59 고명섭, 『담론의 발견』, 한길사, 2006, 569면.

러낸 작품일 수 있다. 그러나 그 이념성이란, 끝내 '(역사)결여'의 이념, 곧 모순의 현실을 '관념적'으로 인식한 결과였다. 이후의 「귀의성」과 「치악산」이 보여주는 상업적 성격도 결국은 이와 무관하지 않았다. 한편, 위의 인용문에서 잘 드러나는 바와 같이 「은세계」에 오면 국초의 관념적 현실 인식은 가히 절정에 이른다. 이른바 '정미칠조약'을 통한 일제의 통감정치를 "나라법"을 세워 모순의 현실을 "기혁"한 것으로 인식한다. 일제의 차관정치에 의한 가혹한 '잔학싱민(殘虐生民)'의 현실을 '빅셩의지물 쎄서먹을스룸도업고 무죄혼 빅셩을죽일스룸도 업는' 세계로 인식하고 있는 것이다.

우리의 근대 초기 서사를 통해 본 근대성, 곧 그 근대성을 '문학(서사)'으로 체험할 때 국초의 서사는 반드시 넘어야 할 거대한 산임에는 틀림없다. 그러나 그 산의 정상에는 늘 '낡고 폐기해야 할 것과 새롭고 기이한 것이 복잡하게 뒤엉킨' 이 시기 삶의 구체성도, 식민지의 이지러진 삶의 실상도 모두 보이지 않는다. 오직, '지금세상은 이젼과 드른 쎄오'라는 근대 기치만 펄럭일 뿐이었다. 바로 그 「은세계」의 기치인 '나라법'이, 어떻게 어머니의 또다른 '병'을 만들지에 대한 구체적 성찰이 결여된 맹목의 근대성이 국초 서사를 관류하고 있다는 점에서도 국초 서사는 관념 서사의 혐의에서 어떤 식으로든 비껴날 수 없었다.

3. 근대 초기 서사의 두 지형과 그 함의

단재의 서사, 특히 저항적 민족주의(혹은 탈신민화)가 호명된 단재의 탁몽·우의 서사에서는 결코 과거보다는 '지금 여기, 곧 현재'가 더 좋다는 서구 근대(성)의 이데올로기를 용인하지 않았다. 단재에게는 근대성의 핵심어인 '개체의 자유(사적인 자유)' 개념 자체가 매우 낯선, 아니 생경함을 넘어 '투쟁'의 대상이었다. 단재는 개체 사이의 분절적 차이나 개체의 자기 분열적 상쟁에 기초한 근대적 세계상을 인정하지 않았다. 단재가 「꿈하늘」에서 '나(개체)'의 자기 '싸움'을 극단적 자기 파멸, 곧 '자살'로 규정한 이유도 여기에 있었다. 오직, '가족'과 '국가' 중심주의에 의해 구성된 '내(개체)'만이 참된 실존적 지배력을 가질 수 있다는 단재의 이 결연한 기투는 당대의 식민지 근대성을 비판하는, 가장 절정의 비판적 로고스 중의 하나이기도 했다.

또한 단재는, 그의 우의 서사물인 「용과 용의 대격전」을 통해서, 서구 근대(성)가 구성한 '배타적 인종주의'의 파괴적 결과(인종(人種)의 멸절(滅絶))를 날카롭게 직시하고 있었다. 단재에게 '서구'는 단순한 지리적 구성물이 아닌, 배제적 인종주의에 기초한 역사적 구체물 그 자체였다. 단재는 이 우의 서사를 통해 서구 근대(성)의 구성물인 배타적 인종주의에 의해서 타자화된, 이른바 '속이기 쉬운 민중(民衆, 혹은 동양의 황인종)' 형상을 절실하게 형상화해

내고 있는 것이다.

한편, 서구 근대(성)와 관련한 역사적 판단과 인식에 있어서 매우 다른 지점에 서 있었던 국초가 함께 주목되는 이유도 결국은 다른 데 있지 않았다. 요컨대 근대 초기의 핵심적 사상 벡터, 곧 민족과 국가의 실존을 어떻게 담보해낼 것인가와 관련한 두 작가의 인식은 매우 다르거니와, 적어도 국초에게 서구 근대(성)는 '따라가야 할 대상이었지 투쟁의 대상'은 아니었던 듯하다. 그러나 일본의 지배권 내에 들어간 조선의 현실에서 서구에 대한 '추수'는, 어떤 식으로든 식민지 현실에 대한 역사적 판단(식민지 현실 긍정)과 무관할 수 없는 문제였다. 서구 추수가 언제든지 친일로 귀일될 수 있는 현실에서 서구 추수를 소박한 미래주의(근대성 기획)로만 볼 수 없는 사정이 여기에 있다.

국초의 서사가, '이념성과 흥미성의 절묘한 균형감각' 위에서 '서구적 근대(성)'를 겨냥하고 있었던 것만은 분명하다. 그러나 그 이념성이란, 끝내 '(역사)결여'의 이념, 곧 모순의 현실을 '관념적'으로 인식한 결과였다. 이후의 「귀의성」과 「치악산」이 보여주는 상업적 성격도 결국은 이와 무관하지 않았다. 결국 「혈의루」에서 「은세계」에 이르는 국초의 서사는 '추구하려는 대상'과의 성찰적 투쟁이나 반성이 소거된, 이른바 모순의 현실이 가장 철저하게 관념화된 서사였던 셈이었다.

제3장

근대 초기 전계(傳系) 서사물의 역사적 성격

1. 전계(傳系) 서사물의 양식적 특질과 서술 시각

1) 전계(傳系) 서사물의 출현과 그 양식적 특질

근대 초기에 들어와 창간되기 시작한 신문·잡지에는 다양한 형태의 단형 서사물들이 수록되기 시작한다. 대개 신문·잡지의 내보, 잡보, 논설란이나 고정 연재란 등에 게재된 이들 단형 서사물들은 그동안 '단형(편) 서사체(물)'로 통칭되거나, '서사적 논설'과 '논설적 서사' 개념으로 불려 왔다.[1] 이 중에서 특히, "1890년

---

[1]　'서사적 논설'과 '논설적 서사'의 특질에 대해서는 김영민(『한국 근대소설사』, 솔, 1997)과 정선태(『개화기 신문 논설의 서사 수용 양상』, 소명출판, 1999) 등의 연구가 있고, '단형 서사물'에 대한 연구로는 한기형(『한국 근대소설사의 시각』, 소명출판, 1999) 등의 연구가 있다(김찬기, 「근대계몽기 신문 잡지 소재 인물 기사 연구」,

대에 나타나기 시작한 '서사적 논설'은 근대문학의 출발을 알리는 과도기적 양식이면서, 아울러 근대소설의 초석이 되는 문학 양식"[2]이란 점에서 근대소설의 형성 과정을 고찰하는 데에 있어서 매우 중요한 서사물이다. 바로 서사적 논설 중에서 이른바 '서사적 기사(인물 기사)'는 이 시기 다른 어떤 서사물들보다 분명하게 전대(조선 후기) 서사 양식과 관련되고 있다는 점에서 더 주목을 요한다. 김영민에 의하면 '서사적 논설'은 "뿌리 없이 개화기에 들어 갑자기 생겨난 것이 아니라, 조선 후기 사회상의 변화를 담아내던 야담이나, 서사를 통해 교훈을 전달하던 한문단편의 정신과 표현법"[3]을 따르고 있는 서사 양식이다.

물론, 이 시기 서사적 논설, 그중에서 '인물 기사'가 모두 '야담'에 뿌리를 두고 있는 것은 아니다. 이 시기 '인물 기사' 중에는 너무 분명하게 전대의 전(傳) 양식에 뿌리를 두고 있는 작품이 한 줄기를 이루고 있다. 그러므로 근대 초기 단형 서사물은 크게 야담에 뿌리를 두고 있는 '야담계 서사물'과 전(傳)에 뿌리를 두고 있는 '전계 서사물'로 분류될 수 있겠다. 이 중에서 우선, '전계 서사물'의 특질과 의의를 고찰하려면 무엇보다도 산문 문체로서의 '전(傳)'이나 '전기(傳記)'가 지니고 있는 특질을 알아볼 필요가 있다.

주지하다시피 '전기'란 "인물의 평생 사적을 기록하는 전장체

『어문논집』 50, 민족어문학회, 2004, 177~187면 참조).
2 김영민, 「한국 근대소설 발생 과정 연구」, 『국어국문학』 127호, 2000, 314면.
3 위의 글, 316면.

(傳狀體)"[4] 산문 문체로 사마천의 『사기』열전에서부터 독립된 산문 문체였다. 전(傳)과 기(記)의 합성어로서의 전기(傳記)는 원래 '인물'이 중심인 '전(傳)'과 '사건'이 중심인 '기(記)'로 구분되는 개념이었다. 즉, 전(傳)은 '전수'의 뜻이 기(記)는 '해석'의 뜻이 강조된다. 그러나 고문헌에서 전(傳)과 기(記)는 혼용되었으므로 전(傳)이 한 인물의 시말(始末)을 서술한다 하더라도 '기사적(記事的) 성격'을 완전히 배제할 수 없기 때문에 기(記)라 한 것도 있으며, 전(傳)이라 한 것도 있고, 전기(傳記)라고 합칭한 경우도 있다.[5] 전(傳)은 요컨대 "역사를 서술하는 문체에서 발전한 것으로, 편년의 역사기술에서는 생생하게 그려낼 수 없는 인물 개개인의 생애를 역사물에 부가하여 서술하는 양식"인바, "역사인물을 서술하든 일반 인물을 서술하든 모두 사실에 충실하면서 동시에 인물의 성격에 주목"하는 서사 양식인 것이다.[6] 이와 같은 전(傳)이 근대 초기 문학에서 중요한 이유는 무엇보다도 그것이 「원텬석」, 「길지(吉再)」, 「김유신」, 「모긔쟝군의 스젹」 등과 같은 단형의 '전계 단형 서사물'들의 양식을 규정하고 있을 뿐만 아니라, 1905년 이후 신문·잡지에 연재되거나 단행본으로 출판된 제법 소설기(小說氣)를 지닌 장형의 역사 전기물들의 양식을 규정하고 있기 때문이다. 말하자면, 「을지문덕(乙支文德)」, 「수군제일위인 이순신(水軍第一偉人 李

4　심경호, 『한문산문의 미학』, 고려대 출판부, 1998, 186면.
5　김용덕, 『한국전기문학론』, 민족문화사, 1987, 15면.
6　심경호, 『한문산문의 미학』, 고려대 출판부, 1998, 186~188면.

舜臣)」, 「동국거걸 최도통(東國巨傑 崔都統)」, 「천개소문전(泉蓋蘇文傳)」 등과 같은 장형의 역사 전기물들은 근대 초기에 들어와 갑작스럽게 나타난 것이 아니라, 「원텬석」, 「길지」, 「김유신」, 「모긔쟝군의 ᄉ적」 등과 같은 단형의 '전계 단형 서사물'들의 전사(前史) 단계를 거쳐서 형성된 서사 양식인 것이다. 이렇게 보면, 우리의 근대역사소설의 형성 연원을 고찰하는 자리에서 있어서도 무엇보다도 '전계 단형 서사물'의 양식적 특성에 대한 고찰이 선행되어야 할 것이다. 먼저 '전계 단형 서사물'의 양식적 특성을 구명하기 위해서 「길지」의 전문을 인용하면 다음과 같다.[7]

① 길지의 ᄌ는 지보오 호는 야은이니 희평인이라 그 아비는 원진이

---

[7] 근대 초기 신문에 발표된 단형 서사물은 '김영민·구장률·이유미 편 『근대계몽기 단형 서사문학 자료전집』 상·하' 자료집에 잘 정리되어 있다. 이 자료집을 근거로 하여 이 시기 '전계 인물 기사' 창작물을 정리하면 다음과 같다.
『죠선크리스도인회보』·『대한크리스도인회보』: 「도를 위ᄒᆞ야 군축밧은 일」, 1898.4.13.
『그리스도신문』: 「무되 ᄉ적」, 1901.3.28~4.4; 「알푸레드 님군」, 1901.5.16; 「라파륜 ᄉ적」, 1901.5.16~30; 「이ᄉ도의 ᄉ적」, 1901.6.27; 「을지문덕」, 1901.8.22; 「원텬석」, 1901.8.29; 「길지(吉再)」, 1905.9.5; 「김유신」, 1901.10.31~11.7.
『독립신문』: 「일빅륙십륙년 전 이월 이십일에」, 1898.2.22; 「모긔쟝군의 ᄉ적」, 1899.8.11; 「덕국 지샹 비스막씨는」, 1899.10.31.
『뎨국신문』: 「아라스 젼 님군 피득황뎨의 ᄉ적」, 1899.10.12; 「덕국 사롬 득뇌사의 ᄉ적」, 1899.10.25; 「청국에 한 션비가」, 1899.11.1; 「녯젹 은나라 탕군님 때에」, 1899.12.7; 「우리나라 사롬은」, 1900.2.24~26; 「녯젹 륙국 시졀에」, 1900.3.22; 「신라국 츙신 박제샹의」, 1900.3.23; 「가긔의 흥다반ᄒᆞ는 토끼타령은」, 1900.3.30; 「청국 강유위란 사롬의」, 1900.10.27; 「대개 사롬의 이목구비와」, 1901.2.12~13; 「신라국 ᄌ비왕 시졀에」, 1901.2.16; 「혹이 말ᄒᆞ기를」, 1901.3.6.
『대한매일신보』: 「의티리국아마치젼」, 1905.12.14~21.
『경향신문』: 「용맹훈 장ᄉ 김쟝군」, 1909.5.14; 「사롬은 몬져 그 눈을 볼 것이라」, 1909.6.18; 「젹은 나라혜는 이인이나 명쟝이 업나」, 1909.7.16~23.

니 보성대판(寶城大判)이 되엿슬 제 그 어머니 김씨도 보성으로 又치 가는디 먹는 록이 너무 박홈으로 지내기 어려워 공을 리별호고 본집으로 가니 그째에 공의 나히 팔셰라 그 어머니롤 생각호고 울며 남편 시니에서 노다가 가지석기 호나흘 엇어 가지고 노래호야 굴ᄋ디 가지야 가지야 너도 어미롤 일헛ᄂ냐 나도 어미롤 일헛노라 너롤 삶아먹을 거시로디 너도 나처럼 어미롤 일헛시니 이럼으로 노하주노라 호고 물에 던지며 울니 사름들이 듯고 다 와셔 안고 눈물을 흘니더라 계히에 진ᄉ호고 병인에 과거호고 폐주(廢主) 긔ᄉ에 문하쥬문이 되엿더니 경오에 벼슬을 ᄇ리고 션쥬(善州)로 도라가셔 그 어머니롤 봉양호니 사름이 그 효성을 닐ᄏ더라

② 태종꾀셔 한미ᄒ실 째에 샹죵ᄒ며 도리롤 강론홈으로 졍의가 심히 도탑더니 경진에 태종이 동궁에 계실 째에 셔연관으로 더브러 은일ᄉ(隱逸士)롤 의론ᄒ시다가 이에 굴ᄋ샤디 길ᄌ는 강직혼 사름이라 나로 더브러 동학지의가 잇ᄂ디 셔로 본지라 오랏다 ᄒ시고 공이 집에 그 부모의게 효도혼 아름다온 힝실을 칭찬ᄒ시고 공이 집에 그 부모의게 아니ᄒ거놀 그 고올 관쟝이 셔울노 올나가라 독촉ᄒᄂ지라

③ 태종이 명종꾀 여쥽고 박ᄉ 벼슬을 졔수ᄒ시니 공이 나아가지 아니ᄒ고 은혜롤 사례ᄒ야 글을

태종꾀 올녀 굴ᄋ디 ᄌ(再)가 젼에 뎌하(邸下)로 더브러 태학에서 글을 닑엇ᅌᅳᆸᄂ디 지금 신을 부ᄅᆷ심은 녯날 졍을 닛지 아니ᄒ심이오나 ᄌ(再)가 젼죠의 은혜롤 만히 닙ᅌᅳᆸ고 오늘날을 당ᄒ와 ᄉᄉ로히 녯날 졍의롤 의탁ᄒ고 올나가 뵈옵고 벼슬ᄒᄂ 거시 ᄌ(再)의 본뜻시 아니니

이다 태종이 골ㅇ샤더 즈네 말ㅎ는 거슨 오륜삼강의 변역지 아니ㅎ는
도라 그 뜻슬 쌔앗기 어려오나 그러나 부론 사롬은 곳 내오 벼슬식히
랴 ㅎ시는 이는 곳 샹감이신즉 공이 드디여 샹쇼ㅎ야 골아더 신이 근
본 한미혼 사롬으로 전죠에 거과ㅎ야 벼슬이 문하쥬셔에 니르럿숨니
다 신은 드르니 계급은 두 지아비롤 셤기지 아니ㅎ고 신하는 두 님군
을 셤기지 아니ㅎ옵ᄂ니 쳥컨더 고향에셔 살며 신하가 두 셩을 셤기지
아니ㅎ는 뜻슬 일우어 로모롤 봉양ㅎ야 늄은 은희롤 슌죵ㅎ겟숨ᄂ이
다 ㅎ니 명죵끠셔 그 졀의롤 아롬답게 녁이샤 례로써 사롬을 보내여
그 집에 왕복ㅎ신 후에 셰종대왕끠셔 즉위ㅎ시고

④ 태종끠셔 샹왕이 되샤 ㅎ교ㅎ야 골ㅇ샤더 길지가 두 님군을 셤기
지 아니ㅎ니 춤 의스라 드르매 그 아들이 잇다ㅎ니 맛당히 불너 써셔
그 츙셩을 표ㅎ리라 ㅎ시고 그 아돌 스슌을 불너 종묘부승 벼슬을 졔
슈ㅎ시고 공이 죽으매 쌀과 여러 가지 물건과 장명을 보내여 장스 지
내게 ㅎ시고 좌간의 대부롤 츄중ㅎ시니라

⑤ 공이 스셩벼술 박분의게 나아가셔 셩리학을 만히 듯고 리식과 정
몽쥬와 권근의 문하에셔 만히 노랏고 흥샹 졍명도의 학으로 이단을 물
니치는 거스로 일삼으매 중들이 감동ㅎ고 씨다라 근본으로 도라온 자
가 수십 인이오 그 아오 구초도 중이더니 씨듯고 션비의 문으로 도라
왓고 경셔을 통달혼 비션가고의 문하에셔 난 거시 불가승수더라

⑥ 션싱은 우리 대한의 현인이라 쌔도 지금과 갓지 아니ㅎ고 디위도
갓지 아니ㅎ나 그러나 우리 예수롤 밋는 쟈가 이거슬 보고 취홀 거시
잇스니 혼 님군의게만 복죵ㅎ는 졀의롤 가히 탄복ㅎ리로다 우리는 이

ᄆᆞ옴을 본밧아 예수룰 셤기ᄉ이다.[8]

위에 제시된 작품 「길지」에서 우선 드러나는 특징은 이 작품이 '서두의 인정 기술(人定記述) → 행적 → 논찬'이라는 전(傳)의 일반적 서술체재를 그대로 따르고 있다는 점이다. 일반적으로 전(傳)의 서두에서는 입전 인물의 출생, 성명, 선계(先系), 관벌(官閥) 등의 인정 기술이 제시된다. 이렇게 보면 「길지(吉再)」의 분절 ①에서 바로 전(傳)의 인정 기술 형식이 그대로 드러나고 있는 데, 입전 인물인 길재의 '선계(아비ᄂᆞᆫ 원진이니 보셩대판)'와 '관벌(계희에 진ᄉᆞᄒᆞ고 병인에 과거ᄒᆞ고 폐주(廢主) 긔ᄉᆞ에 문하쥬문)'이 명시되는 것에서 이 점은 잘 확인된다. 이어 분절 ②⑤까지는 '길재'의 행적에서 주목될만한 일화들을 점철한 '행적부'로 볼 수 있겠다. 분절 ②에서는 길재가 '효심이 깊은 강직한 은일ᄉᆞ(隱逸士)'란 점이 조명되고, 분절 ③④에서는 길재가 '불사이군의 충절'을 체현하고 있ᄂᆞᆫ 인물이란 점이 부각되고 있다. 그리고 분절 ⑤에서는 유교의 '정명도의'에 밝은 길재의 모습이 형상되고 있다. 요컨대, 서사상의 모든 일화들이 길재의 '절행'을 표창하기 위해 분립된다. 분절 ⑥은 '태사공왈(太史公曰)'이나 '외사씨왈(外史氏曰)' 등의 허두어(虛頭語)를 사용하여 논찬부임을 알리는 문법적 표지없이 서술되고 있기는 하지만 그 실질적 내용은 '사후평가'나 '기포폄(寄褒貶)'의 내

8　「길지(吉再)」, 『그리스도신문』, 1901.9.5.

용으로 보아도 무방하다.[9]

특히 이 작품의 논찬부가 흥미로운 점은 이 작품이 지향하고 있는 이데올로기, 곧 가치의 지향이 유학자들의 가치 지향과는 다르다는 점에 있다. 그것도 이 시기의 위정척사파는 말할 것도 없거니와 개신유학파의 가치 영역에서도 대체로 '사회적 실재'로 수용되지 않고 있었던 그리스도교의 이데올로기를 지향하고 있다는 데에 있다. 길재의 절의에 대한 표창이 궁극적으로는 기독교 신앙(종교)에 대한 믿음(교육)을 고취시키는 것에 있었다는 사실은 이 시기 전(傳) 작품 가운데서는 썩 예외적인 것일 수밖에 없다.[10] 이것은 이 시기 매체(신문·잡지)의 지향점과 작품과의 상관관계가 단적으로 드러나는 것인바, 이 시기의 기독교 계통의 매체들 역시 어떤 식으로든 자신들의 가치 지향을 서사 양식을 통해서 드러내려 하는 의식의 소산이었을 것이다.

---

9 물론, 이 부분에서 이견이 있을 수 있다. 특히, 마지막 논찬(論贊)이 존재하느냐, 생략되었느냐의 문제에 대하여서는 견해의 차이가 있을 수 있다. 다만, 저자가 확인한 근대 초기의 '전(傳)' 양식에서 마지막 논찬의 허두어(虛頭語)가 정통적인 형식(예컨대, 외사씨왈(外史氏曰), 찬왈(贊曰) 등)으로 종결되는 경우는 거의 없다. 대신, 조선 후기 전(傳) 양식과는 달리 "쟝군의 ᄉᆞ업과 명예가 가히 세계 사롬으로 ᄒᆞ여금 흠앙홀 ᄆᆞᆫᄒᆞᆫ 고로 그 ᄉᆞ격을 대강 긔지ᄒᆞ노라"(『독립신문』, 1898.8.11) "동양에도 근일에 이러ᄒᆞᆫ 직샹이 혹 잇슬ᄂᆞᆫ지"(『독립신문』, 1899.10.31) 식으로 허두어는 생략되었지만, 실질적인 논찬의 역할을 하는 작가 논평이 있거나, 여운을 남기는 작가적 논평을 통하여 우회적인 논찬을 하는 경우가 대부분이다. 또한 상당수의 전(傳)에서는 아예 논찬부가 생략되는 경우도 허다하다. 이러한 형식은 물론, 근대 초기의 전(傳)에서만 있었던 것은 아닌 듯 싶다. 이미 『삼국사기』열전 소재 작품들에서도 논찬부가 생략된 전(傳) 작품이 다수 보이고 있다는 사실이 이를 잘 증거한다.
10 김찬기, 「근대계몽기 전(傳)에 관한 연구」, 고려대 박사논문, 2003, 89면.

「길지」는 '인정 기술(人定記述) → 행적 → 논찬'이라는 전(傳)의 일반적 서술체재에서만이 아니라, 입전 인물과 그 주변 인물의 관계를 서술하는 방식에서도 극단적으로 '입전 인물'만 조명시키는 '전(傳)'의 인물 형상화 방식을 그대로 따르고 있는 것이다. 이 작품에서 '길재' 이외에 매우 중요한 비중을 가진 인물로 등장하는 '태종'이 그 존재의 독자성을 인정받은 실체적 인물로 형상되지 않는 것을 보면 이 점은 잘 확인된다. 태종의 등장은 바로 길재의 '절의(節義)', 곧 충신은 두 임금을 섬기지 않는다는 '규범적 가치'를 추인하기 위해 작품의 문면에 나타난 부수적 인물에 불과한 것이다. 말하자면 주변인물과 입전인물은 작품 전체를 통해 지속적으로 관계가 맺어지기보다는 일과적(一過的)으로만 관계가 맺어지고 있다. 이러한 관계방식은 '전(傳)'의 본질을 정시(呈示)하는 독특한 양식적 특질이다. 물론, 소설이라면 이는 분명히 중대한 결함이라 할 수 있을 것이다. 그러나 전(傳)은 입전인물의 면모를 드러내는 데 모든 것이 종속되고 모든 것이 집중되기에, 이러한 관계방식이 당연한 것으로 구사된다. 또한, 이러한 전(傳)에서는 일화와 일화가 인과적으로 결속되는 것이 아니라 그것들이 순차적으로 집적되고 있는바, 결과적으로 플롯은 현저하게 약화된다. 이러한 전(傳)에서는 규범적 가치를 현현하고 있는 입전인물의 행적(일화)이 중요한 것이지, 그것들이 충돌해서 갈등이 생성되고 그 갈등의 심화와 해소 과정을 통해서 '새롭게 탐색된 가치'가 중요한 것이 아니기 때문이다.[11]

근대 초기 '전계 서사물'의 이와 같은 특질은 다음의 「양만춘전(梁萬春傳)」에서도 잘 드러난다. 작품의 전문을 인용하면 다음과 같다.

① 梁萬春은 高句麗 寶藏王時의 人이라 才勇이 兼備ᄒ야 安市城主가 되얏더니 蓋蘇文의 亂을 當ᄒ야 守城不服ᄒ니 蘇文이 攻之不能下ᄒ야 因而與之ᄒ니라. ② 支那唐貞觀十九年에 太宗이 高句麗를 親征ᄒᆯ시 摠管 李世勣과 副摠管 李道宗과 將軍 薛仁貴와 長孫 無忌 等으로 ᄒ여금 將佐 九人을 率ᄒ고 盖牟와 白巖과 遼東諸城을 攻拔ᄒ고 安市城을 進擊ᄒ니 高句麗 北部耨薩(官名) 高延壽와 南部耨薩 高惠眞 等이 其衆과 及靺鞨兵 十五萬을 率ᄒ고 安市를 來求ᄒ다가 戰敗遂降ᄒ다. ③ 唐帝ㅣ 謂世勣曰 安市는 城險兵精ᄒ고 其城主가 材且勇ᄒ야 蓋蘇文之亂에 守城不服ᄒᆫ 者라 建安城이 安市南에 在ᄒ야 兵弱而粮少ᄒ니 若出其不意ᄒ야 擊之면 必克이라 建安을 先取ᄒ면 安市가 在吾腹中ᄒ리라 世勣이 對曰 吾軍粮이 皆在遼東이라 今越安市而攻建安이라가 萬若 麗人이 斷吾粮道ᄒ면 將若之何리오 不如先攻安市니 安市가 下ᄒ면 建安은 可히 鼓行而取ᄒ리라 ᄒᆫ디 唐帝ㅣ 曰 以公爲將ᄒ니 安得不用公策이리오. ④ 勿誤吾事ᄒ라 ᄒ고 遂攻安市ᄒ니 安市人이 唐帝에 麾盖를 望見ᄒ고 乘城鼓噪ᄒ야 詬罵ᄒ니 唐帝ㅣ 大怒라 世勣이 請ᄒᆫ디 克城之日에 男子를 皆坑之ᄒ리라 ᄒ니 安市人이 聞之ᄒ고 守益堅이라 唐帝ㅣ 聞城中鷄豕聲ᄒ고 謂世勣曰 圍城已久에 城中烟火가 日微러니 今鷄豕甚喧

---

11 박희병, 「조선 후기 '전(傳)'의 소설적 성향 연구」, 서울대 박사논문, 1991, 122면.

ᄒ니 此必饗士ᄒ야 夜出襲我니 宜嚴兵備之라 ᄒ엿더니 是夜에 麗軍이 果縋城而下라 唐帝ㅣ 自將至城下擊之ᄒ니 麗軍이 乃退라 道宗이 諸軍을 督ᄒ야 城遇에 土山을 築ᄒ야 其城을 逼ᄒ거늘 城中이 쪼혼 其城을 增高ᄒ야 拒ᄒ니 士卒이 分番交戰ᄒ야 逐日六七合에 至ᄒ고 衝車礮石으로 壞其城堞ᄒ거늘 城中이 木柵을 立ᄒ야 拒塞ᄒᄂ지라 道宗이 傷足ᄒ니 唐帝ㅣ 親爲之針이라 築山晝夜에 六旬不息ᄒ니 用功이 五十萬이오 山頂이 去城數丈에 下臨城中이라 道宗이 果毅傳伏愛로 ᄒ야금 將兵屯山頂ᄒ야 以備러니 山忽頹壓ᄒ야 城崩이라 會에 伏愛가 所部를 私離ᄒ얏더니 我軍數百人이 城缺로 從出ᄒ야 奮勇力鬪ᄒ야 唐軍을 擊退ᄒ고 土山을 奪據ᄒ야 塹而守之ᄒ니 唐帝ㅣ 怒ᄒ야 伏愛를 斬ᄒ야 徇ᄒ고 諸將을 命ᄒ야 攻之三日에 不能克이라 時値晚秋ᄒ야 邊風이 撩亂이라 草枯水凍ᄒ니 唐兵의 戰死와 病斃가 十에 七八이라 唐帝가 久留키 難ᄒᆷ으로써 遂班師ᄒ거늘 城主 梁萬春이 唐帝를 向ᄒ야 登城拜辭ᄒ니 帝ㅣ 嘉其固守ᄒ야 賜縑百匹ᄒ야 以勵事君ᄒ다. ⑤ 城主가 始不屈於蘇文之亂ᄒ고 終能挫數十萬唐兵ᄒ야 使遼以東으로 卒獲安全ᄒ얏스니 其忠節의 卓犖과 才略의 兼備가 豈非曠世之豪傑裁아 淸乾隆中에 我의 使洪良浩氏가 赴燕ᄒᄂ 日에 娘子店을 過ᄒᆯ시 去安市百餘里라 野人이 相傳ᄒ되 唐太宗이 安市城을 攻ᄒ다가 兵敗ᄒ야 日暮에 迷失道라 聞山上鷄聲ᄒ고 尋聲以往ᄒ니 有婦人이 開門出迎ᄒ야 具飯濟飢라 帝ㅣ 困甚就睡러니 天明에 視之ᄒ니 空山無人이오 面前에 有石如鷄ᄒ야 冠距天成이라 愕然異之ᄒ야 謂有神助라 ᄒ고 旣還都에 命ᄒ야 建寺其地ᄒ고 表其靈ᄒ야 名曰 鷄鳴寺라 ᄒ엿다 云ᄒᄂ지라 此說을 聞之ᄒ

고 心固誕之ᄒ나 試ᄒ야 鞭馬往尋ᄒ니 距店十餘里에 古刹이 有ᄒ야 安
一木鷄ᄒ야 刻鏤如生이라 堂下에 明人의 所撰碑文이 有ᄒ야 其命名之
意를 敍述ᄒ엿더라.[12]

「양만춘전」 역시 작품의 서술 원리가 '서두의 인정 기술(人定記
述) → 행적 → 논찬'이라는 전(傳)의 일반적 서술 원리를 그대로 따
르고 있다. 우선, 분절 ①이 서두의 인정 기술에 해당하는 데, 위
의 『그리스도신문』 소재 「길지」와 같이 선계와 관벌까지 상세화
한 인정 기술은 아니지만 「양만춘전」 역시 전(傳)의 서두 형식과
크게 어긋나는 작품은 아니다. 이어 분절 ② ④까지는 입전인물
인 양만춘의 사적 중에서 '특별히' 주목이 되는 안시성 전투를 자
세하게 묘사하여 양만춘의 영웅적 활약상을 부각시켜 놓고 있는
행적부에 해당한다. 이 행적부에서는 양만춘의 영웅적 인물 형
상, 곧 "강하고 씩씩한[强毅不屈]"[13] 영웅의 인물 형상이 안시성 전
투에서의 활약상을 포서(鋪敍)한 일화를 통해서 잘 부각된다. 분
절 ⑤는 「길지」와 마찬가지로 '태사공왈(太史公曰)'이나 '외사씨왈
(外史氏曰)' 등의 논찬 투식어는 없지만, 그 실질적 내용은 논찬의
'사후평가'나 '기포폄(寄褒貶)'이다.
　「양만춘전」은 이와 같이 서술체재 뿐만이 아니라, 입전 인물
과 그 주변 인물의 관계를 서술하는 방식에서도 전(傳)의 '인물 창

---

12 「양만춘전(梁萬春傳)」, 『서우(西友)』 제3호, 1907.2.
13 『을지문덕(乙支文德)』, 광학서포, 1908, 3면.

출 방식'을 수용하고 있다. 말하자면, '양만춘'이란 입전 인물만 극단적으로 부각되고 나머지는 입전 인물의 '영웅성(曠世之豪傑)'을 부각시키기 위한 부수적 인물로만 기능하는 것이다. 때문에 입전 인물인 양만춘은 부수적 인물인 태종과 작품 전체를 통해 지속적으로 관계를 맺어 서사적 갈등을 주조해내고 또 그에 기반을 두어 어떤 '새로운 가치'를 만들어 내는 데 기능하는 인물이 아니다. 이런 점에서 「양만춘전」 역시 「길지」와 마찬가지로 '규범적 가치'를 표창할 일화와 인물만을 극단적으로 부각시키는 전형적인 전(傳) 양식의 특징을 그대로 가지고 있는 작품인 것이다.

위에서 그 양식적 특질을 살펴본 「양만춘전」과 「길지」뿐만이 아니라, 근대 초기 신문 잡지에 발표된 '전계 서사물'들은 이와 같은 서술체재 이외에 그 정신 역시 '야담계 서사물'과는 다르게 공유되는 지점이 분명하게 존재한다. 그것은 무엇보다도 신문 잡지에 소개되고 있는 인물을 보면 잘 알 수 있다. 전계 서사물이 거의 예외 없이 역사적 위인의 일대기나 행적을 다루고 있는 것에 비해 야담계 서사물은 여항에서 흔히 찾아볼 수 있는 인물들이 대종을 이룬다. 인물을 소개하는 기사체 창작물에서 다루는 인물이 이렇게 구별된다는 것은 편집자가 매우 다른 지점에서 두 인물 기사 양식을 보고 있었다는 점을 증거하는 것이다. 실제로 근대 초기는 어떤 식으로든 '오늘 우리'의 이데올로기를 대변할 수 있는 '공적 인물'을 구현시킬 문예 양식이 절실했던 시기였다. 이를테면, 영웅이나 도덕적 이상주의를 체현하고 있는 인물을 통해서 애국 계몽 담론을 펼쳐야 했다. 한 마디로 모든 사람은 '공동선'을 구현하고 있는 '집체, 혹은 타인'과의 관계 속에서만 그 의의가 결정되어야만 했다. 국가(민족)라는 공동의 집체 구현을 위해 '희생하는' 개인이야말로 가장 모범적인 '공적 인물'인바, 이와 같은 개인을 통해서 '오늘 우리'를 묶어내는 것이 근대 초기를 표징하는 '시대 정신'이라면 '전계 서사물'만큼 효과적인 양식도 없었다.[14] 한 마디로 근대 초기의 신문·잡지에 발표된 '전계 서사물'의 정신과 표현법은 전(傳)과 크게 다르지 않다. 이 시기에 들어와서도 여전히 감계와 모범의 자료로서 그 실상을 인정받고 있었던 서사 양식, 곧 애국 계몽 운동을 전개했던 주체들에게는 하나의 '공인된 창'의 역할을 하고 있었던 전(傳)은 일군의 '전계 서사물'의 양식 원리로써 기능하면서 "국성(國性)을 배양(培養)ᄒ고 민지(民智)를 개도(開導)ᄒ는"[15] 서사 양식으로 연변하고 있었다.

2) 전계(傳系) 서사물의 서술 시각

근대 초기 서사물의 유형과 성격을 '처연하지만', 친일 기관지 『한성신보(漢城新報)』(1894~1906) 수록 서사물을 탐색하는 것에서부터 출발하는 연유는 다른 데 있지 않다. 이 서사 자료들은 어떤

---

14 김찬기,『한국 근대소설의 형성과 전(傳)』, 소명출판, 2004, 39면.
15 박은식, 「서」,『서사건국지(瑞士建國誌)』, 대한매일신보사, 1907, 1면.

식으로든 이 시기 서사의 유형적 지형학을 최초로 선취하고 있었기 때문이다.

친일 기관지 『한성신보』(1894~1906)에는 서른아홉 편의 서사 자료가 수록된다.[16] 게재된 서사 자료들은 표제 머리에 '잡보(雜報)'와 '소설(小說)'이 명기되기도 하지만, 이러한 표제어 명기가 수록 서사물들의 장르적 실상을 그대로 반영하는 것은 아니다. 서사 자료들은 야담, 전(傳), 기(記), 일화, 몽유록과 같은 전대 수사 양식의 서술 체제를 그대로 따른(혹은 변용) 작품이란 점에서 표제 머리의 양식 표기는 엄밀한 장르 의식에 기초한 것은 아니었던 듯하다. 그동안 『한성신보』 소재 서사물에 대한 연구는 크게 주목을 받지 못한바, 그나마 기존의 연구에서도 유의미하게 서사

---

16 김영민(『한국의 근대신문과 근대소설 2—한성신보』, 소명출판, 2008)의 최근 연구 성과를 토대로 하여 보면 『한성신보』에는 다음과 같은 서른아홉 편의 서사물들이 실려 있다.

「拿破崙傳」(1895.11.7~1896.1.26); 「閣龍(고렁부스)이 亞美利加에 發見흔 記라」(1895.11.17~19); 「비스마루구翁의 逸事라」(1895.11.21); 「日本名士福富臨淵逸事」(1896.3.9~4.11); 「趙婦人傳」(1896.5.19~7.10); 「種痘之祖先醫 씨옌ᄂ氏傳」(1896.6.6); 「英國皇帝陛下御略傳」(1896.6.8~10); 「申進士問答記」(1896.7.12~8.27); 「紀文傳」(1896.8.29~9.4); 「郭御史傳」(1896.9.6~10.28); 「報恩以贊」(1896.9.12~16); 「以智脫窮」(1896.9.18~26); 「男蠢女傑」(1896.9.28~10.22); 「夢遊歷代帝王宴」(1896.10.24~12.24); 「李小姐傳」(1896.10.30~11.3); 「醒世奇夢」(1896.11.6~18); 「米國新大統領傳」(1896.11.14~18); 「李正言傳」(1896.11.22~30); 「奇緣中絶」(1896.11.30~12.2); 「金氏傳」(1896.12.4~14); 「蟾報飯德」(1896.12.12); 「佳緣中斷」(1896.12.16~26); 「李氏傳」(1896.12.28~1897.1.10); 「冤魂報仇」(1896.12.28~1897.1.8); 「孀婦冤死害貞男」(1897.1.12~16); 「邦伯優遊忘同忌」(1897.1.18); 「婢子貞節」(1897.1.20); 「無何翁問答」(1897.1.22~2.15); 「海賊剿滅」(1902.9.7~26); 「木東崖傳」(1902.12.7~1903.2.3); 「市井酬酌」(1902.12.12); 「負薪談話」(1903.2.15); 「乞客問答」(1903.4.18); 「夏夜誌怪」(1903.8.15~18); 「一歌一哭」(1903.9.12); 「路上聽聞」(1904.1.15); 「落心萬千」(1904.2.7); 「甲乙時論」(1904.8.21); 「經國美談」(1904.10.4~11.2)

적 의의를 부여한 것은 아니었다. 요컨대 "고대소설의 답습"[17]이라거나, "황색지적 성격의 서사",[18] 그리고 "일본식 개화주의"[19]를 표창한 작품들이란 평가가 대부분이었다.[20]

이와 같은 기존의 평가는 그대로 수용하면서, 이 연구에서는 『한성신보』 소재 서른아홉 편의 서사물 중에서 네 편의 "전계(傳系) 서사물들(「이소저전(李小姐傳)」, 「이정언전(李正言傳)」, 「김씨전(金氏傳)」, 「이씨전(李氏傳)」)"[21]에 대해 특별히 주목하고자 한다.[22] 무엇보다도 이 네 작품들이 1905년 이후 산생되는 근대 단편소설의 형성(혹은 형성의 전사적(前史的) 의의를 선취하는 측면들)과 어떤 식으로든 관련하고 있기

---

17 한원영, 「한국 개화기 신문 『한성신보』에 연재된 소설고」, 『국어교육』 61, 한국어교육학회, 1987.

18 박수미, 「개화기 신문소설 연구」, 성균관대 박사논문, 2005.

19 권영민, 「『한성신보』와 최초의 신문 연재소설」, 『문학사상』, 문학사상사, 1997.

20 이런 점에서 최근에 『한성신보』 소재 서사 자료를 정리하고, 그 서사적 위상을 총체적으로 검토한 김영민 교수의 업적은 매우 소중한 연구성과들이다(김영민, 「구한말 일본인 발행 신문과 한국의 근대소설 ─ 『한성신보』를 중심으로」, 『현대문학의 연구』, 한국문학연구학회, 2006; 김영민, 「한국의 근대신문과 근대소설」, 『현대소설연구』, 한국현대소설학회, 2006; 김영민, 「19세기 말 이후 20세기 초반 한국의 근대문학」, 『국어국문학』 제149호, 2008).

21 이 연구에서는 전(傳)과 함께 전의 서술 체재를 차용하고 있는 야담을 전계 서사물로 함께 포섭하여 '전계(傳系) 서사물'로 규정한다

22 위의 네 편 이외도 「조부인전(趙婦人傳)」과 「곽어사전(郭御史傳)」, 그리고 「목동애전(木東崖傳)」에 주목할 필요가 있다. 그러나 이 연구에서 세 작품에 대한 분석을 차후의 연구 과제로 남겨두고자 한다. 우선 「조부인전」과 「곽어사전」의 경우, 전형적인 고대소설의 서술 체재를 거의 그대로 답습하기 때문에 전대 소설의 재수록 작품이거나 신작 구소설일 가능성을 완전히 배제할 수 없다. 또한 「목동애전」역시 그 내용으로 볼 때, 권영민 교수의 주장처럼 서구 번안 소설의 가능성을 완전히 배제할 수 없다. 이러한 이유로 세 작품은 차후의 연구 과제로 남겨두고자 한다. 다만, 이 세 작품에 대한 부분적 탐색은 이 연구의 보론을 위해서 필요한 경우에 따라 일부 수행되고 있음을 밝혀 둔다.

때문이다. 주지하다시피 이 시기는 전(傳)과 야담(野談)의 근대적 전환과 관련한 근대 단편소설의 형성 문제가 가장 핵심적으로 부각된 시기이다.[23] 아울러 신소설과 대타적 규정이 가능한 역사·전기 소설의 원류를 '전(傳)의 변전'에서 찾는 논의도 결국은 전과 야담의 근대적 전환의 문제와 결코 무관하지 않다. 요컨대 우리의 근대 단편소설은 서구 단편의 이식과 더불어 전대의 단형 서사 양식(전 / 야담)의 '(근대적)' 자기 갱신을 통하여 형성된 셈이다.

한편 전(傳), 특히 장형의 전(傳)의 근대적 자태전환이 "근대적 역사소설의 원류(源流)를 이루고 있다"[24]는 주장이 지니는 함의를 톺아 볼 때, 이 시기 서사의 구도와 시각은 전(傳), 포괄적으로는 전계(傳系) 서사물의 근대적 자기 갱신과 분해 과정에 대한 탐색을 통해서 온당하게 설정될 수 있을 것이다. 결국, 『한성신보』 소재 네 편의 전계(傳系) 서사물들은 전대 전(傳)의 근대적 변전과 이후의 근대역사소설과의 관계를 이해하는 한 전거가 될 수 있다는 점에서도 그 서사적 의의가 있다.[25]

---

23 물론, 두 서사 양식과 더불어 다른 인접 서사종(種)(몽유록, 전기(傳奇), 우화, 일화, 기, 설)들의 장르 교섭과 그 혼용의 실상을 포괄적으로 탐색하여 근대 단편서사물의 서사적 위상을 검토하는 것이 매우 긴요할 것이다. 그러나 이 연구에서는 두 서사 양식과 인접 서사 장르종들과의 장르 교섭과 그 혼용의 실상에 관해서는 주목하지 않는다. 그 이유는 무엇보다도 『한성신보』 소재 서사물들이 전대의 이와 같은 서사 양식들을 두루 다 포섭하고 있는 것이 아니기 때문이다.

24 강영주, 「한국 근대역사소설 연구」, 서울대 박사논문, 1986, 34면.

25 물론, 근대적 신문·잡지에 실린 최초의 전계(傳系) 서사물로 「아리사다득리전(亞里斯多得里傳)」(『한성순보』, 1884.6.14)이 존재하기는 하지만, 이 작품은 순연한 창작물이라기보다는 중역의 번안 한문 전(傳)이어서 그 서사적 의의를 부여하기 어려운 측면이 존재하다. 특히 1905년의 신문 잡지 소재 근대적 단편이나 역사 전

　　이에 이 연구에서는 『한성신보』 소재 네 편의 전계(傳系) 서사물들의 서술 시각과 그것이 지향한 이데올로기, 그리고 이 네 편의 서사물이 '새롭게(왜곡적으로) 만들어 낸' 인물상(여성 주체)의 성격에 대한 탐색을 통해 이후 근대 단편소설사의 역사적 성격에 대한 이해의 지평을 좀 더 확장해보고자 한다.

　　잘 알려진 바대로 조선 후기에 들어와서는 서사 양식들(가사/전/야담)의 소설화(혹은 소설에로의 수렴) 양상이 두드러지면서 현실적 삶의 구체성을 드러내는 수단으로써의 '소설'이 새로운 지위를 얻게 된다. 소설이 단순히 '허탄한 것', '불경스러운 것'만이 아닌, 당대의 다채로운 삶의 모습을 극진하게 드러낼 수 있는 양식일 뿐만 아니라 세교(世敎)의 언어로 격상되기 시작한 것이다. 그것은 문인 학사의 '(문예적) 계몽 언어'인 전(傳)이 허구로 경사되거나 소설과 교섭하는 야담의 서술 형식을 보면 극명하게 드러나는바,[26] 이 시기 이후의 소설과 전(傳), 그리고 야담은 서로 교섭하면서 당대의 "사람과 사물들이 구체적 상황 속에서 이러저러하게 얽히고, 움직이며, 살아가는 모습"[27]을 형상화하는 양식으로

기 소설의 서술 형식을 선취하는 측면에서도 일단 이 작품은 『한성신보』 소재 네 편(혹은 일곱 편)의 전계(傳系) 서사물과는 그 서사적 의의를 견주기 어려운 측면들이 존재한다.

26　이것은 이원명의 19세기 야담집/설화집인 『동야휘집』의 서문에서 잘 드러난다. 이원명은 서문에서 '매편 앞머리에는 제목으로 표지를 삼았으니 이는 소설의 관례를 따른 것이고 각 단락의 끝에는 논단을 덧붙였으니 대략 사전의 예를 본뜬 것이다[每篇之首題句標識槪依小說之規 各段之下 輒附論斷 略倣史傳之例]'라며 소설과 사전의 서술 체재를 끌어와 설화집을 꾸미고 있음을 밝히고 있다.

27　김흥규, 『한국 고전문학과 비평의 성찰』, 고려대 출판부, 2002, 242면.

새롭게 주목받기 시작한다.

근대 초기(혹은 근대계몽기) 신문 잡지에 발표되기 시작하는 '단형의 이야기군(群)'은 기본적으로 '조선 후기 시정 주변에서 떠돌던 다채로운 삶에 관한 이러저러한 이야기를 한문으로 기록한 짧은 형식의 작품', 곧 '한문단편(漢文短篇) = 야담(野談)'의 정신과 표현법을 취하고 있다.[28] 근대 초기 공간된 신문 잡지 소재 서사물들은 기본적으로 조선 후기 서사의 이와 같은 흐름과 무관할 수 없었던 것이다. 신문 잡지의 편집자(혹은 창작 주체)들이 어떤 식으로든 조선 후기(구체적으로는 19세기 전후) 서민층의 인정물태를 담아내던 서사 양식에 주목할 수밖에 없었던 이유도 이와 무관하지 않다. 그러나 이 시기에 이르러서도 서사, 특히 소설은 "창작 주체의 체험과 관찰 이외의 어떤 선험적(先驗的) 전범(典範)에도 예속되지 않고 개별적 사상(事象)의 진실에 부응"[29]하면서 여전히 유가 이데올로기의 추인이란 문제와 맞부딪칠 수밖에 없었다. 소설이란 '속된' 양식은, 단순히 '전(傳)'이란 희석제를 넣어서 쉽게 탈색될 양식일 수 없었던바, 『한성신보』 소재 「조부인전(趙婦人傳)」과 「곽어사전(郭御史傳)」이 여전히 유가 이데올로기와 단단하게 결합하고 있는 것에서 이 점은 분명해진다.

물론, 1905년 이후, 단재를 비롯한 여러 계몽 사상가들에 의해서 소설에 대한 새로운 인식이 싹트기 시작하기는 하지만, 그것

---

28 김찬기, 『한국 근대소설의 형성과 전(傳)』, 소명출판, 2004, 13면.
29 김흥규, 『한국 고전문학과 비평의 성찰』, 고려대 출판부, 2002, 252면.

은 소설이 가지고 있는 미적 감화력이 '계몽'의 도구로 유효하게 쓰일 수 있다는 인식에(만) 기초한 것이었다. 기존의 가치(이데올로기) 속에 내함된 세계관적 당위성 자체를 의심하고, 또 새로운 가치를 '찾아내려는' '(근대적)' 소설을 전적으로 수용한 것은 아니었다. 전대의 서사 양식인 '몽유록' 속에 계몽의 기획이 투사되고, 전(傳)과 야담이 1910∼20년대 "외관상으로 볼 때 소멸하는 꼴이 아니라 도리어 성황"[30]이란 평가도 결국은 두 양식이 가지는 계몽의 논리와 무관하지 않았다.

근대 초기의 계몽의 수사학이, 전대의 서사 양식(몽유록 / 전 / 야담)이 보여주는 생생한 인정물태와 만나면서 매우 헌걸차게 기도되고 있었음에도 불구하고 공간된 신문 잡지에 산생된 전대 서사 양식(전(傳)이거나 야담, 혹은 전과 야담의 착종 양식)들에서는 설령 당대의 주류적 지배 이데올로기와 문화 담론이 두드러지게 표창될지언정, 매우 '속되거나 일탈된' 문화가 대항 문화 담론(counter-cultural discourse)의 형식으로 둔갑하여 드러나지는 않는 이유도 여기에 있다. 흥미로운 사실은 『한성신보』의 네 전계 서사물에서 드러나는 서술의 시각이 1905년 이후 공간된 신문 잡지의 서사물들과는 확연한 차이를 보이고 있다는 점이다. 이 시기 전(傳)이나 야담(혹은 전과 야담의 착종 양식)과 같은 전계 서사물은 "한편으로는 주류적 지배 문화의 담론을 담아내는 문예 양식으로 기능하기도 하고 다

---

30 임형택, 「야담의 근대적 변모」, 『한국한문학연구』 제19집, 한국한문학회, 1996, 54면.

른 한편에서는 중세적 주류 문화에 대항하는 대항 문화 담론의
상징적 기호로 기능하기도 한다."[31] 여기에 더하여 근대 초기의
전계 서사물들은 '근대 / 계몽 담론'과 '애국 / 구국 담론'을 동시
에 견인해 내야 하는 우국의 기획일 수밖에 없었다. 때문에 그것
이 비록 새로운 가치의 탐색과 은닉, 그리고 중세적 질서와 이데
올로기를 배제하는 원리에 근거한 '새로운 (근대적) 내면'을 만들
어내는 서사로 전변한 양식이었을지라도, '속되고, 뒤틀린' 내면
(주체)까지 용인할 수 있는 방은 마련할 수는 없었던 듯하다.

근대 초기 공간된 신문 잡지 소재 전계 서사물들이 가지는 이
러한 서술 시각에 기대어 보면, 『한성신보』 소재 전계 서사물들
에서 드러나고 있는 서술의 시각은 어떤 식으로든 이질적이다.
물론 이와 같은 이질적 서술 시각은 신문이 가지고 정체성[32]을
헤아려 보면 자명해지는 바이지만, 그중에서도 우리는 『한성신
보』 전계 서사물(특히 네 편의 전계 서사물)이 보여주는 좀 별난 서술
시각과 그것이 만들어 낸 '(이질적) 홍미성'의 정체에 대해서는 좀
더 섬세한 주목을 요할 필요가 있다.

---

31 김찬기, 『한국 근대소설의 형성과 전(傳)』, 소명출판, 2004, 107면.

32 잘 알려진 바대로, 『한성신보』는 친일 개화파(갑오파)의 핵심이었던 안경수가 관
   여하고 있었고, 신문의 편집진이나 편집 체제, 그리고 기자가 실질적으로 일본 낭
   인들이었다는 점을 고려한다면 신문의 목적은 한국의 민족 정기를 말살하고, 일
   본의 한국 침략을 정당화하는 데 있었다는 점이 명확하다.

32 이보경, 『문(文)과 노벨(novel)의 결혼』, 문학과지성사, 2002, 217면.

2. 전계(傳系) 서사물의 인물 형상

1) 남녀 풍정의 서사화

조선 후기는 물론이거니와 근대 초기에 이르러서도 서사의 '흥미 추구' 경향은 하나의 큰 흐름이었다. 이미 많은 연구에서 밝혀진 바대로 조선 후기 서사는 상업성을 획득하내기 위한 서술 전략을 다채롭게 구사하고 있었다. 산문은 물론이거니와 시가 문학에 이르기까지 이러한 전략이 광범위하게 포치되고 있었다. 그리고, 말할 것도 없이 이러한 서사 전략의 핵심에 '흥미 추구(흥미성)'가 매우 유효한 서사 장치로 작동되고 있었다. 그 대표적인 서사 장치가 '과감하게, 혹은 노골적으로' 남녀 간의 풍정(風情)을 형상화하는 것이었다. 주지하다시피 전대(조선 후기)의 노골적인 남녀 풍정이나 성애의 형상화는 적어도 두 가지 시선 안에서 이해되고 있었다.

그 하나가 말 그대로 노골적인 남녀 풍정 탐색을 통해서 독자를 강력하게 흡인하려는 데에 목적이 있었는가 하면, 다른 하나는 조선 후기부터 제출되기 시작한 반권위적 심성론, 곧 '정(情-喜怒哀樂)'이 '성(性-仁義禮智)'으로부터 독립하는, 이른바 상대주의적 세계관을 견인하는 데에 있었다. 실제로 남녀 풍정을 그려내고 있는 조선 후기의 허다한 소설도, 간결한 절제의 언어로 유가적 이념을 표창하던 전(傳)도, 그리고 시정적 삶의 이러저러한 국면을 다채롭게 재현해내던 야담도, 그들이 겨냥한 풍정의 윤리학은 결국 당대 윤리학이 가지는 모순을 날카롭게 겨냥하고 있었다. 우리는 조선 후기 연암과 담정, 그리고 문무자의 주옥같은 전(傳)이나 소설, 그리고 열녀를 희롱하는 수많은 야담이 겨냥하고 있는 인정물태의 수사학이 결국은 유가 이데올로기의 단순한 추인이 아닌, 인간 해방을 위한 전복의 윤리학에 있음을 쉽게 이해할 수 있었다. 이런 점에서 보면, 네 편의 전계 서사물 중에서 상대적으로 '수이(殊異)한, 혹은 속되거나 뒤틀린' 구조에서 한 발짝 벗어난 「이소저전(李小姐傳)」의 '열녀'가 보여주는 세계 역시 특별한 것이 아닐 수 있는 것이다.

이럿케 병중으로 지닌간 지 슈년이 되야 니씨 규가에서 필경 김씨 낭자가 회싱치 못ᄒᆞ기를 짐작ᄒᆞ고 쥬단를 환송ᄒᆞ고 다른 곳디 혼인을 정ᄒᆞ야 지니랴 혼즉 그 규양이 이 눈치를 엿자오디 미가규녀가 이런 말솜 엿잠넌 거시 도리상에 어긔여지나 그럿치 아니혼 곡졀이 잇기의 붓쓰러옴을 무릅 쓰고 말솜 ᄒᆞ압나니 세상에 사룸이 여자로 나셔 쳔졍 연분을 김씨 낭자로 정ᄒᆞ야 쥬단 거리쩌지 ᄒᆞ얏쓰니 그 낭자가 싱사간 부부어날 드르니 부모계셔 다른 곳으로 다시 혼일을 지니랴 ᄒᆞ시니 그러혼 도리 어디 잇겟스압. 그 낭자가 비록 죽난디도 나난 다른 뜻지 읍스오니 부모난 부지럽시 다른 혼쳐 구ᄒᆞ지 마시압소셔 (…중략…) 지금 와서 낭자가 져럿틋 병이 들고 네가 과년ᄒᆞ야 부모에 마암에 심이

민망ᄒ기의 타쳐에 혼인 지니랴 ᄒ거날 웃지 네 마암디로 ᄒ리오. 다
시 두 말 말고 잇거라 ᄒ니 그 규양이 다시 말ᄒ되 부모가 자식에 졍샹
을 싱각ᄒ와 이럿케 말ᄉᆷ ᄒ오나 니에 마암은 곳치지 못ᄒ곗시니 원컨
딘 부모난 다른 곳 혼인 졍홀 싱각 마시ᄋᆸ소셔. 그 부모 허릴 읍셔 근
심이 젹지 아니ᄒ더니 일일른 그 여아가 ᄒ 계교를 니여 밤이면 그 부
모 모로게 남복 ᄒ벌을 지어입고 밤즁에 니다라 그 김씨 낭자에 집을
무러 슈일만에 낭자에 집에 가셔 그 쥬인 보고 졀ᄒ고 ᄯ러 안거날 그
쥬인인즉 낭자에 부친니라.[33]

위 인용문에 잘 드러나듯, 「이소저전」은 '상업성'을 견인해 내기
위해 남녀 풍정을 노골적으로 전경화시키는 상업적 서사 장치가
활용되지도 않고, 수이한 서사 구조를 포치시켜 특이한 미적 광원
을 유출하고 있는 작품도 아니다. 전대의 열녀전에서 이미 상투화
된 열녀 병구완 모티프와 역시 고소설에서 흔히 볼 수 있는 남복개
착모티프를 활용하여 입전 인물의 열녀성을 극진하게 묘사해 내
고 있는 전형적 작품인바, 양식사적 차원에서 보면, 소설과 야담
과 전(傳)의 장르 교섭이 선명하게 드러난다는 점에서 우선은 그 서
사적 의의가 있겠다. 문제는, 반면 인물(antagonist)인 부모가 입전
인물인 '이소저'와 대위(갈등)되면서 충돌한 가치, 곧 부모의 '다른
혼처 찾기'가 내장한 가치의 실재성이 이소저의 '절개'의 윤리학에

---

33 「이소저전(李小姐傳)」, 『한성신보』, 1896.10.30.

의해서 끝내 배제되고 있다는 사실에 주목할 필요가 있다. 인용에서도 드러나듯 이소저의 부모는 이소저의 배필인 '김씨 낭자'의 회복이 어려운 것을 알고는 곧바로 다른 혼처를 구한다. 이에 반해 이소저는 부모의 '다른 혼처 구하기'가 도리에 어긋난다며 부모의 뜻을 따르지 않고, 남복 차림으로 가출을 한다. 사실 부모와 자식 사이의 이와 같은 갈등 창출은 전대의 전(傳)에서는 그리 흔하게 보이는 구성 형식은 아니었다. 대개의 전(傳)은 이미 추인된 가치(유가 이데올로기)를 미리 제시해 놓고, 서사상의 제 요소가 이를 추인하는 형식이 대부분이어서 사실 '갈등'에 의한 플롯 형성이 선명하게 드러나지도 않고, 딱히 필요한 것도 아니다.

이런 점에서 보면 「이소저전」은, 적어도 양식적 관점에서 보면 조선 후기 소설적 경사가 두드러지는 전(傳)의 구성시학을 계승한 형식일 수 있다. 그런데 문제는 이미 전술한 바와 같이 입전 인물(주인공인 '이소저')의 윤리학(절기와 정성)이 기존의 전범적인 이데올로기를 다시 반복 추인 하는 것에 머무르고 있다는 점이다. 서사의 "일화와 인물이 충돌해서 겹겹의 갈등이 생성되고 또 그 갈등의 심화와 해소 과정을 통해서 '새로운 가치'가 탐색되지"[34] 않는다. 그러니까 '이소저'의 자기 추구(윤리학)의 최종 지점은 이미 규범화된 가치(열녀 이데올로기)'의 추인에 있었지, 새로운 가치를 만들어 내기 위해 끊임없이 기존의 전범화된 이데올로기를

---

34 김찬기, 『한국 근대소설의 형성과 전(傳)』, 소명출판, 2004, 64면.

'부정하고, 공격하고, 조롱하는' 전복의 윤리학에 가 있지는 않았다. 그것은 조선 후기 이래 생생한 인정물태를 미적 재료로 삼아서 새로운 '진정(眞情)'의 세계를 형상화해 내던 이 시기 전계 서사의 '(근대에로의) 양식적 변전 장력'을 담아낼 수 없는, 한 마디로 화석화된 형태의 도덕적 감계론에 지나지 않는 것이었다. 그러기에 부모의 '다른 혼쳐 구흥기'가 내장한, 이른바 유가 이데올로기에 대한 촉범성 그 자체가 오히려 '반성의 대상'으로 전락한다. 요컨대, "니씨 부부 이 말을 듯고 그 쌀에 등를 어루만지며 갈아디 세상에 웃지 너 갓튼 졀기와 정성이 어디 잇쓰리오"[35] 식의 아이러니가 주조되는 것이다.

2) 소비되는 여성과 관리하는 남성

한편, 근대 초기 공간된 신문 잡지 소재 서사물들을 관류하는 이데올로기가 여전히 유가 이데올로기와 단단하게 잇닿아 있다는 사실에 다시 주목할 필요가 있다. 이들 서사물의 주인공들에게 유가 이념은 어떤 식으로든 그들의 생활을 통어하는, 이른바 '(자명한)'절대 원칙이었다. 이들에게 삶의 의미는 유가의 원리에 의해서 온전하게 드러나거나, 혹은 '보존'된다. 이 글에서 다루고

---

35 「이소저전(李小姐傳)」, 『한성신보』, 1896.11.3.

있는 『한성신보』 소재 네 편의 전계(傳系) 역시 한쪽 지점에서는 어떤 식으로든 이미 전범화된 유교적 가치 체계의 절대적 준신을 통해서 "자기 완성을 추구하는"[36] 인물들을 형상하고 있었다. 이러한 세계 인식틀(엄밀히는 폐쇄적 세계관) 안에서는 이른바 인물을 규율하고 있는 사회적 실재(이데올로기 / 제도)가 엄격하게 작동하면서 '새로운 이데올로기'를 만들어 내는 '주체 배양'을 거의 기대할 수 없게 된다. 사회적 실재의 엄격한 작동은, 그것이 야기한 현실 사회의 모순을 '자각한 개인'을 용인하지 않는 것이다.

그런데 문제는, 그러한 폐쇄적 세계 안에서의 사회적 실재가 더 이상 공동체를 교집할 가치로 작동하지 못하고, 그것의 균열을 보이기 시작하는 상황에 이르러서는 생사를 건 '신-구' 투쟁, 곧 '새로운 것'과 '낡은 것'의 투쟁이 시작된다는 것이다. 바로 이러한 지점에 이르면 조선 후기의 '인정물태', 곧 "사람과 사물들이 구체적 상황 속에서 이러저러하게 얽히고, 그 얽힌 과정을 통해서 올바른 것이건 패덕(悖德)한 것이건 그 현실태(現實態)를 거짓 없이 드러내야 한다는 의식"[37]과도 같은 경험적 세계관이 이제 하나의 가늠자로 기능하게 된다.[38] 이런 점에서 성적 일탈의 여성 형상을 주조해 내고 있는 『한성신보』의 「이씨전」은 진정(眞情)의 남녀 풍정을 생산적으로 그려낸 것, 곧 '패덕의 현실태'를 거짓 없이 그려내어 '새로

---

36 임형택, 「야담의 근대적 변모」, 『한국한문학연구』 제19집, 한국한문학회, 1996, 54면.
37 김흥규, 『한국 고전문학과 비평의 성찰』, 고려대 출판부, 2002, 242면.
38 김찬기, 『한국 근대소설의 형성과 전(傳)』, 소명출판, 2004, 170면.

운' 남녀 풍정에 도달한 것인지 검토할 필요가 있는 것이다. 무엇보다도 공간된 매체가 수록한 최초의 연재 단편 서사물이기 때문에 우선은 그 서사적 의의를 지나칠 수가 없기 때문이다.

쏘 그 뒤으로 남기흔 바리 오거날 니싱이 어인 일인지 아지 못흐야 안으로 드러와셔 이 말을 흔즉 그 여인이 갈아디 닉가 나가셔 구쳐흐야 가져온 거시니 다 드려오라 흐거날 니싱이 싱각흐디 괴이흐나 아즉 긔흔을 이긔지 못흐난 지경이라 웃지 염치를 도라보리오 아모려나 나무와 쏠바리를 다 드리니 잠시 군급을 면흐얏난지라. 그 영인이 인흐야 가지 아니흐고 그 부인과 갓치 음식지졀을 니싱에게 공궤흐난지라. 밤이면 한 방에 분별읍시 잠을 자고 나지면 침션지졀과 치산흐난 거시 조곰도 타인에 모양은 아니흐거날 니싱이 너럼에 혜오디 스나의가 일쳐 일쳡은 읍난 거시 아니라 져마다 흐난 거시니 닉 져 여인을 쳡으로 두리라 흐고 그날 밤에 함긔 자다가 운우지약을 및고자 흐니 그 여인이 조곰도 사양치 아니흐고 허락흐야 인흐야 쳐쳡을 다리고 잇난지라. 그리흔지 멋칠 지난 후 시량이 진흘 만흐면 이 여인이 나갓다 오면 쏠바리와 나무바리가 드러오난지라.[39]

「이씨전」은 2회 연재로 미완의 작품이다. 그러나 다른 세 편의 전계 단편 서사물 모두 3회로 연재가 끝난다는 점, 아울러 서사

---

39 「이씨전(李氏傳)」, 『한성신보』, 1897.1.10.

의 전체적 맥락을 고려해 볼 때 「이씨전」 역시 장편의 연재 서사
물은 아니었던 듯하다. 위의 인용문에서 드러나듯, 이 작품의 '여
인'은 '니 져 여인을 쳡으로 두리라 ᄒ고 그날 밤에 함긔 자다가
운우지약을 밋고자 ᄒ니 그 여인이 조곰도 사양치 아니ᄒ고 허락
ᄒ야'라는 서술에서 드러나듯이 성적인 개방성이 매우 극대화된
여성으로 묘사된다. 처음 본 남자를 야밤에 스스럼없이 따라와
기꺼이 동침을 하고, 그의 첩이 되어 가정의 살림살이까지 떠맡
는 여성상은 시정의 현실태를 생생하게 재현하고 있는 조선 후기
한문단편(야담)에서도 그리 흔한 여성상은 아닌 듯하다.

　　물론 "경제력을 겸비하여 스스로 자신의 삶을 선택하고 남성
에게 영향력을 발휘하며 남성을 인도하는 여성의 모습과 진취적
인 여성상을 기록하고"[40] 있는 단편이 조선 후기 산생되기 시작
하는 것은 사실이다. 그러나 이러한 여성상의 탄생은, 아무리 협
애한 중세적 도덕주의를 넘어서는 문예적 양식으로 성장한 조선
후기의 소설에서조차 그리 찾아보기 힘든 인물 형상이다. 우리
서사(적어도 조선 후기까지)에서는 매우 '낯선' 인물 형상, 그것도 여
성 인물 형상으로는 매우 이질적인 인물 형상인 셈이다.

　　사실, 1920년대 이후의, 그것도 매우 탄탄한 구성 시학에 기반
을 둔 성공한 단편들, 곧 우리의 근대 단편 문학사가 높이 도달한
일련의 작품들에서 드러나는, 이른바 이미 주어진 가부장적 질

40　김성은, 「『모계서야담』을 통해 본 19세기 조선 지식인의 여성 인식」, 『여성과 역
　　사』 제8집, 한국여성사학회, 2008, 23~52면.

서와 자기를 억압적으로 규율하고 있는 전근대 이데올로기를 '의심하고, 그 불온한 원리를 알려고 캐어묻는' 새로운 여성(신여성)쯤에 와서도 이러한 파탈의 여성상은 찾기 어려운 형편이다. 그런데 좀 흥미로운 사실 하나는, 우리의 근대 소설사의 한편(사실은 '지금도' 여전한 것인 것 같지만)에서는 매우 일그러진(일탈의) 형태의 '성애화'된 여성(신여성)이 늘 재생산되고 있다는 점이다.[41] 주지하다시피 '성애화'란 특정한 사회나 개인, 집단을 성적인 존재 혹은 주체로 정체화하는 것을 말한다. 배리(Barry)는 성애화된 사회의 성별 불평등 문제를 지적하면서 가부장제 사회가 여성에게 성적 정체성을 부여함으로써 여성들을 서로 서로 구분되지 않는 존재로 만드는 한편, 남성과는 구별되는 열등한 존재로 인식시킨다고 지적한다. 여기서 성애화의 중요한 특징은 여성의 신체를 성과 동일시함으로써 여성을 '성애화된 몸'으로 일반화시킨다는 점이다. 반면 남성은 성 즉 여성의 몸을 추구하고 사용하는 '행위하는 존재'로서 정체성을 획득하게 되며 단순히 몸으로 환원되지 않는다. 오히려 남성들은 몸의 기능이나 성적인 것에 의해서가 아니라 그들이 세상에서 무엇을 하는가에 의해 정체성을 부여받는다.[42] 이러한 관점에 기대어 볼 때, 「이씨전」의 '여인'은 말 그

---

41 횡보의 20년대 초기 3부작이 이 범주일 테고, 춘원과 동인 역시 마찬가지 범주의 소설을 다수 창작한 것이 이를 잘 증거한다. 그럼에도 불구하고, 사실 지금까지의 서사사는 이러한 여성 주체 탄생의 기원과 그 함의에 대해서 주목하지 않았다. 우리 근대소설사의 큰 주류적 흐름이 될 수 없는 소이연 때문이기도 할 것이다.

42 이명선, 「근대의 '신여성' 담론과 신여성의 성애화」, 『한국여성학』 19권 2호, 한국

대로 '성애화된 몸' 그 자체인 셈이고, '니싱'은 그러한 여성을 '사용하는 주체'인 셈이다. '여인'은 철저하게 성적 타자가 되어 '니싱'의 욕망의 대상이 된다.

우리는 근대 초기 공간된 신문 잡지, 그리고 1920년대 이후 창간되는 신문과 잡지에 등장하는 이른바 "신여성"[43]이 다양한 방식으로 '왜곡되게 주조된 관리 상품'일 수 있다는 사실에 주목할 필요가 있다. 그렇다면, 『한성신보』야말로 이러한 '신여성' 이미지 형성의 전위로 작동한 매체였던바, '여인'을 성적으로 타자화시키는 '니싱'의 자기 합리화의 논리, 곧 '스나의가 일쳐 일첩은 읍난 거시 아니라 져마다 흔난 거시니'라는 언명 속에서 극명하게 드러난다. 말하자면, 1900년대 이후 '성애화되어 소비되는 여성의 몸', 그리고 성적 타자로 철저하게 자기 정체가 규정되는 '일그러진 여성 주체'의 형성은 「이씨전」이란 '여성 이미지 실험장'을 통해서 '왜곡되게 만들어진' 셈이었다. 이렇게 일그러진 여성 주체 형상은 「김씨전(金氏傳)」에 오면 더욱 일그러진, 이른바 '탕녀'의 이미지로 주조되기에 이른다.

여성학회, 2003, 8면.

43 '신여성'의 등장과 이미지에 대한 기존의 연구에서는 대개 '신여성'의 두 가지 이미지(교육받은 선구자 / 성적으로 문란한 / 일탈한 여성)가 함께 겹쳐 있음을 구명해 내고 있다. 필지는 이러한 선행 연구의 결과를 수용하는 입장에서 '신여성'의 의미를 사용하고 있음을 밝혀둔다. 또한 이 글에서는 '신여성'이 사회적 권력 관계가 파생시킨 '역사적 구성물'이라는 여성주의자들의 견해에 동의하는 입장에서 '신여성 / 근대적 여성 주체'의 개념을 사용하고 있음도 밝혀둔다.

이 스룸이 그 놈 드러간 후 뒤을 짜라 쏘 가셔 문틈으로 엿본즉 그 절
문 계집이 이놈 드러 오난 거셜 보다가 반기여 이러나 손을 잡고 잇쓰허
금침우에 가셔 두리 안져셔 희학이 무쌍ᄒᆞ니 김활양이 이 모양을 본즉
분긔디발ᄒᆞ야 니니 두를 보리라 ᄒᆞ고 가마니 안져셔 이윽허 보니 그 계
집과 그 스나의가 촉불을 도도고 아져셔 계집에 아당 피우난 것과 스나
희에 어루난 모양이 가이 볼 만ᄒᆞ더라. 김활양이 이 거동을 보고 발분
홈을 이긔지 못ᄒᆞ야 활에 살을 메워 문궁그로 그 사나희 놈을 한번 쏘니
그놈이 바로 이마가 마져셔 즉스하거날 (…중략…) 이 즁이 그 사환ᄒᆞ
난 스이의 니에 계집을 잠통ᄒᆞ야 단이더니 이 계집과 그 즁이 져의 맘디
로 통간ᄒᆞ기를 위ᄒᆞ야 그 즁이 일일은 츈화일난ᄒᆞ미 귀경ᄒᆞ기를 쳥ᄒᆞ
거날 공부ᄒᆞ다가 울젹혼 싱각이 잇셔셔 그 즁을 짜라셔 졀 뒤히 층암졀
벽이 잇난디 그 우히 안져셔셔 경치를 살피며 노더니 그 즁이 홀지의 미
러셔 그 셕벽 알히 나리치니 분골쇄신ᄒᆞ미 그 놈이 나에 신톄를 졀벽 스
이 인젹부도할 곳에 너어두고 혹으로 무더쓰니 그 뉘가 알니오[44]

위의 인용문에서, '졀문 계집(여성)'은 '김활양'에게는 '문틈으로
엿보기'의 대상, 이른바 '관음의 대상'으로 정체된다. 여기에서 우
리가 생각할 수 있는 것이 바로 '문틈'을 통해서 보여지는 '규방',
곧 여성들만의 공간이 남성에게는 성적 욕망의 대상이면서 이른
바 '탕녀'의 성적 일탈이 수행되는 공간으로 묘사되고 있다는 점

---

44 「김씨전(金氏傳)」, 『한성신보』, 1896.12.4~8.

이다. 때문에 규방 안에 존재하는 여성은 마땅히 '훔쳐보기'의 대상이 될 수밖에 없다는 점에서, 또 한편으로는 스스로가 성적 주체이고자 하는 여성에게는 규방이 '억압의 공간'이 될 수밖에 없다. 그러니까 여성에게 '규방'은 성적으로는 수동적 / 타자화된 존재임을 현현시키는 공간(남성-외간 남성의 방문에 의해서만 '성 / 섹슈얼리티'가 현현되는 공간)이란 점에서 '규방'은 온전한 성적 주체로서의 '여성'이 현현되는 공간이 아니라, 오로지 "남성의 부속물 혹은 사적인 존재라는 메시지"[45]가 전달되는 공간이다. 이 공간에서는 여성의 몸이 철저하게 통제되고, 성적 자기 결정권(자율성) 또한 상실된다.

물론, '중'과 통간한 「김씨전」의 '젊문 계집'을 성적 타자성을 극복해 낸 '(신)여성' 형상으로 이해할 수 있는 여지를 따져볼 수도 있겠다. 그러나 이러한 시선에 기대어 '젊문 계집'의 성적 타자성은 너무 명백한 증거, 곧 「김씨전」의 '젊문 계집'의 통간이 스스로의 성적 자율성에 의해 매개된 것이 아닌 '중'으로부터의 '겁욕'에서부터 비롯된 '성적' 행위로 형상되는 것에서 분명하게 드러난다. 한편 사건의 전모기 밝혀지면서 결국 '젊문 계집'은 부모로부터는 "양가를 망케 혼" 여자로, 스스로는 자신을 "만번 죽어도 앗겁지 아니혼" 여자로 규정하고 자폐한다. '성'이 가족과 가족, 그리고 가문과 가문의 관계 안에서만 용납될 수 있다는 전통 섹슈

---

45 이명선, 「근대의 '신여성' 담론과 신여성의 성애화」, 『한국여성학』 19권 2호, 한국
    여성학회, 2003, 28면.

얼리티의 기율을 깨뜨린 '졀문 계집'의 파국은 너무도 자연스러운 귀결인 셈이다. 이런 점에서 볼 때, 여성에게 '가족'과 '가문'이란 이데올로기 장치는 '남성'보다는 '여성'을 훨씬 더 철저하게 예속시키는 억악 기제로 작동한다. '통간'의 결과로 '즁(남성)'이 죽었지만, 그것은 성적 지배권을 빼앗긴 '김활량'이란 남성의 복수심이 야기시킨 결과이지 전통의 섹슈얼리티 이데올로기 기율을 파기한 것에 대한 형벌이 아니었다. 이에 반해, '졀문 계집'의 죽음은, '성적 자기 결정권(자율성)'이 금지된 여성 억압의 이데올로기가 가문과 가족 안에서 어떻게 행사되고 있는가를 극명하게 드러내는 죽음인 셈이다. 결국, 「김씨전」의 '졀문 계집'은 '최종 심급'으로서 '행위하고, 소비하고, 생각하는 주체(남성)'에 부속하면서 그의 성적 처분만 기다라는 존재로 구성된다. 이런 점에서도 「김씨전」, 현모양처의 가족 / 가문의 이데올로기에서 일탈한 여성의 참혹한 결과를 노골적으로 그려낸 작품인 셈이다.

3. 전계(傳系) 서사물의 서사적 의의

근대적 주체를 한 마디로 요약하자면 '사유하는 주체'이다. 세계는 사유하는 주체에 마주서 있는 '객체'이다. 사유하는 주체는 객체에 대하여 있고, 이 둘 사이에는 확실한 경계가 전제된다. 그렇다면 세계는 주체의 행위에 의해 새롭게 구성되어야 하며,[46] 실제로 그렇게 구성되고 있다. 그런데, 이렇게 '사유하는 주체'에 의해 역사적으로 구성되는 객체로서의 여성은, '최종적 심급'으로서의 '사유하는 주체'(남성)에 부속하면서 그의 성적 처분만 기다리는 존재로만 표상된다. 이런 논법에 기대어 보면 적어도 『한성신보』 소재 「조부인전(趙婦人傳)」과 「곽어사전(郭御史傳)」은 물론이거니와, 「이소저전(李小姐傳)」, 「이정언전(李正言傳)」, 「김씨전(金氏傳)」, 「이씨전(李氏傳)」과 같은 네 편의 전계 서사물에 등장하는 '여성'은 어떤 식으로든 '근대 주체', 혹은 '여성 주체'의 인물 형상과는 거리가 멀다. 혹여 「이정언전」의 '부인'을 근대적 여성 주체의 맹아로 볼 수 있겠다는 논의가 제출될 수도 있다. 그러나 현재의 남편(쥬인더감)과 과거의 '처녀적' 연분의 남성(니졍언) 사이에 형성된 '한(恨)' 풀기 서사로 귀결되고 있어서, 이른바 '니졍언'과 '부인' 사이에서 찾아질 수 있는 '근대적 사랑'의 맹아가 원천적으로 삼제된다.

한편, 이들 서사물에서 드러나는 '남성' 역시 매우 '성적으로 이지러진' 인물 형상이거나, 허약한 / 왜소한 인물로 형상된다. 이들 작품에 대한 평가, 곧 "일본 제국주의 우리나라에 대한 식민지 정책의 일환으로 가정도덕에 대한 파괴를 위한 술책"[47]이란 부정

---

46 최민식, 「주체와 타자성 이해를 통한 근대성의 극복에 관하여」, 『기독교철학』 제9호, 한국기독교철학회, 2009, 99~100면.
47 한원영, 「한국 개화기 신문 『한성신보』에 연재된 소설고」, 『국어교육』 61, 한국어교육학회, 1987, 368면.

적 평가도 결국은 이와 같은 부정적 남성 인물 형상과 무관하지 않은 듯하다. 오랜 동안 남성에 의해 역사적(권력 관계에 의해)으로 구성되어 성적으로 타자화된 여성과 마찬가지로, 식민지 근대의 남성 역시 '사회적 존재'로서의 근대 주체 이미지는 상실되고, 오로지 여성이라는 '성애화된 몸'만 욕망하는/소비하는 대상으로만 형상된다.

결론적으로 「조부인전」과 「곽어사전」이 군국주의 일본이 1890년대 침략의 논리로 차용한 '양처현모주의'를 인위적으로 주조한 서사물이라면, 「이소저전」, 「이정언전」, 「김씨전」, 「이씨전」은 "공적인 쾌락과 욕망의 대상 혹은 관음의 대상"[48]으로만 형상된 식민지의 '이지러진 여성(몸)'과 그것을 '소비하고, 통제하고, 관리하는' 남성 가부장주의를 왜곡되게 그려낸 서사물이었다. 흥미로운 사실은 이처럼 성애화된 여성을 소비하고, 관리하고, 평가하는 '술어적 주체(남성)'의 이지러진 내면이나, 또 그러한 대상으로서의 '일탈의 여성 인물 형상'이 이 시기 공간된 민족지 계열의 신문 잡지에서는 잘 드러나지 않는다는 점이다. 그러기에 1920년대의 근대 단편들(횡보의 초기 삼부작이거나 김동인과 이광수 일부 작품에서 드러나는 신여성)에서 뜬금없이 만들어지는 신여성의 황량한 내면이 썩 이질적인 것이 아니라면, 그것은 『한성신보』 소재 전계 서사물이 이러한 내면과 결코 무관하지 않은 듯하다.

---

48 이명선, 「근대의 '신여성' 담론과 신여성의 성애화」, 『한국여성학』 19권 2호, 한국 여성학회, 2003, 23면.

제4장

근대 초기 야담계 기사(記事)의 역사적 성격

1. 야담계 기사(記事)의 양식적 특질과 서술 시각

1) 야담계 기사(記事)의 출현과 그 특질

조선조에서는 '소설은 허구'라는 간명한 정의 하나만을 인정하는 데에도 상당한 시간을 소비해야만 했다. 소설이 사실의 기록이 아니라 꾸며진 이야기 즉 허구라는 것은 홍만종(1643~1725)이 소설을 가리켜 '착공구허(鑿空構虛)한 것'이라고 한 이래 공공연하게 쓰여졌다. 「천군연의」의 작가 정태제(1612~1669)는 그 서문에서 '실제로는 없는 것을 꾸며내고 없는 일을 늘여낸 것[實虛而修之 有無而張之]'이라고 하여 허구적 속성을 지적하였고, 이이명(1658~1722)은 소설은 '허구, 환상의 세계에 마음을 쓰고 머리를 짜내는 것[其役心運智於虛無眩幻之間者]'라고 하였다.[1] 허구와 소설의 관계가 자연스러운 것으로 인식되기 시작하는 19세기에 이르기까지 조선조 유학자들에게 '가허착공(架虛鑿空)'으로 집약될 수 있는 소설에서의 '허구'는 부정적인 개념이었다. 조선조 내내 소설을 짓는 무리를 '가허착공지류(架虛鑿空之流)'로 규정한 것도 다 소설에 대한 이와 같은 인식에 기반을 두고 있었기 때문에 가능한 것이었다. 정통 한문학의 입장에서 보면 소설은 여전히 말기(末技)에 지니지 않는 것이었다. 소설에 대한 이러한 인식은 근대 초기에 이르러서도 엄연히 존재하고 있었다.

그렇다면 이와 같은 극단적인 소설 부정론의 사유적 지반은 어디에서 연유된 것인가. 이것은 무엇보다도 '경사(經史)' 중심주의에 기반을 둔 인식의 결과로 볼 수밖에 없다. 즉 '경(經)'을 통해 '도덕적 심성'을 함양하고, '사(史)'를 통해 '역사적 진실'에 다가서는 것을 '수신(修身)'의 요체로 인식한 것이다. 이러한 사유 지반에 근거해 보면, '경사자집(經史子集)' 이외의 글, 이른바 소설은 도덕성과 역사성이 결여된 것일 수밖에 없다. 특히 소설이 '비역사성(非歷史性)'을 지니고 있다는 인식의 근거에는 '괴력난신(怪力亂神)'은 기록하지 않는다는 유교적 합리주의를 준신하는 기술 태도와 밀접한 관련이 있다. 즉 유교적 합리주의에 의해 강하게 규율되던 조선조 유학자들에게 "괴이한 용력[怪異勇力]과 패란한 일[悖亂之事]

1 　김경미, 「조선 후기 소설론 연구」, 이화여대 박사논문, 1994, 133면.

과 귀신이 조화를 부리는 자취[鬼神造化之迹]"[2]는 기록의 대상이 될 수 없었다. 조선조 유학자들이 소설을 배격한 이유가, 소설이 바로 이러한 '괴력난신(怪力亂神)'을 기술하기 때문이었다.[3]

실제로 소설 부정론에 대한 장력은 근대 초기에 이르러서도 여전 하였다. 이 시기에 이르러서도 소설에 대한 시각은 여전히 '황탄무계(荒誕無稽)하고 음미불경(淫靡不經)'의 수준에서 크게 벗어나 있지 않았다. 소설은 "'황탄무계(荒誕無稽)하고 음미불경(淫靡不經)'해서 인심과 풍속을 탕진하며, 결국 정교(政敎)와 세도(世道)를 해(害)한다"[4]는 백암의 인식이나 소설은 '국민의 혼'이 되어 국민을 감화하는 양식이 될 수 있지만, 전래의 소설은 "복을 비는 괴이훈 말이니 이로 또훈 인심과 풍속을 부패케훈는거시라"[5]는 단재의 인식에서 세도유관론(世道有關論), 곧 소설과 세도를 불가분의 관계로 보는 '재도적 문학관(載道的 文學觀)'은 명백히 드러난다. 근대 초기에 이르러 소설이 '계몽의 관점'에서 이해되면서 유가(儒家)의 재도적 문학관은 더욱 예각화될 수밖에 없었다.

결국, 조선 후기 일군의 문인들(담정이나 문무자)의 소설 긍정론

---

2 이규보, 「동명왕편병서(東明王篇幷書)」.

3 김찬기, 『한국 근대소설의 형성과 전(傳)』, 소명출판, 2004, 81~82면.

4 "國文小說은 所謂 蕭大成傳이니 小學士傳이니 張風雲傳이니 淑英娘子傳이니 ㅎ는 種類가 閭巷之間에 盛行ㅎ야 匹夫匹婦의 菽粟茶飯을 供ㅎ니 是는 皆 荒誕無稽ㅎ고 淫靡不經ㅎ야 適足히 人心을 蕩了ㅎ고 風俗을 壞了ㅎ야 政敎와 世道에 關ㅎ야 爲害不淺ㅎ지라 若使世之覘國者로 我邦의 現行ㅎ는 小說種類를 問ㅎ면 其風俗과 政敎가 如何타 謂ㅎ깃는가"(박은식, 「서」, 『서사건국지(瑞士建國誌)』, 대한매일신보사, 1907, 1면).

5 신채호, 「근일 국문쇼셜을 져슐ㅎ는자의 주의홀일」, 『대한매일신보』(국문판), 1908.7.8.

이나 이 시기의 소설적 성세를 그대로 소설 긍정론과 연결할 수 없는 이유도 분명하거니와, '사실의 기록'이 아닌 '허구의 기록'에 대한 부정적 인식은 조선 시대를 거쳐 근대 초기에 이르러서도 여전하였다. 그러므로 백암과 단재의 소설 긍정(국민의 혼/감화의 양식)은 소설이 가지고 있는 도구적 속성과 관련한 것이지, 소설의 심미성 자체에 대한 긍정은 아니었다. 백암과 단재와 같은 개신 유학자(혹은 계몽사상가)들에게도 풍속교화론이나 문이정심(文以正心)의 심학 구도 안에서 '문학'을 이해하는 관습은 여전하였다. 다만, 심학과 풍속교화의 구도 안에 '계몽'의 구도를 하나 더 덧붙여 이 시기 소설을 이해했던바, 근본적으로 술이부작(述而不作)의 유가 문학관은 변화가 없었다. 이런 맥락에서 보면, 근대 초기의 산문들은 전대 문종과의 친연 관계를 전제하지 않고 이해하기 어려운 지점들이 존재할 수밖에 없다. 여기에서 우리는 전대의 산문이 가지는 기본적 성격을 지금의 문학(산문)의 개념과 대비해볼 필요가 있겠다.

잘 알려진 바처럼 오늘날 산문 문학의 장르는 소설, 수필, 희곡 등으로 구분되지만, 전통 사회의 산문 장르는 전(傳), 찬(讚), 논(論), 설(設), 송(頌), 서(序), 표(表) 등 100여개가 넘는 다양한 문종(문체·장르)으로 구분되었다. 이 같은 구분법의 차이는 근대와 전근대 한국 사회에서 문학이라는 말을 둘러싼 개념의 종합적인 체계가 서로 이질적이었음을 의미한다. 예컨대, 현재의 '문학'은 음악, 미술, 연극과 같은 병렬개념, 예술과 같은 상위개념, 시, 소설, 희곡과 같은 하위개념, 역사, 철학 등의 대응개념, 미(美), 정(情)과 같은 설명개념들과의 관계 속에 위치한다. 그러나 전근대 사회에서 '문학'은 음악, 미술, 연극 등의 개념과 병렬적 위치에 놓여 있지 않았으며, 예술의 하위개념이 아니라 대립개념에 더 가까웠고, 미(美)나 정(情)보다는 도(道)나 리(理)를 추구하는 개념이었다.[6] 물론 고유한 / 독자적 경험의 영역으로서의 미적 경험을 존중하는 이른바 '정(情)'의 독자성을 존중하는 심성론이 조선 후기부터 문학의 영역에서 제출되기는 하지만, 전대 문학의 전체적 자장은 여전히 '정(情)'이 '성(性-仁義禮智)', 혹은 '도리(道理)'에 복속되어 있었다. 흥미로운 점은 조선 후기의 반권위적 성정론이 근대 초기에 와서 '계몽의 윤리학'을 새롭게 떠안아야만 하는 전대의 서사 문종들에서는 일시적으로 후퇴한다는 사실이다. 말하자면, 성현의 도리를 전하는 양식으로서의 '문-산문'이 '(근대적) 계몽의 윤리'를 전하는 동시에 특수하게는 민족주의를 표창하는 양식으로 전변하기 시작한다.

이런 점에서 우리는 근대 초기의 전대 산문 양식, 특히 '역사적 사실' 전달, 혹은 '사건의 기록'에 목적을 둔 산문 문종인 전(傳)과 기사(記事)에 주목하는 이유도 여기에 있다. 우선 전(傳) 양식은 1920년대 근대역사소설과의 관련성의 측면에서도 우선 주목할 수 있거니와, 그것이 추인하는 세계관과 미의식이 전대와 근대 이후

---

6   김지영, 「문학 개념체계의 계보학」, 『민족문화연구』 제51호, 고려대 민족문화연구원, 2009, 338면.

의 '사실 기록'의 산문의 변전상을 온전하게 보여주고 있다는 점
에서 우선의 의의가 있겠다.[7] 우리가 근대 초기의 '사실 기록'의
산문 양식에서 전(傳)과 함께 탐색해야 하는 양식으로 '야담계 기
사(記事)'에 주목하는 이유는 다음과 같은 연유에서이다. 기사는
이 시기 전(傳)과 함께 근대 초기의 서사 문학의 근대적 변전을 보
여주는 대표적인 문종으로 기능한다. 특히, 전대(조선 후기)의 기
사가 그 시기 전(傳)에 비해 훨씬 더 다양한 인물 군상을 형상화하
고 있었던 서사적 실상이 근대 초기에 와서 어떤 양상으로 전개
되고 있는가 하는 문제 역시 이 시기의 서사 실상을 구명하는 쟁
점의 하나로 제출될 수 있을 것이다.

　근대 초기에 공간된 신문 잡지들이 수록하고 있는 서사물들은
전대의 문체에서 많이 벗어나는 파체가 있는가 하면, 전래의 작
문법을 그대로 답습하는 글을 함께 수록하기도 한다. 편집자의
수학 배경과 현실 인식, 그리고 매체의 편집 방향에 따라 게재되
는 서사물의 문종과 성격이 다를 수밖에 없었다. 이 시기에 산생
된 기사도 마찬가지였다. 청대 오증기(1852~1929)의 『문체추언(文
體芻言)』을 보면, 기사(혹은 서사(書事))는 처음부터 끝까지 한 가지 사
건만을 쓰는 것이다. 이것이 정체이고, 다른 일을 언급하거나 의
론이 섞인 것은 모두 파체이다. 우리의 경우 기사에 대한 양식적
정의는 문헌에서 뚜렷하게 드러나 있는 것이 없고, 중국의 문종

7　근대 초기의 전(傳), 혹은 전계 서사물에 대한 기존 연구가 이미 많이 수행되었음
　으로 이 연구에서 더 이상의 논의는 하지 않는다.

(체) 분류 방식에 의존할 수밖에 없는 실정이다. 원래 '기사'라는 용어는 '일을 기록한다'는 것인데, 여기서 '일'이란 역사적 사건을 지칭한다. 기사를 '역사의 자료를 어떻게 취급하느냐' 하는 문제에서 출발한 개념으로 보면서, '일을 서술한다'는 역사 기술에 있어서 언어 문자상의 요구인 서사(敍事)와 구별한다. 그래서 '기사의 체(體)'는 간단명료하되 누락이 없어야 한다는 것이다.[8] 이때의 기사는 역사를 기록하는 여러 양식을 포괄하는 개념인 셈이다.

한편, 기사의 창작은 사관이 아니라 주로 문인들에 의해 사적의 망실을 보충하는 역할로서 이루어졌다. 역사적 사실의 망실을 우려하여 이를 보충하는 것이지만, 이것이 사관이 아니라 문인 학사들에 의해 채록됨으로써 '사실(史實)'에 대한 사견(私見)이 들어갈 소지가 있으며, 심지어 문학적 변개가 개입될 가능성이 열리게 되었다. 이런 이유로 창작되는 기사는 늘 자체의 변화가 일어날 수밖에 없었다. 한 가지 사건(또는 인물)만을 명료하게 드러내던 기사가 후대로 올수록 사건을 복잡하게 기술하거나 작자의 의론(議論)이 첨입되기도 하여 변모가 일어났다는 말이다. 즉 정체(正體)에서 파체(破體)가 우세한 쪽으로 바뀌어 갔다. 그런데 이 같은 변화는 오히려 그 장르적 정체성을 모호하게 만들었고, 급기야 '잡기류'로 분류되고 말았다. 이처럼 기사는 다른 양식과 구분되는 독자적 양식이었으나, 점차 이질적인 요소가 틈입함으

---

8   유지기, 「서사(書事)」, 『사통전역(史通全譯)』 권29. "夫記事之體, 欲簡而且詳, 疏而不漏 若煩則盡取 省則多損 此乃忘折中之宜 失均平之理."

로써 후기로 올수록 전(傳)이나 야담 등과의 구분이 오히려 불분명해져 버렸다.[9]

기사의 이와 같은 양식적 성격은 조선 후기 이래 지속적인 현상이었던 듯하다. 조선 후기의 인정물태를 담아내는 양식으로써의 기사는 이 시기 전(傳)이나 야담과 더불어 서사적 흥미가 여실한 문종으로 변전한 것이다. 한편 기사의 내용은 집단적인 행사나 모임에 대한 단순 기록에서부터, 사화나 전란과 같은 역사적 사건, 일상의 견문잡기, 기이한 인물이나 사건 등 매우 광범위하다. 또 그 서사 체계를 보면, 야담이나 전과 흡사한 경우, 행장이나 사략과 흡사한 경우, 또는 영건기(營建記)나 유기(遊記)의 형태를 띤 것도 있어서 상당히 복합적인 장르적 특성을 보이고 있다. 바로 이러한 특성 때문에 기사는 그 정체가 명확하게 드러나지 않는 형편이라 할 수 있다.[10]

그러나 기사의 양식적 구속성이 느슨함에도 불구하고 여전히 '한 가지 사건만 기록하는 서사 양식'이란 양식적 규범성은 여전히 완강한 편이다. 그러나 근대 초기의 기사에서는 이와 같은 양식적 규범성조차 느슨해지면서 기사의 편폭이 길어지는 작품들이 다수 출현하고 있다. 거의 단편소설의 장르 규범에 가까워지고 있는 작품들이 근대 초기의 신문 잡지에 수록되고 있는 것이다.

---

9 정환국, 「조선 후기 인물기사의 전개와 그 성격」, 『한국한문학연구』 제29집, 한국한문학회, 2002, 292~293면.
10 조창록, 「기사의 양식적 특성과 작품 세계」, 『동방한문학』 제39집, 동방한문학회, 2009, 8면.

잘 알려진 것처럼 기사는 사건의 시말을 자세히 밝혀 후대에 전하고자 하는 서사 양식이다. 따라서 사건이 일어난 장소, 주인공과 제보자의 신원 등이 주요한 서사 요소가 된다. 이때 전(傳)의 주요한 서사 요소인 주인공의 가계나 관직, 저자의 논평 등은 부차적인 요소가 된다. 또 그 서술의 초점은 인물에 대한 평가나 사건이 주는 교훈보다는 일의 시비를 명확히 밝히는데 있다고 할 수 있다. 이런 점에서 기사는 어디까지나 역사적 진실을 후대에 전하고자 하는 서사 양식이다. 이처럼 기사는 사실을 있는 그대로 기술하는 양식이기는 하지만, 전이나 야담의 경우처럼, 허구적인 내용과 문학적 윤색이 가해지기도 하였음을 알 수 있다. 결과적으로 볼 때, 기사에는 전이나 야담과 같은 서사 양식이 수용하고 남은 일종의 자투리 사건과 인물들이 수록되어 있다고 할 수도 있을 것이다. 그러나 그렇다고 해서 그 속에 문학적 가치가 없다는 뜻은 아니다.[11]

조선 후기 기사의 변모상은 말할 것도 없거니와 근대 초기에 오면 사건 위주의 전형적인 기사에서 인물 위주의 기사가 많아지면서 사건보다는 인물의 성격이 뚜렷하게 부각되는 기사들이 많아진다. 이러한 유형의 파체 기사에서는 인물을 취재하는 형상화 방식도 소설과 가까워지려는 경향을 보인다. 말하자면 서술의 초점이 인물의 행위에 집중이 되면서 기록의 대상, 곧 '(역사적)

---

11 위의 글, 23면.

사건'의 향방에는 관심이 없어진다. 게다가 "작자의 문예취향이 녹아들면서 인물을 추적하는 방식에 '흥미'를 더하게 되었다. 말하자면 개체의 군상이 역사적 사실에서 분리되면서 기사가 문예물로 탈바꿈하게"[12] 된 셈이다. 요컨대 근대 초기에 오면 일부의 기사에서 소설의 문법을 빌려오기 시작한다. 양식의 내적 논리는 엄연히 기사임에도 불구하고 굳이 소설에 가까워지려는 이유, 그것은 근대 초기의 대개의 서사 양식이 그렇거니와 기사 역시 어떤 식으로든 '소설'이 가지고 있는 '계몽의 효과'와 무관하지 않을 듯하다. 즉, "소설(小說)은 국민(國民)의 혼(魂)"[13]을 형성케 하는 장르, 곧 '애국 계몽'을 실현하는 데 유용하게 기능하는 것으로 인식되고 있었던 소설, 바로 그 소설의 문법에 가까워지는 방식의 하나가 기사의 '근대적 전환'이었던 셈이다.

특히 조선 후기의 사회적 변화에 따른 인정물태의 현실적 변화상을 역동적으로 수용하고 있었던 서사종(種)들의 근대적 자태 전환과 기사의 변전상이 다르지 않았다는 점을 헤아려 본다면, 근대 초기의 기사가 가지고 있는 양식적 성격 역시 자명해진다. 이 시기의 기사 역시 다양한 인간군상의 생생한 모습을 기록하면서, 더불어 근대 초기의 야담이나 다른 서사종들과는 다른 차원의 계몽적 의론이나 감계를 개진할 수 있었다. 근대 초기의 기사

---

12 정환국, 「조선 후기 인물기사의 전개와 그 성격」, 『한국한문학연구』 제29집, 한국한문학회, 2002, 314면.
13 「근금국문소설저자(近今國文小說著者)의 주의(注意)」, 『대한매일신보』, 1908.7.8.

가 가지는 계몽적 감계론의 농도는 전대의 기사보다 한층 더 짙었던 듯하다. 그것은 기사로써의 산문격식에서 벗어난 파체의 기사들이 주로 예인(藝人)이나 이인(異人)을 포섭하여 탈속적 삶을 형상화하고 있었던 것에 비해, 근대 초기의 기사에서는 취재가 된 예인이나 이인의 삶 속에서도 어떤 식으로든 계몽적 감계나 의론을 드러내고 있었다. 이러한 경향은 역사적 인물이나 사건, 그리고 효와 열을 고취한 인물을 취재하고 있는 기사에서도 마찬가지였다.

근대 초기의 서사 양식이 보여주고 있는 혼융과 분화의 과정, 곧 양식 창신의 도상에서 전(傳)과 함께 중요한 지점에 서 있는 서사 양식이 바로 기사(記事)이고, 또 그것의 장르 운동이 가장 문제가 되는 시기도 바로 근대 초기였다. 물론, 이 시기의 근대문학의 형성에 대한 좀더 포괄적인 전망을 확보하기 위해는 '전과 야담, 그리고 기사' 이외의 다른 서사종, 예컨대 '몽유록, 전기(傳奇), 우화' 등의 인접 장르종(種)과의 관련성을 고찰하는 것은 매우 중요한 것이긴 하지만, 아무래도 이 시기는 전과 야담, 그리고 기사의 근대적 전환의 문제가 가장 핵심적으로 부각된 시기이다.[14]

요컨대, 근대 초기의 전(傳)과 함께 조선 후기 인정물태의 생명력을 양식적으로 보여주고 있으며, 더불어 이 시기의 계몽적 감

---

14 이 글에서는 이 시기의 다양한 서사 양식 중에서 기사의 근대적 성격에 대한 고찰로 연구 범위를 한정하고자 한다. 다른 서사종에 대한 기존의 연구는 이미 상당 부분 축적되었지만, 이 시기 기사의 근대적 자태 전환에 대한 탐색은 거의 전무하기 때문이다.

계론을 개진하고 있었던 기사의 근대적 변전에 대한 탐색이 긴요해지는 것이다. 그렇다면 우선은 이 시기 기사의 일반적 유형에 대한 탐색과 그러한 유형의 기사가 어떻게 소설에 근사해지고 있는가에 대한 고찰이 요청된다.[15] 다음의 「견마충의(犬馬忠義)」는, '전계 기사'와 같은 기사체 창작물이면서 야담의 계승 양상을 분명하게 고찰할 수 있는 '야담계 기사'의 전형적 특징이 잘 드러나는 작품이다. 작품의 전문을 인용하면 다음과 같다.

①슈빅 년 견 령남 짜에 한 부인의 렬힝이 탁이호야 그 가쟝에 무덤 근쳐에 초막을 짓고 죠셕상식을 밧드는디 그 근동 사는 퍼류한 놈이 음욕이 대발호야 불측훈 마암을 먹고 깁흔 밤에 그 부인 잇는 려막에 가셔 겁간코져 호나 그 부인이 엇지 청죵호리오 거리칙지훈디 그 놈이 능히 말노는 뜻을 닐을 슈 업는 쥴 알고 부인의 손을 잡아 희롱호며 졋슬 만지는 지라 그 부인이 스세 엇지홀 슈 업셔 이에 죠흔 말노 속히고 문밧게 나가셔 식칼을 가지고 그 놈이 쥬엿던 손목과 졋슬 버이고 죽은지라 그 놈이 황겁호야 졔 집으로 달아낫스니 심산궁곡 야심간에 그러케 된 일 언으 누가 알어셔 신셜호리오 그 부인이 길으던 기 한 마리가 잇는디 그 변이 난 거슬 보고 즉시 그 밤으로 스십 리 되는 본군 읍

---

15 이 시기 기사의 유형은 두 가지로 대별될 수 있다. 하나가 전(傳)의 서술 방식을 차용하고 있는 '전계 기사'가 있는가 하면, 야담의 서술 방식을 수용하면서 특별히 소설적 허구의 문법을 많이 따르고 있는 '야담계 기사'로 분립될 수 있겠다. 이 중에서 '야담계 기사'는 전대의 전형적인 기사 형식의 작품들과 소설적 국면이 농후한 기사로 또 대별하여 이해할 수 있겠다. 이 글에서는 후자, 곧 야담계 기사가 어떻게 소설에 가까워지고 있는가를 추적하고자 한다.

니로 달아나셔 동헌 마루에셔 방황ᄒ며 무삼 호소ᄒᄂᆫ 모양을 보이나 밤이 깁허 모다 잠이 깁히 들엇스니 뉘가 알니오 그 잇흔 날 날이 식미 통인관속이 긔가 마루에 올나온 거슬 괴이 넉여 니쫏츤즉 그 긔가 종시 나려가지 안이ᄒ고 동헌방 영창 압흐로 가셔 씽씽거리ᄂᆫ지라 넘어 이상ᄒ야 그 긔를 디ᄒ야 말하기를 네가 무삼 소회가 잇셔셔 호소ᄒ러 왓나냐 ᄒᆫ디 그 긔가 머리를 쓰덕이ᄂᆫ지라 그러ᄒ면 관속을 줄 거시니 네가 압셔 가셔 갈아치라 ᄒ고 관차를 발송ᄒᆫ디 그 긔가 ᄭ오리를 흔들 며 압셔가ᄂᆫ지라 관속들이 급히 ᄯᅡ라가 본즉 곳 그 렬녀 죽은 곳이라 관속들이 그 형상을 보고 놀나믈 익의지 못ᄒ야 그 긔다려 왈 네가 지 시홈으로 이런 ᄉᆞ상을 알앗거니와 너는 필경 이 작경ᄒᆫ 놈을 알 거시 니 갈ᄋ치면 우리가 잡아다가 원슈를 갑하쥬리라 ᄒᆫ디 그 긔가 ᄯᅩ ᄭ오 리를 흔들며 압셔 가ᄂᆫ지라 뒤를 ᄯᅡ라 가더니 그 긔가 그 놈 사ᄂᆫ 동리 로 가셔 집마다 들낙 날낙ᄒ며 무슈이 단이더니 필경 한 놈을 보더니 ᄲᅱ여 올나 그 놈에 멱살을 물고 늘어지ᄂᆫ지라 관속이 즉시 결박ᄒ야 가지고 들어와셔 문초ᄒᆫ즉 불하일쟝에 긔긔승복ᄒᄂᆫ지라 즉시 상명 ᄒᆫ 후에 계문ᄒ야 렬녀의 그 졀긔를 표양ᄒ고 그 긔ᄂᆫ 관가에셔 먹을 거슬 마련ᄒ야 동즁으로 부쳐 길으게 ᄒ얏더니 그 놈을 죽인 후에 그 긔가 렬녀 무덤 압헤 업더여 죽은지라 ② 세상이 물ᄒ기를 즘싱으로 싱겨나셔도 그 쥬인을 위ᄒ야 원슈를 갑핫ᄂᆫ디 사롬으로 싱겨나셔 쥬 인의 은공을 몰으ᄂᆫ 쟈ᄂᆫ 개즘싱의 죄인이 안이리오. [16]

---

16 「견마충의(犬馬忠義)」, 『제국신문』, 1906.10.19.

잘 알려진 바대로, 야담은 독자적 서술 형식에 근거해서 설정된 장르 개념이라기보다는[17] 여러 가지 다양한 서술 형식을 갖추고 있는 혼합장르 개념으로 이해된다. 한 마디로 야담은 "사실(事實), 혹은 역사기록(歷史記錄)인 정사(正史)나 야사(野史), 잡록류(雜錄類)와는 다른 성격을 드러내게 되었고, 흥미 중심의 이야기에 치우쳤던 골계전(滑稽傳)이나 가전(仮傳), 전기(傳奇) ― 그리고 후대(後代)의 소설 ― 등과도 구별되는 양식성"[18]을 드러내는바, 야담을 "일률적(一律的)으로 단일한 어떤 하위 장르로 설정하려는 일체의 시도는 무리한 것"[19]이다. 결국, 야담은 "보고들은 바를 기록한 것[野談者 隨其見聞而記錄也]이라는 『계서야담』 서문이 간명하게 보여주듯, 조선 후기 시정 주변에서 떠돌던 다채로운 삶에 관한 이러저러한 이야기를 한문으로 기록한 짧은 형식의 작품"[20]으로 이해할 수 있다. 쟁점은 근대 초기 신문 잡지 소재 '기사'의 양식적 특성을 야담과 관련시켜 고찰할 때, 우선 문제가 되는 것은 이 시기 기사가 다양한 서술 형식을 가지고 있는 야담의 유형 중에서 과연 어느 유형과 친연성을 보이느냐의 문제이다.

결론부터 보면, 근대 초기 기사체 창작물 중에는 "중심 서사와

---

17 김균태, 「조선 후기 인물전의 야담취향성 고찰」, 『한국한문학연구』 제12집, 한국한문학회, 1989, 49면.

18 이경우, 『한국야담의 문학성 연구』, 국학자료원, 1997, 217면.

19 박희병, 「야담과 한문단편 장르규정의 몇 가지 문제에 대하여」, 『한국한문학연구』 제8집, 한국한문학회, 1985, 323면.

20 정출헌, 『고전소설사의 구도와 시각』, 소명출판, 1999, 222면.

논찬"[21]이라는 야담의 서술 방식을 활용하고 있는 기사가 다수를 점유하고 있다는 사실이다. 이와 같은 기사는 역사적 인물의 행적이나 일대기를 전(傳)의 서술체재를 활용하여 창작한 이른바 '전계 기사'와는 다른, 여항의 인물과 관련된 일화를 야담의 서술체재를 활용하고 있다는 점에서 우선 그 양식적 차이가 분명하다 하겠다.

위의 작품에서도 잘 드러나는 바와 같이 작품은 ①의 '슈빅 년 젼 령남 짜에 렬녀 무덤 압헤 업더여 죽은지라'까지의 중심 서사와 ②의 '셰상이 물ᄒ기롤 죄인이 안이리오'의 논찬 부분으로 구분된다. 작가는 중심 서사 부분에서 은공을 아는 개의 모습과 열녀의 절행을 보여주고, 논찬 부분에서 본격적인 포폄 의식을 드러낸다. 위와 같은 작품의 구성 방식은 '중심 서사와 논찬'이라는 서술 형식의 측면에서나, 계몽과 관련된 서사 내용이 중심이라는 점에서 근대 초기 '야담계 기사'의 전범이 된다. 또한 이와 같은 서술체재 뿐만이 아니라, 인물과 그 주변 인물의 관계를 서술하는 방식에서도 이 시기 기사의 특성이 잘 드러난다. 말하자면, '부인'만 극단적으로 부각되고, 나머지의 인물들은 부인의 '렬힝'

21　이 글에서 말하고 있는 '중심 서사와 논찬' 개념은 서사적 논설의 연원을 조선 후기 '야담'에서 찾고 있는 김영민의 최근 논문(「한국 근대소설 발생과정 연구」, 『국어국문학』 127호, 2000)에서 언급하고 있는 '중심 서사와 작가 해설'의 개념과 동일하다. 이 논문에서 김영민은 '서사적 논설'의 연원을 조선 후기에 적지 않게 산생된 '중심 서사와 작가 해설' 형의 야담에서 찾고 있다. 이와 같은 김영민의 논의는 근대 초기 기사체 창작물인 '인물 기사'의 의의를 구명하는 데에도 유용하게 활용될 수 있다고 판단되어 이 연구에서도 이를 참고하고자 한다.

만을 부각시키기 위한 부수적 인물로만 기능하게 하는 것이다. 때문에 부인은 나머지의 부수적 인물들과 작품 전체를 통해 지속적으로 관계를 맺어 서사적 갈등을 주조해내고, 또 그와 관련하는 어떤 '새로운 가치'를 만들어 내는데 기능하는 인물이 아니다. 이런 점에서 「견마충의」 역시 '규범적 가치'를 표창할 일화와 인물만을 극단적으로 부각시키는 전형적인 기사체 양식의 특징을 그대로 가지고 있는 작품인 것이다.[22]

2) 야담계 기사(記事)의 서술 시각

주지하다시피 근대 단편소설의 형성은 서구 단편의 이식은 말할 것도 없거니와 전(傳)과 야담(野談), 그리고 기사(記事)와 야담의 '(근대적)' 자기 갱신의 문제와 어떤 식으로든 관계하고 있었다. 한편 기존의 연구에서는 전(傳)과 야담(野談)의 근대적 자기 갱신과 관련한 유의미한 성과들을 다수 제출한 바 있다. 그러나 기사(記

---

22 위에서 그 양식적 특질을 살펴본 「슈빅 년 젼 령남 짜에~」와 같은 작품과는 다르게 「양만춘전(梁萬春傳)」과 「길지(吉再)」와 같은 '전계 기사'들은 '야담계 기사'와는 다른 정신과 표현법을 공유하는 지점을 분명하게 가지고 있다. 그것은 무엇보다도 공간된 신문 잡지에 소개되고 있는 인물을 보면 잘 알 수 있다. 전계 기사가 예외 없이 역사적 위인의 일대기나 행적을 다루고 있는 것에 비해 야담계 기사는 여항에서 흔히 찾아볼 수 있는 인물들이 대종을 이룬다. 인물을 소개하는 기사체 창작물에서 다루는 인물이 이렇게 구별된다는 것은 편집자가 매우 다른 지점에서 두 기사 양식을 보고 있었다는 점을 증거하는 것이다.

事)와 야담의 '(근대적)' 자기 갱신의 문제와 관련한 연구는 매우 소략한 수준이었다. 그렇다면 이들 서사물과 더불어 기사(記事)에 대한 이해가 전제되지 않고는 우리의 근대 단편소설 형성에 대한 총체적 시각을 확보하기 어려운 측면이 분명 존재하는 것이다. 이 연구가 주목한 점도 바로 이 지점이었다.

전술한 바대로, 기사(記事)는 기본적으로 역사적 사건을 기록하는 산문 양식이었다. 이런 점에서 기사는 실록의 전통 안에서 이해할 수 있는 양식이지만, "사관이 아니라 문인 학사들에 의해 채록됨으로써 '사실(史實)'에 대한 사견(私見)이 들어갈 소지가 있으며, 심지어 문학적 변개가 개입될 가능성이 열리게"[23] 되고, 후대로 올수록 기사로서의 정체성이 약화면서 사건의 복잡화와 작가의 의론이 섞이는 '파체(破體)'에로의 변이가 일어난다. 기사의 내용 또한 집단적인 행사나 모임에 대한 단순 기록에서부터, 사화나 전란과 같은 역사적 사건, 일상의 견문잡기, 기이한 인물이나 사건 등 매우 광범위하다. 또 그 서사 체계를 보면, 야담이나 전과 흡사한 경우, 행장이나 사략과 흡사한 경우, 또는 영건기(營建記)나 유기(遊記)의 형태를 띤 것도 있어서 상당히 복합적인 장르적 특성을 보이고 있다.[24]

한편, 근대 초기의 기사에서는 양식적 규범성조차 느슨해지면

---

23 정환국, 「조선 후기 인물기사의 전개와 그 성격」, 『한국한문학연구』 제29집, 한국한문학회, 2002, 293면.
24 조창록, 「기사의 양식적 특성과 작품 세계」, 『동방한문학』 제39집, 동방한문학회, 2009, 8면.

서 기사의 편폭이 길어지는 작품들이 다수 출현하고 있다. 거의 야담이나 단편소설의 양식 관습에 가까워지고 있는 작품들이 근대 초기의 신문 잡지에 수록되고 있는 것이다. 시정의 인정물태를 담아내는 양식으로서의 기사의 변모상은 말할 것도 없거니와, 근대 초기에 오면 인물의 성격이 뚜렷하게 부각되는 파체의 기사들이 족출하고 있다. 이러한 유형의 파체 기사에서는 인물을 취재하는 형상화 방식도 야담이나 단편 양식에 더 가까워지려는 경향을 보인다. 말하자면 서술의 초점이 인물의 행위에 집중이 되면서 기록의 대상, 곧 '(역사적) 사건'의 의미 탐색에는 관심이 없어진다. 게다가 "작자의 문예취향이 녹아들면서 인물을 추적하는 방식에 '흥미'를 더하게 되었다. 말하자면 개체의 군상이 역사적 사실에서 분리되면서 기사가 문예물로 탈바꿈하게"[25] 된다. 요컨대 근대 초기에 오면 일부의 기사에서 야담(근대 단편의 초기 형태)의 문법을 빌려오기 시작하는바, 양식의 내적 논리는 엄연히 기사임에도 불구하고 굳이 야담에 가까워지려는 이유는 다른 데 있지 않았다. 그것은 근대 초기의 대개의 서사 양식이 그렇거니와, 기사 역시 야담이 가지는 생생한 인정물태의 생명력을 수용함으로써 이 시기의 현실적 변화상을 포착해내려 했기 때문이었다.

특히 조선 후기의 사회적 변화에 따른 인정물태의 현실적 변화상을 역동적으로 수용하고 있었던 서사종들의 근대적 자태전

---

²⁵ 정환국, 「조선 후기 인물기사의 전개와 그 성격」, 『한국한문학연구』 제29집, 한국한문학회, 2002, 314면.

환과 기사의 변전상이 다르지 않았다는 점을 헤아려 본다면, 근대 초기의 기사가 가지고 있는 양식적 성격 역시 자명해진다. 이 시기의 기사 역시 다양한 인간군상의 생생한 모습을 기록하면서, 더불어 근대 초기의 야담이나 다른 서사종들과는 다른 차원의 계몽적 의론이나 감계를 개진할 수 있었다. 문제는 이와 같은 계몽적 감계론이 겨냥하는 지점인바, 이 시기에 공간된 여타의 신문·잡지 소재의 야담계 기사의 서술 시각과 『한성신보』 소재 야담계 기사의 서술 시각이 매우 다른 지점을 겨냥하고 있다는 데 있다. 『한성신보』 소재 「해적초멸(海賊剿滅)」의 이중적 서술 시각이 가지는 함의에 대해 주목하는 이유가 여기에 있다.

전라도 추즈도 근처에 희랑뎍이 슈십명식 출몰ᄒ야 도처에 하륙ᄒ면 지물을 노략ᄒ며 부녀를 겁탈ᄒ야 망측흔 죄악은 빅듀에 힝ᄒ되 긔탄이 업시 횡힝ᄒ더니 근일 일본 어부로 ᄒ여금 도덕이 업셔진다 ᄒᄂ데 이졔 죠션국 전라도 완도군 소안도 밍뎐리라 ᄒᄂ 촌에 와 잇던 일본 병고현 명셕군 죵미촌에 사넌 천원팔츠랑(川原八次郎)이라 ᄒᄂ 사름의 글을 본즉 당시의 실황을 가히 알지라 미우 즈미잇기로 뎌강을 취ᄒ야 아리올니노라. (…중략…)

츄즈도 소안도 조션 사름덜은 일본인과 도덕의 싸흠을 구경ᄒ랴고 놉흔 언덕에 올나 브라보다가 도뎍에 비에 불이 붓넌 걸 보고 크게 깃버셔 춤을 추다가 촌장과 주민 등 슈삼십인이 비를 타고 일본 어부를 마중ᄒ야 개가를 불으고 본처로 도라오니 그날밤에 그 셤중 남녀노소

가 다 모야서 홰불을 됴료이 켜고 일본 어부에 공덕을 무슈이 치사ᄒ
며 일본인도 만셰를 부르니라.[26]

1900년대 이후『한성신보』에 실린 서사문학 작품들은 앞 시기
의 자료들에 비해 다음과 같은 점에서 적지 않은 차이를 보인다.
첫째, 전래 야담류의 성격을 지닌 작품이 아니라 순수 창작물이
라는 점. 둘째, 시사성이 높은 소재를 선택해 현실에 대한 직접적
개입 혹은 비판을 시도하고 있다는 점. 이 경우는 일본에 대한 친
밀한 감정을 유도하거나, 일본을 지지하는 정치적 선택의 필요
성을 은연중에 강조한다.

「해적초멸」은 이러한 특성을 대표적으로 드러내는 작품인바,
작가가 제3자의 입을 빌어 이야기를 전달하는 형식을 취하고 있
다. 또한 중심 서사와는 완전히 분리된 도입부가 제시된다.[27] 위
의 인용문에서 드러나는 바처럼 「해적초멸」의 도입부는 중심 서
사와 분리된 도입부가 제시되어 다른 서사물들과는 사뭇 다른 서
두를 연다. 그러나 이러한 형식의 기사물들은 이 시기에 공간된
신문·잡지에 흔히 보이는 형식이었다. 그럼에도 불구하고 기왕

26　「해적초멸(海賊剿滅)」,『한성신보』, 1902.9.7~26.

27　실제로 '「시정수작(市井酬酌)」, 「부신담화(負薪談話)」, 「일가일곡(一歌一哭)」, 「걸
　　객문답(乞客問答)」'과 같은 작품들은 모두 단형 서사물들이며, 「해적초멸(海賊剿
　　滅)」과 연장선상에서 이해할 수 있는 작품들이다. 이들이 다루고 있는 주제 역시
　　궁극적으로는 일본에 대한 신뢰감 혹은 친밀감을 유도하기 위한 것들이다. 이들
　　작품은 모두 문답체 내지 대화체의 형식을 취하고 있다(김영민,『한국의 근대신문
　　과 근대소설 2－한성신보』, 소명출판, 2008, 96~99면).

의 연구 성과들에서는 근대 초기 기사들의 이와 같은 양식적 특성에 주목하지 않았다.

사실 근대 초기 기사에서 흔히 보이는 이와 같은 양식적 특징은 그것이 어떤 식으로든 조선 후기 야담의 구연 전통을 계승하고 있음을 드러내는 것인바, "이는 작가의 창작이기보다 제보자의 구연을 수용한 결과"로 보이는데, "쓰고-읽는" 것이 아닌 "말하기-듣기"라는 구성을 취한 데 기인한다. 또한 내용도 흥미 추구 쪽으로 경사되고 있다. 따져보면 그 흥미 추구의 방향을 결정지은 것도 기실 이러한 구연의 과정을 받아들인 결과가 아닌가 한다.[28] 그렇다면 위의 인용문의 '쳔원팔츠랑(川原八次郞)의 글', 곧 '쓰고-읽는' 대상으로써의 문헌 전승물을 바로 서술자(작가)가 '말하기-듣기'의 방식으로 다시 구연한 결과물이 바로 기사인 것이다. 말하자면, '쓰고-읽는' 대상으로써의 기사문을 서술자의 구연을 통해 '말하기-듣기'의 대상으로 전환하고 있는 것이다. '쳔원팔츠랑(川原八次郞)의 글'이, 곧 '경험의 기록물'이 서술자(작가)의 '구연(말하기-듣기)' 과정을 통해 또 다른 기사문으로 재탄생한 것이다. 근대 초기의 기사, 특히 야담의 서술 방식을 수용한 야담계 기사가 대화체나 토론체로 귀일하는 이유도 이와 관련하는 것으로 볼 수 있겠다.

흥미로운 사실은 기록물의 구연화, 곧 '말하기-듣기'의 방식으

---

28 진재교, 「구연전통과 이조 후기 서사양식의 변모」, 『한국한문학연구』 제22집, 1998, 422면.

로 다시 작품화되는 경우 작가의 창작 의식이 새롭게 스며들거나 허구적 요소가 쉽게 가미되고, 더불어 흥미를 야기하는 방향으로 이야기가 변개될 여지도 더 열리게 된다는 것이다. 이런 점에서 위의 인용문에서 드러나는 일본에 대한 우호적 시선은 '쳔원팔촌랑(川原八次郞)의 글', 곧 경험자인 천원팔차랑의 기록(글)에서 드러난 시각이라기보다는 그것을 다시 '구연하는-말하는' 서술자(작가)의 서술 시각의 결과인 것이다. 더 구체적으로는 『한성신보』 잡보란의 기자, 곧 편집진(일본의 제국주의)의 이데올로기가 '말하기-듣기'의 양식화를 통해 신문의 독자인 '민(民)'의 내부로 투사되고 있는 것이다. 이런 점에서 위의 인용문에서 직접 노출된 친일 이데올로기 표상, 곧 "일본 어부에 공덕을 무슈이 치사ㅎ며 일본인도 만세"를 부르는 행위 속에 내장된 '만세'의 망탈리테는 결국 식민지 제국 수립의 이데올로기를 직접적으로 노출하려는 작가의 서술 시각과 관련한 것이다.

　잘 알려진 바처럼 『한성신보』는 식민 제국 수립의 이데올로기를 표나게 드러내기 위한 상징 자원의 하나로 다양한 양식의 시문들을 활용하고 있었다. 신문의 편집진들은 이와 같은 상징 자원을 매개로 하여 국민들로 하여금 일본과의 공동체적 '묶임(bonding)의 시간'을 서로 공유케 하고, 그 과정을 통해 황국의 '신민'을 만들어 내려 하고 있었다. 식민 기획의 주체들은 두 공동체(조선 사룸덜과 '일본인)가 서로 공유할 수 있는 "신뢰할 만한 기억의 시간"[29]을 함께 만듦으로써, 특히 '조선 사룸덜'에게는 황국 신민으로서의 정체성을 공고히 하려는 의도를 분명하게 갖고 있었다. 그러기에 위 인용문에서 드러나는 '도덕의 싸홈'(청나라의 은유)에서 승리한 일본인과 '만세'를 부르는 행위 자체는 두 공동체의 공동체적 묶임의 시간이 가장 극적으로 드러난 것으로 볼 수 있다.

결국, 『한성신보』 소재 야담계 기사의 친일 이데올로기는 어떤 식으로든 작가의 이중적 서술 시각과 관련하는바, 비자(婢子)의 '열행'이 표창되는 아래의 야담계 기사문 속에 내장된 서술 시각에 대한 탐색이 요청되는 이유도 여기에 있다.

소인이 우흐로 부뫼 잇습고 아리로 지아비 잇스오니 이를 바리고 어디로 가오리잇가 밍셔코 봉승치 못ᄒ것ᄂ이다. 문관이 쑤지져 굴ᄋ티니 쯧지 잇셔 말을 발ᄒ엿스니 비록 불에 드러가며 물을 밟는 일이라도 엇지 감히 스피ᄒ리요. 니 쯧이 임의 결단ᄒ엿스니 다시 여러 말 말나 향셤이 고왈 군신과 노쥬는 그 의리 일반이라. 임군의 명이 잇셔 도리에 어권즉 신희 그 명을 밧들지 아니ᄒ고 상견의 령이 잇셔도 녜에 억원즉 종이 그 령을 좃지 아니ᄒ나니 이졔 나으리게오셔 즈식으로 ᄒ야곰 부모를 ᄇ리라 ᄒ시니 이는 리에 억의미요. 지어미로 ᄒ야곰 지아비를 바리라 ᄒ시니 이는 녜에 억의미오니 긔졔 군즈의 마음으로 이ᄀᆺ흔 비녜무리흔 일을 힝코즈 ᄒ시오니 그 마음 잇는 ᄇ를 일노 좃ᄎ 아올지라. 옥은 가히 부스럿더리나 그 빗츤 가히 브스럿더러지 못ᄒ

<hr>

29 알라이다 아스만, 변학수 역, 『기억의 공간』, 경북대 출판부, 2003, 69면.

올지라. 노류장화를 사룸마다 비록 꺽그나 산계야목은 집에 깃드리지 못ᄒᆞ옵ᄂᆞ니 바라건더 뉴의치 마르소셔.[30]

조선조 내내 소설은 부정적 개념이었다. 특히 경(經)을 통해 도덕적 심성을 함양하고, 사(史)를 통해 역사적 진실에 다가서는 것을 수신(修身)의 요체로 인식한 유학자 집단의 입장에서 보면 소설은 여전히 말기(末技)에 지나지 않는 산문 양식이었다. 실제로 소설 부정론에 대한 장력은 근대 초기에 이르러서도 여전하였다. 이 시기에 이르러서도 소설에 대한 시각은 여전히 '황탄무계(荒誕無稽)하고 음미불경(淫靡不經)'의 수준에서 크게 벗어나 있지 않았다.[31] 조선 후기의 소설 긍정론이나 근대 초기의 서사적 성세를 그대로 소설 긍정론과 연결할 수 없는 이유도 분명하거니와, '사실의 기록'이 아닌 '허구의 기록'에 대한 부정적 인식은 조선 시대를 거쳐 근대 초기에 이르러서도 여전하였다.

그러므로 백암과 단재의 소설 긍정(국민의 혼 / 감화의 양식)은 소설이 가지고 있는 도구적 속성과 관련한 것이지, 소설의 심미성 자체에 대한 긍정은 아니었다. 백암과 단재와 같은 개신 유학자

---

30 「비자정절(婢子貞節)」, 『한성신보』, 1897.1.20.
31 백암이 전래의 국문 소설을 "荒誕無稽ᄒᆞ고 淫靡不經"(「서」, 『서사건국지』, 대한매일신보사, 1907)한 양식으로 인식한 것에서도, 심지어 소설에 대해 우호적 시선을 견지하고 있었던 단재조차도 전래의 소설을 "복을 비는 괴이ᄒᆞᆫ 말이니 이로 쏘ᄒᆞᆫ 인심과 풍쇽을 부패케ᄒᆞᄂᆞᆫ거시라"(「근일 국문쇼셜을 져슐ᄒᆞᄂᆞ쟈의 주의ᄒᆞᆯ일」, 『대한매일신보』, 1908)에서 적어도 전대 소설에 대한 부정적 인식은 여전하였다.

(혹은 계몽사상가)들에게도 세도론이나 문이정심(文以正心)의 심학 구도 안에서 '문학'을 이해하는 관습은 여전하였다. 말하자면, 성현의 도리를 전하는 양식으로서의 '문-산문'이 '(근대적) 계몽의 윤리'를 전하는 동시에 여전히 유가 이데올로기를 표창한 이유도 여기에 있었다. 이런 점에서 우리는 근대 초기의 전대 산문 양식, 특히 역사적 사실 전달, 혹은 '사건의 기록'에 목적을 둔 산문 문종인 '전계 서사물'과 기사(記事)에 주목하는 이유도 여기에 있다.[32] 특히 야담 취향이 완연한 기사, 곧 '야담계 기사'가 추구하는 이데올로기와 그것의 서술 시각에 주목하는 이유도 여기에 있었다. 그렇다면, '충렬(忠烈)'의 가치를 포폄하고 있는 「비자정절(婢子貞節)」의 서술 시각 또한 우선은 자명해진다.

「비자정절」은 조선 후기 열녀 표창 기사의 전형적 모습을 계승하고 있는 작품이다. 그 양식 자체가 우선은 전형적인 기사 양식이라 보기 어렵고, 그 서술 내용 또한 역사적 소종래를 확인하기 어려운 한화(閑話)에 가까운 것이어서 어느 모로 보나 야담의 체취가 강하게 드러나는 서사물이다. 물론 일화의 내용 자체가 현실에서 실제로 일어날 수 있는 개연성이 짙은 것이었고, 실제로 인물의 행위는 조선 후기 인정물태의 공간 안에서 다양한 서사 양식을 통해서 생생하게 포착된 것이다. 그런데 문제는, 여비(婢子)의 "ᄌᆞ식으로 ᄒᆞ야곰 부모를 ᄇᆞ리라 ᄒᆞ시니 이는 리에 억의미

---

32 이 시기 '전계 서사물'에 대한 연구는 제3장의 연구에서 수행된 바 있다. 또한 전술한 바대로 기왕의 연구에서 유의미한 연구 성과들도 다수 제출된 바 있다.

요. 지어미로 ᄒᆞ야곰 지아비를 바리라 ᄒᆞ시니 이ᄂᆞᆫ 녜에 억의미오
니”와 같은 서술에서 드러나는 ‘열행’의 가치 표창이 지니는 함의
보다는 타락한 조선의 ‘문관’을 비판하는 것과 관련한 작가의 서
술 시각에 있다.

전술한 바대로 『한성신보』 소재 야담계 기사 작품들, 특히 1900
년대 이후 발표되는 야담계 기사들의 서술 시각은 여일하게 일본
에 대한 우호적 시선을 통해 부도덕한 조선의 관리나 대신들을
겨냥하고 있었다. 앞에서 이미 분석한 「해적초멸」이 그렇고, 조
선의 관리를 비판하여 결국 조선 전체 비하하는 「시정수작(市井酬
酌)」에서도, 그리고 조선의 관리를 ‘짐승’으로 비하하고 문명한 일
본을 노골적으로 찬양하는 「부신담화(負薪談話)」가 그렇다. 그런데
부도덕한 조선의 관리에 대한 비판이 단순한 현실 비판만으로 읽
히지 않는 이유는 다른 데 있지 않았다. 말할 것도 없이 그것은
친일의 이데올로기를 표나게 드러내기 위한 서술자의 이중적 서
술 시각과 관련한다.

한편 이들 작품과 더불어 동궤의 친일 이데올로기를 드러내고
있는 「비자정절」은 또 다른 주목을 요하는바, 무엇보다도 그것이
붙잡고 있는 친일의 이데올로기와 더불어 작품이 표방하고 있는
‘열행’의 이데올로기가 내장한 이중적 시선에 대한 탐색이 긴요
하게 요청되기 때문이다.

주지하다시피 근대 초기의 계몽의 기획은 다양한 계몽 기제(공
간된 신문과 잡지, 교과서 등)를 통해 다양한 형식의 ‘저항-계몽(일본 식

민주의나 서구 근대성에 대한 저항이거나, 혹은 근대 '지'에 대한 학습)'의 담론을 견인하고 있었다. 이 시기 계몽의 기획이 '저항의 담론'과 착근이 될 때에는 늘 그 집단의 구체적 망탈리테는 '국가주의-유교 이데올로기'와 만날 수밖에 없고, 그것들은 복잡한 '해석 투쟁'의 과정을 거쳐 어떻게든 공동체 안에 착근된다. 말할 것도 없이 이러한 과정은 항용 고유한 의식을 가진, 이른바 '집합적 주체들' 사이의 집단적 만남-투쟁을 수반하고, 이 과정에서 자기 이데올로기나 지배 장치를 작동시켜 타자의 생태 공동체 자체를 파괴하는 행위가 초래된다.

『한성신보』 소재 야담계 기사에서 우리는 친일 이데올로기로 무장한 집합적 주체들에 의해 파괴된 생태(조선) 공동체의 실상을 확인할 수 있는바, '열행'의 유가 이데올로기를 유일하게 표창하고 있는 「비자정절」에서조차도 유가 이데올로기가 대항 문화이기는커녕 오히려 제국의 식민 이데올로기의 은밀한 '확대 기술'로 작동하고 있는 것에서 이 점은 극명하게 드러난다. 말하자면 여비 '향섬'의 열행은 특정 이데올로기(친일 이데올로기)를 전유하는 주체들에 의해 철저하게 조선의 관리(조선의 관리들이 신봉하고 있었던 유가 이데올로기의 타락)를 비판하기 위한 서사적 장치로만 기능한다.

결국, 정절을 지키기 위해 바다에 몸을 던져 죽은 여비 '향섬'의 행위가, '열행'의 유가 이데올로기 그 자체를 표창하기 위한 서사적 장치라기보다는 부패한 조선을 환유하고 있는 '문관'의 비행을 통해 유가 이념을 통치 이데올로기로 채택한 조선의 생태 공동체를 도리어 해체하려는 의도를 내장하고 있는 서사적 장치로 읽히는 이유가 여기에 있다. 부도덕한 관리(인물)에 의해서 통치되고 있는 생태(조선) 공동체의 현실이 '열행'의 이데올로기를 현현하고 있는 '여성'의 행위에 의해서 단호하게 비판된다. 요컨대 자신들이 정초한 통치 이데올로기를 스스로 파괴하는 '(유가)문관'의 비행을 서사의 핵심적 일화로 포치함으로써 생태 공동체의 정당성 자체에 대한 회의를 도드라지게 환기하는바, 새로운 생태 공동체의 대안 이데올로기는 말할 것도 없이 친일의 이데올로기로 귀일하고 있었다.

위에서 탐색한 두 편의 야담계 기사는 물론이거니와, 『한성신보』 소재 나머지 기사 열두 편 어디에서도 일본에 대한 경계와 비판의 논리는 제시되지 않는 것에서도 이 점은 자명해진다. 더불어, 그 열네 편의 기사 안에서 조선의 국민은 철저하게 '계몽되어야 하는 타자'로만 형상화된다. 그렇다면 일견 주체적 여성 인물 형상으로 비춰질 수도 있는 여비 '향섬'은 특정 이데올로기를 가진 주체들에 의해 '만들어진' 이른바 '식민화'된 존재에 불과할 따름인바, 「비자정절」 안에 단단하게 들어앉은 '정절'의 계몽 언어(유가 이데올로기)가 조선의 생태 공동체를 '찬탈하려는' 특정 주체들의 이중적 도상이 될 수밖에 없는 이유도 여기에 있다.

2. 야담계 기사(記事)의 인물 형상

1) 비루한 삶의 서사화

조선 후기부터 제기되기 시작한, '정(情)'의 독자성을 존중하는 심성론에 근거해 보면, 남녀 풍정(風情)의 서사화는 자연스러운 귀결일 수 있다. 물론 여전히 유가의 정교적 효용성, 그리고 근대 초기에 오면 잠시 '계몽의 윤리학'에 의해 이와 같은 반권위적 심성론이 일시적으로 후퇴하기는 하지만 '정(情)'의 독자성과 그 미적 경험을 드러내려는 서술 전략들은 조선 후기 이래 서사의 영역에서 다채롭게 탐색되고 있었다.

사실 조선 후기 이래 다양한 서사 양식들에서 시정의 하찮은 세사에 주목하고, 개인의 감정과 가치를 옹호하는 양식으로 변이하는 것도 이러한 심성론의 변화와 관계가 있었다. 이와 같은 서사 양식에서는 새로운 세계관과 그 미적 경험을 드러내고 있었던바, 남녀 사이의 풍정(風情)과 세간의 비루한 삶의 양태가 적실하게 묘사되기 시작한다. 이 시기부터 상업성을 획득하기 위한 서술 전략으로 흔히 채택하던 '흥미 추구'의 문법 역시 이와 같은 심성론의 변화와 관계하는 것이었다. 인간의 '희노애락'이 유가의 도의적 이념으로부터 독립하는, 이른바 풍정의 서사화는 기본적으로 상대주의적 세계관을 겨냥하고 있었다.

근대 초기 기사(記事) 역시 전대가 보여주고 있는 양식적 변이 상을 그대로 계승하면서 시정적 삶의 이러저러한 인정물태를 다양하게 포섭해내려 하고 있었다. 이 시기 기사 역시 '충렬'을 표창하는 형식이 여전히 유력하기는 하지만, 상당수 작품들에서는 인물의 끊임없는 '(자기)질문'과 '(세계)추구'의 과정에서 기사의 산문격식이 가지는 서사시학의 최소규율이 깨어지기 시작하고 특정한 인물 형상이나 새로운 가치의 세계가 탐색되기 시작한다. 문제적 상황을 여성에게 의존하여 해결하는, 이른바 '왜소한' 남성 인물 형상이 탄생되는가 하면, 자신의 성적 욕망을 직접적으로 노출하는 여성 형상이 창출되기도 한다. 『한성신보』 소재 야담계 기사인 「상부원사해정남(孀婦寃死害貞男)」에 주목하는 이유도 여기에 있다.[33]

이에 가마니 아람다온 술 두어 잔과 가효일합과 산과 슈품을 갓초와 편지 흔 봉을 써 합우희노와 시비로 흐야곰 소년에게 보너니 이 쩌 소년이 녀관 외로온 등잔에 잠적흠을 니긔지 못흐더니 홀연 쥬효와 일봉셔를 보고 경아흐여 급히 쩌여보니 흐엿스되 주인의 쏠 박명쳥상은 삼

---

[33] 이 시기 야담계 기사 중에서는 「살신성인(殺身成仁)」(『뎨국신문』, 1906.10.22~11.3)의 '곽씨' 형상의 창출이 근대 초기 기사의 소설적 경사 현상을 잘 드러내주는 작품으로 볼 수 있겠다. 「살신성인」과 같은 야담계 기사에서는 여러 겹의 에피소드가 중심 서사 부분에 배열되면서 갈등이 형성되고 해소되는 서사 구성이 포치되면서 소설적 경사가 두드러진다. 이러한 야담계 기사 작품군들의 중심 서사는 갈등 형성의 미학 원리만 보면 거의 단편소설의 갈등 주조 방식과 동일하다 할 수 있다. 이 연구에서는 근대 초기 기사의 소설화 경향은 차후의 연구 과제로 남겨 두고자 한다.

가 군즈 녀탑하에 올니노니 첩이 본니 부모의 무남독녀로 종이홈을 입어 몸에 금수를 입고 입에 고량을 스릭여ᄒ다가 계오 비녀 질을 희를 당ᄒ야 이에 혼례를 힝ᄒ미 교비홈을 맛치지 못ᄒ야 낭군이 홀연 기세ᄒ니 하늘이냐 슬푸고 슬푸다. 첩이 비록 완물이나 엇지 즈결ᄒ야 하종홈을 모로리요만은 싱각건디 술잔을 합ᄒ든 즈리에 감이 눈을 드지 못ᄒ미 눈으로 그 용모를 보지 못ᄒ고 귀로 그 셩음을 듯지 못ᄒ엿스니 막막ᄒ 구쳔에 좃고 구츠이 스라 거연이 삼상을 지니니 슬푸고 원통ᄒ도다. 이 무슴 사롬이뇨. 하늘이 만물을 너시미 물건이 다 짝이 잇셔 무지ᄒ 금슈도 스스로 쌍으로 깃드림이 잇거든 하물며 사롬이 음양지니를 아지 못ᄒ나 엇지 금슬의 싱각이 업스리요.[34]

「상부원사해졍남」은 근대 초기에 공간된 신문 연재 서사물 중에서 최초로 '소설'이란 표제어를 단 작품이다. 그것이 소설의 장르적 실상을 온전히 반영하고 있는 것은 아니만, 소설적 경사가 뚜렷한 야담계 기사인 것만은 분명하다. 위의 인용문에서 드러나듯, 이 작품의 여주인공인 '박졍쳥상'은 '금슈도 스스로 쌍으로 깃드림이 잇거든 하물며 사롬이 음양지니를 아지 못ᄒ나 엇지 금슬의 싱각이 업스리요'라는 서술에서 드러나듯이 매우 적극적인 남녀 풍정을 추구하는 여성으로 묘사된다. 처음 본 남자에게 스스럼없이 구애를 청하고, 그 구애가 받아들여지지 않자 자신이

---

34 「상부원사해졍남(孀婦寃死害貞男)」, 『한성신보』, 1897.1.12.

“업슈이 넉이믈 사롬에게 보앗”[35]다며 자신의 운명을 스스로 결단하는 인물로 형상된다.

실제로 이와 같은 인물 형상은 시정의 인정 물태를 생생하게 재현하고 있는 조선 후기 한문단편(야담)에서도 그리 흔한 여성상은 아니었던바, 이러한 여성상의 출현은 유가의 도의적 이념을 훌쩍 뛰어넘어 근대적 여성 주체의 맹아들을 형상화고 있었던 조선 후기의 일련의 서사물(소설)에서도 그리 흔한 인물 형상은 아니었다. 우리 서사의 전개 과정에서는 적어도 1920년대 근대 단편소설의 ‘(근재적)’ 인물 형상이 주조되기 전까지는 매우 ‘낯선’ 인물 형상, 그것도 여성 인물 형상으로는 매우 ‘불온한’ 인물 형상이기까지 하다.[36]

주지하다시피 ‘성애화’란 특정한 사회나 개인, 집단을 성적인 존재 혹은 주체로 정체화하는 것을 말한다. 배리(Barry)는 성애화된 사회의 성별 불평등 문제를 지적하면서 가부장제 사회가 여성에게 성적 정체성을 부여함으로써 여성들을 서로 서로 구분되지

---

35 「상부원사해정남」, 『한성신보』, 1897.1.16.

36 「상부원사해정남」의 여성 인물 형상은 『한성신보』 소재 다른 서사물들의 여성 인물 형상과 비교해 보았을 때, 어떤 식으로든 별난 여성 인물 형상인 것만은 분명하다. 요컨대, 서른아홉 편의 서사물들 중에서 특히 「이씨전(李氏傳)」과 같은 전계 서사물의 여성 인물 형상과 잘 대비되는바, 「이씨전」의 ‘여인’이 남성의 ‘성애화된 몸’으로 소비되는 존재인 것(물론, ‘여인’의 성적 개방성은 여실하게 드러나지만, 그것은 근본적으로 여성 자신의 성적 욕망을 ‘표출하는욕망’이라기보다는 남성의 성적 욕망에 의해 ‘남성’에 의해서 소비되는 존재로 형상화 된다)에 비해, 「상부원사해정남」의 ‘여성’은 ‘남성’에 의해서 ‘성애화된 몸’으로 소비되는 존재는 아니다. 이와 관련해서는 졸고(「『한성신보』 소재 전계 서사물의 역사적 성격」, 『비평문학』 제39호, 한국비평문학회, 2011)를 참조할 것.

않는 존재로 만드는 한편, 남성과는 구별되는 열등한 존재로 인식시킨다고 지적한다. 여기서 성애화의 중요한 특징은 여성의 신체를 성과 동일시함으로써 여성을 '성애화된 몸'으로 일반화시킨다는 점이다. 반면 남성은 성, 즉 여성의 몸을 추구하고 사용하는 '행위 하는 존재'로서 정체성을 획득하게 되며 단순히 몸으로 환원되지 않는다. 오히려 남성들은 몸의 기능이나 성적인 것에 의해서가 아니라 그들이 세상에서 무엇을 하는가에 의해 정체성을 부여받는다.[37]

이러한 관점에 기대어 볼 때도, 「상부원사해정남」의 '박뎡쳥상'은 말 그대로 '성애화된 몸' 그 자체로만 형상된 인물은 아니다. 무엇보다도 '소년'이 '박뎡쳥상'의 성을 '사용하는 주체'가 아닐 뿐만 아니라, '박뎡쳥상'이 철저하게 성적 타자가 되어 '소년'의 욕망의 대상이 되는 것도 아니기 때문이다. 오히려 「상부원사해정남」에서는 '여성-남성'의 성애화 구조가 역전된다. '소년'인 남성이 '성애화된 몸'으로 형상되면서 여성인 '박뎡쳥상'의 욕망의 대상이 되는 것이다. 그리고 '박뎡쳥상'의 성적 요구를 물리친 '소년'은 오히려 죽어서 귀신이 된 쳥상에게 복수의 대상이 되고, 소년의 아버지인 감사는 "너의 혼비 참 기즈식이로다"[38]라며 소년을 크게 꾸짖는다. 소년에 대한 아버지(감사)의 비판은 '박뎡쳥상'의 "가

37　이명선, 「근대의 '신여성' 담론과 신여성의 성애화」, 『한국여성학』 19권 2호, 한국여성학회, 2003, 8면.

38　「상부원사해정남」, 『한성신보』, 1897.1.16.

긍가련호 졍"³⁹을 헤아리지 못한 '소년'의 '힝스와 소견'에 있었다. 그것은 말할 것도 없이 자신의 '안히와 밍셔호 언약', 곧 유가의 이데올로기를 준신하기 위해 인간의 "가긍가련호 졍"을 외면하는 유가의 절대주의적 세계관 비판을 겨냥하는 것이었다.

말하자면 감사의 윤리학은 도의적인 유가 이데올로기보다는 남녀의 풍정을 긍정하는, 이른바 '진정(眞情)'의 가치를 옹호하는 전복의 윤리학에 기반을 두고 있었다. 유가 이데올로기에 얽매어 있는 '남성들(왜소한 남성들)'이 남녀의 풍정과 성애를 적극적으로 추구하는 「상부원사해정남」의 '박뎡쳥상'과 같은 여성이나 감사의 전복의 윤리학을 통해서 비판의 대상으로 형상화된 것이다.

2) 회음의 윤리학과 그 인물 형상

한편, 근대 초기 야담계 기사의 남녀 풍정의 긍정 논리 속에는 '여성'을 성적으로 타자화시키는 여성 억압의 가부장 논리도 어렵지 않게 간취될 수 있다. 곧 소년과 아내 사이의 언약을 '부부 지간에 일시 희담이 무어시 장부의 평싱 힝스에 관계호 비 잇스리오'라며 대수롭지 않게 여기는 감사의 언명 속에서 그 맹아가 쌈트고 있는바, 여성인 '박뎡쳥상'이 '장부의 평싱 힝스'와 관련하

---

166 서사란 무엇이었는가

여 성애의 대상(성적 타자)으로 규정된다. 그러니까 '감사'를 남녀 풍정의 진정을 추구하는 인물로 형상화하는 것과 동시에 한편으로는 남성 가부장 이데올로기를 신봉하는 이율배반적 인물로 형상화함으로써 당대의 이중적인 지배 윤리학을 풍자하고 있다. '감사'와 같은 이중적 시선을 가진 인물에 대한 풍자는 말할 것도 없이 그러한 인물을 배태하고 있는 당대의 질서와 윤리 자체를 문제삼는 것이도 하다.

결국, 1900년대 이후 『한성신보』 소재 야담계 기사에서 형상된 여성은 어떤 식으로로든 「상부원사해정남」의 '박뎡쳥상'과 같은 '여성 주형(鑄型)'의 틀을 통해서 '왜곡되게 만들어진' 부면도 동시에 존재하게 되는 것이다. 이런 점에서 「가연중단(佳緣中斷)」에서 더욱 왜곡된 인물 주형에 의해 탄생한 여성 인물 형상을 우리가 만날 수 있는 것도 특별하게 새삼스러울 것이 없다.

녀지 보기를 맛친 후 가마니 싱각ᄒ야 굴아디 그 문장을 보니 우흐로 가히 공경이 되어 방가를 틱산의 편안ᄒ디 밧들 거시오 아리로 가히 방빅이 되어 싱녕을 도탄 가온디 건질지라. 갓흔 인지 날노 말미암아 죽은즉 반다시 원귀가 되어 나의 젼졍을 히ᄒ리니 맛당이 굽혀 좃ᄎ ᄒ번 이 사름의 마음을 위로ᄒ리라 ᄒ고 이에 글을 지여 조희에 써 봉ᄒ야 우물길 우희 더지니 셔싱이 그 글을 집어본즉 ᄒ엿스되 몬져 군ᄌ의 시를 보고 이여 군ᄌ의 글을 밧드니 흔흔ᄒ여 목마른 지 큰 물을 림ᄒ 것 ᄀ호나 그러ᄒ 첩의 지아비 글에 눈이 업스나 말에 귀 잇스니 이ᄀ치 마지

아니ᄒ다가 져의 노를 만나면 창ᄌ에 ᄀ득ᄒ 회포를 실노 다 펴기 어려
온지라. 오작 군ᄌ는 깁허 살펴소셔. 쳡의 셩은 니요 일홈은 향이니 비
록 지아비 잇스나 잠간 부부지의를 민지미 무어시 방히로오리요. 이십
일일 밤에 죽림 가온더로 오시면 잠간 졍회를 펴오리다 조회 젹고 말이
긴고로 만에 ᄒ나를 초ᄒ야 올니ᄂ이다 ᄒ엿더라.[40]

「가연중단」은 영남에 사는 한 서생이 명산대천을 유람하다가
한 곳에 이르러 시전(詩傳)을 외우는 여자를 만나게 되고, 그녀와
서로 글귀를 주고받다가 결국 하룻밤 인연을 맺고 헤어지는 과정
을 다룬 작품이다. 여자가 서생의 유혹을 뿌리치지 않고 밤에 몰
래 만나게 되는 이유는, '인지 날노 말미암아 죽은즉 반다시 원귀
가 되어 나의 젼졍을 히ᄒ리니 맛당이 굽혀 좃ᄎ ᄒ번 이 사름의
마음을 위로ᄒ리라'라는 서술에서 잘 드러나듯이 혹 서생이 원한
을 품고 죽게 되면 그가 원귀가 되어 자신의 앞길을 망칠까 두렵
기 때문이다.[41] 그런데 '복수'에 대한 두려움 때문에 자기의 윤리
학을 포기하는 인물 형상은 실은 조선 후기 인물 기사에서 흔히
보이는 양식이었다. 이와 같은 서사물에서의 인물, 특히 여성 인
물은 대체로 남성에 의해서 성적으로 예속된 '수동적' 인물로 형
상된다.

　위의 인용문에서도, '녀지(니향)'은 '셔싱'에게는 엿보기의 대상,

40　「가연중단(佳緣中斷)」, 『한성신보』, 1896.12.26.
41　김영민, 『한국의 근대신문과 근대소설 2 - 한성신보』, 소명출판, 2008, 87면.

이른바 '관음의 대상'으로 정체된 인물이기도 하지만, 된다. 이렇게 남성에 의해 '관음의 대상'으로 형상된 여성 인물들은 적어도 조선 시대 내내 다양한 서사종(種)을 통해 광범위하게 산생되고 있었다. 이러한 서사 양식들에서는 대체로 여성 인물들이 스스로의 성적 자기 결정권(자율성)을 상실한 인물로 형상된다. 이런 점에서 보면, 남편이 있는 여자로서 '셔싱'과 통간한 「가연중단」의 '니향'을 성적 타자성을 극복해 낸 '(신)여성' 형상으로 이해할 수 있는 여지를 따져볼 수도 있겠다. 그럼에도 불구하고 「가연중단」의 '니향'을 성적 타자성을 극복한 근대적 여성 주체로 이해할 수 없는 이유는 다른 데 있지 않다. 무엇보다도 '니향'의 불륜, 곧 「가연중단」의 '니향'의 통간이 스스로의 성적 자율성에 의해 매개된 것이 아닌 셔싱"으로부터의 '원한을 회피하기 위한 요량에서 비롯된 '성적' 행위로 형상되고 있다는 점에서 그것은 분명하게 드러난다. '니향'의 회음은 전통 섹슈얼리티의 기율을 깨뜨린 '근대적 사랑'에 기초한 것이 아니었다. 그것은 무엇보다도 '셔싱'이란 남성의 복수심에 대한 두려움에 지배되어 성적 지배권을 스스로 포기하는 전형적인 여성 인물 형상이다. 말하자면, 내면의 자기 목소리는 스스로 거세하고 '밖(셔싱)'의 복수와 '나의 견정'만을 염두에 둔 인물은 결코 '성적 자기 결정권(자율성)'을 행사할 수 있는 내면의 성장 엔진을 가진 근대적 인물이 될 수 없다.

이런 점에서 「가연중단」은 여성의 '성적 자기 결정권(자율성)'을 금지한, 이른바 여성 억압의 이데올로기가 남성과 여성 사이에서 어떻게 행사되고 있는가를 극명하게 드러내는 작품이기도 하지만, 유가적 이데올로기에 복속되어 끝내 자신의 현전성(자율성)을 획득하지 못하는 수동적 여성 인물 형상을 드러낸 서사이기도 하다. 결국, 「가연중단」에서의 '니향'이 두려워하는 '셔싱'의 복수란 바로 남성에 의해서 구축된 '여성 억압'의 가부장 이데올로기와 근본적으로 관련하고 있다는 점에서 '니향'의 회음은 기존의 전범적인 이데올로기를 다시 반복 추인하는 것에 다름 아닌 것이다.

그러니까 '니향'의 자기 추구(회음의 윤리학)의 최종 지점은 이미 규범화된 가치(가부장 이데올로기)'의 추인에 있었지, 새로운 가치를 만들어 내기 위해 끊임없이 기존의 전범화된 이데올로기를 '부정하고, 공격하고, 조롱하는' 전복의 윤리학에 가 있지는 않았다. 그것은 조선 후기 이래 생생한 인정물태를 미적 재료로 삼아서 새로운 '진정(眞情)'의 세계를 형상화해 내던 이 시기 야담계 서사의 '(근대에로의) 양식적 변전 장력'을 담아낼 수 없는, 한 마디로 화석화된 형태의 도덕적 감계론에 지나지 않는 것이었다. 더 늦게 발표된 「상부원사해정남」도 그렇지만, 이 작품의 남녀 사이의 '염정'이 근대 서사에서 드러내고 있는 '(근대적) 사랑'과 거리가 먼 이유가 여기에 있다.

3. 야담계 기사(記事)의 소설적 경사

야담계 기사 중에는 처음부터 중심 서사가 제시되고, 이후 논찬이 결부되는 유형도 있지만, 도입부에 기사를 게재하게 경위나 배경을 제시하고 난 후 중심 서사와 논찬이 부가되는 유형도 있다. 그런데, 이러한 유형의 작품 중에는 그 미학적 원리가 단편소설 수준에 이르는 작품들이 있어서 특별한 주목을 요한다 하겠다. 다음의 작품을 통해서 근대 초기의 기사가 어떻게 소설에 근사해지고 있는가를 탐색해보도록 하자.

① 현풍 땅에 사는 곽씨는 가세가 지극히 빈한한 가운데 부인이 잉태까지 하는 지라, 이에 도망한 노비 만득을 찾아가 노비를 탕척하고 해산 구완할 거리나 구하려 한다. 그러나 노비 만득은 주인인 곽씨를 죽이고 연못에 버린다.

② 곽씨 부인이 홀로 아들을 낳아 기르니, 아이가 자라서 동리 아이들에게 아비 없는 자식이라 놀림을 받는지라, 그제야 곽씨 부인이 노비 만득과 관련한 일을 말해준다.

③ 곽씨 부인의 아들은 장성하여 부친의 원수 갚기를 마음 먹고 집을 나선다. 그리고는 만득이 사는 지방에 정착하여 한 스승 밑에 들어가 사정을 말하고 유숙하기를 청하니 스승이 가엽이 여겨 받아들인다.

④ 수일 후, 곽씨 부인의 아들이 스승에게 허락을 받고 집을 나서 만

득의 집을 찾는다. 마침 만득에게는 과년한 딸이 있으나, 양반가와 혼례하지 못하고 있음을 안타까워하던 차에 곽씨 부인의 아들이 미천한 신분이 아님을 알고 경기사대부와 혼인한 것으로 꾸미고 곽씨 부인의 아들을 설득하여 혼인을 시킨다.

⑤ 곽씨 부인의 아들이 다시 스승의 집에 돌아올 때, 만득의 어린 아들이 곽씨 부인의 아들 몰래 따라와 곽씨와 스승의 대화를 엿듣고 난 후, 집에 먼저 가 그 사실을 아뢰니 만득 부부는 사위가 자기들이 죽인 주인 곽가의 아들임을 알고 죽여서 후환을 없앨 계교를 세운다.

⑥ 곽씨는 만득에 집에 돌아와 신부와 마주하니, 부인이 슬픈 기색을 하며 그간의 만득 부부의 계교를 알린다. 이에 서로는 어찌할 줄 모르고 슬퍼한다.

⑦ 신부가 결국 곽씨의 옷을 바꿔 입어 곽씨를 살릴 계책을 내놓으니, 두 부부가 서로 안고 누어 눈물로 밤을 지낸다.

⑧ 밤이 되어 흉도들이 곽동을 헤치려 신방으로 오니 곽씨가 변복하여 위기를 모면하였다. 흉도들이 신부를 곽씨로 알고 죽여 연못에 던졌다. 곽씨는 그 길로 관가에 나아가 일을 고하니 관가에서는 만득 부부를 법대로 조치하였다. 나라에서는 신부를 표양하고 정문을 세워주었다.[42]

위의 작품은 다른 기사(記事) 작품들과는 달리 도입부 ①에서 현풍 땅의 곽씨에 대한 인물 정보가 주어진다. 이후 ②~⑦ 부분이

---

42 「살신성인(殺身成仁)」,『데국신문』, 1906. 10. 22~11. 3.

중심 서사를 이루고, ⑧의 '한 가지는 탄상치 안으 리 업다더라'까지가 첨입된 의론부에 해당한다. 이 작품이 다른 야담계 기사와 선명하게 구분되는 지점은 중심 서사에서의 갈등 양상이 두드러진다는 것이다. 이러한 유형의 야담계 기사는 대개 1905~06년 전후에 집중적으로 신문 잡지에 게재되기 시작한다. 이 시기를 전후해서 그 이전 시기가 대체로 단일한 일화 중심의 짧은 작품들이라면, 이후 신문 잡지에는 「살신성인(殺身成仁)」과 같은 여러겹의 에피소드가 중심 서사 부분에 배열되면서 갈등이 형성되고 해소되는 작품들이 종종 게재되기 시작한다. 이러한 야담계 기사 작품군들의 중심 서사는 갈등 형성의 미학 원리만 보면 거의 단편소설의 갈등 주조 방식과 동일하다 할 수 있다.

그렇다면, 이 작품이 어떤 점에서 '전계 기사'와 양식적 종차를 형성하면서 '소설'에 근사하는가를 구명해야 할 것인바, 그 이유는 무엇보다도 '인물 창출'과 '가치 구현' 방식의 상이성에서 찾아질 수 있다. 소설적 경사가 드러나지 않는 기사는 서사 원환상의 거의 대부분의 인물들이 취재 인물을 부각시키기 위한 '그림자'에 불과하다. 본질적으로 취재 인물과 동위적 위상을 지닐 수 있는 '반면 인물(antagonist)'의 독자적 존재성 자체가 부인된다. 말할 것도 없이 이와 같은 기사에서는 '갈등하는 개인'이 탄생할 수 없다. 그러나 「살신성인」과 같은 기사에 와서는 사정이 자못 달라진다. 위의 서사 분절에서도 분명하게 드러나는 바와 같이 분절 ②~⑦에서는 취재 인물인 '곽씨'와 반면 인물인 '만득' 사이의 갈등이 명징하게 드러난다. 한편 서사 분절 ⑥~⑧ 사이에서는 취재 인물인 '곽씨'와 '신부' 사이의 갈등(물론 반면 인물로 설정된 인물 사이에서 주조된 갈등은 아니지만, 두 인물 사이의 갈등 또한 어떤 식으로든 서로의 세계관적 차이에 의한 '갈등'으로 볼 수 있는 측면이 존재함)이 주조되면서 이른바 '갈등하는 개인'으로서의 '곽씨' 인물 형상이 기사란 텍스트 안에서 비로소 창출된다.

이런 의미에서 '곽씨'는 '전계 기사'에서 보여주고 있는 인물 형상, 곧 이미 규범화된 가치를 추인하는 '개인'과는 다른 인물인 셈이다. 특히 '충렬'의 표창이라는 맥락에서 「살신성인」을 보면 더욱 흥미로운 사실이 드러난다. 곧 노비 만득과 만득의 딸, 곧 열녀의 형상 속에 '복수'라는 모티프가 개입하고 있는 점이다. 만득의 딸은 자신의 남편인 '곽씨'가 아비의 복수를 위해 존재하는 인물이라는 점을 알게 된다. 흥미로운 사실은 복수를 둘러싼 갈등이, 곧 사위와 장인 사이의 갈등이 아버지와 딸 사이의 갈등으로 치환된다는 점이다. '곽씨'의 신부는 결국 어느 하늘도 저버릴 수 없기에 스스로의 죽음을 택할 밖에 다른 도리가 없음을 알게 된다. 근대 초기의 서사 텍스트에는 이와 같이 주노(主奴), 부모와 자식 등의 관계에서 야기되는 '복수'가 서사의 주요한 모티프로 종종 기능한다.[43] 이와 같은 '복수' 모티프가 드러나는 기사나 전(傳) 그리고 야담을 보면, 논찬이나 의론부가 더 장황하게 부기되면

---

43 이 시기 대표적인 전(傳) 작품으로 소설적 경사가 두드러진 「어복손전」을 보면 이러한 국면이 선명하게 드러난다.

서 당대의 사대부 남성이 가지고 있던 유가적 의리나 충효, 혹은 유가적 인의의 문제가 뚜렷하게 부각된다.

한편 근대 초기의 전(傳)이나 야담에 입전된 노비나 열녀 형상 가운데는 충직이나 수절의 가치를 추구하는 인물이 아닌, 상전 골탕 먹이기나 자결, 혹은 복수의 인물로 형상되는 경우가 있다. 이러한 유형의 작품들에서는 입전 인물(신분제의 타파나 열녀 형상에서 벗어나는 일탈의 여인 형상)이 갈등의 소지자로 형상된다. 근대 초기의 소설에 근사하는 기사 역시 이와 같은 경향에서 크게 벗어나지 않는 듯하다. 노비의 속량 문제나 열녀의 절행을 형상하는 과정에서 자연스럽게 인물들 사이의 갈등의 폭과 깊이가 한층 더 심화되기에 이른다. 말하자면, 인물의 끊임없는 '(자기)질문'과 '(세계)추구'의 과정에서 기사의 산문격식이 가지는 서사시학의 최소 규율이 깨어지기 시작하고 특정한 인물 형상이나 새로운 가치의 세계가 탐색되기 시작한다. 문제적 상황을 여성에게 의존하여 해결하는, 이른바 '왜소한' 남성 인물 형상인 「살신성인」의 '곽씨' 형상의 창출이 근대 초기 기사의 소설적 경사 현상과 무관하지 않은 이유도 여기에 있다.

근대 초기, 소설적 경사가 보이기 시작하는 기사 작품에서는 여전히 '열녀'의 인격상을 통해 이미 규범화된 유가적 가치들을 추인하거나, 악인형 노비의 파국 형상을 통해 패덕의 세계를 징계하는 구성을 여전히 취하고 있었다. 「살신성인」이 '쇼셜'이라는 표제를 달고 있고, 또 산문으로써의 자기격식이 깨어지면서 비록 소설에 가까워지려고 하더라도 결국, 근대적 의미의 '소설'과 동궤에서 다룰 수 없는 이유는 무엇보다도 그것이 기반을 두고 있는 가치 지향의 문제 때문일 것이다. 즉, 「살신성인」은 중심 서사 부분에서는 '인물의 행위와 결부된 이야기'를 다루고, 마지막의 의론부에 들어가면 '인물의 행적에 대한 가치 평가나 권감지계의 교훈'을 제시하는 서술 방식뿐만 아니라, 사회적 실재로 수용되고 있는 '계몽과 유도'의 이념 지향이 근대소설의 미학 원리와는 거리가 있기 때문이다.

근대소설의 미학은 어떤 식으로든 주어진 질서와 가치를 변형하거나, 그것과 대척되는 새로운 가치를 탐색하려는 주인공의 고투의 과정(행위) 속에서 형성되기 마련이다. 중심 서사에 등장하는 인물의 행위가 '포(褒)'의 대상이건, 그 반대로 '폄(貶)'의 대상이 되건 어떤 식으로든 그것이 '교훈(이념)' 전달에 귀일하는 서사 형식 안에서는 '새로운 탐색의 가치'가 형성될 수 없다. 이런 점에서 보면 '절행의 아녀자'와 역시 유교적 이념 지향이 분명한 여인의 행적을 표창한 「살신성인」은 그것이 비록 '쇼셜'이라는 표제를 달고 연재된 작품이라도 결국 근대적 의미의 '소설'로 볼 수는 없는 것이다. 이렇게 근대 초기의 신문 잡지 소재 '야담계 기사'는 조선 후기 야담의 서술 형식(중심 서사 + 논찬)을 활용하면서, 야담보다 더욱 직접적으로 '포폄성에 바탕한 이념지향'을 드러내고 있는 양식이었다. 때문에 근대 초기의 신문 잡지 소재 '야담계 기사'는 계몽적 감계론의 구심력 속으로 흡입되면서 전대 야담 형식이 보여주고 있는 강한 시정의 생명력, 곧 인정물태(人情物態)의 생명력을 결과적으로 보여주지는 못하고 있다.

4. 야담계 기사(記事)의 서사적 의의

근대 초기 야담계 기사 속의 여성은 자신의 '내면', 곧 '자기'의 목소리를 들을 수 있는 근대적 성장 내면을 가진 인물들이 아니었다. 대개는 최종적 심급으로서의 '사유하는 주체'(남성)에 부속된 수동적 인물 형상으로 표상된다. 『한성신보』 소재 「상부원사해정남(孀婦冤死害貞男)」은 물론이거니와, 「가연중단(佳緣中斷)」과 같은 야담계 기사에 등장하는 여성은 어떤 식으로든 '(근대적) 여성 주체'의 인물 형상과는 거리가 멀다. 혹여 두 작품의 여성 형상을 근대적 여성 주체의 맹아로 볼 수 있겠다는 논의가 제출될 수도 있다. 그러나 「가연중단」의 '니향'은 '셔싱'과의 일시적 결연과 회음이 '복수'와 '한(恨)'의 서사로 귀일되고, 「상부원사해정남」의 '소년'은 여전히 유가 이데올로기에 착근되어 '박뎡청상'의 구애를 거절하고 있다는 점에서 이들 작품에서 '근대적 사랑'의 맹아를 찾아내기는 어려운 형국이다. 또한, 「상부원사해정남」의 '소년'과 '박뎡청상' 사이 역시 기본적으로는 '복수'의 서사화와 무관하지 않다.

　한편, 이들 서사물에서 드러나는 남성 역시 매우 '허약하거나 부도덕한 한 인물'로 형상된다. 그것은 기왕의 연구에서 이미 제출된 바와 같이 일제의 식민지 정책이 작동된 결과이기도 하지만, '뒤틀린 세계' 속 갇혀 부당한 지배 체제나 유가의 가부장주의 이념에 복속된, 말하자면 여성과는 또 다른 지점에서 타율적 존재로 여전히 남아 있는 남성의 실존과도 관계한다. 말하자면 남성 역시 그 '의식(중세적 지배 이데올로기)'과 '제도' 사이의 간극을 좁히는 '근대(합리화)의 과정'이 결여된 공동체 내에서 스스로의 현전성을 상실한 채로 '허약하고 부도덕한 존재'로 표상되고 있는 것이다.

　결론적으로 「해적초멸(海賊剿滅)」과 「비자정절(婢子貞節)」이 1900년대 이후 제국의 논리로 차용한 '친일주의'를 이중적 서술 시각을 통해 주조한 서사물이라면, 「상부원사해정남」, 「가연중단」은 관음의 대상으로 전락한 여성과 그러한 여성을 '소비하는' 남성 가부장주의를 형상화한 서사였다. 1920년대 이후 근대 단편들의 일부에서 형상화된 신여성의 황폐한 내면의 소종래를 『한성신보』 소재 야담계 기사는 물론이거니와 전계 서사물에서 찾으려는 이유도 결국은 이와 무관하지 않다. 한편, 이 시기 공간된 신문·잡지에는 「살신성인(殺身成仁)」과 같은 소설적 경사를 드러내는 야담계 기사가 출현한다. 그러나 이와 같은 기사물들은 조선 후기 야담보다 오히려 더 직접적인 '포폄성에 바탕한 이념지향'

을 드러내면서 조선 후기 야담 형식이 보여주고 있는 강한 시정의 생명력, 곧 인정물태(人情物態)의 생명력을 보여주지 못하고 있었다. 근대 초기 야담계 기사가 근대 단편소설의 형성 지반에서 그 양식적 장력을 결국 견인해내지 못한 이유도 여기에 있었다.

근대 초기 몽유록의 양식적 변이상과 갱신의 두 시선

1. 근대 초기 몽유 서사의 출현

꿈은 그 장르와 시대를 초월하여 문학의 모티프로 긴요하게 차용되어 왔다. 우리 서사 문학사의 경우 13세기 「조신전」, 15세기 『금오신화』와 16세기 『기재기이』 소재 몽유전기소설, 그리고 같은 시기 「원생몽유록」과 「금생이문록」과 같은 몽유록을 거치며 꿈(몽유) 모티프가 하나의 서술 유형으로 자리한다. 이후 조선 후기 「구운몽」과 「옥루몽」과 같은 몽유장편소설, 그리고 근대 초기에 들어와 다시 호명된 「몽견제갈량」과 「꿈하늘」 등의 몽유록에 이르기까지 꿈 모티프는 몽유 양식(몽유 설화, 몽유 전기, 몽유록, 몽유장편소설, 몽기와 같은 유사 몽유양식들)의 매우 중요한 서사 장치로 활용된다. 그런가 하면, 1960년대 최인훈의 소설에서도 몽유 모티프가 서사의 중요한 지배적 요소로 기능하고 있다는 점에서 역사적 장르로서의 몽유 양식의 문학사적 위상은 이제 새삼스러운 것이 될 수 없다.

여기에서 우리는 근대 초기 몽유 서사 출현의 역사적 배경을 다시 환기해볼 필요가 있다. 주지하다시피 이 시기 전(傳)을 통한 계몽의 기획이 전적으로 실효한 것만은 아니었다. 이 시기 전(傳)의 허구화 경향, 곧 전(傳)임에도 불구하고 굳이 '소설'이 되려는 이유는 말할 것도 없이 소설이 가지고 있는 '계몽의 효과' 때문이었을 것이다. 문제는 소설에 대한 인식과 계몽에 '실효한 소설'을 계몽사상가들 스스로 창작하여 당대가 요구하는 사회적 실천을 수행하는 것은 매우 다른 문제라는 점이었다. 그것이 구소설이었든, 아니면 구소설과 그 미학적 기반이나 세계관이 다른 신소설이었든 간에 그 어떤 소설도 직접 창작한 경험이 그들에겐 전무한 상태였다. 더욱이 이 시기에 이르러 출현한 '신소설'에 대한 계몽사상가들의 인식 또한 여전히 "태반이나 모다 음란ᄒ고 호탕ᄒ 녯젹 쇼셜(구소설)"과 크게 다르지 않아 "비교ᄒ면 곳 오십보롤 다라난쟈가 빅보를 다라난쟈롤 웃는것과 ᄀᆺ흐니 죡히 새ᄉ상을 슈입케홀수 업ᄂᆫ"[1] 양식이라는 식의 부정적 인식에서 결코 벗어나지 못한 상황이었다. 그러니까 이 시기 전(傳)도, 전(傳)임에도 불구하고 굳이 '소설'이 되려하는 전(傳)도, 구소설과 신소설도 결

---

1 「근일 국문쇼셜을 져슐ᄒᄂᆫ쟈의 주의홀일」, 『대한매일신보』(국문판), 1908.7.8.

국은 애국 계몽 담론의 실질을 전적으로 구현하는 서사 양식이
될 수는 없었다. 또한 출판법(1909) 제정 이후 역사 전기물에 대한
출판이 사실상 어려웠고, 신소설 역시 이 시기 이후로 결국은 구
소설의 재현일 수밖에 없었던 방각 소설이나 구활자본 소설과 경
쟁하면서 통속화의 길로 치닫고 있는 상황이었다.

근대 초기 '몽유록' 양식은 바로 이 지점에서 다시 호명되었다.
이 시기 애국 계몽의 담론 표준을 실질적으로 점유하고 있었던
전(傳)이 더 이상 창작될 수 없고, 통속화되어가는 신소설 역시 계
몽의 서사로는 미달인 상황에서 다시 끌어낸 계몽의 서사가 전대
의 몽유록 양식이었다. 이 시기 계몽사상가들은 끝내 '새쇼셜'의
글쓰기 방식과 만날 수 없었던 창작 주체들이었다. 그만큼 소설
에 대한 인식과 그 인식을 현실화하는 실제 창작 사이의 간극은
극복하기 어려운 문제였던 셈이다. 이러한 사정은, 사회적 실천
(애국 계몽)의 서사를 전대의 양식(전과 몽유록)에서 찾았다는 것에
서 잘 드러난다.

이 점에서 「몽견제갈량」(1908)과 「디구셩미리몽」(1909)은 바로
계몽사상가들 내에서의 글쓰기 방식의 변화, 곧 전(傳)에서 몽유
록에로의 글쓰기 방식의 전환(다양화)을 표징하는 작품들인 셈이
다.[2] 물론, 전(傳)에서 몽유록에로의 글쓰기 방식의 전환이 그대

2　이 전에도 꿈 모티프를 활용한 몽유 서사물이 이 시기 신문과 잡지를 통해서 발표
되기는 하지만, 대체로 이 시기 몽유록의 완형태는 두 작품 이후로 보면 된다. 이
후 박은식의 「몽배금태조」(1911)와 신채호의 「꿈하늘」(1916)이 각각 발표되고,
「용과 용의 대격전」(1928) 등이 더 이어진다. 이로 볼 때, 사실상 1920년대 이후로

로 이 시기 계몽 담론의 전체적 성격을 변화시키는 것은 아니었다. 이 점은 이 시기 몽유록의 창작 의도("무수(無數)흔 영웅아(英雄兒)를 환출(喚出)"[3]하여 어떻게든 "영웅(英雄)의 자격(資格)을 자조(自造)ᄒ는"[4])와 전(傳)의 창작 의도(역사적 영웅을 호명하여 "인심(人心)이 부패비열(腐敗卑劣)의 극도(極度)에 달(達)흔 시대적(時代的)"[5] 병통을 치유)가 조금도 다르지 않다는 사실 하나만 봐도 여실히 드러난다.

그동안 몽유 양식에 대한 연구는 김태준(『조선소설사』, 학예사, 1939) 이래 꾸준히 이어진바, 대체로 몽유 양식의 장르적 특성과 그 하위 범주 작품들의 개별적 특성을 밝혀내는 연구에 집중되어 있었다. 한편 최근에는 몽유 양식의 소설사적 전개 양상을 시대별로 고찰한 연구가 제출되기도 하였다. 이와 같은 선행 연구는 대개 고전 문학 연구자들에 의해서 수행된 것이어서 조선 시대 몽유 양식에만 한정된 성과물들이 주류를 이루고 있다. 그동안의 기존 연구 성과에서 잘 알 수 있듯이 이제까지의 선행 연구는 대체로 근대 초기 몽유 양식의 문학사적 위상을 해명하는 데에는 주목하지 않았다.[6] 문제는, 이 시기 몽유 양식은 어떤 식으로든 창작 동기, 주제,

---

몽유록 서사는 그 장르로서의 일생을 마감한다. 이 점은 전(傳) 양식 역시 마찬가지여서, 장도빈의 「이순신전」(1928)을 그 어름으로 하여 실질적으로는 절종된 양식으로 보아야 할 것이다.

3 박은식, 「몽배금태조」, 『박은식전서』 중, 단국대 출판부, 1975, 200면(이하 작품명, 인용면수만 표기).

4 「몽배금태조」, 204면.

5 금협산인, 「동국거걸 최도통」, 『대한매일신보』, 1910.2.7.

6 이 점에서 몽유 양식의 소설사적 전개 과정 안에서 근대 초기 몽유 양식의 소설사적 위상을 개괄한 신재홍의 연구(「몽유 양식의 소설사적 전개」, 서울대 박사논문, 1992)

그 양식적 변이상과 이데올로기가 전대의 몽유 양식과는 변별되는 동시에 이후의 근대문학과 관련하는 부면이 명백하게 존재한다는 점이다. 그렇다면 이 시기 몽유 양식의 실상을 규명하는 데에 있어서는 우선 두 가지의 문제에 직면할 수 있다.

그 하나가 전대와 이 시기 몽유 양식의 양식적 동이(同異)와 관련한 문제이다. 이와 관련해서는 몽유 양식의 다섯 하위 범주들(몽유 설화, 몽유 전기, 몽유록, 몽유장편소설, 몽기와 같은 유사 몽유 양식들)의 단절과 계승의 부면을 양식적으로 검토하는 문제가 우선 수행되어야 할 것이다. 현재 이 시기 공간된 자료(잡지와 신문 / 단행본 출판)에 수록된 몽유 양식에서는 적어도 전대의 몽유 전기나 몽유 설화, 그리고 몽유장편소설은 보이지 않는다. 그렇다면 이들 세 몽유 양식은 현재로서는 이 시기에 들어와 절종된 양식으로 보아도 무방할 듯하다. 근대 초기의 몽유 양식 가운데 몽유록과 몽유 모티프를 차용한 유사 몽유 양식들(예컨대 몽유 모티프가 서사 구조의 지배 인자로 기능하고 있는 「금수회의록」과 「경세종」 같은 동물 우화나 근대 단편의 면모가 드러나는 「춘몽」과 「혈의 영」 등)의 양식적 특성에 주목해야 하는 이유가 여기에 있다. 특히 후자는 우리 근대 단편의 형성과 관련하여서도 매우 주요한 시사점을 제공할 수 있다는 점에서 심도 있는 고찰을 요한다.

또 다른 문제는, 사대부들의 유가적 이념 지향이 분명하게 드

는 이와 관련한 연구의 전체적 전망을 보여주는 연구라는 점에서 의의가 있다.

러나는 전대 몽유 양식과 이 시기 몽유 양식의 이념 지향의 변이 상에 주목할 필요가 있다는 점이다. 이것은 근대 초기의 서사 환경과 근대문학의 생성 문제를 전대 문학과 관련성 속에서 조망하는, 이른바 '내재론'의 입지를 단순하게 확장하는 차원의 문제만은 아니다. 기존의 연구 성과들, 예컨대 신소설과 전대 소설과의 관련성을 고찰한 조동일(『신소설의 문학사적 성격』, 서울대 출판부, 1973)과 한국 근대 단편 양식의 형성 과정을 '논설적 서사와 서사적 논설'의 전개 양상을 통해서 구명한 김영민(『한국 근대소설사』, 솔, 1997), 그리고 근대 초기 역사전기소설의 연원을 전(傳)과 관련하여 논의한 강영주(『한국 역사소설의 재인식』, 창작과비평사, 1991), 김교봉·설성경(『근대전환기 소설 연구』, 국학자료원, 1991) 등의 연구 성과에서 이미 내재론의 입각점은 분명해졌다.

그렇다면 남은 문제는 전술한 바대로 근대 초기 몽유 서사의 양식적 특성과 그 이념 지향을 전대와 관련시켜 논의하고, 그것이 어떻게 근대소설사의 지반으로 흘러들어갔는가 하는 문제를 구명하는 것이다. 근대 초기의 중심적인 네 서사 양식(단형 서사물 / 신소설 / 역사전기소설 / 몽유 서사), 특히 근대 단편 형성과 관련한 단형 서사물과 몽유 서사물에 주목해야 하는 이유가 여기에 있다. 그럼에도 불구하고 현재 단형 서사물과 신소설, 그리고 역사전기소설에 대한 연구는 활발하게 진행되고 있지만, 이 시기 몽유록에 대한 연구는 몇몇 고전문학 연구자들의 선구적인 개별 작품론과 작가론을 빼놓고는 매우 미진한 형편이다. 이 시기 몽유록에 대한 최근의 연구적 성과 역시 개별 작품론과 작가론, 혹은 유형화 논의에 집중되어 있어서 연구 초기의 연구 성과에서 크게 벗어난 것은 아니다. 이런 점에서 최근 정여울의 연구 성과가 주목된다.[7]

2. 변이의 형식과 근대적 주체

이미 상식화된 것이지만, 문예 양식은 고형화된, 혹은 완성된 자태로 스스로를 관철하지는 않는다. 문예 양식이란 하나의 형태로 형성되고 나면 그 즉시 자기 파탈과 갱신의 과정을 통하여 자기 변모를 꾀한다. 이른바 '양식' 그 자체가 '창신하기'라는 동명사인바, 만일 문예 양식이 이러한 과정을 통하여 스스로의 "구심력과 원심력"[8]을 확보하지 못한다면 역사적 장르로서의 생명

---

7   정여울(「20세기 초 몽유 양식의 담론적 특성」, 서울대 석사논문, 2002)은 이 논문에서 전대 몽유 양식과 근대 초기 몽유 양식 사이의 양식적 변이상 뿐만 아니라, 이 시기 몽유 양식의 담론 배치 양상도 함께 구명하고 있다.

8   여기에서 '구심력'과 '원심력'의 개념은 장르 일반론에 대한 박희병의 다음과 같은 진술을 수용하기로 한다. "곧, '구심력'이 장르의 일반적 문법이나 원리라면, '원심력'은 그것을 벗어나고자 하는 지향, 즉 창의와 혁신, 파격 등이 될 터이다. 특정 장르가 정체(停滯)되지 않고 살아남으려면 원심력이 불가결하다. 말하자면 둘 사이에는 일정한 균형이 이루어질 필요가 있는 것이다. 적어도 원심력이 구심력을 능가하지 않는 한(혹은 능가하는 것처럼 보이지 않는 한), 장르는 해체되지 않고 지속될 수 있다"(박희병, 「전기적 인간의 미적 특질」, 『민족문학사연구』 7호, 1995, 121면).

력은 상실된다.[9] 전(傳)과 함께 이 시기 대표적인 계몽 서사의 하나인 몽유록 역시 어떤 식으로든 '새로운 이념을 탐색하려는' 자기 갱신의 도상에서 분출하는 원심력, 곧 양식 파탈의 장력이 분출하고 있었다. 그렇다면 이 시기 몽유록이 어떤 양식적 변이의 과정을 통해서 이후의 근대적 서사와 관련되는가 하는 문제의 실마리는 적어도 이 시기 몽유록의 양식적 변이상에 대한 고찰을 통해서 풀어질 수 있겠는바, 이 시기 몽유록 중에서 「몽배근태조」와 「몽견제갈량」, 그리고 「꿈하늘」이 주목되는 이유는 다른 데 있지 않다. 무엇보다도 이들 세 작품이, 이 시기 몽유록의 양식적 변이상을 그대로 표징하고 있다는 점이다.

주지하다시피, 몽유록은 여타 몽유 양식과 마찬가지로 "몽유 모티프가 하나의 구조적인 차원에서 한 작품 속에서 지배인자로 기능하고 있는 작품"[10]이다. 몽유 모티프가 작품의 나머지 서사 요소들을 지배하면서 '현실-꿈-현실'이라는 몽유 구조가 형성되는 것이다. 또한 몽유록은, 몽유자(대개 강개지사)가 현실에서 이루지 못한 욕망(이념)을 '꿈 속'이라는 이계 여행을 통해서 성취하는 구조를 지니고 있는 양식이다. 몽유록에서 몽유자의 욕망에 대

---

9 이 시기 유학자 집단의 글쓰기 양식, 곧 전(傳)과 몽유록, 특히 근대 초기 전(傳)이 그 이후의 다른 서사 양식에 착종되거나 아니면 사멸하여 장르로서의 일생을 마친 이유는 다른 데 있지 않다. 그것은 적어도 '구심력'과 '원심력' 사이의 균형, 이른바 양식 자체의 고유한 문법과 원리를 고수하려는 힘과 그것을 넘어서려는 파탈과 창신의 장력 사이에서 어떠한 힘의 균형이 무너졌기 때문인 것이다(김찬기, 『한국 근대소설의 형성과 전(傳)』, 소명출판, 2004, 186면).

10 신재홍, 「몽유 양식의 소설사적 전개」, 서울대 박사논문, 1992, 11면.

한 분석과 그 인물 형상, 그리고 작품 내에서의 역할에 대한 탐색이 중요한 이유도 여기에 있다. 근대 초기 몽유록과 전대 몽유록의 변별이 가장 두드러지는 서사 요소 또한 몽유자와 관련한 것들이란 점에서도 몽유록의 이와 같은 양식적 특성이 잘 드러난다. 이에 근대 초기를 대표하는 세 작품을 통해서 몽유자의 인물 형상과 아울러 그것을 가능케 하는 서사 구성이 전대와는 어떻게 변별되는지를 탐색할 필요가 있겠다.

①無恥生이 曰天堂地獄의 說은 人皆習聞이나 一切人衆이 皆現在의 榮辱만 知ᄒ고 將來의 榮辱은 不知ᄒ며 肉體의 苦樂만 知ᄒ고 靈魂의 苦樂은 不知ᄒᄂ 故로 爲善者―少ᄒ고 爲惡者―多ᄒ지라 上帝의 萬能으로써 善者로 ᄒ야곰 現在의 榮이 有ᄒ고 惡者로 ᄒ야곰 現在의 辱이 有케ᄒ며 善者로 ᄒ야곰 肉體의 樂이 有ᄒ며 惡者로 ᄒ야곰 肉體의 苦가 有케 ᄒ면 一切人衆이 皆善을 取ᄒ고 惡을 棄ᄒ지니 其功化됨이 더욱 神妙치 아니ᄒ닛가 帝 曰 此ᄂ 爾의 所見이 大誤ᄒ바 有ᄒ도다 (…중략…) 爾가 此에 對ᄒ야 十分 看透치 못ᄒ고 다만 天을 呼ᄒ야 不評을 訴ᄒ니 是ᄂ 況童의 見이오 쪼ᄒ 人의 思想을 引導ᄒᆷ에 關ᄒ야 크게 害를 貽ᄒᆯ바 有ᄒ도다 無恥生이 於是에 惶悚을 不勝ᄒ야 汗出霑背라 更히 所云을 不知ᄒ더니 帝―特別히 溫和ᄒ신 論旨를 宣ᄒ야 (…중략…) 無恥生이 感激涕泣ᄒ야.[11]

---

11 「몽배금태조」, 210~212면.

②先生이 聞罷에 忽然眉字에 慍色이 些浮호야 曰 僕이 生前死後數千載에 唇上空談과 夢中譫語론 言稱을 未聞호얏는디 今日 足下之言이 至此過格호니 然則 此支那前頭預算를 誤料호며 唇上空談된 裡由를 明言之홀지여다. 蜜啞子ㅡ亦慍意가 不無호야 不覺遽色而疾對曰 東土人士의 學問程度가 莫非紙上空文이라 호든 實証을 先此說明호옵고 先生의 唇上空談을 亦復繼達호오리이다 東土人士의 所謂學問이란거시 三經四傳禮記春秋等 黃卷冊子를 讀之誦之而已오.[12]

③ 한놈이 절하며 그 고마운 뜻을 올리고 그러나 地獄에서 나가게 하여 달라 하니 姜邯贊이 가로되

"누가 못나가게 하느냐?"

"못 나가게 하는 사람은 없사오나 몸이 쇠사슬에 묶이어 나갈 수 없습니다."

姜邯贊이 웃으시며

"누가 너를 묶더냐?"

하니, 한놈이 이 말에 大徹大悟하여,

"본래 묶이지 안한 몸을 어디에 풀 것이 있으리오."

하고, 몸을 떨치니 쇠사슬도 없고 옥도 없고 한놈의 한몸만 우뚝하게 섰더라.[13]

---

12 유원표, 「몽견제갈량」, 『역사·전기소설』 9, 아세아문화사, 1979, 63면(이하 작품명, 인용면수만 표기).

13 신채호, 「꿈하늘」, 『단재 신채호 전집』 하(개정판), 형설출판사, 1995, 212면(이하 작품명, 인용면수만 표기).

위의 인용문을 보면, 몽유자의 인물 형상이 '질문-대답'의 문답 구조 안에서 몽유자가 전적으로 상대(대개 역사적 사건과 관련된 역사적 인물)에게 의존하여 '깨달음을 얻는 몽유자' 형상과 상대에게 자기의 '생각을 관철시키려는 몽유자' 형상, 그리고 '스스로 깨닫는 몽유자' 형상으로 변별된다. 몽유자의 억압된 욕망과 이념이 '꿈 속'이라는 이계의 몽중사(夢中事)를 통해서 서사화되는 양식이 몽유록이라 할 때, 그 몽중사(대개 역사적 사건)와 관련한 해석과 그 몽중사와 관련한 인물들에 대한 인물평도 중요하지만, 그러한 해석과 인물평을 어떠한 방식으로 몽유자가 수용하느냐의 문제 역시 몽유록 이해의 한 관건이 될 수 있다. 대체로 전대(조선)의 몽유록은 몽유자가 몽유 공간의 인물(역사적 인물)로부터 '깨달음을 얻는 몽유자' 형상이 주류를 이루고 있었다. 이렇게 보면 위의 인몽문 중에서 ①과 같은 「몽배금태조」와 같은 유형의 몽유록이 몽유자의 인물 형상의 차원에서 보면 전대의 몽유록에 가장 가까운 유형이 될 수 있겠다.

인용문①을 보면, 몽유자인 무치생은 "선에는 복을 주고 음에는 화를 주는 천도[天道의 福善禍淫]"[14]가 실현되려면 "선한 자로 하여금 육체의 즐거움이 있게 하고, 악한 자로 하여금 육체의 괴로움이 있게[善者로 흐야곰 肉體의 樂이 有흐며 惡者로 흐야곰 肉體의 苦가 有케]" 해야 함을 주장한다. 이에 대해 황제는 무치생의 이와 같은 생각을

---

14 「몽배금태조」, 207면.

"아이와 같은 소견이라며[況童의 見이외]" 일축하고 "진성으로 선을 행하는 자는 영욕과 화복의 관념이 없는 것[眞誠으로 善을 行하는 者는 榮辱禍福의 觀念이 無홀지라]"[15]이라며 위선이 없는 '진성'의 길로 나아갈 것을 당부한다. 이에 무치생은 "두렵고 송구한 마음을 이기지 못하여 흐르는 땀이 등을 적신다[惶悚을 不勝하야 汗出霑背라]." 더 나아가 몽유자인 무치생은 황제의 말에 "감동하여 큰 깨달음의 눈물[感激涕泣하야]"까지 흘리게 된다. 요컨대, 황제는 몽유자의 깨달음을 인도하는 교사적 역할을 하고, 몽유자는 교사의 절대적 가르침에 깨달음을 얻게 되는 존재로 형상화되고 있는 것이다.

이에 비해 인용문②의 「몽견제갈량」과 같은 작품의 몽유자 형상은 상대로부터 가르침을 받아서 깨달음을 얻는 몽유자 형상이라기보다는, 오히려 상대에게 자신의 생각을 관철시키려는 몽유자 형상에 가깝다. 위의 인용문②를 보면, 몽유자인 밀아자와 역사적 인물인 제갈량이 매우 팽팽한 긴장감 속에서 서로의 생각을 관철시키려 한다. 밀아자는 제갈량의 주장, 곧 청나라가 20세기 후반에 "국체와 민격이 위대한"[16] 열강이 될 것이라는 견해를 반박하고, 결국 제갈량의 주장이 "입에 발린 쓸데없는 이야기와 꿈속 헛소리[唇上空談과 夢中譫語]"에 불과함을 다음의 네 가지 근거를 들어 뒷받침한다. 그 하나가 "허실과 진위를 가려서[虛實과 眞僞를 另擇]" 하사품을 내리지 못하는 것이고, 또한 "성인이 전한 도덕과

---

15 「몽배금태조」, 209면.
16 「몽견제갈량」, 62면.

이용후생의 본뜻을 실용치 아니한[聖人의 口傳心授ㅎ신 道德과 利用厚生ㅎ 랴는 本志는 實用치 아니ㅎ고]" 것이 그 둘이다. 그리고 셋째는 실무를 중 히 여기는 시대적 현실은 보지 않고 "논어, 맹자, 중용, 대학 등의 사서주의[論孟庸學等四書也]"만 고집하는 독서사류의 고루한 실상이 그것이고, 이러한 습속이 "뇌수에 가득차서 막히어[腦髓에 充塞ㅎ야]" 위아래 사람들 모두가 풍수와 신당과 미신에 빠져 헤어나지 못하 는 현실이 그 넷째이다.[17] 이에 대해 제갈량이 네 가지 근거(당변이 불변자(當變而不變者) / 당변이변자(當變而變者) / 변이불선변자(變而不善變者) / 변 이선변자(變而善變者))를 들어 밀아자의 주장을 다시 반박한다.

이처럼, 인용문②의 「몽견제갈량」은 몽유자인 밀아자와 역사 적 인물인 제갈량 사이의 계속되는 토론과 비판의 과정을 통해서 서사가 진행되는 작품이다. 이 과정 속에서 서로는 자신의 생각 을 관철시키려고 하고, 그러한 과정에서 자신의 생각이 관철되 지 않는 경우 위의 인용문에서처럼 서로 "노기를 띠기까지[忽然眉 字에 慍色이]" 한다. 특히 몽유자 자신의 생각을 상대(역사적 인물)에 게 관철시키려는 과정에서 몽유자가 "노기를 나타내는[蜜啞子ㅣ亦 慍意가 不無ㅎ야 不覺遽色而疾]" 경우는 전대의 몽유록에서도 거의 찾아 볼 수 없었던 유형이었다. 몽유자의 형상과 관련한 이러한 양식 적 변이는 근대 초기의 몽유 양식의 특징적인 변화를 그대로 드 러내는 것으로 볼 수 있겠다. 이 시기 「몽견제갈량」이 주목되는

---

17 「몽견제갈량」, 63~71면.

이유의 하나도 바로 여기에 있었다. 자신의 생각을 상대(대개 유교적 대의명분에 입각해 있던 역사적 인물)에게 관철시키려는 것 자체는 단순히 인물 형상의 변화상만의 문제에 국한되는 것이 아니라는 사실이다. 그것은 필연적으로 이데올로기의 파탈을 예고하는 것이기도 했다. 바로 「몽경제갈량」의 몽유자인 밀아자가 여전히 유교적 대의명분론에 입각하여 현실을 인식하려 했던 제갈량에게 끝내 관철시키려 했던 이데올로기가 '근대와 관련하는 것들(예컨대 근대적 제도와 실질이 수반하는 근대 학문 등)'이었다는 점에서도 이 점은 잘 드러난다.

몽유록은, '좌정-토론-시연'이라는 특유의 서사 장치를 통해서 이념이 정시되는 양식이다. 물론, 작품에 따라 토론, 혹은 시연의 어느 한쪽이 두드러지게 나타날 수도 있다. 근대 초기의 몽유록은 「꿈하늘」을 제외하고는 모두 시연이 생략되고, 토론이 두드러진 작품들이다. 이 시기 몽유록 역시 계몽 서사로서의 역할이 그만큼 더 요청되었다는 방증일 수 있겠다. 그런데 바로 이 지점에서 우리는, '좌정-토론-시연'이라는 몽유록의 전형적인 구조를 비교적 충실히 따르고 있는 「꿈하늘」이 왜 문제적인 작품인가 하는 문제와 다시 만날 수밖에 없을 듯하다. 그 이유는 다음의 두 가지로 정리될 수 있겠다.

그 하나는 역시 몽유자의 형상과 관련한 것이다. 물론, 「꿈하늘」의 몽유자인 한놈 역시 전대의 전형적인 몽유록과 같이 상대(역사적 인물인 강감찬이나 을지문덕 등)로부터 '깨달음을 얻는 몽유자'

형상과 근사한 측면이 없지 않다. 그러나 그것은 궁극적으로는 '스스로 깨달음을 얻는 몽유자 형상'의 창출에 부수하는 것으로 기능하고 있다는 점에서 「꿈하늘」의 몽유자는 이전의 몽유록에서는 찾아볼 수 없었던 인물 형상이다. 그렇다면, 인용문③의 한 놈의 발화, 곧 "본래 묶이지 안한 몸을 어디에 풀 것이 있으리오"의 의미는 비교적 선명해진다. 곧 지옥에서 나가는 방도가 타인으로부터 얻어질 수 있는 것이 아닌, 자기 자신의 의지와 행위에 의해서 결정된다는 사유인 것이다. 이렇게 보면, '깨달음'의 문제가 자기 투시의 문제로 귀일되고 있다는 점에서 「꿈하늘」의 몽유자는 어떤 식으로든 근대적 주체(자아)와 교섭하는 인물 형상으로 볼 수 있겠다. 세계(대상)가, 곧 "하늘이 뿌얗고 해와 달이 네모지며, 또 새까마니"[18] 한 모순의 세계가 결국 타인(몽유록의 경우 역사적 인물)의 결단(교사적 가르침)이 아닌, 주체(자아)의 자기 결단에 의해 이해(해결)될 수 있다는 '깨달음의 몽유자(자아)' 형상이 이전의 몽유록에서는 호명된 바가 없었다. 근대 초기의 몽유록 「꿈하늘」이 기릴만한 작품이라면, 바로 이러한 몽유자 형상의 창출과 무관하지 않은 듯하다.

「꿈하늘」이 왜 문제적인 작품일 수밖에 없는가 하는 문제는 그것이 가지고 있는 구성적 특질을 탐색해 보면 더욱 선명해진다. 주지하다시피 몽유록은 유학자의 글쓰기 방식인바, 이 시기

---

18 「꿈하늘」, 218면.

에 들어와 전(傳)과 함께 몽유록이 매우 헌걸차게 호명이 되는 이유는 다른 데 있지 않았다. 다른 어떤 서사적 글쓰기 양식보다 몽유록은 계몽사상가들에게는 익숙한 글쓰기 방식이기도 하였거니와, 무엇보다도 그 자체로 가지고 있는 계몽 서사로서의 효과 때문이었다. 그러나, 몽유록이 가지고 있었던 계몽 서사로서의 실효성이 '소설에 미치는 것'은 아니었다. 이 시기 몽유록의 서사성 강화 현상, 이른바 소설에 근접하려는 몽유록의 출현도 결국은 이와 무관하지 않은 듯하다. 물론, 몽유록의 서사성 강화는 조선 후기 이래 하나의 큰 편폭을 형성하면서 나타난 현상이었다. 그러나 소설의 문법을 빌어와 몽유록의 서사 편폭을 더 확장시킨 작품은 출현한 적이 없었던 듯하다.

이 시기의 「꿈하늘」은 바로 이러한 조선 후기 몽유록의 양식적 변이의 원심력이 가장 큰 자리에 있었던 작품인 동시에 소설의 문법(구성)을 빌어와 그 인물 형상과 미적 감응을 끌어내고 있는 매우 특이한 작품이다. 이 시기 몽유록, 특히 「꿈하늘」의 구성 방식에 대한 탐색이 요청되는 이유가 여기에 있다. 요컨대, 전대 몽유록보다 토론이 더 강화되는 측면은 있지만, 전체적으로는 전대 몽유록의 서사 구성 방식과 별반 차이가 없는 「몽견제갈량」과 「몽배금태조」보다 「꿈하늘」이 보여주고 있는 그것이 이 시기 몽유록과 전대 몽유록과의 차이를 더 선명하게 드러낸다는 점에 주목할 필요가 있다는 것이다.

위의 인용문③을 보면, '구국이라는 공공선'의 실현이, '질문과 좌절'의 서사 구성 원리를 통해서 '깨달은 몽유자 나'의 문제로 환원된다. 「꿈하늘」의 몽유자인 한놈의 깨달음, 곧 "무사적(武士的) 종교혼(宗敎魂)-싸움"[19]이 "열근의 세계(사대주의와 부문공담(浮文空談)이 초래한 현실)"를 타개할 수 있다는 이 주제적 전언이 역사적 인물의 전단적 설명에 의해 환기되는 것이 아니라, 끊임없는 '(자기)질문과 (세계)추구-공허와 좌절'의 과정을 통하여 '깨달은 몽유자 나'의 형상에 의해서 전달된다.

요컨대, 「꿈하늘」의 몽유자 일곱 한놈이 겪는 여정('님'과 '도깨비'의 싸움에 참여하러 가는 길)에서 드러나는 서사, 곧 일곱 한놈의 낙오와 갈등의 서사가 몽유자의 상대적 인물들(역사적 인물인 을지문덕이나 강감찬 등)의 전단적 설명에 의해 작동되는 것이 아니라 '몽유자-역사적 인물들' 사이에서 구축되고 있는 '질문과 좌절'의 구성 원리에 의해서 조직된다는 것이다.

바로 이런 점에서 「꿈하늘」은, 그 몽유자 형상, 그리고 그것을 가능케 하는 구성적 틀 모두가 전대 몽유록에서 파탈한 작품이었던 셈이다. 「꿈하늘」에 대한 평가, 곧 '소설에 가까워지려는, 혹은 소설에서 빌어온 구성 방식을 채택하고 있는' 작품이란 평가는 어떤 식으로든 이러한 '(소설적) 구성의 원리'와 무관하지 않은 듯하다.

---

19 「꿈하늘」, 181면.

3. 이념적 변모와 갱신의 두 시선

몽유록은 본질적으로 사대부의 '글쓰기(假託敍事)'인바, 창작 담당층인 사대부의 유가적 이념과 그들의 미적 감흥이 작품을 통해서 실현된다. 그러나 조선 후기에 들어와서는 그 변화상이 뚜렷하여, 사대부의 유가적 이념 체계가 흔들리면서 어떤 식으로든 유가 이념의 실현이라는 양식 본래의 성격이 변모하기 시작한다. 서사성과 문학성이 강화되는 조선 후기 몽유록이 어떠한 '계승과 단절'의 스펙트럼을 통해서 근대 초기와 그 이후의 문학 공간 안으로 흘러들어갔는가 하는 문제는 근대 소설의 형성 지층과 관련하는 매우 긴요한 문제이다. 이러한 소설사적 문제 구명과 관련하여 우선 탐색해내야 하는 문제가 바로 양식 자체의 형식적 변이와 이념형의 변화 양상일 것이다. 근대 초기 몽유록의 이념적 변모가 어떤 시선 안에서 포착될 수 있느냐의 문제, 곧 이 시기 몽유록이 정시하고 있는 두 갱신의 시선에 주목해야 하는 이유가 여기에 있다.

바로 두 갱신의 시선의 의미가, 물(物)과 사(事)와 문(文)의 관계를 통해서 문학이 사물 세계에 종속되는 것이란 사실과 유가적 부문공설(浮文空設)의 폐해를 주장하고 있는 아래의 「몽견제갈량」에서 잘 드러나고 있다는 점에서 우선 주목할 필요가 있겠다.

大抵文勝於事ᄒ고 事勝於物이면 國必自廢者ᄂᆞᆫ 不必○論이어니와 原來 文字란거슨 事與物이 相接ᄒᄂᆞᆫ 地에 居其間ᄒ야 紹介之ᄒ고 保證 之ᄒᄂᆞᆫ 功效만 有ᄒᆞᆯ짜름이오 質的ᄒᆞᆫ 形體가 有ᄒ야 獨立의 能力이 無 ᄒᆞᆫ 者인ᄃᆡ 或者 眛弱ᄒᆞᆫ 邦國엔 質的ᄒᆞᆫ 事物은 鎖索ᄒ고 空虛ᄒᆞᆫ 文氣가 橫肆ᄒ야 浮虛ᄒᆞᆫ 論議와 華靡ᄒᆞᆫ 詞章으로 自相競爭타가 畢竟 國家ᄅᆞᆯ 消滅ᄒᄂᆞ니 是可忍言哉아 今此支那로 言ᄒ면 大陸面積이 五百三十五 萬方里−오 雄建ᄒᆞᆫ 民族이 四億二千萬이오 二十六萬種의 物品이 有ᄒᆞᆫ 邦國이언마ᄂᆞᆫ 文弱이 滋甚ᄒ고 富强이 無期ᄒᆞᆫ 根因을 考據ᄒᆞᆯ진ᄃᆡᆫ 所謂 三唐爲始ᄒ야 文性이 物質에 過去ᄒᆞᆷ으로 人世의 眞格을 減損하얏고 所 謂 兩宋以後로ᄂᆞᆫ 事物의 精神은 全失ᄒ고 文字의 顔面만 徒取ᄒ야 國 格의 元氣ᄅᆞᆯ 喪敗ᄒ얏스니 孰怨誰尤ᄒ리오[20]

문학을 세도와 연결시켜 사고하는 근대 초기의 공리적 문학관
은, 이른바 유가의 재도론과 어떤 식으로든 교집하고 있었다. 근
대 초기에 들어와서도 여전이 유학자들의 글쓰기 양식, 곧 전(傳)
과 몽유록이 사회적 실재(제도)의 모든 영역에서 자유로운 '탐색'
의 서사 양식의 하나를 지칭한다기보다는 '이미 찾아진 (유가적)
이념'을 추인하는 글쓰기 방식, 곧 '유학자 집단'만의 서사 양식
일[21] 수밖에 없었던 연유 또한 이와 무관하지 않다. 문제는, 그러
한 이념이 오히려 삶을 억압할 때, 그 이념의 문예적 구현이라는

---

20 「몽견제갈량」, 51~52면.
21 김찬기, 『한국 근대소설의 형성과 전(傳)』, 소명출판, 2004, 156면.

전(傳)과 몽유록의 존재적 가치 역시 쓸모없는 낡은 것으로 전락할 수밖에 없다는 사실이다. 이제, 이 시기 전(傳)과 몽유록은 폐기되거나, 적어도 갱신의 서사로 거듭날 필요가 있었다. 특히 이 시기 애국 계몽의 담론 표준을 실질적으로 점유하고 있었던 전(傳)이 신문지법(1907) 제정 이후 사실상 출판하기 어려웠고, 신소설 역시 계몽 서사로는 미달인 상황이었다. 근대 초기 '몽유록'이 '폐기'의 길이 아닌, '갱신'의 서사로 다시 호명될 수밖에 없었던 이유는 자명해진다.

바로 그 갱신의 시선 하나가 유학자 집단과 그들이 준신하는 이데올로기에 가 있었기 때문이다. 이제 몽유록 안에서의 유학자와 그들이 신봉하고 있었던 이념은 어떤 식으로든 비판의 표적이 될 수밖에 없었다. 이 시기 계몽 지식인들에게 유학자 집단이 "부유하생(腐儒鰕生), 곧 썩어 빠진 새우같은 유생의 무리"[22]나 "성인의 성품에는 조금도 미치지 못하는 부패한 유생의 무리[聖人의 姿稟은 萬分不及혼 腐儒輩]"[23]로 매도될 수밖에 없었던 것도 결국은 이러한 사정과 무관하지 않다. 이제 이 시기 몽유록은, 유학자 집단의 이데올로기를 추인하는 양식이 아닌, 비판 양식으로 정초된다. 유가 이데올로기가 "격물치지의 실공[格物致知의 實功]"이 없는 "허언과 겉치레[虛言과 例套]"[24]로 비판되거나, 심지어 "유생이란 자

---

22 신채호, 「을지문덕」, 『광학서포』, 1908, 3면.
23 「몽견제갈량」, 69면.
24 「몽배금태조」, 226면.

는 말만 높고 행동이 따르지 못하여 세상을 속여 이름을 도적질하는 무리[儒生이 皆高談無常者오 欺世盜名者]"[25]로 규정되기까지 한다.

위의 인용문에서 드러나는 바처럼, "문(文)이 사물(事物)에 복속되지 아니하면 국가는 반드시 무너진다[文勝於事ᄒ고 事勝於物이면 國必自廢]"는 인식, 곧 문(文)을 국가의 안위와 연결시키는 유가의 재도적 문학관과 분명 관련하는 것이다. 문제는, '애국(근대)과 계몽'의 논리에 기반을 두어 '도(道)'의 실질 개념을 밝히려 했던 이 시기 계몽사상가들에게 이른바 유가적 '도(道)'는 이미 그 실상(實相)이 어그러져 있었다는 것이다. 감계와 모범의 도리를 전하기는커녕 오히려 "부허(浮虛)ᄒ 논의(論議)와 화미(華靡)ᄒ 사장(詞章)으로 자상경쟁(自相競爭)타가 필경(畢竟) 국가(國家)를 소멸(消滅)"케 한 결과만 초래한 것이다. 그렇다면 이 시기 전(傳)과 더불어 대표적인 계몽의 서사, 곧 몽유록은 어떤 식으로든 당대가 요구하는 '새로운' 이데올로기를 탐색해내야 하는바, 문제는 '유가라는 낡은 이념'과 싸워 새로운 생성을 낳는 동인으로서의 '새로운 것'이 이 시기 몽유록 안에서 검출되고 있다면, 그 '새로운 것'의 시선이 어디에 가 있는가였다.

이 시기 대표적인 몽유록 작품인 「몽견제갈량」, 「몽배금태조」, 「꿈하늘」 등에서 '상무론'이 여일하게 제시되는 연유에 주목해야 하는 이유가 여기에 있다. 주지하다시피 근대 초기의 애국 계몽

|제5장| 근대 초기 몽유록의 양식적 변이상과 갱신의 두 시선　201

기획은 매우 도전적으로 '상무(尚武) 정신'의 문제를 제기하고 있었다. '무(武)'를 사회적 실재(social reality)로 확립하는 문제는 이 시기의 매우 핵심적인 애국 계몽의 기획 가운데 하나였다.[26] 요컨대 "무기무습(武氣武習)을 멸시억제(蔑視抑制)ᄒ야 맛춤ᄂ 허약무상(虛弱無狀)ᄒ고 치욕(耻辱) 막심(莫甚)ᄒ 금일(今日) 상황(狀況)"을 타개할 수 있는 방책을 "상무적(尚武的) 교육(敎育)을 실시(實施)"[27]에서 찾고 있었다는 점에서 이 시기 계몽 기획의 주체들의 사유는 명료해지는바, 중문경무(重文輕武)의 유가적 병통을 치유하는 것이 이 시기 계몽 벡터라는 점은 다음의 「몽배금태조」를 보면 더 분명해진다.

朕의 家法은 祖先以來로 自然的 道德을 根本ᄒ야 淳朴無文ᄒ고 眞實無僞홈으로써 天理에 符合이 되고 人心에 根柢가 되니 是로以 ᄒ야 우리 民族은 眞實ᄒ고 勤勉ᄒ야 其衣ᄂ 采麻의 絲와 狐狸의 皮와 錦綺의 華飾이 無ᄒ고 其食은 鳥獸의 肉과 ○○의 米라 膏粱의 珍甘이 無ᄒ며 耕作과 牧畜의 業 으로 日日不息ᄒ니 賭博을 奚暇이며 騎射와 狩獵의 事로 人人競勤ᄒ니 宴遊를 何論가 所以로 體力이 强健ᄒ고 志氣가 活潑ᄒ야 猛進의 勇과 健戰의 力이 熊과 如ᄒ고 虎와 如ᄒ야 世界에 無敵ᄒ 强族이 된지라 彼支那의 錦綺를 衣ᄒ고 膏粱을 ○ᄒ며 江湖風月에 詩賦를 唱酬ᄒ며 園林坮榭에 宴遊가 ○○○ᄂ 民族이 엇지 勝負를 比較ᄒ리오 我ᄂ 勤勞ᄒ고 彼ᄂ 怠逸ᄒ며 我ᄂ 武强ᄒ고 彼ᄂ 文弱ᄒ며

---

26 김찬기, 『한국 근대소설의 형성과 전(傳)』, 소명출판, 2004, 120면.
27 박은식, 「문약지폐(文弱之弊)는 필상기국(必喪其國)」, 『서우학회월보』 10호, 1907.9.

我는 眞實ᄒ고 彼는 虛僞ᄒ니 至公ᄒ신 天心으로 誰를 助ᄒ깃는가 應當勤勞者와 武強者와 眞實者를 助ᄒ실지라 彼世界上最多數를 佔혼 支那民族도 怠逸과 文弱과 虛僞로 他族의 蹂躪을 被ᄒ얏거늘 況朝鮮小數의 民族으로써 怠逸ᄒ며 文弱ᄒ며 虛僞ᄒ니 其危機敗證이 十分極度에 達ᄒ얏는더……[28]

위의 인용문에서 볼 수 있듯이, 중국과 조선이 다른 민족에게 유린을 당한 연유는 "태만(怠逸ᄒ고), 문약(文弱ᄒ며), 허위(虛僞)"한 정신 때문이었다. 특히, 문약지폐는 "나라의 원기를 상패[國格의 元氣를 喪敗]"[29]케 한 폐습으로 간주되고 있었다. 이제 이러한 시대적 병통을 치유하기 위한 문예적 실천이 요구되는바, 주지하다시피 바로 그 문예적 실천의 시선이 이 시기 '전(傳)' 양식에 가 있음이 그동안의 선행 연구를 통해서 확인되었다. 이 시기 전(傳), 곧 '영웅이란 계몽 기제'를 통하여 사회적 실천(애국 / 계몽)을 겨냥한 이 '사실의 서사'가 매우 헌걸차게 불러내려 한 그 '새로운 것'과 '강개지사와 역사적 인물의 만남(모임)과 토론'을 통하여 사회적 실천을 견인하려 했던 몽유록이라는 이 '허구의 서사' 모두가 지향한 바가 '무강(武強)'이었다는 사실에서 이 시기 계몽 벡터의 실상은 더욱 자명해진다.

요컨대, 강인한 "대동무사의 정신[大同武士的 精神]"을 체현하고 있

---

28 「몽배금태조」, 237~239면.
29 「몽견제갈량」, 52면.

는 '숭무적 영웅'만이 "국치민욕이 날로 더하는[國恥民辱이 日로 甚한]"[30] 현실을 타개해 낼 수 있었다고 믿었던 것이다. 물론, 이러한 '숭무적 영웅'은, 여전히 '술이부작(述而不作)'의 공리가 비교적 회의 없이 수용될 수 있는 가능성이 타 서사물에 비해 상대적으로 많았던 전(傳) 안에서 형상될 때 가장 직접적인 호소력을 얻어낼 수 있었을 것이다.[31] 문제는, 전술한 바대로 신문지법(1907) 이후 전(傳)의 창작 환경이 매우 불리해졌고, '사실의 서사'로서의 전(傳)이 가지고 있는 대중적 호소력 역시 타 '허구의 서사'와 비교할 때 그리 큰 경쟁력을 확보할 수는 없었다는 점이었다. 이런 점에서 신채호와 박은식 같은 계몽사상가들에게 몽유록은 전(傳)을 대체할 수 있는 매우 유용한 서사물이었던 셈이다.

이 시기 몽유록의 시선은 전(傳)과 조금도 다를 바 없는, '무강(武強)'의 계몽 벡터를 내장하고 있었다. 이미 '강호풍월에 시부나 주고 받으며[江湖風月에 詩賦를 唱酬하며]' 시대의 현실을 외면하고 있는 문약의 무리, 곧 유학자 집단과 그들이 준신하고 있는 낡은 유가적 이념으로는 시대의 현실을 구해낼 수 없는 것이다. 오직 이 현실의 "고해난관을 뛰어 넘을 길[苦海難關을 超過]"[32]을 열어줄 위인은, "상무정신(尙武精神)을 이루어 지키면 이기고, 싸우면 물리쳐 크게 국광(國光)을 발휘(發揮)할"[33] 수 있는 '상무적 영웅'뿐인 것이

---

30 금협산인, 「수군제일위인 이순신」, 『대한매일신보』, 1908.6.23.
31 김찬기, 『한국 근대소설의 형성과 전(傳)』, 소명출판, 2004, 126면.
32 금협산인, 「수군제일위인 이순신」, 『대한매일신보』, 1908.6.23.

다. 전(傳)과 더불어 이 시기 몽유록이 한문학의 쇠잔과 무관하게 오히려 신문·잡지, 혹은 단행본과 같은 출판 매체를 통해서 활발하게 공간되는 것은 결코 상무 정신의 고양과 무관하지 않은 것이다. 몽유록이 폐쇄적 회람의 영역(유학자들 사이에서만 창작되고 향유되던 양식)에서 신문·잡지라는 공론장의 영역 속으로 편입되기 시작했다는 것은 말할 것도 없이 유학자와 대중의 '민지 계몽'을 동시에 겨냥한 것이었다. 바로 이와 같은 공론장의 영역 속에서 유학자와 대중은 '상무 정신'을 체현한 인물을 만날 수 있었다. 근대 초기에 족출한 영웅론의 맥락은 이러한 사정과 밀접한 관련이 있었다. 한 마디로 상무적 영웅은 '애국 계몽' 담론의 "최상승의 기호로 격상되어" 있었다.[34]

이 시기 몽유록의 시선이 '상무론'을 호명하여 '낡은 것으로서의 유가주의'를 비판하는 것에 있었다면, 다른 한 시선은 '마음론'을 통하여 '노예주의'를 극복해내는 것에 가 있었다.

此靈物의 ○力과 ○用ᄒ면 天下의 可주(지을주)치 못홀 者—無혼 것인디 此를 修鍊ᄒ야 活用ᄒ는 者—少혼지라 若其 修鍊의 原素가 充足ᄒ면 果敢性과 自信力이 生 ᄒ야 活用의 機關이 沛然無碍ᄒᄂ니 其名 曰 心이라 此物의 原質은 虛靈不昧ᄒ고 淸明無瑕혼 者이니라 此物의 本能은 眞實無僞ᄒ고 獨立不倚 ᄒ는 者이니라 此物의 眞情은 正直不阿ᄒ고

---

33 「꿈하늘」, 221면.
34 김찬기, 『한국 근대소설의 형성과 전(傳)』, 소명출판, 2004, 120면.

剛毅不屈ᄒᆞᄂᆞᆫ 者이니라 此物 의 本體ᄂᆞᆫ 公平正大ᄒᆞ고 廣博周遍ᄒᆞᄂᆞᆫ 者
이니라 此物의 能力은 是非를 鑑別ᄒᆞ고 感應이 神捷ᄒᆞᆫ 者이니라 (…중
략…) 盖此物은 吾의 神聖ᄒᆞᆫ 主人翁이오 公正ᄒᆞᆫ 鑑察官이니 念慮의 善
惡과 事爲의 是非를 對ᄒᆞ거든 此主人翁과 此監察官을 欺치勿ᄒᆞ라.[35]

결국, 이 시기 계몽사상가들은 국가 쇠퇴의 이유를 "실질을 떠
난 학문을 숭상하여 성리(性理)라는 낚시로써 명예를 낚으려 하거
나 또는 문사(文詞)라는 것에 의해 마음을 파괴한[虛文을 是尙ᄒᆞ야 性理
의 皮膚로써 名譽를 釣弋ᄒᆞ며 文詞의 彫琢으로써 心術을 破壞ᄒᆞᆫ]"[36] 것과 "강함
은 좋지 않다고 하여 허약함에 힘쓰고 큼은 불가하다 하여 오직
작음에만 힘쓰려[强은 不可라 ᄒᆞ야 惟弱을 是務ᄒᆞ며 大ᄂᆞᆫ 不可라 ᄒᆞ야 惟小롤
是欲]"[37] 하는 사대적 '노예성'에서 찾고 있었다. 특히 문제 삼은 것
은 역시 '허약함'과 '작음'을 지향하려는 '후퇴의 마음', 곧 '지배를
받으려 하는' 마음이었다. 신채호는 이것을 「수군제일위인 이순
신(水軍第一偉人 李舜臣)」에서 외세가 쳐들어 와도 "놀라 달아나 기뻐
할[去則嬉戲ᄒᆞ야]"뿐 "주먹과 완력으로 제압하여 싸운 적이 없는[拳腕
으로 扼후 與鬪ᄒᆞᆫ 者ᄂᆞᆫ 無ᄒᆞ고]"[38] 허약한 마음으로 묘사했다. 또한 「동
국거걸 최도통(東國巨傑 崔都統)」에서는 "태평한 때는 노예같은 말을

---

35 「몽배금태조」, 266~268면.
36 「몽배금태조」, 306면.
37 신채호, 「을지문덕」, 『광학서포』, 1908, 30면.
38 금협산인, 「수군제일위인 이순신」, 『대한매일신보』, 1908.6.23.

익히고 일이 있을 때는 노예의 무릎을 꿇어[無事홀 時에는 奴隷의 舌을 熟練ᄒ며 有事홀 時에는 奴隷의 膝을 齊屈ᄒ야]³⁹ 굽실거리는 '노예의 마음'으로 묘사했다.⁴⁰

위의 인용문에서 잘 드러나는 바와 같이, 이러한 '노예의 마음', 곧 '지배받으려는 마음'에서 벗어나려면 '비가 쏟아지는 것처럼 막힐 것이 없는[沛然無碍]' '심(心)', 곧 '마음'의 본체를 찾아야 하는 것이다. '마음'을 자신을 감찰하는 감찰관으로 받아들이려는 태도, 바로 이 고투의 과정에서 '굽지 아니하고 강직 강건하여 굴하지 않는[正直不阿ᄒ고 剛毅不屈ᄒᄂᆫ 者]' '진정(眞情)'의 마음이 획득되어질 수 있는 것이다. 바로 이러한 '진정의 마음론'을 통해서 노예주의를 극복하려는 문제에 시선이 가 있었던 작품은 이전의 몽유록에서는 찾아볼 수 없었다. 한편 몽유록에서 제시한 '마음론'과 더불어 유교 갱신의 논리가 '준비론'과 결합되어 이후 근대 초기 준비론 사상을 선취하는 작품들이 이 시기 몽유록에서 드러나고 있다는 점도 주목을 요한다. 근대 초기에 이르면 실제로 많은 유학자들이 유교의 한계를 자각하고, 새로운 세계상을 모색하고 있었다. '민영환, 조병세, 최익현' 등과 같은 실제 인물을 등장시켜 개화의 사유를 드러내고 있는 『만하몽유록』은 주목을 요하는 이유도 여기에 있다.

---

39 금협산인, 「동국거걸 최도통」, 『대한매일신보』, 1909.12.9.
40 김찬기, 『한국 근대소설의 형성과 전(傳)』, 소명출판, 2004, 110면.

不設陷穽而待虎 先禁狐狸 張網羅而待鷹 先逐鳥鵲 今日吾君之察形
更待時勢 壁如獵者之設機械待禽獸 是故切禁方外舟度外人 無使漏天機
於人也 且將播百穀者 亟其升屋 遠行千里者 預以束裝 而今吾君之在四
方 欲交萬國 故先擇其人 各充其任 豫備之道 百無一闕然後 當行號令於
天下以征 不道敷信義於海內 以交有道矣.[41]

위의 예문에서 보면 근대 초기의 '개화 준비론'이 '사냥의 비유(사냥하는 사람이 사냥 장비를 설치하고 금수를 기다리는 것)'와 '파종과 여행의 비유(온갖 곡식을 파종할 사람이 서둘러 지붕을 올리고, 천리를 떠날 사람은 미리 행장을 단속하는 것)'를 통해 선명하게 드러난다. 또한 몽유자는 민영환과 조병세에게 나라를 바로 세울 계책을 묻는 자리에서 '부끄러움'과 '욕됨'을 참고, '더불어 개화하고', '지식을 교환하고, 기계를 다루는 일을 마치며, 재원을 원활히 유통시켜서' 힘을 키운 뒤에나 '일본'에 원수를 갚을 수 있을 것임을 말한다.[42] 실제로 이 작품의 몽유자(유학자인 김광수)의 역사적 고민은 어떻게 하면, 과거의 이념(유교적 사대부가 지향하는 이념)과 새로운 근대적 문물과 제도와의 접합, 이른바 동도서기를 구현하느냐에 있었다. 이것은 몽유자가 공화정치와 헌법정치, 그리고 군주정치를 설명하면서 중국의 전통적인 정치 형태인 군주정치가 헌법정치나 공

---

[41] 김광수, 「만하몽유록」, 『한국역대문집총서』 376, 경인문화사, 1990, 281면.
[42] "彼强我弱 含羞忍辱 密其交際 如之開化 十年生聚 十年教訓 交換知識 卒業器械 財源融通 人民活動 然後可而禦侮 可而復讐矣"(위의 글, 316면).

화정치만 못하다는 데에서 잘 드러난다.[43] 근대 초기와, 이후 강
점기의 준비론이 몽유록에서 선취하고 있는 '개화 준비론'의 연
장선상에서 이해되어야 하는 이유가 여기에 있겠다.

4. 근대 초기 몽유록과 부정의 정신

근대 초기 몽유록의 갱신의 시선, 곧 이 시기 몽유록이 내장한
부정의 시선과 관련하여 우리는 단재의 몽유 서사를 다시 호명할
필요가 있겠다. 그 이유는 무엇보다도 단재의 사상적 변화가 매
우 극적으로 변화한 사실과 우선 관련한다. 단재는 망명(1910) 이
후 새로운 인식적 전환에 직면하게 된다. 단재의 아나키즘 수용
은 이러한 인식의 변화를 가장 극명하게 드러내는 것이었다. 아
나키즘에로의 전향 시기에 대한 논란은 있지만,[44] 단재가 일본

---

43 "政治有三 一日共和政治 二日憲法政治 三日君主政治 共和者 國民公選一人 立爲頭領 (…
　중략…) 憲法者 選人行政與共和國同 而但國王之子子孫孫 繼繼承承 然使人爲政 有位無權
　者也 君主者 萬機庶務一人獨斷 則中國帝王 自古通行之政治也 (…중략…) 然則君主政治
　不如憲法政治 憲法政治不如共和政治"(위의 책, 261~262면).

44 단재의 아나키즘 수용 시기에 대해서서 1905~1917년 사이(조세현), 1920~1923
　년경(이호룡 / 최광식 / 이균영 / 신일철), 1925년 전후(오장환) 등의 견해로 나누
　어진다. 이러한 주장들 모두 충분한 근거와 추론 과정이 제시된 견해여서 그 의의
　가 있지만, 일본의 대표적인 아나키스트였던 고토쿠 슈스이[幸德秋水]의 이론을 이
　미 1905년경에 단재가 접하고 있었다는 사실과 논란은 있지만 「꿈하늘」(1916)에

제국주의에 대한 투쟁 방식의 하나로 아나키즘을 수용하고 있었던 것만은 분명하다. 특히 흥미로운 사실은, 단재 아나키즘의 맹아가 「조선혁명선언」(1923) 이전에 이미 「꿈하늘」(1916)에서 선취되고 있었다는 점이다. 물론, 이러한 판단은 단재 아나키즘의 성격과 스펙트럼이 워낙 다채롭기 때문에 가능한 것이기도 하다. 단재의 아나키즘은, 고토쿠 슈스이[幸德秋水]로부터 크로포트킨에 이르기까지 실로 그 스펙트럼 자체를 가늠하기가 어려울 정도이다. 또한 정치권력과 국가 이데올로기에 대한 본질적 거부의 사상이 드러나지 않고 있다는 점에서 단재의 아나키즘은 정통 아나키즘에서도 비껴나 있었다.

여기에서 우리는 단재의 아나키즘 수용과 그 성격과는 별개로 단재의 아나키즘이 서사 양식, 그것도 몽유록이라는 전대의 서사 양식을 통해서 드러나고 있다는 점에 주목할 필요가 있다. 주지하다시피 몽유록은 정치적 현실과 사회 제도의 모순을 꿈의 문법을 빌어 비판한 탁몽 서사 양식이었다.[45] 때문에 몽유 공간에서 드러나는 서사는 어떤 식으로든 역사적 현실과 관계하지 않을

이미 아나키스트적 사유가 드러나고 있다는 점에서 1917년 이전에 아나키스트 사상에 단재가 심취해 있었음은 분명해 보인다.

[45] 몽유록은 조선 후기로 오면서 특유의 비판 정신과 우의성이 약화되면서 통속화와 대중화의 성격이 뚜렷해진다. 그러나 몽유록은 애국계몽기에 이르러 반봉건 개혁과 반외세 투쟁의 절박한 시대적 과제가 대두되면서, 과도기의 역사적·민족적 모순을 해결할 이념과 방향을 제시하기 위한 효과적인 문학 양식으로 몽유록이 새롭게 인식되고 수용되었다(김정녀, 「조선 후기 몽유록의 전개 양상과 소설사적 위상」, 고려대 박사논문, 2002).

수 없었고, 그러한 역사적 현실(사건) 인식이 예각적으로 드러날 수밖에 없었다. 단재가 주목했던 것도 결국은 몽유록이 가지고 있는 이러한 비판 정신이었다. 이런 점에서 「꿈하늘」의 다음 인용문을 주목할 필요가 있겠다.

> ① 말도 남의 말만 알고 風俗도 남의 風俗만 쫓고 宗敎나 學問이나 歷史 같은 것도 남의 것을 제 것으로 알아 러시아에 가면 러시아人이 되고, 美國에 가면 美國人되는 놈들은 밸을 빼어 게같이 만드나니, 이는 엉금지옥 이니라.
>
> ② 東洋의 아무 나라가 잘 되어야 우리의 獨立을 찾으리라 하며, 西洋의 아무 나라가 우리 일을 보아 주어야 무엇을 하여 볼 수 있다 하여, 外交를 依賴하여 國民의 思想을 弱하게 하는 놈들은 그 몸을 주물러 댕댕이를 만들어 큰 나무에 감아 두나니, 이는 댕댕이지옥 이니라.
>
> ③ 義兵도 아니요, 暗殺도 아니요, 오직 할 일은 敎育이나 實業 같은 것으로 자차 백성을 깨우자 하여 점점 더운 피를 차게 하고 산 넋을 죽게 하나니, 이 놈들의 갈 곳은 아둥지옥 이니라.[46]

단재는, 전대의 전(傳)이나 역사소설과 같은 역사 서사 텍스트들을 통해서 민족·국가주의·영웅주의 이데올로기를 호명하고 있었다. 몽유록도 물론 예외는 아니었다. 그러나 위의 인용문에

46　단재신채호선생기념사업회, 『단재 신채호 전집』 하(개정판), 형성출판사, 1995, 209~210면.

서 드러나듯, 이 시기 단재의 몽유록에서는 전(傳)이나 역사소설과 같은 역사 서사 텍스트들에서 드러나지 않았던 아나키즘의 맹아가 싹트고 있었다는 점이다. 위의 인용문은 '큰 죄(나라에 대한 죄)'를 진 자들, 이른바 '망국노(亡國奴)'들이 가는 지옥을 열거한 대목이다. 바로 위의 인용문에서 잘 드러나는바, 몰주체적 타국 추수주의는 물론, 동양주의와 외교독립론, 교육 준비론 등이 모두 부정의 대상이 된다. 이로 볼 때 3·1운동 이후의 단재의 인식적 변화, 곧 "이승만의 외교노선이나 안창호의 준비론을 대체할 새로운 방법론을 개발하는 과정에서 아나키즘을 민족해방의 지도 이념으로 수용하는 것"[47]의 단초가 이미 「꿈하늘」에서 선취되고 있었음이 드러난다. 요컨대, 현실추수적 타협주의와 당시의 아나키스트들에게는 권력 확장주의로 인식되고 있었던 일본의 동양주의에 대한 거부와 부정의 정신이 이미 이 작품에서 분명하게 드러나고 있었던 셈이다.

특히 암살을 정당화하는 논리는 고토쿠 슈스이[幸德秋水]류의 아나키즘과 단재가 어떤 식으로든 연계되고 있음을 드러내는 근거가 될 수 있겠다. 물론, 정통 아나키즘에서는 암살과 같은 테러 행위를 용인하지 않는다. 그러나 일군의 아나키스트들에게서는 아나키즘을 실현할 방법론의 하나로 테러를 수용하는 경우가 있었다. 대표적으로 고토쿠 슈스이가 그러한 경우인데, 단재가 고

---

47 이호룡, 「신채호의 아나키즘」, 『역사학보』 제177집, 2003, 81면.

토쿠 슈스이의 이론에 공감하고 있었음은 1929년 10월 3일에 있었던 아나키스트동방연맹 제4차 공판 기록에서도 잘 드러난다. 여기에서 단재는 재판관의 질문에 대해 "고토쿠 슈스이의 저서가 가장 합리한 줄을 알았으며"[48]라고 답하여 그의 이론에 공명하고 있었음을 인정한다. 단재의 아나키즘에 대한 이해는 이미 고토쿠 슈스이의 『장광설(長廣舌)』을 접한 1905년경부터였다. 단재는 "고토쿠 슈스이가 『장광설』에서 제창한 '암살론'을 수용하여 암살활동을 민족해방운동의 방법론으로 채택하였던 것이다."[49] 단재의 사유가 어떻게든 근대주의와 만나는 지점이 있다면, 바로 제국주의적 현실에 동의하지 않는 단호한 부정의 정신과 관련하는 것일 수 있겠다. 단재는 일본의 침략적 민족주의, 곧 제국주의와 만나는 어떠한 것도 용납하지 않았다. 단재의 사상적 전향의 궤적(영웅주의 → 사회진화론 → 아나키즘 / 민중혁명론)은 결국 '민족·국가'라는 최종 심급을 위한 자기 실천의 과정이기도 했다. 이런 의미에서 단재의 아나키즘 역시 식민주의와 제국주의에 의해 타자화된 국가·민족을 구원하기 위한 '도구적 실천주의'로 이해할 수 있겠다. 더 확장하면 일본을 통해서 강제화된 (서구적) 근대(성)에 대한 부정의 사상일 수도 있겠다. 이 시기의 근대(성), 곧 일제에 의한 식민지 근대화를 통해서 경험하게 되는 근대성은 식민지 권력에 의하여 체제화된 침략적 제국주의의 구성물과 결코 무관

---

48 단재신채호선생기념사업회, 『단재 신채호 전집』하(개정판), 형성출판사, 1995, 431면.
49 이호룡, 「신채호의 아나키즘」, 『역사학보』 제177집, 2003, 77면.

할 수 없었기 때문이었다.

　여기에서 우리는 「꿈하늘」과 같은 몽유 서사에서 드러나는 단재의 근대성이 이 시기 민족주의와 어떻게 만나고 있는가에 주목할 필요가 있다. 그 이유는 무엇보다도, 단재가 조선사회와 그 제도의 규율 원리로서 작동하고 있었던 유교와 결별하면서 만난 '민족주의'의 성격을 구명하는 것이 이 시기 근대성 이해의 한 관건이 될 수 있기 때문이다. 흥미로운 사실은, 적어도 「꿈하늘」과 같은 몽유 서사물에서 드러나는 '민족주의'는, 민족의 초역사적 성격을 강조하는 '원초주의(primordialism)'와 더 근사하다는 점이다. 단재의 민족주의가 유가 이데올로기와의 단절에 기초해 있다고 해서 그것을 곧바로 서구식 근대 민족담론이나 도구주의와 같은 논리 안에서만 이해할 수 없는 이유가 여기에 있다.[50] 무엇보다도 단재의 민족주의는 "동등한 시민의 결사로 구성된 애국

50　물론, 단재의 문학적 저작물 전체가 갖는 '민족(주의) 담론'의 성격을 이해하려면 두 시각과 방법(원초주의와 도구주의)을 다 같이 고려할 필요가 있겠다. 요컨대, 단재는 '민족'을 분열한 이데올로기로서 유교를 매우 준열하게 비판하고 있으며, 이러한 유교주의에서 벗어나는 길만이 역으로 '우리(민족)'를 구원할 수 있다는 시각을 견지하고 있을 때는 분명하게 '민족'을 근대라는 역사적 조건 속에서 발현한 것으로 이해할 수 있을 것이다. 반면에 일제 식민화에 대항하는 논리로 '민족'이 호명될 때에는 민족의 초역사적 성격을 매우 강하게 드러내고 있다. 물론, 유교의 봉건적 신분제와의 결별, 그것이 곧 근대성을 체제화하는 것일 수 있는지는 더 검토할 문제이겠다. 무엇보다도 우리는 유럽식의 근대 경험이라는 역사적 발전 단계와 토대가 우리에겐 존재하지 않았고, 또 19세기 후반 이후의 침략적 제국주의에 의한 타율적 근대 경험의 산물인 봉적 신분제의 철폐가 곧바로 '민족(주의)'의 발견에 의한 근대성 획득의 길로 나아가지 못한 역사적 사실이 이를 증명하고 있다. 그럼에도 불구하고 단재의 문학적 저작물 전체에서 드러나는 '민족 개념' 안에는 분명 도구적 민족 개념과 원초주의적 민족 개념이 다 같이 존재하고 있다.

적 공동체"를 지향하거나 "개체적 자유를 동시에 껴안았던"[51] 서구의 민족 담론과는 거리가 있기 때문이다.

특히 단재의 민족주의와 근대성을 관련시켜 이해할 때, 이 문제는 더 복잡한 양상을 드러낼 수밖에 없다. 단재는 개인의 자유를 용인하지 않았지만(어떤 의미에서는 철저하게 개인을 전체, 곧 민족이나 국가에 귀속), 그렇다고 전근대성의 강령들을 이데올로기로 받아들이지도 않았다. 이런 점에서 단재의 민족주의는, 구체제(전통성)를 옹호하는 아이러니와 만나고 있었던 식민지국가들의 저항적 민족주의와도 거리를 두고 있었다. 단재의 근대성과 민족주의가 모순 관계에 기초하고 있다는 가정에 쉽게 동의할 수 없는 이유도 여기에 있다. 다만 분명한 점은, 「꿈하늘」과 같은 몽유 서사에서 드러나는 단재의 민족주의(탈전통화와 탈식민화의 논리를 기반으로 한 저항적 민족주의)는 어떤 식으로든 '과거보다는 지금 여기, 곧 현재'가 더 좋다는 이데올로기를 조직 원리로 삼고 있었던 '(서구적) 근대성'에 대한 부정에 기초하고 있었다는 사실이다. 단재의 몽유 서사는, 바로 이러한 부정의 정신을 담아내는 실천적 문예 양식이었던 셈이다.

---

51 임지현, 「민족담론의 스펙트럼」, 『안과 밖』 제8호, 영미문학연구회, 2000, 73면.

5. 근대 초기 몽유록의 서사적 의의

　근대 초기 서사 지형은 크게 네 분면 안에서 분할되고 있었다. 요컨대, 단형 서사물과 신소설, 그리고 역사 전기물과 몽유 서사물이 그것이었다. 그동안의 이 시기 서사물에 대한 연구는 주로 신소설과 역사 전기물에 집중되어 왔다. 그리고 이 분야에 대한 연구 또한 상당한 성과가 있었다. 문제는, 신문과 잡지에 공간된 이들 세 서사물에 대한 연구가 최근 들어와 상당수 축적되면서 한국 근대 서사의 기원을 새롭게 탐색하는 의미 있는 성과들이 제출되는 가운데, 이 시기에 들어와 다시 호명된 몽유록에 대한 연구는 여전히 미흡하다는 것이다. 이 연구에서는 이러한 문제의식에 착안하여 이 시기 몽유록의 인물 형상과 변이상, 그리고 그 구성적 특질을 전대 몽유록과 관련하여 탐색하였다.

　이 시기 몽유록은 무엇보다도 전대의 몽유록과 그 몽유자 형상에서 변별되고 있었다. 전대 몽유록의 몽유자 형상이 대체로 '질문-대답'의 문답 구조 안에서 몽유자가 전적으로 상대에게 의존하여 '깨달음을 얻는 몽유자' 형상이었다면, 근대 초기 몽유록에서는 상대에게 자기의 '생각을 관철시키려는 몽유자' 형상과 '스스로 깨닫는 몽유자' 형상 등이 출현하고 있었다. 이 시기 몽유록의 서사성 강화는 이러한 몽유자 형상의 출현과 무관하지 않았다. 또한 이 시기 몽유록에서는 전대의 몽유록이 추인하고 있었던 유가 이데올로기가 오히려 비판의 대상으로 전락한다. 바로 이 점에서 근대 초기 몽유록의 갱신의 시선이 주목되는바, 그 하나가 '상무론'을 호명하여 '낡은 것으로서의 유가주의'를 비판하는 것에 있었다면, 다른 한 시선은 '마음론'을 통하여 '노예주의'를 극복해내는 것이었다. 결국, 이 시기 몽유록은 전(傳)과 함께, 전대와 다른 몽유자 형상과 그것을 가능케 하는 구성 원리를 창출해내면서 동시에 새로운 이념형을 탐색하려던 계몽 서사의 최상 기호였던 셈이었다.

제6장

근대 초기 신소설과 경쟁하는 서사들

1. 경쟁하는 서사들의 출현

1895년 이후 1910년대 사이의 서사는, 적어도 '신소설'과 경쟁하던 서사는 방각본 소설과 활자본 고소설, 그리고 역사 전기물이었다. 이 시기는 영리를 목적으로 하는 사가(私家)의 출판업자들이 출판한 방각본 소설과 근대적 인쇄기술을 도입하여 납활자로 조판 인쇄한 활자본 소설이 경쟁적으로 출판되던 시기이다.[1] 이 시기의 세 서사(방각본 소설 / 활자본 고소설 / 신소설)가 활발하게 출판될 수 있었던 것은 말할 것도 없이 다음과 같은 조건이 형성되고 있었기 때문에 가능한 것이었다.

---

[1] 물론, 활자본 소설은 고소설을 새 활판을 통해 대량 인쇄하던 '(구)활자본 고소설'과 새로 창작한 '신소설'로 분류할 수 있다.

그 하나가 근대적 교육(문자 교육) 제도를 통한 새로운 독자층의 형성과 관련이 있다. 1895년 과거제가 폐지되고 각급학교(소학교 / 중학교 / 사범학교 / 외국어학교) 설치에 관한 교육 칙령이 공포된다. 이 시기 학부 발령 조칙에서 드러나고 있는 국어 독본 교재의 성격을 보면 이 시기 문자(국어) 교육의 성격과 이념이 잘 드러난다.[2] 요컨대, 문자(국어) 교육을 통해서 전시대와는 전혀 새로운 의식과 (문자)경험을 가진 독자층이 형성되기 시작했고, 조선 후기부터 형성되었던 독자층(몰락양반 및 중인층의 부녀자, 그리고 평민층 남성)은 말할 것도 없거니와 매우 완강하게 한문을 고수하던 유학자 집단의 문자 의식에도 새로운 변화가 오면서 매우 중층적인 독자지도가 형성되기 시작한다.

세 서사(소설)의 출판 배경과 관련하여 지나칠 수 없는 또 한 가지 사실이 바로 대규모의 근대적 상업출판자본의 형성을 들 수 있다. 주지하다시피 상업출판자본은 조선 후기(18세기) 이래 방각

---

2 평이하게 써진 모범적인 국어 문장(국문)을 통해서 아동의 쾌활하고 순정한 심정을 함양시킬 수 있다("平易케 ᄒᆞ야 普通國文의 模範됨을 要ᄒᆞᄂᆞᆫ 故로 兒童이 理會ᄒᆞ기 易ᄒᆞ야 其 心情을 快活純正케홈을 採홈이 可ᄒᆞ고"(「소학교교칙대강」, 『구한국관보』 제138호, 1895.8.12))는 학부 발령 조칙을 보면 이 시기 국어(문자) 교육의 목표가 잘 드러난다. 특히 문자 교육을 위해 다수의 서사(소설) 작품들이 활용되었고, 결과적으로는 이와 같은 문자 교육이 소설의 독자층을 확대시키는 결과를 가져 왔다. 물론, 이 시기 모든 교과서는 순국문체가 아니라, 국한문체를 교과서의 표현문자로 채택하였다. 그러나 교과서의 국한문체는 어디까지나 "語義의 平順홈을 取ᄒᆞ야 文字를 略解ᄒᆞᄂᆞᆫ 者라도 易知ᄒᆞ기를 爲홈이오"(유길준, 「『서유견문』 서」, 『유길준전집』 1, 일조각, 1996, 5면)라는 사실을 미루어 보면 '문자', 곧 한자에 대한 소양이 부족한 사람들을 교육(계몽)하기 위해서 고안한 표기 수단이지, 그것이 이 시기 서사(소설)의 표현문자로 채택되었던 것은 아니다. 그럼에도 불구하고 국한문체의 교과서는 문자 해독층을 확대시켰고, 역시 이 시기 소설 독자의 확산에 기여했다.

소(서울, 전주, 안성, 태인, 달성)가 있던 지역을 중심으로 자생하고 있었다. 소규모 영세 출판자본이었지만, 이들 출판업자들에 의해 한학서(경서류)와 실용서, 그리고 방각소설이 활발하게 출판된다. 이후 1909년 출판법 시행 이전까지 '癸亥', '乙巳', '庚戌' 식의 간지 표시와 '銅峴', '廣通坊', '武橋' 등의 방각소 표시만 기록된 유간기(有刊記) 방각 출판물과 그나마 간기조차 없는 방각출판물들이 약 200여 년 동안 쏟아져 나왔다.

그러나 출판법 시행 후부터는 판권지(판권지에는 인쇄일, 발행일, 편집겸 발행자, 인쇄자, 인쇄겸 발행소, 분매소, 가격 등 인행과 관련한 내용이 기록되어 있다)가 없는 출판물들은 어떤 식으로든 출판될 수 없게 된다. 현재로서는 정확하게 연구된 바가 없기 때문에 단언적으로 말할 수 없지만, 출판법 시행 이후 출판 허가를 받지 못한 다수의 영세 방각업자들은 출판업을 포기했을 것이다. 그러나 그 결과 방각 출판이 활기를 잃었다거나 방각본 소설 독자가 활자본 소설 독자로 이행되었을 것이라는 식의 추정도 가능하지 않다. 방각본 소설 독자가 이 시기에도 여전히 여항에 존재하고 있었기 때문이다. 물론, 1910년대 이후 근대적 인쇄기술을 도입하여 대량 인쇄한 활자본 출판물들이 나오기 시작하면서 방각 출판의 입지는 더욱 좁아질 수밖에 없었을 것이다. 방각본 소설이 문학(소설) 향유층의 확대와 탈중세 이념의 확산에 기여하고 있었지만, 새로 들여온 근대적 인쇄 기술(자본)에 의해서 방각본 소설이 축약하고 있었던 행문을 다시 복원하여 그 재미와 이야기의 밀도를 다시 높인 활자본 소설과 경쟁할 수는 없었기 때문이다.

결국, 이 시기 소설 출판물인 방각본 소설, 활자본 고소설, 역사 전기물, 신소설은 서로 다른 독자층을 분활·점유해가며 그 스스로의 문학적 위상을 확보한 서사 양식이었다. 그러나 실상과는 다르게 그동안의 소설사는 '신소설', 혹은 '신소설과 역사전기소설'을 양립시켜 이 시기 소설사를 기술하고 있었다. 그렇다면, 이 시기 서사사(소설사)는 '단형 서사물', '역사 전기물', '신소설', '방각본 소설', '활자본 고소설'을 모두 아울러 그것들의 역사적(문학사적) 성격을 구명할 때 비로소 온당해질 수 있을 것이다.

2. 근대 초기 네 서사(소설)의 역사적 성격

1) 방각본 소설

조선 후기 이래 근대 초기에 이르기까지 전국 도회의 장터거리 잡화상이나 보부상, 아니면 서쾌(書儈)나 필묵행상 등을 거쳐 전국적으로 그 판로를 터나가던 대표적인 소설이 바로 방각본 소설이었다. 요컨대, 방각본 소설은 출현 이래로 경향 각지의 장터거리에서 잡동사니와 같이 팔리거나, 도회의 잡화상 한 모퉁이에서 이러저러한 살림살이 물품들과 함께 팔리던 책이었다. 방각본의 초라한 모습은 굳이 "대부분 휴지와 같은 알량한 종이에 극히 졸렬(拙劣)한 각판(刻板)을 되는 대로 인출(印出)한 것"[3]이란 마에마 교사쿠[前間恭作]의 설명이 아니더라도, 불과 3, 40여 년 전 화장실의 휴지로, 혹은 흙벽이나 장판의 초배지로 바르던 그 출처도 모를 앙상한 서책을 떠올리면 된다. 그러나 이렇게 초라한 상품으로 유통되던 이야기책이, 납활자를 조립하는 근대적 활판인쇄술을 도입하여 대량으로 고소설을 찍어내는 시대(1909년 출판법 공포 이후)가 도래하기 이전의 우리 소설사를 점유하고 있었다는 사실을 떠올려 보면, 방각본 소설의 근대소설사적 의의는 더욱 분명해진다. 방각본 한글 소설의 근대소설사적 의의를 살펴보려면 우선 방각본 한글 소설의 향유층에 대한 이해가 전제되어야 한다.

조선 후기 이래 근대 초기에 이르기까지 방각본 소설이 얼마나 성행하고 있었는가는 "국문소설(國文小說)은 소위(所謂) 소대성전(蘇大成傳)이니 소학사전(小學士傳)이니 장풍운전(張風雲傳)이니 숙영낭자전(淑英娘子傳)이니 ᄒᆞᄂᆞᆫ 종류(種類)가 여항지간(閭巷之間)에 성행(盛行)ᄒᆞᅡ 필부필부(匹夫匹婦)의 숙속다반(菽粟茶飯)을 공(供)ᄒᆞ니"[4]라는

---

3   前間恭作, 안춘근 편역, 『한국판본학』, 범우사, 1985, 42면.

4   "我韓은 由來 小說의 善本이 無하여 國人所著는 九雲夢과 南征記 數種에 不過ᄒᆞ고 自支那而來者는 西廂記와 玉麟夢과 剪燈新話와 水湖志 等이오 國文小說은 所謂 蘇大成傳이니 小學士傳이니 張風雲傳이니 淑英娘子傳이니 ᄒᆞᄂᆞᆫ 種類가 閭巷之間에 盛行ᄒᆞ야 匹夫匹婦의 菽粟茶飯을 供ᄒᆞ니 是는 皆 荒誕無稽ᄒᆞ고 淫靡不經ᄒᆞ야 適足히 人心을 蕩了ᄒᆞ고 風俗을 壞了ᄒᆞ야 政敎와 世道에 關ᄒᆞ야 爲害不淺ᄒᆞᆫ지라 若使世之覘國者로 我邦의 現行ᄒᆞᄂᆞᆫ 小說種類를 問ᄒᆞ면 其風俗과 政敎가 如何타 謂ᄒᆞ깃ᄂᆞᆫ가"(박은식, 「서」, 『서

박은식의 진술에서 잘 확인된다. 바로 박은식이 말하는『소대성전』,『소학사전』,『장풍운전』,『숙영낭자전』이 바로 조선 후기부터 이 시기에 이르기까지 전국의 방각소에서 지속적으로 인행되던 한글 방각본 소설이었다. 그러나 소설에 대한 이러한 시각, 곧 소설은 '황탄무계(荒誕無稽)하고 음미불경(淫靡不經)해서 인심과 풍속을 탕진하여 결국 정교(政敎)와 세도(世道)를 해(害)한다'는 이른바 세도유관론(世道有關論)은 더 이상의 지지를 받기 어려웠던 듯하다. 소설은 "영웅호걸을 도와셔 텬하 스업을 일우는쟈는 우부우부와 ᄋ동주졸이오 우부우부와 ᄋ동주졸의 하등샤회로 시작ᄒ야 인심을 변화ᄒ는 능력을 굿촌쟈는 쇼셜이니 그런즉 쇼셜을 엇지 쉽게 볼거시리오"라거나 "쇼셜은 국민의 혼이라홈이 진실노 그러ᄒ도다" 식의 진술에서 볼 수 있듯이 소설 긍정론 또한 이 시기를 관류하는 중요한 문학사상이었다. 그러기에 "년젼에 몃낫지스들이 즁츄원에 헌의ᄒ야 무릇 일반 려항간에 발매되는 녯젹 쇼셜을 금지홈이 가ᄒ다흔쟈 잇는디 나는 그 뜻은 올케넉이거니와 그방칙은 반디ᄒ노라 (…중략…) 엇지 반드시 이런 강졔ᄒ는일노 민심을 거슬녀셔 힝ᄒ기 어려온 일을 ᄒ리오"와 같이 방각본 소설 출판을 금지하는 헌의가 문제가 있음을 지적하는 사설이 등장하기에 이르는 것이다.[5]

이미 방각본 소설은 이 시기 서사(서민) 독자층의 서사 욕망을 실

<hr>

사건국지(瑞土建國誌)』, 대한매일신보사, 1907, 1면)
5   「근일 국문쇼셜을 져슐ᄒ는쟈의 주의홀일」,『대한매일신보』(국문판), 1908.7.8.

현하는 소설 양식으로 그 탄탄한 위상을 확보하고 있었다. 소설에서 '괴이훈 말'이나 '음란흠'만 소거시킨다면 소설은 얼마든지 '인심을 변화ᄒᆞᆫ 능력', 곧 "국성(國性)을 배양(培養)ᄒᆞ고 민지(民智)를 개도(開導)ᄒᆞ는"[6] 데에 기능할 수 있다는 인식에 이르고 있었다. 그런데도 '구소설', 곧 방각본 소설에 대한 비판적 견해가 지속적으로 제기된 연유가 어디에 있는가를 고찰할 필요가 있다. 그것은 다음과 같은 점에서 그 이유가 있지 않나 싶다. 이 시기 한글 방각본 소설 역시 '새쇼셜', 곧 신소설과 같이 "ᄒᆞᆫ때에 리익이나 도모ᄒᆞ는 ᄉᆞ상으로 초조ᄒᆞ게 지어내셔 녯소셜에 비교ᄒᆞ면 곳 오십보를 다라난쟈가 빅보를 다라난쟈를 웃는것과 ᄀᆞᆺᄒᆞ니"[7]에서 알 수 있듯이 영리를 목적으로 하는 문예물이 가질 수밖에 없는 한계 때문이기도 하거니와, 이 시기 출판된 방각본 소설(특히 경판 방각본 소설)이 주로 남녀 간의 애정을 중요한 제재로 다루고 있는 통속 소설의 성격이 짙은 데서도 이러한 사정의 한 단면을 찾을 수 있겠다.

소설을 국민의 의식과 생활을 규율할 수 있는 가장 광범한 사회적 영향력을 가진 양식으로 인식했던 근대 초기 계몽사상가들에게 '새쇼셜'이나 '구소설' 곧 방각본 한글 소설은 역시 그들의 계몽 기획을 실현시키는 충분한 양식이 될 수 없었다. 그들은 기본적으로 재도적 문학관의 논리 안에서 어쨌거나 '새쇼셜'이나 '방각본 소설'을 인식할 수밖에 없는 세계관적 폐쇄성을 여전히

---

6   박은식, 「서」, 『서사건국지』, 대한매일신보사, 1907, 1면.
7   「근일 국문쇼셜을 져슐ᄒᆞ는쟈의 주의홀일」, 『대한매일신보』(국문판), 1908.7.8.

지니고 있었다. 더욱이 '리익이나 도모ᄒᆞᆫ' 문예물이야말로 '도
(道)'를 싣는 도구로써는 현격하게 미달로 비추어질 수 있었을 것
이다. 즉 '애국과 계몽'의 논리에 기반을 두어 '도(道)'의 실질 개념
을 규정하려 했던 이 시기 근대 계몽사상가들에게 '새쇼셜(신소
설)'이나 '구쇼셜(방각본 소설)'은 크게 다를 바 없는, 여전히 '불경(不
經)'하고 '속(俗)된' 범주였다. 이 지점, 곧 '녯적 쇼셜'은 절종되어
마땅한 것으로 전락되어 있고, '새쇼셜'은 턱없이 함량 미달인 상
황에서 '소설'이라는 양식과 접합시켜 계몽의 기획을 실현시키는
문제는 그리 간단한 것이 아니었다.

이 상황에서 결국 계몽주의자들이 선택할 수 있는 가장 실효
적인 문예 양식이 '전(傳)'과 같은 역사 전기물이었을 것이다. 그러
나 전(傳)과 같은 역사 전기물로 표상되는 계몽적 글쓰기는 어떤
식으로든 여항의 독자들이 원하는 서사 욕망을 수렴하고 있는 서
사물이 될 수는 없었다. 이 시기 전(傳)과 같은 역사 전기물들은,
적어도 국한문체의 교과서로 지적 훈련을 받은 지식 계층이거나
국한문을 두루 이해할 수 있었던 개신유학자 계층, 그리고 대략
이나마 한자를 이해하는 사람들이 아니라면 그 접근조차 불가능
한 문예물이었다.

갑오 이후 언문(諺文)이 국문(國文)이 되고, 국한문(國漢文)이 국가
의 공식 문자가 된다. 이어 신문·잡지가 등장하기 시작하면서
부터 그동안 '문집(文集)'을 통해서만 공유되던 가치들이 이제 공
공영역으로 흡수되기 시작한다. 기본적으로 신문·잡지가 "동일

한 이데올로기를 공유하는 지식인 집단 내부에서 회람되던 '문집(文集)'과는 구분되는, 신흥하는 지식인들의 이데올로기를 대중을 향해 선전하는 도구로서 등장하게 된 매체"[8]라는 점을 고려해보면 국한문(國漢文)이 공식 문체로 확정된 이유는 분명하거니와, 곧 국한문은 유학자와 부유(婦幼) 양측의 계몽을 동시에 겨냥하고 있었다. 그러고 보면 갑오 이후의 국문체를 수용한 신문·잡지가 있기는 했지만 대부분의 인쇄 매체는 기본적으로 국한문체을 채택하였다는 점에서도 이 점은 잘 확인된다. 『독립신문』·『매일신문』 등 초창기 신문은 순국문을 택했고 부녀자를 독자로 설정한 『제국신문』의 표기 역시 국문이었으나, 1898년에 창간되어 1910년 강제 폐간 때까지 가장 긴 수명을 누린 『황성신문』의 표기는 국한문이었고, 최고의 발행 부수를 자랑했다는 『대한매일신보』 역시 1904년 1차 발행 시에는 순국문을 택했으나 1905년 8월 재발행에 들어가면서부터는 국한문을 기본 표기로 채택하였다. 『황성신문』은 국한문체가 가장 많은 독자를 확보할 수 있는 표기법이라고 주장하였고 1900년대 말에 가면 유일한 국문 신문이었던 『제국신문』조차 국한문체로 바뀌리라는 소문도 있었다. 교과서의 표기 역시 절대다수가 국한문이었으니, 새로운 인쇄 매체는 국한문을 중심으로 구축되어 있는 셈이었다.[9]

---

8 이보경, 『문(文)과 노벨(novel)의 결혼—근대 중국의 소설 이론 재편』, 문학과지성사, 2002, 141면.
9 권보드래, 『한국 근대소설의 기원』, 소명출판, 2000, 136~137면.

문제는 이러한 계몽의 기획 의도가 언어와 문자가 분리되어 "말을 ᄒᆞ되 분명히 긔록ᄒᆞᆯ슈 업고 국문이 잇스되 젼일ᄒᆞ게 힝ᄒᆞ지"[10] 못하는 언문상리(言文相離)의 상황에서는 실현될 수 없다는 점이다. 이러한 상황에서 한문 폐지론자들을 '경박하게 날뛰는 무리'로 규정하고 있는 구 지식인층이나 '언문을 추겨서 국문'의 지위에 올려 놓은 신 지식인층 모두를 아우를 수 있는 글쓰기 방식의 선택은 결국 어떤 문체를 선택하느냐의 문제로 귀결될 수밖에 없었다.

결국, 국가의 공식적인 문체로서의 국한문체는 '부유(婦幼)로 향한 민지 계몽(民智啓蒙)'의 성격과 '사대부(士大夫)로 향한 저항적 계몽'의 성격을 동시에 내장하고 있었던 수사 전략이었던 셈이다. 그런데 문제는, 국한문체가 '아래로 향한 민지 계몽(民智啓蒙)'의 성격과 '위로 향한 저항적 계몽'의 성격이 함께 만나는 자리에 서 있었던 문체 혁명이었던 것은 분명하지만,[11] 적어도 문학의 영역에서는 사정이 좀 달랐다. 요컨대, 국한문체를 표현 문자로 선택했던 전(傳)과 같은 역사 전기물로 여항의 문학 향유층을 모두 계몽 담론 안으로 포섭해낼 수는 없었다. 여항의 문학 독자층에게 국한문체를 사용하여 "기념비적이고도 잊기 어려운 인물, 누구나가 알고 있는 그런 공공성을 띠고 있는 인물",[12] 곧 국가적 영웅을 문학 작품(역사 전기물)을 통하여 현현시키고, 그러한 현현을 통해서

---

10 지석영, 「국문론」, 『대조선독립협회회보』 1호, 1896.11.30.
11 김찬기, 『한국 근대소설의 형성과 전(傳)』, 소명출판, 2004, 99~105면.
12 월터 J. 옹, 이기우・임명진 역, 『구술문화와 문자문화』, 문예출판사, 1997, 110면.

'계몽 담론'을 주사하려는 기획 자체가 여전히 낯설었던 셈이다. 그들은 여전히 『심청전』, 『춘향전』, 『금령전』, 『장경전』, 『황운전』, 『숙영낭자전』, 『정수경전』 등과 같이 "단지 여성 독자들만의 취향이라는 문제를 넘어서 남녀 공히 인간이라면 부딪힐 공동의 관심사를 작품화한 것"[13]에 마음이 가 있었다. 물론, 방각본 소설의 특성상, 이윤이 되는 소설만 엄선하여 인행하는 출판 관행을 떠올려 보면 방각본 출판물의 인행 성격이 애정물로 획일화된 결과로 이해할 수도 있겠지만, 이것은 역으로 이 시기 문학(소설) 향유층의 성격을 그대로 드러내는 하나의 방증이 될 수도 있다.

이로 볼 때, 근대 초기 방각본 소설은 조선 후기 이래로 "전기수의 활약, 필사본과 세책업의 성행 등을 통해 형성된 소설의 상품적 특성을 대량화시킨 전환점으로서의 의의가 있으며",[14] 동시에 조선 후기부터 급신장한 서민 문학(서사)의 미적 감수성과 이념 지향을 담아내면서 1920~30년대 소설 대중화의 길을 열어 놓았다는 의의를 지니는 소설 양식이다. 이 시기 방각본 한글 소설을 향유한 계층들은 여전히 근대적 매체(신문과 잡지)가 선택한 글쓰기 방식, 곧 국한문체를 통한 계몽의 수사에 거리를 두면서 상품으로 기획된 20장 내지 30장본의 축약 서사 안에서 그들의 미의식과 세계관을 드러내고 있었다.

---

13 조혜란, 「경판 방각본 소설의 특성」, 한국고소설연구회, 『고소설의 저작과 전파』, 아세아문화사, 1995, 320면.

14 유영대, 「완판 방각본 소설의 서지와 유통」, 위의 책, 303면.

2) 활자본 고소설

방각본의 '방(坊)'이란 어의('시장') 자체가 방각본 소설의 성격을 간명하게 드러내는바, 방각본 소설은 먼저 상품으로 기획된 문예출판물이었다. 때문에 한글 방각본 소설의 저자군(발행자, 작가, 발행 작품 선정, 교열)은 상업적 이윤을 먼저 고려하여 사본이나 필사본으로 전해오는 저본의 행문을 첨삭하였을 것이다. 대개는 상업성을 고려하여 행문을 흥미롭게 축약·누락하는 경우가 대부분이었을 것이나, 경우 따라서는 행문의 내용을 더 보태는 경우도 있었을 것이다. 이렇게 누락과 축약이 나타난다는 점에서 이미 방각본 형태로 간행되는 소설의 지향점이 규정된다 하겠다. 출판을 하기 위해서 전체의 사건 가운데 특정한 사건들을 누락시키는 방법을 취하기도 하였겠지만, 주된 방법은 구체적인 묘사나 설명과 관련된 행문을 누락시키고 사건의 선조적 진행과 관련된 행문만을 중심으로 축약하는 것이었을 것이다.[15]

문제는, 이와 같은 방식으로 인행된 방각본 소설이 1910년 이후 간행되기 시작하는 활자본 고소설과의 대타 경쟁력을 확보할 수 없었다는 사실이다.[16] 우선 생각할 수 있는 것이 인쇄 방식의

---

15 이창헌, 『경판방각소설 판본 연구』, 태학사, 2000, 13면.

16 그동안 활자본 고소설의 출연 시기와 관련한 논의를 정리하면 다음과 같다. 요컨대, 신·구(고)소설이 같은 시기에 출현한 것(이은숙, 「활자본 신작 구소설에서의 애정소설 연구」, 한국학중앙연구원 한국학대학원 석사논문, 1987)으로 보는 견해도 있고, 활자본 고소설의 첫 작품을 『강감찬전』(광동서국, 1908)으로 보는 주장

문제를 들 수 있다. 방각본은 잘 알려진 것처럼 각수가 목판에 글자를 새겨서 찍어내는 인쇄 방식이었고, 활자본은 연활자(鉛活字)를 조립하는 활판인쇄 방식을 사용하였다. 우선 인쇄량에서 방각본 출판 방식이 활자본 고소설 출판 방식을 따를 수 없었다. 그러나 더 문제는, 방각본 소설 출판 자체가 원래 시장 거래를 전제한 상업적 이윤 추구가 목적이었던바, 가능하면 생산 원가를 최대한 낮추려는 출판 방식을 모색하면서 초래한 다기한 문제들을 생각하지 않을 수 없다. 그중에서도 가장 큰 문제는 "이미 확보하고 있는 판목을 차용하고 뒷부분의 행문을 축약하여 장수를 축소하는 방식"[17]으로 채산성을 맞추려 했다는 점이다. 그러다보니, 심한 경우 서사 단락 한 부분이 전체적으로 누락되는 경우도 있어서 작품의 가치가 완전히 훼손되는 경우도 있었다. 물론, 이 과정에서 축약 이본이 출현하면서 "축약본이 지닐 수밖에 없는 특징인 명료한 사건의 진행을 중심으로 한 서술은 새로운 독자층을 계속 확보해나간 것"[18]과 같은 긍정적 의미도 있었다. 다양하고 풍부한

(우쾌제, 「구활자본 고소설의 출판 및 연구현황」, 『고전문학연구』, 1985)도 있다. 또한, 『춘향전』(1911)과 『옥루몽』(신문관, 1912)이 발행된 것을 계기로 해서 활자본으로 출판되기에 이르렀다(조동일, 『한국문학통사』 4, 지식산업사, 1992)는 주장도 있다. 반면, 권순긍(「1910년대 활자본 고소설 연구」, 성균관대 박사논문, 12면)과 이주영(『구활자본 고전소설 연구』, 월인, 1998, 29면)의 연구를 종합해보면, 활자본 고소설은 이해조의 판소리 개작소설인 『옥중화』, 『강상련』, 『연의각』, 『토의간』 등이 『매일신보』에 연재(1912.1.1~7.11)된 후 박문서관에서 발행한 『옥중화』(1912.8.17)가 첫 작품이고, 단행본으로서의 첫 작품은 『토끼전』의 개작인 『불로초』(유일서관, 1910.8.10)였다(권순긍, 같은 글, 12면 참조).
17 이창헌, 『경판방각소설 판본 연구』, 태학사, 2000, 541면.
18 위의 책, 543면.

서술 행문이 주는 미적 체험을 향유하고픈 독자들은 이야기의 전개에만 관심을 갖는 독자들을 겨냥하고 있었던 방각본 소설과 같은 단편 지향물에 대해서는 흥미를 가질 수 없었을 것이다.

그러나, 장수를 줄여 풍부한 서술 행문을 축약하는 방식으로 채산성을 확보하는 방식의 대응으로는 구체적이고 생생한 묘사가 그대로 살아 있고, 필사본 소설의 원문이 주는 미적 체험을 그대로 살려서 대량 생산하는 출판물, 곧 활자본 고소설 출판물과 대타 경쟁력을 지속적으로 확보할 수는 없었던 듯하다. 어차피 근대소설로의 전환은 풍부한 서사적 서술 행문 속에 투영되는 인물의 내면과 그와 결부된 미적 체험을 전제하지 않고는 생각할 수 없었던 것이었다. 서사적 이야기만 있고, 그 이야기 속의 인물의 내면이 사상된 소설은 근대적 소설 독자들을 사로잡을 수 없었다. 방각본 소설이 장수를 16, 7장 내외로 대폭 축소하고 가격 또한 하락시켜가면서까지 활자본 고소설과 경쟁하려 했지만, 그 대타 경쟁력은 여항의 매우 한정적 독자들에게만 통용될 수 있었던 듯하다. 이 점은 안성판 방각본 소설의 가격을 통해 그 구체적인 모습을 확인할 수 있다.

1912년에 나온 『춘향전』 20장본의 가격이 20전인데, 1917년 『양풍전』 20장본의 가격은 10전으로 오히려 하락했다. 이러한 가격의 차이는 같은 시기의 구활자본의 가격을 고려했기 때문으로 보이는데, 1913년 『춘향전』 계열의 구활자본 이본들의 가격은 30~45전이며, 1917년 『양풍운전』 구활자본의 가격은 15전이다. 분량은 『옥중화』가 188면이며 『양풍운전』이 41면(1916), 35면(1918)이다. 그런대 두 시기의 물가 수준을 보면 1910년을 기준(=1)으로 할 때 1912년과 1917년에 각각 1.22, 1.78로 나타나 물가가 상당한 수준으로 올랐다는 것을 알 수 있다. 그럼에도 불구하고 안성판 방각본의 가격이 급락한 이유는 해당 작품의 활자본 가격 때문으로 보인다. 구활자본이 작품 분량을 고려하여 가격을 책정하였음에 반해 방각본은 작품 분량을 가격에 반영할 수 없을 정도로 열등한 위치에 머물렀던 것이다. 구활자본 고전소설이 본격 간행되고 작품이 중복되면서 방각본은 쇠퇴의 길을 걸을 수밖에 없었던 것으로 보인다. 대체로 1915년 이후로 방각본 간행 작품들이 집중적으로 구활자본으로 출판되기 때문에 이 시기를 전후해서 그 쇠퇴는 더욱 가속화되고 이후에는 소수의 구매자를 대상으로 판매되는 데 그쳤던 것으로 판단된다.[19]

이 점은 방각본 소설이 가장 활발하게 간행되었던 서울 지역의 경판 방각본 소설이 1910년 이후 거의 출판지 않았다는 사실에서도 잘 방증된다 하겠다. 요컨대, 방각본 소설은 활자본 고소설이 가장 활발하게 간행되던 1912년에서 1918년 사이에는 거의 간행되지 않다가 활자본 고소설의 출판이 쇠퇴기에 접어드는 시기(20년대 이후)에 다시 나타나기는 하지만, 그것은 새로운 작품을 다시 판각하여 출판한 것이라기보다는 기존의 고소설 판목을 다

---

19 이주영, 『구활자본 고전소설 연구』, 월인, 1998, 58~59면.

시 활용한 것에 불과하였다. 이로 볼 때, 방각본 소설은 활자본 고소설과 어떤 식으로든 대타 경쟁력을 확보할 수는 없었던 듯하다. 다만, 활자본 소설이 쇠퇴하는 시기에 다시 방각본 소설이 재발행됐다는 사실에서 우리는 20년대 이후에도 여전히 고소설 독자층이 존재하고 있었음을 확인할 수 있다. 다음과 같은 김기진의 글에서도 이러한 사실이 잘 드러난다.

> 오늘날 가장 많이 팔리는 이야기책 또는 이것들만은 못하지만 그래도 빈약하기 짝없는 조선 출판계에서 재판 이상씩 나가는 지위를 독점하고 있는 유상무상의 이야기책들이 대개 누구의 손으로 팔려가느냐 하면 학생보다도, 부인보다도, 농민과 그리고는 노동자에게로 팔려간다. 장거리나 큰길거리에 행상인이 벌여놓은 이 따위 책들은 좁쌀되나 북어마리나 사가지고 집으로 돌아가는 장꾼, 즉 농민이 사가는 것이 대부분이다.[20]

김기진의 글에서 1920년대 우리 소설의 독자층이 적어도 학생, 곧 지식계층과 노동자 농민으로 양분되고 있었음을 확인할 수 있다. 1920~30년대 소설 독자층을 연구한 천정환은 시기 소설 독자를 "구활자본 고전소설 및 구연된 고전소설, 그리고 일부의 신소설을 향유하는 '전통적 독자층'과 대중소설, 번안소설, 신

---

20 김기진, 「대중소설론」, 『동아일보』, 1929.4.17.

문 연재 통속소설, 일본 대중소설, 1930년대 야담과 일부 역사소설을 향유하는 '근대적 대중 독자', 그리고 순문예작품, 외국(일본) 순문예작품 등을 향유하는 '엘리트적 독자'" 등으로 구분한 바 있다. 실제로 언론사·출판사 연구의 중요한 자료가 되어온 『조선출판물개요[朝鮮に於ける出版物槪要]』(조선총독부 경무국, 1930)의 「연도별·종별 조선문 출판물 허가 건수」는 문학 관계 서적을 '구소설' '신소설' '문예' '시가' 등으로 나누고 있다. 여기서 '구소설' '신소설'은 구활자본 고전소설과 신소설을 가리키고 '문예'는 신문학 영역에 속한 작품집들을 지칭한다.[21]

이 시기 소설 문학은 분명하게 세 갈래로 나뉘어져 있었다. 물론, 독자는 서로 교집될 수 있었을 것이다. 교육을 받은 학생 지식 계층 중에도 활자본이나 방각본 소설을 읽는 독자가 있었을 것이고, 일부 노동자 농민 계층에서도 신문예 작품을 접할 수 있었을 것이다. 그러나 그들이 지향하는 미적 체험의 영역과 세계관은 서로 다를 수밖에 없었다는 점을 고려할 때, 이들이 향유한 소설도 결국은 다를 수밖에 없었을 것이다. 흥미로운 점은 김기진의 지적처럼 노동자 농민들이 주로 향유하던 이야기책, 곧 『춘향전』, 『심청전』, 『조웅전』 등과 같은 활자본 고소설들이 매년 1만 부 이상씩 팔려나간 반면, 연재를 끝내고 1918년에 단행본으로 출판된 『무정』(광익서관, 1918)의 경우 1918년, 1924년 현재 총 1만 부

---

21 천정환, 『근대의 책읽기』, 푸른역사, 2004, 53면.

정도가 팔렸다는 점을 환기해보면, 1920~30년대의 우리 소설사의 실상은 좀 다르게 이해될 필요가 있다. 요컨대 당시 소설 독자의 실상과 소설 독서의 실상을 보면, 고전소설 및 대중문학에 대한 문학사적 시각을 달리해야 한다는 것이다. 지금 가르쳐지는 문학사는 역사의 합목적적인 방향에 따라 근대문학이 세상을 일거에 장악한 것처럼 서술하고 있지만, 실제 1920~30년대 다수의 독자가 선택한 것은 염상섭이나 이상의 소설이 아니라『춘향전』,『조웅전』,『추월색』등의 고전소설이나 구활자본 신소설이었다.[22]

그런데 사실을 더 엄정하게 보자면 1920~30년대의 이와 같은 소설 읽기와 그 독자들의 지형도는 어느 날 갑작스럽게 생겨난 결과가 아니었다. 이미 조선 후기 이래로 형성되어온 소설사의 연속과 무관하지 않은 것이다. 방각본 소설이 조선 후기 서민 문화의 성장과 궤를 같이 해오면서 근대소설사와의 연결 궤도를 만들어온 양식이었다면, 활자본 고소설은 한글 방각본 소설의 역할이 종언하는 지점에서 다시 소설 독자와 대중적 독서 문화를 형성해 가면서 근대소설사(1910~20)의 중심을 점유한 양식이었다.

---

22 위의 책, 39면.

3) 역사 전기물

　우리의 근대 소설사는, 구비 서사에서 고소설, 그리고 신소설에서 소설에로의 이행이라는 사적 양식 개념 안에서 '소설(근대역사소설)'과 '역사 서사(기록)'를 분명하게 구별하여 왔다. 문제는, 이러한 소설사 전개 과정 중에서 역사(역사적 인물)를 소재로 한 근대 초기 서사 텍스트들의 양식적 성격이 간단하게 규정되지 않는다는 사실이다. 역사를 소재로 한 이 시기 텍스트들의 제목이 록(錄), 기(記), 전(傳) 등으로 표기되기 때문에 우선은 역사 서사(기록)로 분류할 수 있지만, 그것이 역사 서사의 절대적인 표지가 될 수는 없다. 그렇다고 이러한 서사 텍스트들이 역사 서사와 완전하게 구별되는 허구적 (역사)서사 자질들을 충실하게 반영하고 있는 것도 아니다. 특히, 근대적 매체(신문 / 잡지)를 통해서 발표된 서사 텍스트들에서 이러한 양식 혼융의 성격이 두드러진다.[23]

　그렇다면 이 시기 역사 서사 텍스트(역사 / 역사적 인물을 소재로 한 서사 텍스트)는 근대적 매체에 집중적으로 발표된 양식 혼융적 성격의 서사 텍스트들과 전대의 역사소설을 재간·개작한 방각본이나 구활자본 형태의 역사소설로 구분될 수 있다. 물론, 전자와 같은 서사 텍스트 범주 중에는 단형의 전(傳), 기(記), 록(錄) 양식들

23　「수군제일위인 이순신」, 「동국거걸 최도통」 등과 같은 작품이 대표적이다. 잘 알려진 것처럼 이들 작품은 기존의 문학사에서 이 시기를 대표하는 역사·전기소설, 혹은 역사·전기(류) 문학으로 기술되어 있다.

이 존재하기는 하지만, 이들의 경우 대부분 전대(양식 / 가치 지향)와 별반 차이가 없다는 점에서 그 서사적 의의를 크게 부여할 여지는 없다. 역시 이 시기 매체 소재 역사 서사 텍스트의 서사적 의의는 양식 혼융적 성격의 장형 서사 텍스트들, 곧 단재의 「수군제일위인 이순신」, 「동국거걸 최도통」과 같은 서사물로부터 찾아질 수 있겠다.

주지하다시피 단재(1880~1936)는, 삼십 여수 이상의 시가와 열여섯 편의 서사물(전(傳) / 역사소설 / 번안소설 / 몽유록 / 야담), 그리고 백여 편에 달하는 평론과 논설 및 수필을 남긴 "문예(文譽)가 혁혁(爀爀)한"[24] 근대 초기의 대표적 작가였다. 단재는, 잘 알려진 바대로 이인직과 더불어 이 시기 서사를 창신한 작가이지만, 그 정신과 표현법이 이인직과는 매우 다른 작가였다. 단재에 대한 기존의 연구는 역사학계는 물론, 문학 진영에서도 매우 광범위하게 이루어져 왔다. 단재의 문학에 대한 문학사적 수용을 부정적으로 보는 견해부터,[25] 민족문학[26] 및 민중문학[27]의 새 지평을 연 작가로 평가하는 견해에 이르기까지 다양하다. 이제, 문학사적 맥락에 기반을 둔 개별 작품론과 작가론은 물론이거니와 최근의 담론 층위의 연구 성과들을 통해서 단재 문학의 전체적 성격은

---

24 안확,『조선문학사』, 한일서점, 1922, 124면.

25 김윤식,『단재 소설 및 문학 사상의 문제점』,『서울대 교양학부 논문집』제5집, 1973.

26 이선영,「신채호의 사상과 문학」, 단재신채호선생기념사업회,『단재 신채호와 민족사관』, 형설출판사, 1980.

27 송재소,「민족과 민중」, 위의 책.

일정 부분 구명되었다고 볼 수 있다.

문제는, 전대 서사와 교섭하고 있었던 단재 서사의 양식적 성격과 그 서사적 의의에 대한 구체적 탐색이 여전히 이루어지 않고 있다는 점이다. 단재의 서사는, 그것이 완전한 파탈이든 갱신이나 변이든 간에 어떤 식으로든 전대 서사와 교섭하고 있었다. 단재 서사를 둘러싼 최근의 근대성 논의도 결국 이 문제에 대한 구명이 선행될 때, 더 명료한 생산적 결과들이 제출될 가능성이 높다. 특히, 특정 수사 양식이 어느 집단의 세계(정신)를 효과적으로 담아내기 위해 고안한 양식일 때, 그러한 양식을 통해서 드러나는 작품 세계(정신)는 어차피 특정 집단의 이데올로기와 만날 수밖에 없다는 사실을 환기할 필요가 있다. 우리가 단재의 역사 서사물에 주목하는 이유가 여기에 있다. 동시대의 이인직과 변별되는 지점의 하나도 이 부분인바, 이인직의 서사물에서는 적어도 전(傳)이나 몽유록 같은 특정 집단의 전대 수사 양식과 교섭한 흔적이 드러나지는 않는다.

요컨대, 단재의 서사물은 이인직과는 달리 유학자 집단의 이데올로기가 압축적으로 드러나는 전(傳)과 불우한 유학자 집단의 내면이 꿈의 문법을 통해 절실하게 표출되던 몽유록으로 크게 구획되고 있었다. 더불어 「유화전」과 「일목대왕의 철퇴」와 같은 역사소설, 「박상의」와 「이괄」과 같은 전(傳)과 야담의 착종 형태의 서사물에 대한 이해도 이 시기 역사 전기물 이해의 중요한 지점일 수 있겠다. 이러한 관점에 근거해 보면, 이제 단재 서사 이해의 한 쟁점은, 단재의 역사 서사물(전(傳)과 역사소설)의 탄생 지반과 그 성격을 양식사의 차원에서 검토하고, 그것의 서사적 의의를 탐색하는 것에서부터 찾아질 수 있겠다. 이러한 쟁점을 해결함으로써 이 시기 역사 서사의 성격과 이후 역사 서사(1920년대 이후의 근대역사소설)와의 관계가 한층 더 선명하게 드러날 것이다. 또한, 단재의 몽유 서사물이 보여주고 있는 정신과 표현법, 그리고 그것이 담아내고 있는 이데올로기를 고찰함으로써, 단재 서사의 또 다른 면모가 새롭게 드러날 수 있을 것이다.

한편, 이 시기에는 방각본이나 활자본 형태의 역사 서사 텍스들도 주로 여항의 독자들을 겨냥하여 매우 활발하게 유통된다. 대개는 전대의 역사 텍스트들을 개작하거나 새로운 근대적 출판 방식을 활용하여 전대의 필사본 역사 텍스트들을 그대로 재출판하는 하는 경우가 이에 해당한다.[28] 상업적 출판이 전제된 서사 텍스트들이라는 점에서 단재의 서사물들과는 그 목적부터 달랐다. 서사의 규율 원리와 자질 자체가 완연한 소설(근대적 의미의 역사소설은 아니지만)로 규정될 수 있을 뿐만 아니라, 경쟁 양식이 이 시기의 신소설이라는 점에서도 단재의 역사 서사 텍스트들과는 그 성격이 상이한 서사 텍스트들이었다. 아무튼 이 시기 역사 / 역사적 인물를 소재로 한 역사 서사 텍스트들은 매체의 종류나

---

28 출판 방식만 바꿔 재간 · 개작한 것이 아닌, 순연한 창작 텍스트로 볼 수 있는 작품들도 일부 출현한다. 예컨대, 「박문수전」, 「녹두장군」, 「강감찬실기」, 「한씨보응록」, 「홍장군전」 등과 같은 작품들이 이에 해당한다.

출판 목적과 방식에 따라 그 성격을 다르게 이해할 필요가 있는 것이다. 이후 소설(1920년대 이후의 근대역사소설)의 형성 지반을 매체로 귀일시키는 기존의 연구들에 대한 새로운 평가가 요청되는 이유가 여기에 있다.[29]

물론, 이 시기 매체에 발표된 다수의 단형·장형의 역사 서사 텍스트들이 이후 소설(1920년대 이후의 근대역사소설)의 탄생과 관련되어 있음은 매우 명백한 듯하다. 매체에 발표되는 역사 서사 텍스트들 중에는 역사와 허구 사이의 구분이 너무나 선명한(예컨대 순연한 전(傳) 양식) 텍스트들도 있지만, 대개 이 시기 역사를 소재로 한(혹은 역사적 인물을 소개로 한) 서사 텍스트들은 상당한 수준에서 자기 장르의 규율을 넘어서는 파탈의 원심력을 보여주는 작품들이 존재하기 때문이다.

바로 이러한 작품들이 보여주고 있는 이 파탈의 원심력은 이후 소멸된 것이라기보다는 어떤 식으로든 근대역사소설 형성의 원류적 힘이 되었을 것이다. 이 시기 역사 서사 텍스트들이 역사적 사실을 효과적으로 재현해내기 위한 한 방법으로 문학적 서술(허구적 서술) 방식을 수용하는 과정에서 탄생한 텍스트인지, 아니면 그 반대의 경우(서사를 더 효과적인 계몽의 도구로 활용하기 위하여 역사 서술의 방

---

29 최근에 우리 근대역사소설의 형성과 관련하여 매체(신문과 잡지)의 영향을 절대화하는 것은 '단편소설'의 형성과 관련해서는 유효한 관점일 수 있겠으나, 근대역사소설의 형성과 관련해서 절대화하는 것은 재고의 여지가 있다. 전대의 방각 출판이나 구활자본 고소설을 함께 관련시켜 이해하는 것이 실상에는 더 부합하는 측면이 있다.

식을 차용하는 과정에서 출현한 양식)인지 선명하게 구별해낼 수는 없다. 다만, 분명한 사실은, 매체 소재 양식 혼합적 성격의 역사 서사 텍스트들을 기존의 문학사 서술처럼 두루뭉술하게 '역사·전기소설'로 범주화하여 그 실상을 가려버릴 수는 없다는 점이다.

여기에서 우리는, 근대문학사 일반의 발전론적 개념에서 보면 매우 특이한 역사 서사의 출현이 가지는 그 특이성의 의의가 결국 그것들의 서사적 특성들(양식 변전 / 담론 특성 / 인물 형상 등등)을 탐색하는 것에서부터 찾아질 수밖에 없다는 평범한 결론에 이르게 된다. 요컨대 이 시기 역사 서사 텍스트들 중에서 어떠한 양식들이 자기 담론의 내적 구조 원리를 벗어나면서, 그것이 또 어떻게 창조적인 새로운 담론의 구조를 만들어 내면서 또 다른 미래의 서사(근대역사소설)와 관계하고 있는가 하는 문제의 핵심이 결국은 개별 양식의 서사적 특성들을 탐색하는 것에서 출발한다는 것이다. 바로 근대소설사의 이러한 과제 해명과 단재 역사 서사 텍스트들이 서로 관련하고 있다는 점에서도 단재 서사 텍스트들은 우선 주목을 요한다. 이러한 시각이 전제될 때, 단재 서사 텍스트들의 서사적 의의는 물론이거니와 이 시기 역사 서사 텍스트의 서사적 의의가 조금 더 분명해질 수 있을 것이다.

주지하다시피 문예 양식은 자신의 고유한 문법과 원리를 고수하려는 힘과 그것을 넘어서려는 힘, 곧 지속과 창신의 힘 사이의 어떠한 균형이 무너질 때 장르로서의 역사적 생명력을 상실하게 된다. 전(傳)과 함께 근대 초기의 대표적인 역사 서사 텍스트인 역사소설 역시 마찬가지였다. 이들 두 양식은 어떤 식으로든 이 시기의 새로운 이념을 담아내기 위해 자기의 고유한 문법과 원리에서 벗어나려는 힘, 곧 양식 파탈과 자기 갱신의 장력을 분출하고 있었던 서사 양식이었다. 그렇다면 이 시기 역사 서사 텍스트들이 어떤 양식적 변이의 과정을 통해서 이후의 근대적 서사와 관련되는가 하는 문제의 실마리는 적어도 이 시기 두 역사 텍스트의 양식적 변이상에 대한 고찰을 통해서 풀어질 수 있겠는바, 이 시기 역사 서사 텍스트 중에서 단재의 「수군제일위인 이순신」과 「동국거걸 최도통」, 「을지문덕」, 그리고 「유화전」, 「일목대왕의 철퇴」 등이 주목되는 이유는 다른 데 있지 않다. 무엇보다도 이들 다섯 작품이, 이 시기 역사 서사 텍스트의 지배적인 두 유형인 '전(傳)과 역사소설'의 양식적 변이상을 그대로 표징하고 있었다는 점이다.[30]

결국, 근대 초기 역사 전기물의 형식에 대한 이해의 실마리는 바로 「을지문덕」, 「수군제일위인 이순신」, 「동국거걸 최도통」, 「천개소문전」 등으로 대표되는 창작 '역사 위인전'의 문제일 것이다. 그동안 우리 문학사에서는 이 시기 '역사 위인전'을 대체로 '역사·전기소설'이란 양식으로 이해하고 있었다. 안자산과 김태준에 의해서 제기된 이와 같은 관점은 최근에 이르기까지 그대로

30　논의 성격상 이들 다섯 작품 모두를 이 연구에서 다룰 수는 없기에, 전(傳) 텍스트 중에서는 「동국거걸 최도통」을 중심으로 하여 분석하고, 역사소설 중에서는 「유화전」을 논의의 중심으로 삼고자 한다.

수용되어 왔다. 안자산은 신채호를 박은(朴誾)과 임제(林悌)에 비견하며 "근래 역사의 신견지(新見地)를 개(開)"[31]한 작가라며 신채호의 저작을 '역사와 관련한 문학 저작'으로 평가한다. 안자산의 이와 같은 평가는 이 시기 역사 위인전에 대한 최초의 문학사적 평가라는 점에서 의의가 있다. 이어 이 시기 역사 위인전에 대한 더 진일보한 구체적인 평가는 김태준에 의해서 이루어진다. 김태준은 "성균박사(成均博士) 신채호 씨(단재)가 「이태리건국삼걸전」, 「을지문덕전」, 「몽견제갈량」, 「독사여론(讀史餘論)」과 같은 역사소설(歷史小說)을 지어 신생면(新生面)을 개척한 것도 씨의 독창에서 난 것이며 융성한 정치사상(政治思想)과 국가관념(國家觀念)을 반영한 시대적 산물이다"[32]며 신채호의 일련의 저작을 '역사소설'이란 용어로 양식 규정을 한다. 근대 초기 역사 위인전에 대한 최초의 양식 규정인 셈이었다. 근대 초기 역사 위인전에 대한 안자산과 김태준의 이와 같은 문학사적 평가는 이후 전관용(『신소설연구』, 1986, 새문사), 송민호(『개화기소설의 사적 연구』, 1976, 일지사), 이재선(『한국 개화기소설 연구』, 1972, 일지사), 이선영(「한국 개화기 역사·전기소설의 성격」, 『역사·전기소설』 제1권, 1979, 아세아문화사), 김윤식(『한국 근대문학양식론고』, 아세아문화사, 1980) 에 이르기까지 그대로 이어진다. 이와 같은 연구 성과들을 비판적으로 수용하면서 '역사 위인전'에 대한 새로운 시각을 보여주기 시작한 것은 1980년대 들어서이다. 강

---

31 안자산, 『조선문학사』, 한일서점, 1922, 125면.
32 김태준, 『조선소설사』, 학예사, 1939, 241면.

영주는 "역사 문학을 대표하는 신채호(申采浩) · 박은식(朴殷植) · 장지연(張志淵) 등의 전기 문학은 봉건 시대의 군담 소설이나 전(傳) 양식의 발전적 변용"을 통해서 "후대의 근대적인 역사소설의 출현을 가능케 한 과도적인 문학으로서의 위치를 지니는 것"[33]으로 보고 이 시기 역사 위인전들을 전통적인 서사양식(군담소설 / 전)의 변용물(서사체)로 인식하였다.

또한, 이와 비슷한 관점에서 김용덕은 이 시기 역사 서사물들을 "소설로서의 전(傳)도 아니고 전통적인 한문단편전(漢文短篇傳)으로서의 전도(傳) 아닌 시대덕 요구에 의해 발전적 모습을 보이는 새로운 모습의 전들(傳)"로 규정하고 "이는 전통문예 양식이 시대의 요청에 맞도록 개조되거나 새가치를 창조하는 데 기여하도록 진화 · 발전한 장르 규범의 지속이라고 볼 수 있다"[34]고 주장하면서 신채호와 박은식은 전(傳) 양식을 계승하면서 동시에 한문단편전을 장편화하는 공로를 세웠다고 평가했다. 김교봉 · 설성경도 이 시기 "역사 전기체 소설은 이 같은 전 양식적 서술구조를 따르면서도 또한 회(回)나 장(章)으로 나누어져, 각 회나 장에서 전개될 내용이 미리 소제목으로 요약되어 제시되는 회장체(回章體) 소설의 서술 방법을 택하고 있다"[35]며 이 시기 '역사 위인전'을 전(傳)과 회장체(回章體) 소설의 변체로 규정하였다. 또한, 김영민은 '역사 위인전'

---

33 강영주, 「한국 근대역사소설 연구」, 서울대 박사논문, 1986, 38면.

34 김용덕, 『한국전기문학론』, 민족문화사, 1987, 95면.

35 김교봉 · 설성경, 『근대전환기 소설 연구』, 국학자료원, 1991, 85면.

을 "전통적 서사 양식 가운데 하나인 전(傳)과 군담계 소설에 뿌리를 두고 있는 문학"이란 점에 착안하여 "전류 문학과 군담계소설 →'인물시가'와 '인물고' →'역사·전기소설'"[36]이란 계통수를 세워 이 시기 '역사 위인전'에 대한 새로운 시각을 제시하였다. 이어 권영민(『서사양식과 담론의 근대성』, 서울대 출판부, 1999)에 의해서 근대 초기 서사물의 담혼 특성에 주목하는 연구가 수행되면서 근대 초기 서사물에 대한 새로운 시각이 제시되기 시작한다. 정선태(『개화기 신문 논설의 서사 수용 양상』, 소명출판, 1999), 한기형(『한국 근대소설사의 시각』, 소명출판, 1999), 김동식(「한국의 근대적 문학 개념의 형성 과정 연구」, 서울대 박사논문, 1999), 권보드래(『한국 근대소설의 기원』, 소명출판, 2000) 등의 최근 연구 성과가 바로 권영민의 연구 성과와 관련이 있는, 큰 틀에서는 '(문학)담론' 중심의 연구 성과들인 것이다.

근대 초기 '역사 위인전'에 대한 그동안의 축적된 연구 성과들이 이 시기 역사 위인전의 문학사적 위상과 '문학'담론 맥락에 치중한 연구에서는 상당한 연구 성과를 보여주고 있음에도 불구하고 구체적인 작품론이나 양식론에 대한 구체적 해명에는 미흡했다는 점 또한 인정하지 않을 수 없다. 특히 1920년대 이후의 '근대역사소설'과의 접맥 양상을 규명하는 데에는 그간의 연구가 일정의 한계가 있었다는 점 또한 간과할 수 없는 문제이다. 근대 초기의 역사 서사물에 대한 인식이 전술한 강영주와 김용덕의 연구

---

36 김영민, 『한국 근대소설사』, 솔, 1997, 117~118면.

성과에 동의하면서도 이들과 다른 지점도 바로 이 지점이다. 즉, 강영주나 김용덕 역시 구체적인 작품에 대한 양식과 서술 특성에 주목하여 근대 초기 '역사 위인전'에 대한 문학사적 위상과 그 의미를 검토하지는 않았다는 점에서는 일정의 한계가 있다. 이 연구는 이와 같은 문제의식에 기반을 두어 이 시기 '역사 위인전'이 '소설'로서의 양식적 특성을 지니고 있는 것인지, 아니면 이 연구의 목표대로 전으로서의 양식적 특성을 더 많이 지니고 있는지를 검토해서 이 시기 '역사 위인전'의 온당한 위상을 다시 톺아보고자 한다. 이 과제는 우리 근대역사소설 형성의 한 단초를 규명하는 문제와도 관련되어 있다는 점에서 매우 긴요한 과제 중의 하나라 하겠다. 우리가 「을지문덕」, 「수군제일위인 이순신」, 「동국 거걸 최도통」, 「천개소문전」으로 대표되는 역사 전기물들에 대한 양식적 특성과 서술 원리를 규명해서 이 시기 역사 전기물의 문학사적 위상을 재고하고자 하는 이유가 여기에 있다.

한편, 이와 관련한 선구적 연구 성과들에 대해 우리는 거듭 주목을 요한다. 김영민은 『한국 근대소설사』(솔, 1997)에서 근대 초기 '역사·전기소설'의 출발을 "동서양 역사상 출중했던 인물에 대해 다루던 '인물 기사'에서"[37] 찾는다. 근대 초기 '전계(傳系) 단형 서사물'의 의의를 문학사적 맥락에서 평가하고 있는 이 연구에서 김영민은 '인물 기사'를 "한 인물에 대한 전기적 성격을 띠는

---

37 위의 책, 95면.

기사"[38]로 규정한다. 김영민의 연구가 주목을 요하는 이유는 무엇보다도 그가 '역사적 인물'에 대한 사적을 기술한 '인물 기사'를 '전기(傳記)'와 관련시켜 고찰하고 있다는 점이다. 주지하다시피 '전기'란 "인물의 평생 사적을 기록하는 전장체(傳狀體)"[39] 산문 문체로 사마천의 『사기』열전에서부터 독립된 산문 문체였다. 전(傳) 과 기(記)의 합성어로서 전기(傳記)는 원래 '인물'이 중심인 '전(傳)'과 '사건'이 중심인 '기(記)'로 구분되는 개념이었다. 즉, 전(傳)은 '전수' 의 뜻이 기(記)는 '해석'의 뜻이 강조된다. 그러나 고문헌에서 전 (傳)과 기(記)는 혼용되었으므로 전(傳)이 한 인물의 시말(始末)을 서술한다 하더라도 '기사적(記事的)성격'을 완전히 배제할 수 없기 때문에 기(記)라 한 것도 있으며, 전(傳)이라 한 것도 있고, 전기(傳記)라고 합칭한 경우도 있다.[40] 전(傳)은 요컨대 "역사를 서술하는 문체에서 발전한 것으로, 편년의 역사기술에서는 생생하게 그려낼 수 없는 인물 개개인의 생애를 역사물에 부가하여 서술하는 양식"인바, "역사인물을 서술하든 일반 인물을 서술하든 모두 사실에 충실하면서 동시에 인물의 성격에 주목"하는 서사 양식인 것이다.[41] 이와 같은 전(傳)이 근대 초기 문학에서 중요한 이유는 무엇보다도 그것이 「을지문덕」, 「수군제일위인 이순신」, 「동국거

---

38 위의 책, 95면.
39 심경호, 『한문산문의 미학』, 고려대 출판부, 1998, 186면.
40 김용덕, 『한국전기문학론』, 민족문화사, 1987, 15면.
41 심경호, 『한문산문의 미학』, 고려대 출판부, 1998, 186~188면.

걸 최도통」, 「천개소문전」 등과 같은 장형화된 '역사 위인전'과 같은 제법 소설기(小說氣)를 지니고 있는 변격의 전(傳) 작품들의 양식을 규정할 뿐만 아니라, 1920년대 이후의 본격적인 근대역사소설의 원류로 자리하고 있기 때문이다. 말하자면, 우리의 근대 역사소설은 '단형의 한문 / 국한문 / 국문의 전(傳)과 신문·잡지에 연재되거나 단행본으로 출판된 장형화된 변격의 전(傳)', 그리고 간략한 '사적'이 집중 서술된 '인물 기사'라는 전사(前史) 단계를 거쳐서 형성된 서사 양식인 것이다.

그런데 흥미로운 사실은, 「유화전」과 「일목대왕의 철퇴」와 같은 역사 서사 텍스트들에서는 새로운 가치로 탐색된 '민족·국가 이데올로기'가 두드러지게 호명되거나 직접적으로 노출되지는 않는다는 사실이다. 여기에서 우리는, 「유화전」과 「일목대왕의 철퇴」가 「동국거걸 최도통」이나 「수군제일위인 이순신」류와는 다른 창작 의식과 서사 문법을 가지고 있는 역사 서사 텍스트일 수 있다는 가정에 다가갈 수 있겠다.

일반적으로 역사 서사(기록)와 허구 서사는 다른 글쓰기 양식으로 인식된다. 말 그대로 역사 서사는 역사를 기록한 이야기이고, 허구 서사는 허구를 기록한 이야기이다. 문제가 되는 것은 허구 서사물이 '역사적 사실(역사적 인물)'을 서술 재료로 하여 어떤 사건을 기술하는 경우이다. 이 경우, 허구 서사이지만, 늘 역사 서사와의 경계가 모호해지기 시작한다. 물론, 이런 경우 '역사소설'이란 차별적 명칭을 통하여 역사 서사와 구별은 하고 있지만, 그 명명에 의해서 실상이 분명하게 구분되지 않는 경우도 허다하다. 역사소설의 경우에도 얼마든지 역사 서사가 가지고 있는 순결성, 곧 기록자(작가 / 서술자)의 주관적 가치 판단을 배제하고 절대 객관(사실)에 기초하여 서술하는 경우를 상정할 수 있기 때문이다.

물론 그 반대의 경우, 곧 역사 서사가 허구적 상상력을 큰 편폭으로 수용하는 경우도 존재한다. 특히, 허구에로의 경사가 심한 경우 역사 서사로서의 담론 체계가 거의 무색해지면서 허구 서사의 담론 체계(플롯, 세계관, 인물 형상 등)가 서사의 구성 원리가 되는 경우도 있다. 이른바 역사 서사와 허구 서사 사이의 '교차 장르'가 탄생할 수 있는 것이다. 우리 문학사(혹은 동양)에서 전(傳)이나 역사 전기는 이러한 교차 서사의 원형이 될 수 있겠다. 더욱이, 서구에 비해 동양은 "역사 서사와 허구 서사의 공존 기간이 상당히 길었고, 그 모두를 포함하는 경향이 있었기"[42] 때문에 역사 서사와 허구 서사를 분명하게 구분하기 어려운 경우가 존재한다.

이런 이유로 인하여, 우리의 근대소설사에서도 「동국거걸 최도통」이나 「수군제일위인 이순신」을 양식적 검토 없이 '역사·전기 소설'이란 두루뭉술한 문학사 개념으로 수용 기술하고 있다. 그러나 이와 같은 소설사 기술은, 단재의 역사 서사 텍스트들을 검토해 보면 어떤 식으로든 재고할 필요가 있다. 이 점은 단재의 역사 서사 텍스트인 「유화전」을 보면 매우 선명하게 드러난다.

---

42 앤드루 플랙스, 김진곤 편역, 『이야기 小說 Novel』, 예문서원, 2001, 40면.

이 곳은 松花江 부근이니 莊重한 長者가 있으니 姓은 張이요, 名은 大吉이라, 家産이 심히 豊足하고 膝下에 다만 無男 三女를 두어 오니 곧 柳花·萱花·葦花 三兄弟니, 그의 夫婦 掌中寶玉같이 사랑하여 매양 花柳春景이나 佳節良辰이면 三女를 命하여 들에 나가 꽃도 꺾어 오고 亭子에 올라 달도 구경함을 許諾하므로, 이때 마침 春期佳節이므로 淸溪에 나아가 봄빛도 구경하고 浣紗도 하고 돌아오려 함이더라. 三女가 모두 當代의 美人絕色으로 遠近에 所聞이 狼藉하나, 아직 나이 다 어리고 사랑함이 極하여 그들의 靑春行樂을 自由에 맡겼더라.

柳花는 長女니 年이 十九歲라, 月態花容이 더욱 뛰어나고 識見이 特異하여 尋常한 閨中處女의 비할 바 아니라. 그 母 趙氏가 처음 柳花를 배일 때에 하늘 仙女의 一朶仙花를 받았고, 分娩할 때에 꽃주던 仙女가 鶴을 타고 笙簧을 불며 空中으로 내려와, 趙婦人의 産點을 보살피고 도로 하늘로 올라갔더라 하니, 원래 柳花는 凡骨이 아니라 將來 大貴할 徵兆를 뵈었으며 天性이 慧敏하고 婦德이 넓어 隣里에서 稱讚이 藉藉하더라.

때로 學藝를 익혀 古今事를 涉獵함이 많으니 天生麗質이라 女中君子러라.

解慕漱王이 한 번 보고 精神이 恍惚하여 가만히 생각하니, 내 一國富王으로 後宮에 美色을 充滿하였으나 저런 傾國之色은 처음 봄이라.[43]

---

43 단재신채호선생기념사업회, 『단재 신채호 전집』 하(개정판), 형설출판사, 1995, 225~226면.

위의 인용문에서 드러나듯, 이 작품 역시 '유화'라는 역사적 인물을 소재로 한 역사 서사 텍스트이다. 물론, 동명왕 신화를 소재로 하기 때문에 그 사료나 행록이 분명한 것은 아니다. 그렇기 때문에 위의 「유화전」과 같이 사료나 행록이 불분명한 역사적 인물들을 소재로 하는 서사물에서는 소설의 양식 원리에 따르는 허구의 담론들이 배치될 수밖에 없다.[44] 위의 인용문에서도 드러나듯 '유화'의 잉태와 관련한 신이한 기적(선녀로부터 조씨 부인이 꽃 한 가지를 받은 일)도 물론이거니와 앞날을 예언(장래(將來) 대귀(大貴)할 징조(徵兆))하는 서술 방식 자체가 전대의 고소설에서 흔히 볼 수 있는 서술 방식과 허구의 담론 배치 방식 그대로이다. 또한 비범한 능력과 재색을 겸비한 인물이 고난을 받고, 그때마다 조력자가 나타나는 구조 역시 전대소설의 서술 방식과 닮아 있다.

「유화전」을 두고 "각성된 민족주의 정신을 담고 있다는 점에서는 근대적이지만, 중세문학의 형식을 답습하고 있다는 점에서는 근대적이지 않다"[45]는 평가 역시 「유화전」의 이러한 서술 양식과 무관하지 않은 것이다. 그런데 문제는, 바로 이 중세 문학의 형식이 적어도 양식적 차원에서는 「동국거걸 최도통」과 같은 전(傳)계 역사 서사 텍스트와는 분명하게 구별된다는 점이다. 「동국거걸 최도통」류가 전대의 전(傳)에 비해 반면 인물(antagonist)이나

---

44 물론, 사료나 행록이 분명한 역사적 인물을 소재로 하는 서사물에서도 서술 과정에서 허구적 담론들이 배치된다.

45 박희병, 「신채호의 근대민족문학」, 『관악어문연구』 제22집, 서울대 국어국문학과, 1997, 191면.

'그림자형' 인물의 서사적 역할이 강화되기는 했지만, 여전히 입전 인물 이외의 인물들은 입전 인물을 부각시키기 위한 그림자에 불과한 데 반해, 「유화전」류의 역사 서사 텍스트들은 다르다. 「유화전」과 같은 역사 서사 텍스트들에서는 저마다의 독자성을 확보하고 있는 인물과 인물들이 서로 이리저리 얽혀가면서 갈등의 구조를 만들어 낸다.

이런 의미에서 두 역사 서사 텍스트(「유화전」류와 「동국거걸 최도통」류)는 서로 다른 서술 원리가 작동된 양식인바, 두 텍스트의 인물 형상 방식과 가치 탐색의 방식 역시 다를 수밖에 없었다. 「동국거걸 최도통」류의 서사 텍스트가 간결한 구성시학적 장치와 담론 언어를 통하여 자기가 '겨냥하는 가치, 곧 (근대적) 민족·국가주의 이데올로기'를 직접 노출하는 양식이었다면, 「유화전」류의 서사 텍스트는 더 복잡한 서사 구성과 허구의 담론 언어를 통하여 자기 '겨냥의 가치'를 은닉과 배제의 서사 원리에 따라 배치하는 양식이었다. 그럼에도 불구하고, 두 역사 서사 텍스트는, 그 양식적 차이와는 별개로 계몽의 기획 안에서 서로 동일한 가치를 공유하고 있었다. 말할 것도 없이 유가적 감계론의 농도와 그 표현법 역시 두 서사 텍스트 모두 다를 수밖에 없었다. 「동국거걸 최도통」류의 역사 서사 텍스트들과는 달리 「유화전」류의 텍스트들 안에서의 유가적 감계론은 거의 화석화된 형태로 존재하거나, 인물의 역사적 삶의 가치를 높이기 위한 매개 이념 정도로만 기능하게 된다.

결국, 근대 초기 두 역사 서사 텍스트(「동국거걸 최도통」류의 전계 서사와 「유화전」류의 역사소설)는 다른 의장을 하고 '공동의 노래, 곧 (근대적) 민족·국가주의 이데올로기'를 함께 부른 단재의 발명품 이었다. 단재(1880~1936)의 서사가 이 시기 역사 전기물의 형식 과 관련하여 주목을 받을 수밖에 없는 이유도 여기에 있었다. 단 재는, 이 시기 다른 근대문학 작가들과는 매우 다른 정신과 표현 법을 가지고 있는 작가였다. 적어도, 그의 서사물만을 보면 일반 적 의미의 근대 서사가 보여주고 있는 내용과 형식에서 비껴나 있었다. 이 연구는 양식사의 관점에서 이러한 문제들을 구명하 려는 시도의 일환이었다. 단재 서사의 이와 같은 성격에 대한 탐 색이 전제되지 않는다면 단재 서사를 둘러싼 근대(성) 논의 역시 공소해질 수밖에 없을 것이기 때문이었다.

요컨대 단재의 서사는, 어떤 식으로든 전대의 특정 수사 양식 (전(傳) / 역사소설 / 몽유록)과 교섭하고 있었다. 문제는 그러한 수사 의 양식적 전변과 그것이 담아내고 있는 이데올로기의 성격을 구 명하는 것이었다. 이 연구의 연구 결과 단재의 두 역사 서사 텍스 트(「유화전」류와 「동국거걸 최도통」류)는 서로 다른 서술 원리가 작동 된 양식이었다. 두 텍스트는 인물 형상 방식과 가치 탐색의 방식, 유가적 감계론의 농도와 그 표현법부터 다른 양식이었다. 또한, 「동국거걸 최도통」류의 서사 텍스트가 간결한 구성시학적 장치 와 담론 언어를 통하여 자기가 '겨냥하는 가치, 곧 (근대적) 민족· 국가주의 이데올로기'를 직접적으로 노출하는 양식이었다면, 「유화전」류의 서사 텍스트는 더 복잡한 서사 구성과 허구의 담론 언어를 통하여 자기 '겨냥의 가치'를 은닉과 배제의 서사 원리에 따라 배치하는 양식이었다. 그렇기 때문에 이후의 근대역사소설의 전사(前史)를 「동국거걸 최도통」류의 서사 텍스트와 관련하는 것으로만 기술된 근대소설사 서술에 대한 섬세한 재고가 요청되고 있음을 이 연구를 통하여 확인할 수 있었다.

4) 신소설

조선조에서 소설(한글소설)은 중인조차도 부끄러워서 읽지 않는, 착공구허(鑿空構虛)한 것이었다. 도대체 감계와 모범의 자료가 될 수 없는 허탄한 것이어서 "풍긔을 기량ᄒ고 도덕을 발휘홀"[46] 만한 양식으로 이해되지 않은 것이다. 조선조 내내 소설 짓는 무리를 '가허착공지류(架虛鑿空之流)'로 규정한 것도 다 소설에 대한 이와 같은 인식 때문이었다. 그러던 소설이 인심을 변화시키고 "국성(國性)을 배양(培養)ᄒ고 민지(民智)를 개도(開導)"[47]할 유력한 글쓰기 양식으로 부상한 것은 아무래도 이 시기 대표적인 계몽의 서사 양식이었던 '신소설'의 출현과 무관하지 않다. 아무튼 신소설은, 소설 자체를 극단적으로 부정하는 배격론과 전대 소설만을

---

46 『송뢰금』, 1909.1.
47 박은식, 「서」, 『서사건국지』, 대한매일신보사, 1907, 1면.

부정하는 소설 긍정론(개량론) 사이에서 방각본 소설과 활자본 고소설을 잇는 계몽의 서사 양식이었다. 그런데 흥미로운 사실은 5년여의 차이를 두고 후에 나타난 활자본 고소설이 오히려 신소설을 압도하고 있다는 점이다. 이와 관련하여 안자산의 『조선문학사』의 다음 진술은 신소설의 역사적 성격과 활자본 고소설과의 관계를 이해하는데 하나의 새로운 단초를 제공하고 있다는 점에서 의의가 있다.

> 古代小說의 流行은 其勢가 漢學보다 오히려 大하야 八十餘種이 發行되니 此舊小說은 舊形대로 刊行함도 잇고 名稱을 變更한 것도 잇스니 春香傳은 獄中花라 하고 沈淸傳은 江上蓮이라 하겠다. 如何턴지 文學的 觀念은 七八年 전보다 進步되야 漸次 小說을 愛讀하는 風이 盛하얏나니 此로 因하야 新小說의 流行도 大開하다.[48]

활자본 고소설의 유행 때문에 신소설도 많이 읽히게 됐다는 사실은 활자본 고소설이 당시 독서물의 주류였음을 알 수 있게 한다. 문학사를 독자를 중심으로 한 수용사로 파악한다면, 활자본 고소설은 1910년대 문학사의 중심에 위치하게 된다.[49] 그러나 기존의 문학사는 신소설과 활자본 고소설의 문학사적 의의를 높게 부여하지 않았다. 이러한 관점은 이 시기 서사문학을 "소설

---

48 안자산, 『조선문학사』, 한일서점, 1922, 128면.
49 권순긍, 「1910년대 활자본 고소설 연구」, 성균관대 박사논문, 138면.

(小說)·신소설(新小說)·구소설(고대소설, 舊小說(古代小說)) 삼종(三種)의 구별(區別)이 있게 되었다"[50]는 김태준의 관점에서 비롯된 것인데, 이와 같은 관점은 "신소설 발아 이후의 고대소설은 이미 문학사적인 의의를 상실하게 되는 것이며, 이러한 논거는 결국 기미 운동 이후에 발표된 신소설이 없지 않으나, 이 또한 문학사적인 논의의 대상에서는 제외될 수밖에 없다"[51]는 식으로 이어져 왔다. 그러나 이러한 관점 속에서 오히려 한 가지의 새로운 문학사 인식소가 내재해 있음을 확인하게 된다. 그동안 우리 문학사는, 『무정』(1918) 이전의 근대소설사를 활자본 고소설이나 방각본 소설은 누락시킨 채로 '신소설과 역사 전기물'만을 양축으로 삼아 기술하여 왔다. 문제는 역사 전기물이 출판법(1909) 공포 이후 단행본 출판 허가가 나는 경우가 드물었다는 점이다. 그렇다면 이 시기 역사 전기물이란, 전(傳)이라는 전통적 수사 양식의 근대적 자기갱신의 도상에서 '소설'에 접근한 서사양식이거나 '지식일반'을 지시하는 '문(文)'일 뿐, "가공구허지설(架空構虛之說)에 의해 도덕적 진실성을 추구"[52]한다는 조선 후기 소설 개념과도 그 친연성을 거의 찾기보기 어려운 글쓰기 양식이었던 셈이다. 이에 반해 활자본 고소설은 안자산의 주장처럼, 오히려 신소설의 유행을 견인한 가장 역동적인 장르였다. 요컨대, 이 시기 활자본 고소설

50　김태준(박희병 교주), 『증보 조선소설사』, 한길사, 1990, 229면.
51　전광용, 『신소설연구』, 새문사, 1986, 13면.
52　조동일, 『한국소설의 이론』, 지식산업사, 1977, 74면.

은 "'고담책' '이야기책'의 대명사를 받아가지고 문학의 권내에 멀리 쫓겨온" 양식이었지만, "신문지에서 길러낸 문예의 사도들의 통속소설보다도 이것들 '이야기책'이 훨씬 더 놀라울 만큼 비교할 수도 없게 대중 속에 전파되어 있는"[53] 유력한 소설 양식이기도 했다.

그렇다면 이 시기 소설 문학의 실상을 이해할 때, 활자본 고소설을 문제 삼지 않을 수 없다. 활자본 고소설의 근대적 자기 갱신의 모습을 전대의 필사본과 방각본 소설과 비교하여 밝히는 문제, 그리고 그 역사적 성격이 분명한 것으로 이해되고 있는 '신작구소설'의 의의도 함께 검토할 때 전술한 바대로 '신소설'의 유행을 견인한 양식으로서의 활자본 고소설의 위상이 바르게 위치지어질 수 있게 될 것이다. 이로 볼 때, 신소설과 역사 전기물을 중심으로 이 시기 소설사를 기술하는 기존의 문학사 기술 방식은 재고될 필요가 있으며, 오히려 신소설과 활자본 고소설과의 상호관계 맥락 속에서 이 시기 소설사가 재기술될 필요가 있다.

특히, 이 시기 신소설의 문제적 쟁점이었던 '통속성' 문제에 대한 실마리 역시 활자본 고소설과의 상관성 속에서 이해될 때 그 온당한 이해가 가능할 수 있겠다. 그러나 기존의 문학사는 "신소설은 동시대의 문학 가운데 애국계몽의 주제의식은 뒤떨어지면서 신문에 연재되거나 단행본으로 출판되어 널리 읽히는 상업적

---

53 김기진, 「대중소설론」, 『동아일보』, 1929.4.14.

인 문학"[54]이라거나 "시대안이 비루(卑陋)하며 또한 경박할 뿐 아니라, 오직, 시대의 허영심으로 인하여 생(生)하였으며, 또한 찰나간의 명예를 위하여 생한 자 될 뿐인 동시에, 몇푼 못되는 원고료를 탐하야 생한 자라 단언하노라"[55]는 식으로 신소설의 기본적 성격이 결국은 '몇 푼 안 되는 원고를 탐하는 상업적 목적'에서 연원된 양식으로 규정하여 왔다.

그러나 이와 같은 문학사적 평가는 잘 알려진 것처럼 1910년대 이후의 신소설에서나 드러나는 성격이다. 임화의 언명처럼 '국부적 리얼리즘, 곧 트리비얼한 리얼리티'나마 구현된다는 점, 고소설의 비현실성과 결별한다는 점, 언문일치가 실현된다는 점, 또한 백철의 주장처럼 개화를 선전 계몽하는 수단으로서의 신소설의 의의 또한 간과할 수 없다. 전통문학과의 단절과 계승의 부면을 분명하게 체계화한 조동일의 주장도, 그리고 신소설을 '서사 중심 신소설'과 '논설 중심 신소설'로 분립시켜 그 계통수를 세운 김영민의 최근 연구 역시 신소설 이해의 심도를 높였다는 점에서 충분히 의의가 있다.

그런데, 이들 연구가 모두 공통적으로 지나치는 문제가 있다. 이른바, 1910년 이후부터 신소설 작품에서 드러나고 있는 상업성과 통속성의 역사적 배경을 기술하지 않고 있다는 점이다. 이

---

54 조동일, 「한국중세문학에서 근대문학으로의 이행기의 두 단계」, 사재동 편, 『한국 서사문학사의 연구』 I, 중앙문화사, 1995, 93면.
55 백대진, 「신년 벽두에 인생주의파 문학자의 배출을 기대함」, 『신문계』, 1916.1.

점은, 신소설이 친일 논리로 귀착되는 연원을 역사적이고 사회사적 관점에서 치밀하고 일관되게 규명해내고 있는 기존 문학사 기술과 비추어 볼 때 매우 이례적인 현상이다. 결론부터 말하자만, 이 시기 문학사(소설사) 기술 구도가 '신소설 / 역사물'로 양립되고, '방각본 소설 / 신소설 / 활자본 고소설'의 기술 구도가 설정되지 않았기 때문이다. 사실, 이 시기 역사 전기물은 의식적 실천의 논리 안에서는 '소설'이 될 수는 있었겠지만, 미적 체험을 향유하고자 했던 독자들의 욕망을 채워줄 수 있었던 글쓰기 양식은 될 수 없었다.

그나마, 1909년 출판법 공포 이후에는 역사 전기물 출판이 사실상 불가능해졌다는 점을 환기한다면 '신소설과 역사 전기물'을 분립시켜 이 시기 서사 지형을 기술하는 기존의 소설사 기술 방식은 어떤 식으로든 재고될 필요가 있다. 요컨대, 국한문체를 표현수단으로 계몽의 전도사 역할을 하던 '역사 전기물'은 순국문체를 표현문자로 삼아 조선 후기부터 성장한 소설 독자를 점유하고 있었던 방각본 소설과도, 새로운 계몽의 서사 양식이었던 신소설과도 문학의 층위에서는 적어도 대타 경쟁력을 확보할 수는 없었다. 이렇게 보면 문학사적 '사실' 하나만은 분명해진다. 이 시기(1910년대 이전) 신소설과 경쟁하던 서사 양식은 『화용도』, 『됴웅전』, 『유충열전』, 『심쳥전』, 『츈향전』과 같은 방각본 소설이거나 이후(1912) 출현하는 활자본 고소설이지 결코 역사 전기물이 신소설의 경쟁 양식이 될 수는 없다. 이 점은 『자유종』의 저 유명한

전대 소설 비판, 곧 "츈향젼은 음탕 교과서오 심쳥젼은 쳐량 교과
서오 홍길동젼은 허황 교과서라 홀 것이니 국민을 음탕 교과로
가르치면 엇지 풍속이 아름다오며 쳐량 교과로 가르치면 엇지 장
진지망이 잇스며 허황 교과로 가르치면 엇지 졍디혼 긔상이 잇스
릿가"[56] 에서 극명하게 드러난다. 그런데 여기서 신소설 작가 이
해조에 의해서 '음탕하고 처량한' 소설로 비판받고 있는『춘향
전』이나『심청전』등의 고소설은 전대의 필사본 계열의 고소설
이거나, 조선 후기부터 여항에서 거래되던 방각본 소설이었을
것이다. 조선 후기부터 서민층을 중심으로 읽히기 시작한 방각
본 소설이 근대 초기에 들어와서도 여전히 소설사의 중심을 점유
하고 있었던 것이다.

　이제, 신소설은 어떤 식으로든 이 시기 방각본 소설과 생존 경
쟁을 하지 않을 수 없었다. 1910년대 이후 신소설의 성격변화(상
업화와 통속화)가 방각본 소설과의 경쟁 구도 속에서 이해되어야
하는 이유가 여기에 있다. 이와 같은 상황에서 1912년에 이르러
방각본 소설조차도 따를 수 없었던 대중적 호소력을 지니고 있었
던 활자본 고소설이 출판되기 시작한다. 이제 신소설로서는 더
이상 다른 선택이 없었던 듯하다. 이해조에 의해서 '음탕한' 소설
이라 혹독하게 비판받았던『춘향전』이, 그것도 이해조 스스로에
의해서 활자본 소설『옥중화』로 개작되기에 이른다. 문제는, 이

56　이해조,『자유종』, 광학서포, 1910, 10~11면.

해조의 개작이 기존의 『춘향전』 비판의 문제점을 극복하는 데에로 나아간 것이 아니라는 점이다. 요컨대 개작에서는 정치적 의미를 강화하는 방향으로 개작된 것이 아니기에 변학도가 민중의 적대세력인 탐관오리의 전형으로 나타나지도 않았고, 봉고파직되지도 않는다. 『옥중화』는 사랑의 문제가 중심이 된 '통속적인' 애정소설로 개작이 된다. 이와 같은 개작은, 이전의 작품에서 볼 수 없었던 새로운 사랑의 윤리(상호 신뢰에 바탕한 애정관)를 제시하고 있다는 점[57]에서 "가급적 현대생활(現代生活)의 감정(感情)"[58]을 형상화한 긍정적 측면이 분명 존재한다. 그러나, 『옥중화』의 윤리관, 곧 상호 신뢰에 바탕한 애정관의 제시가 원작이 가지고 있는 역사적 이상(신분제의 질곡과 그 투쟁)을 전적으로 소거하는 방식으로 개작된 것이라는 점에서 『옥중화』의 윤리관은 언제든지 '상업화, 혹은 통속'과 만날 수 있는 지점을 가지고 있는 작품이었다. 이해조의 개작 『옥중화』를 두고 "근리 칙 박는 법이 편흠을 짜라 답지 못흔 칙이 만히 나는 중 녜전부터 널리 힝흐던 칙을 구태 일홈을 밧고고 스연을 고치되 흔히 쥬옥을 변ㅎ야 와록을 만들어 턱없는 리를 탐ㅎ는 재 만흐니 엇지 한심치 아니ㅎ리오"[59]라며 개탄하는 것에서 개작 활자본 고소설이나 신소설의 이 시기(1910년 이후) 성격이 분명하게 드러난다 하겠다. 이 시기 개작 활자본 고소설에

---

57 권순긍, 「1910년대 활자본 고소설 연구」, 성균관대 박사논문, 1990, 137면.

58 조윤제, 『교주 춘향전』, 을유문화사, 1957, 212면.

59 「서문」, 『륙전쇼셜 홍길동전』, 신문관, 1913.

대한 평가, 곧 "올바른 정치의식으로 끌어올리지 못하고 풍속개량에 머무는 당대 '근대성'의 실체와 그 한계를 분명히 보여주고 있다"[60]는 식의 평가도 결국은 신소설이나 방각본 소설과의 경쟁 구도 속에서 필연적으로 수반될 수밖에 없었던 '통속성'의 문제와 무관하지 않다.

1910년대 이후의 세 서사(방각본 소설 / 신소설 / 활자본 고소설)를 모두 '통속'의 논리 안에서 이해할 수는 없다. 그러나, 분명한 점은 이 세 갈래 서사 양식이 모두 '통속'을 고리로 하여 서로 경쟁한 것만은 분명하다. 이 점과 관련하여 개작 활자본 고소설이 '와록'으로 변했다는 신문관의 주장은 '통속'을 고리로 한 이 시기 단행본 소설 출판물의 성격을 이해하는 데 하나의 중요한 시사점을 제공하고 있다. 요컨대, 개작 활자본 고소설 『옥중화』와 같은 애정물들은 늘 통속의 구조, 곧 서사의 중심을 남녀관계로 설정하고, 둘 사이의 애정 성취에 따르는 시련과 해결의 구조로 서사가 단순화될 소지가 있다. 1910년대 이후에 창작된 신소설이 따라간 것도 활자본 고소설의 이 '통속의 구조'였을 것이다. 바로 이 통속에만 경도될 때, "당대의 현실을 다루는 진지한 문제의식을 상실한다"[61]는 비판에 직면하게 된다.

---

60 권순긍, 「1910년대 활자본 고소설 연구」, 성균관대 박사논문, 1990, 137면.
61 조동일, 『한국문학통사』 5, 지식산업사, 1992, 97면.

제7장

근대 초기 서사의 지형학과 그 함의

1. 전(傳), 몽유록, 그리고 신소설의 거리

신채호나 박은식과 같은 계몽사상가들이 요청한 서사는 "일상적 삶의 개별성·구체성보다는 거시적이고 집단적인 가치가 강소"[1]되는 '사실'의 서사였다.[2] 이들은 도덕적 감계가 화석화된 형태로만 존재하게 되는 '허구'의 서사보다는 이미 추인된 도학적 이념이나 도덕적 감계론이 직접 노출되는 '사실'의 서사에 더 고

---

1 김흥규, 『한국고전문학과 비평의 성찰』, 고려대 출판부, 2002, 256면.
2 물론, 이들(계몽사상가)이 독서로 체험한 '허구의 (근대적)' 서사와 그 서사 관습에 노출이 된 것만은 분명하지만, 적어도 '근대적' 서사에 대한 독서 체험과 그 인식 (계몽의 도구로써의 실효성)과는 달리 전통적 의미의 (근대적) 서사 관습에 기초한 소설을 창작해내었다는 증거(작품)는 현재로서는 없다. 이들의 작품(양식사의 관점에서, 이들의 서사 작품을 전대 문학의 변용 정도의 차원에서 이해할 수는 있겠지만)은 큰 틀에서 보면 여전히 전대의 문학과 조금도 다를 바 없다.

착되어 있었다. 이들은 소설을 전면적으로 인정한 것이 아니라 소설의 감화력, 곧 소설(계몽의 도구로써의 소설)이 지니는 '실효한 감화력(허구의 감화력)'만을 인정했다. 이 시기에 이르러서도 여전히 음미불경(淫靡不經)한 서사로 인식되고 있었던 '구쇼셜'이나 "훈 때에 리익이나 도모ᄒᆞ는"[3] 것으로 여겨지던 '새쇼셜' 역시 감계와 모범의 도리를 전하는 서사로서는 미달이었던 셈이다.

이 시기 전(傳)과 몽유록은, '구쇼셜'은 절종되어 마땅한 것으로 전락되어 있고, '새쇼셜'은 턱없이 함량 미달인 상황에서 사회적 실천(애국 계몽)을 겨냥한 서사 양식으로 다시 호명된 전대의 서사물이었다. 그러니까 개항(1876) 이후, 제국주의의 침탈과 그 문학적 응전의 논리로 호명된 이 시기 서사물(서사적 논설 / 논설적 서사, 전, 몽유록)들은 어떤 식으로든 사회적 실천 담론의 형성과도 무관할 수 없었지만, 전대 문학과의 상호관련성의 문제와도 무관할 수 없었던 서사 양식이었다. 이 시기 서사가 "전통적인 양식의 전면적인 부정"이 아니라 "새로운 문제의식을 담기에 적합한 형식"[4]으로 갱신된 이유도 결국은 이와 관련한다.

그러나 이 시기 서사의 전체상이 전대 문학과의 관련성 속에서 일편향적으로 이해될 수는 없다. 이 시기의 계몽 벡터 안에는 어떤 식으로든 '과거 회귀의 오류'를 넘어서는 문제와 관련된 담론 지형들이 구축되고 있었다. 이 시기 신소설은 적어도 이와 같

3　「근일 국문쇼셜을 져슐ᄒᆞ는쟈의 주의홀일」, 『대한매일신보』(국문판), 1908.7.8.
4　심재숙, 「근대계몽기 신작 고소설의 현실대응양상 연구」, 고려대 박사논문, 2000, 6면.

은 담론 지형 안에서 일면 이해될 수 있는 서사 양식이었다. 신소설은, 전(傳)과 몽유록이 기반을 두고 있는 이념과 가치와는 어쨌거나 '먼 거리'에 있었던 탐색의 서사였다. 그렇다면 이 시기에 이와 같이 구획된 두 개의 담론 지형 안에 존재하는 세 서사(전과 몽유록, 그리고 신소설)의 역사적 성격에 주목할 필요가 있겠다.

문제는 이 시기 전(傳)과 몽유록도 물론 그러하지만, 특히 '신소설'은 동일한 서사 원리에 의해서 작동되는 양식일 수 없다는 평가에서 결코 자유롭지 못하다는 점이다. 말하자면, 이 시기 세 서사는 양식의 소멸과 혼융, 탄생과 전변의 도상에서 함께 존재한 양식들이기는 하지만, 서사 형성의 원리나 내면이 다른 양식이라는 것이다. 이 시기 세 계몽 서사의 역사적 성격을 한 자리에 놓고 더불어 탐색하기 어려운 것(사실, 각각의 양식 내에서의 차이가 더 큰 어려움)도 결국은 이와 무관하지 않다. 그럼에도 불구하고 흥미로운 사실 하나는, 세 서사(신소설은 일부 작품)가 '영웅'이란 서사 기제의 작동에 의해서 구축된 계몽 담론 안에서는 서로 교집될 수 있다는 점이다. 이 시기 세 계몽 서사의 영웅과 그 인물 형상을 읽어냄으로써 세 서사의 역사적 성격에 대한 한 시각을 확보하고자 하는 이유가 여기에 있다.[5]

---

5   잘 알려진 바대로, 근대 초기 문학과 그 이후의 문학은 '영웅'의 형상화 방식에서 격차를 보이고 있다. 그리고 이것은 계몽기 문학과 이후의 근대문학과의 한 차이를 그대로 표징하는 것이 되었다. 이런 점에서, 이 연구는 이러한 문학사적 평가를 새삼 확인하는 작업에 불과한 것일 수 있겠다.

2. 전(傳)과 몽유록의 영웅과 그 인물 형상

적어도 근대 초기의 전(傳)에 입전된 인물들은, 그것도 신채호나 박은식과 같은 계몽사상가들에 의해서 창작된 전(傳)의 입전 인물들은 '구국이라는 공공선'을 구현한 인물들이었다. 이 시기 다른 전(傳) 작가들의 작품이 현존하고, 또 그들의 작품들이 특별한 가치 지향을 보여주는 전(傳) 작품들이라면 이 시기 전(傳)에 대한 새로운 평가가 존재할 수 있겠다. 그러나 작가가 확인되는 계몽사상가들의 작품 이외에 신문·잡지에 수록되는 대다수의 작품들 역시 그 근본 성격은 계몽사상가들의 작품과 크게 다를 바 없다.[6]

이와 같은 맥락에 근거해 본다면 적어도 근대 초기의 전(傳)이 당대의 사회적 실천을 견인하는 대표적인 서사 양식이었음에는 분명하지만, 전사적(傳史的) 이해의 차원에서 보면 이 시기 전(傳)은 분명 조선 후기 전(傳) 작품들이 보여준 문학적 성취에서는 오히려 후퇴한 측면이 없지 않다. 조선 후기 전(傳), 특히 소설적 경사가 두드러진 전(傳) 작품들이 보여주고 있는 서사적 성취(도덕적 감

6　물론, 전(傳)의 변용이거나 소설, 혹은 야담과의 착종이 두드러진 소수의 허구적 전(傳) 작품(대표적으로 「김봉본전」, 「어복손전」 등)은 예외일 수 있겠다. 이들 작품의 가치지향은 분명 계몽사상가들의 전(傳)과는 다른 지점에서 입각되는 것이 겠지만, 이들 작품을 근대 초기 전(傳)의 전체상으로 이해할 수는 없을 듯하다. 이들 허구적 전(傳)이 보여주는 '근대적' 성격은 분명하지만, 이들 전(傳)이 이 시기 전(傳)의 전체 장력을 견인해내지 못하고 있다는 점에서 지배적 유형의 전(傳)이 될 수는 없겠다.

계와 유교적 이념이 완전히 화석화된 형태로 작품의 후면에 물러난 것은 아니지만, 박지원, 이옥, 김려 등의 전(傳) 작품에서는 하층 여항인들이 다양하게 입전되면서 새로운 가치가 탐색되고 전통적인 작품들이 보여주고 있는 매너리즘이 극복되고 있다)가 이 시기의 근대적 문학 장력으로 이어지지 못한 측면이 분명 존재한다.

이유는 다른 데 있지 않은 듯하다. 실제로 근대 초기는 문학의 영역 안에서조차 개별적 자아의 이러저러한 삶의 일상과 그 내면이 허용되기 어려운 시기였다. 모든 자아는 '공공선'을 구현하고 있는 '집체, 혹은 타인'과의 관계 속에서만 결정되어야만 했다. 국가(민족)라는 공동의 집체 구현을 위해 '희생하는' 개인이야말로 가장 모범적인 '공적 자아'인바, 이와 같은 자아를 통해서 '오늘 우리'를 묶어내는 것이 근대 초기를 표징하는 '시대정신'이라면 전(傳) 양식만큼 효과적인 서사 양식도 없다.[7] 이 시기의 전(傳)이, 특히 집단의 운명을 결정한 역사적 영웅을 집중적으로 입전한 이유도 이와 무관하지 않다.

그렇다면 전(傳)이라는 계몽의 수사가 호명한 '영웅'의 인물 형상과 그 미적 특질에 주목해 이 시기 전(傳)의 역사적 성격을 고찰할 필요도 있겠다. 우선, 「을지문덕」의 다음과 같은 인물 서술을 보면 이 시기 전(傳)의 '영웅' 형상이 간명하게 잘 드러난다.

---

7   김찬기, 『한국 근대소설의 형성과 전(傳)』, 소명출판, 2004, 38면.

然則 乙支公은 果如何人고 曰公은 眞誠人이며 强毅人이며 特立人이
며 冒險人이니 眞誠也 故로 君臣이 同德ᄒ야 十餘年魚水相契에 間言이
無 ᄒ며 將相이 一心ᄒ야 內修外攘에 孜孜相勉ᄒ 結果로 其兵은 强國
兵이 되며 其民은 强國民이 되야 千里之地로 東西睥睨홈이며 强毅也
故로 隋氏가 炙手欲熱ᄒᄂ 氣焰으로 怒濤狂瀾갓티 注集ᄒ야 軍艦이 海
上에 蟻集ᄒ며 鐵騎가 遼野에 雲屯ᄒ고 行人의 嚇喝로 頻加ᄒ되 仍是
不屈不撓의 精神으로 雍容對付홈이며 (⋯중략⋯) 冒險也 故로 夷險도
不顧ᄒ며 先生도 不恤ᄒ고 累然一騎로 虎穴에 入ᄒ야 虎子를 得홈이
어늘 今其一面만 觀察ᄒ고 曰沈鷙者權數者라ᄒ면 奚可홀가 公갓흔者
ᄂ 眞我先民中의 第一模範的 人物이며 第一模範的 人物인져.[8]

근대 초기의 전(傳), 곧 구국이라는 '공공선'을 구현한 역사적 영
웅을 입전해서 그들의 행적을 표창하는 작품과 미적 기반이나 세
계관이 전혀 다른 작품이 존재는 하지만,[9] 이 시기 전(傳)의 지배

8　신채호, 「을지문덕」, 광학서포, 1908, 67~69면.
9　이른바 허구의 농도가 매우 높은 전(傳) 작품들에서는 입전 인물과 그와 갈등하는
　　반면 인물(antagonist)이 거의 대위적 위치에서 작품의 서사를 지배한다. 이와 같
　　은 유형의 전(傳)에서는 허구화된 상상적 진술이 수용되고 이미 세계 내적 조건으
　　로 추인되어 있었던 유가적 이념의 체계가 흔들린다. 말할 것도 없이 작품 내의 인
　　물들이 개별적 독자성에 근거하여 스스로의 세계 내적 조건들을 구축해 가기 때
　　문에 당연히 '갈등'의 세계가 축조될 수밖에 없다. '세계 내의 나'이지만, 그것은 다
　　른 말로 표현하면 '세계와는 다른 나'인 이른바 '새로운 내면의 빛'을 가진 '나(자
　　아)'가 입전된 작품이다. 이러한 유형의 전(傳)이 이후의 근대적 서사와 연계되어
　　있는 것은 분명하지만, 이 시기 전(傳)의 지배적 유형이 될 수는 없었다. 사회적 실
　　천(애국 계몽)의 서사로서 이 시기 전(傳)은, 여전히 문예적 '흥미성'이나 '내면성'
　　을 수용해낼 수 있는 '방'을 마련할 여유가 없었다(김찬기, 『한국 근대소설의 형성
　　과 전(傳)』, 소명출판, 2004, 45면).

적 유형이 될 수는 없었다. 이 시기 전(傳)은 대부분 유가적 '충의'의 이념을 모범적으로 구현한 역사적 영웅을 입전한 작품들이었다. 이러한 유형의 전(傳)에서는 이미 계몽사상가 "자신들의 세계관적 당위성으로부터 연역되어 형성된"[10] 당대의 규범적 가치(애국과 계몽)가 에피소드의 분립(비인과적 결속)과 인물 형상(입전 인물만 부각되고 나머지 인물, 곧 반면 인물은 전적으로 가려지는 인물 형상 방식) 방식에 의해 추인된다. 이 시기 전(傳)의 이러한 특성은 「을지문덕」에서 잘 드러난다.

요컨대, 이 작품을 보면 "매국적신의 무리[賣國賊臣輩]"로 혹은 "천박한 자[淺見者]"[11] 등으로 비유되고 있는 반면 인물(antagonist)군이 등장하기는 하나 이들은 입전 인물과 대위되는, 이른바 서사적 실체성을 띤 인물들이 아니다. 이들은 다만 입전 인물인 을지문덕의 '의백과 충절'을 표창하기 위한 부수적 인물들에 불과하다. 이들은 "늙은 기생이 사내를 보듯이 이 사람이 가면 저 사람을 맞고 저 사람이 가면 이 사람을 맞아 거의 그 습성이 성품이 되어 부끄러움조차 모르는[老妓가 情郎을 閱ᄒ듯시 此가 去ᄒ미 此롤 迎ᄒ야 幾乎 與性成에 其恥롤 不恥ᄒ니]"[12] 자들이라는 인물 형상으로만 제시될 뿐이지, 입전 인물과 대위적 위상 안에서 서사를 함께 지배하는 과정을 통해서 형상된 인물들이 아니다. 이 시기 전(傳)에서는 이들

---

10 민현기, 「소설 장르의 본질」, 『한국학논집』 20집, 계명대 한국학연구소, 1993, 111면.
11 신채호, 「을지문덕」, 광학서포, 1908, 21면.
12 위의 글, 24면.

'매국적신의 무리', 그리고 '천박한 자들'의 패덕한 행위가 입전 인물의 가치 지향을 오히려 억압하고, 그 억압과 충돌의 과정에서 분출한 '(내면의) 갈등'이 심화되거나 해소되는 과정을 통해서 '새롭게 탐색된 가치'가 존재하지도 않거니와, 설령 존재하더라도 희미하게나마 존재하는 '그 탐색의 가치'조차 영웅적 인물의 특별한 자질에 의해서 가려지게 된다.

위의 인용문에서 잘 드러나듯이 을지문덕의 영웅적 인물 형상(진성인(眞誠人)이며 강의인(强毅人)이며 특립인(特立人)이며 모험인(冒險人))이 반면 인물(antagonist)과의 지속적 관계 속에서 창출되는 것이 아니라, 오직 "진실되고 성실하였기 때문에 임금과 신하들이 그와 십여 년을 물과 물고기의 관계처럼 친밀하게 지냈고[眞誠也 故로 君臣이 同德ᄒ야 十餘年魚水相契에]" 식의 간명한 인과적 서술로 형상된다. 이 시기 전(傳)은 입전 인물과 그 서사적 실체성을 띤 반면 인물 사이의 "질문과 공허, 추구와 좌절"[13]의 시학적 장치가 소거된, 곧 '최상의 것, 궁극의 것(애국 계몽)'이 이미 추인되어 주어진, 더 엄밀하게는 그것이 삶의 원리로 내면화된 인물만 극단적으로 부각시키는 양식이었던 셈이다. 그러기에 근대 초기 전(傳)은 '(자기)질문'과 '(세계)추구'의 과정을 통해서 탐색되는 '새로운 가치들', 곧 '(근대적) 내면'은 어떤 식으로든 존재할 수 없는 양식이었다.

그러나 전(傳)을 통한 계몽의 기획이 전적으로 실효한 것만은

---

13 김인환, 『한국문학이론의 연구』, 을유문화사, 1986, 230면.

아니었다. 이 시기 전(傳)의 허구화 경향, 곧 전(傳)임에도 불구하고 굳이 '소설'이 되려는 이유는 말할 것도 없이 소설이 가지고 있는 '계몽의 효과' 때문이었을 것이다. 문제는 소설에 대한 인식과 계몽에 '실효한 소설'을 계몽사상가들 스스로 창작하여 당대가 요구하는 사회적 실천을 수행하는 것은 매우 다른 문제라는 점이었다. 그것이 구소설이었든, 아니면 구소설과 그 미학적 기반이나 세계관이 다른 신소설이었든 간에 그 어떤 소설도 직접 창작한 경험이 그들에겐 전무한 상태였다.

더욱이 이 시기에 이르러 출현한 '신소설'에 대한 계몽사상가들의 인식 또한 여전히 "태반이나 모다 음란ᄒ고 호탕ᄒ 녯적 쇼셜(구소설)"과 크게 다르지 않아 "비교ᄒ면 곳 오십보를 다라난쟈가 빅보를 다라난쟈를 웃는것과 ᄀᆺᄒ니 족히 새ᄉᆞ샹을 슈입케ᄒᆯ 수 업ᄂᆞᆫ"[14] 양식이라는 식의 부정적 인식에서 결코 벗어나지 못한 상황이었다. 그러니까 이 시기 전(傳)도, 전(傳)임에도 불구하고 굳이 '소설'이 되려하는 전(傳)도, 구소설과 신소설도 결국은 애국 계몽 담론의 실질을 전적으로 구현하는 서사 양식이 될 수는 없었다. 또한 출판법(1909) 제정 이후 역사 전기물에 대한 출판이 사실상 어려웠고, 신소설 역시 이 시기 이후로 결국은 구소설의 재현일 수밖에 없었던 방각 소설이나 구활자본 소설과 경쟁하면서 통속화의 길로 치닫고 있는 상황이었다.

---

14 「근일 국문쇼셜을 져슐ᄒᄂᆞᆫ쟈의 주의ᄒᆯ일」, 『대한매일신보』(국문판), 1908.7.8.

근대 초기 '몽유록' 양식은 바로 이 지점에서 다시 호명되었다. 이 시기 애국 계몽의 담론 표준을 실질적으로 점유하고 있었던 전(傳)이 더 이상 창작될 수 없고, 통속화되어가는 신소설 역시 계몽의 서사로는 미달인 상황에서 다시 끌어낸 계몽의 서사가 전대의 몽유록 양식이었다. 이 시기 계몽사상가들은 끝내 '새쇼셜'의 글쓰기 방식과 만날 수 없었던 창작 주체들이었다. 그만큼 소설에 대한 인식과 그 인식을 현실화하는 실제 창작 사이의 간극은 극복하기 어려운 문제였던 셈이다. 이러한 사정은, 사회적 실천(애국 계몽)의 서사를 전대의 양식(전과 몽유록)에서 찾았다는 것에서 잘 드러난다.

이 점에서 「몽견제갈량」(1908)과 「디구셩미리몽」(1909)은 바로 계몽사상가들 내에서의 글쓰기 방식의 변화, 곧 전(傳)에서 몽유록에로의 글쓰기 방식의 전환(다양화)을 표징하는 작품들인 셈이다.[15] 물론, 전(傳)에서 몽유록에로의 글쓰기 방식의 전환이 그대로 이 시기 계몽 담론의 전체적 성격을 변화시키는 것은 아니었다. 이 점은 이 시기 몽유록의 창작 의도("무수(無數)혼 영웅아(英雄兒)를 환출(喚出)"[16]하여 어떻게든 "영웅(英雄)의 자격(資格)을 자조(自造)ᄒ는"[17])

---

[15] 이 전에도 꿈 모티프를 활용한 몽유 서사물이 이 시기 신문과 잡지를 통해서 발표되기는 하지만, 대체로 이 시기 몽유록의 완형태는 두 작품 이후로 보면 된다. 이후 박은식의 「몽배금태조」(1911)와 신채호의 「꿈하늘」(1916)이 각각 발표되고, 「용과 용의 대격전」(1928) 등이 더 이어진다. 이로 볼 때, 사실상 1920년대 이후로 몽유록 서사는 그 장르로서의 일생을 마감한다. 이 점은 전(傳) 양식 역시 마찬가지여서, 장도빈의 「이순신전」(1928)을 그 어름으로 하여 실질적으로는 절종된 양식으로 보아야 할 것이다.

와 전(傳)의 창작 의도(역사적 영웅을 호명하여 "인심(人心)이 부패비열(腐敗卑劣)의 극도(極度)에 달(達)흔 시대적(時代的)"[18] 병통을 치유)가 조금도 다르지 않다는 사실 하나만 봐도 여실히 드러난다.

다만, 이 시기 계몽의 서사(전과 몽유록) 안으로 수렴된 영웅의 인물 형상 방식과 그 '영웅(역사적 천사)'이 환기하는 미적 형상이 다르다는 사실은 주목할 필요가 있다. 원래 '사실로서의 권위적인 담론(史)'과 친연성이 있는 전(傳)과 허언적 상상력과의 상호 침투성이 현저한 '허문가화로서의 비권위적인 담론(소설)'과 가까운 몽유록은 서술 원리가 다른 양식이었다. 요컨대 이 시기 전(傳)에서는 전대의 전(傳)과 마찬가지로 작가의 전단적 설명에 의해서 역사적 영웅과 그 영웅의 '미적 숭고(sublime)'가 형상되지만,[19] 몽

16　박은식, 「몽배금태조」, 『박은식전서』, 단국대, 1975, 200면.

17　위의 글, 204면.

18　금협산인, 「동국거걸 최도통」, 『대한매일신보』, 1910.2.7.

19　이 점은 이 시기 대표적인 전(傳) 가운 데 하나인 「수군제일위인 이순신」을 보면 잘 드러난다. 이 작품에서 이순신의 미적 형상은 "총에 맞아도 죽지 아니하고, 칼에 찔려도 죽지 아니하고, 옥에 갖혀도 죽지 아니하였으며, 일천의 창이나 일만의 창이 다투어 겨눠 왔어도 죽지 아니하는("丸에 中ㅎ야도 不死하며 劍에 刺ㅎ야도 不死ㅎ며 獄에 下ㅎ야도 不死하며 千槍萬砲가 爭來ㅎ야도 不死ㅎ고"(금협산인, 「수군제일위인 이순신」, 『대한매일신보』, 1908.6.20))" 식의 전단적 설명에 의해서 형상된다. 이러한 수사는 '표현의 인과성'이란 측면에서 보면 매우 황당하기 이를 데 없는 수사이다. 그러나 이렇게 고대소설에서나 흔히 볼 수 있는 전기적 표현을 군이 수용할 수밖에 없었던 절박한 이유가 있었을 법하다. 결론적으로 이렇게 생경한 전기적 표현에 의해서 형상된 '역사적 천사'에 의해서 기존의 '역사(부패비열의 시대, 혹은 굴종적 노예의 역사)'가 전복됨과 동시에 '숭고'도 환기되는 것이다. 그러기에 "왜적의 총탄과 화살이 비오듯 하는 속에 버티고 서서, 어깨를 움츠리고 피하려 드는 장졸들을 꾸짖어 물리치고 하늘을 가리켜 하는 말, 내 명운은 저기에 있다("李忠武가 倭丸 倭矢의 雨集ㅎ는 處에 立ㅎ야, 扶腋要避ㅎ던 壯士를 喝退ㅎ며 蒼天을 指하여 曰 我命이 彼에 在 ㅎ다"(금협산인, 「수군제일위인 이순신」, 『대한매일신

유록에서는 어떤 식으로든 작가의 서술 개입이 최소화되며 몽유
자(인물)와 역사적 영웅 사이의 '질문과 대답, 추구와 좌절'의 서사
원리가 작동되는 과정을 통해서 영웅과 그 영웅의 미적 형상이
창출된다. 말하자면, '역사적 영웅'을 서사적 공간 안으로 불러내
어 그 프리즘을 통해서 세계(역사적 모순)를 인식하게 한다는 점에
서는 이 시기 전(傳)과 내왕하는 지점이 존재하기는 하지만, 그 역
사적 영웅의 인물 형상 방식과 그 '역사적 천사(영웅)'가 환기하는
미적 형상은 다르다는 것이다. 신채호의 몽유록 작품인 「꿈하늘」
은 이 점에서 우선 주목된다.

姜邯贊 지팡이를 거꾸로 받드시더니 모든 獄囚에게 말씀 하시되

"너희들이 罪를 짓지 않으면 地獄이란 이름이 없으리니, 그러므로

地獄은 님이 지은 것이 아니라 곧 너희들이 지은 地獄이니라."

한놈이 일어서 아뢰되

"우리가 지은 地獄이면 깨기도 우리 손으로 깰 수 있습니까?"

姜邯贊이 가라사대

"적은 罪는 자기 손으로 깨고 나아갈지나, 큰 罪는 제 손은 그만두고 님이

깨어 주려 하여도 깰 수 없으나니, 千劫萬劫을 地獄에서 썩을 뿐이니라."

보』, 1908.8.11))는 언술, 곧 '이순신(역사적 천사)'의 이 한 마디는 바로 '숭고'를 표
상하는 단적인 언술일 수 있는 것이다. 바로 이 숭고의 '격정적, 혹은 압도적 경외'
에 의해서 계몽의 대상(아래로 '민(民)'과 위로는 '유학자(儒學者)', 혹은 문예로는
'독자')은 궁극적으로 '미적 고양'을 느끼게 된다(김찬기, 『한국 근대소설의 형성과
전(傳)』, 2004, 138~139면 참조).

한놈이 묻되

"어떤 죄가 큰 죄오니까?"

姜邯贊이 가라사대 (…중략…)

"옛적에는 五賊의 하나만 犯하여도 큰 罪라 하여 地獄에 내리더니,
이제 와서는 나라 일이 急하여 다른 죄를 이루다 다스릴 수 없어 오직
나라에 대한 罪만 큰 罪라 하여 地獄에 내리느니라"[20]

위의 인용문을 보면, 역사적 영웅으로 호명된 강감찬의 인물
형상이 전(傳)의 인물 형상과는 다른 서술 원리에 의해서 주조된
다. 전술한 바대로, 전단적 설명에 의해서 인물이 형상되는 것이
아니라, '질문-대답'의 서사 구조 안에서 인물이 형상된다. 실제
로 「꿈하늘」에서 강감찬은, 몽유자(주인공) 한놈의 의문(가장 큰 죄
란 무엇인가)과 여섯 친구(인물)와 겪고 있는 갈등을 푸는 데 필요한
'교사적 역할'에만 그친다.[21] 물론, 교사적 역할의 역사적 영웅이

---

20 신채호, 「꿈하늘」, 『단재 신채호 전집』 하(개정판), 형설출판사, 1995.

21 근대 초기 몽유록이 조선 후기 몽유록과 어떻게 단절되고 또 어느 부면을 계승한
것인지에 관해서는 앞으로 더 구체적 논의가 진행되어야 하겠지만, 기존의 선행 연
구에 기대어 보면 적어도 "몽유자의 역할이 소거되거나 축소되면서 서사성이 강화
되는"(김정녀, 「조선 후기 몽유록의 전개 양상과 소설사적 위상」, 고려대 박사논문,
2002, 178면) 조선 후기 몽유록의 변이상을 이 시기 몽유록이 계승한 것만은 분명
한 듯하다. 물론 이 시기 몽유록 중에는 오히려 조선 후기 몽유록의 문학사적 성취
에서 오히려 후퇴하는 작품이 존재하는 것도 분명한바, 「몽배금태조」의 경우 "지
적·교훈적 목적 의식만이 너무 승(勝)해 대화와 논설로서 전작품이 전개될 때, 서
사적 성격은 극소화되어, 전대 몽유록에서 추구되어 오던 심미적 문학성과 극적 긴
장감을 다분히 상실하고 있다"는 식의 부정적 평가에서 이 점은 잘 드러난다. 그러
나 「디구성미리몽」이나 신채호의 「꿈하늘」과 「용과 용의 대격전」 경우, 특히 신채
호의 「꿈하늘」의 경우 "풍부한 비유 속에 다채로운 사건이 전개되는 「꿈하늘」, 개화

서사의 부수적 인물로만 기능하는 것은 아니다. 여전히 「꿈하늘」의 서사는 영웅의 교사적 역할에 의해서 지배된다. 문제는, 영웅의 교사적 역할이 바로 갈등형 인물인 몽유자의 '질문과 추구(갈등)'의 시학적 장치 안에서만 기능한다는 점이다.

이 경우, 몽유자의 질문이 더 확대되고, 갈등의 농도가 더 짙어질수록 영웅의 서사 공간(역할)은 그만큼 축소될 수밖에 없다. 또한, 몽유록의 인물(영웅)이 전(傳)과 달리 교사적 역할에 국한되면 오히려 몽유자(주인공)의 목적 지향적 행위의 공간은 더 확대된다. 그 결과, 몽유자의 '(갈등의)내면'이 그 만큼 더 발양될 수 있는바, 그와 반대로 영웅적 인물의 경외의 '미적 숭고'는 또 그 만큼 더 희미해질 수밖에 없는 것이다. 그러기에 이 시기, 「꿈하늘」류의 몽유록 서사 안에 들어온 '역사적 영웅'의 인물 형상이 환기하는 미적 범주는, 이른바 전(傳)의 영웅 형상(인간으로서는 감내해내기 어려운 온갖 고통과 비애를 넘어서는 초인적 모습)이 환기하는 압도적인 경외의 '미적 숭고'와는 일정의 격차가 있을 수밖에 없다.

바로 이 격차가 이 시기 전(傳)과 몽유록의 차이인 것만은 분명하지만, 역시 두 서사 사이의 더 뚜렷한 격차는 '내면'과 관련한 것일 수 있겠다. 물론 이 시기 몽유록의 내면이 이후의 근대적 서사에서 드러나는 '내면(개별적 자아의 이러저러한 일상의 문제와 그와 더불어 생성된 자잘한 일상 / 통속의 목소리가 침투한 내면)'과 교집하는 것은

기 몽유록의 압권"으로 평가된다(정학성, 「몽유담의 우의적 전통과 개화기 몽유록」, 『관악어문연구』 제3집, 서울대 국어국문학과, 1978, 437~438면).

아닌 듯하다. 여전히 이 시기 몽유록의 내면은 이러저러한 일상 (통속)의 고민과 관련한, 이른바 '근대적 내면'과는 격차가 있었다. 이 점은 「꿈하늘」의 몽유자 한놈의 고민이 여전이 일상의 문제가 아니라, 집단의 표준적 삶의 문제(나라에 대한 가장 큰 죄가 무엇인가)와 관계하는 것을 보면 잘 알 수 있다. 그럼에도 불구하고, 이 시기 몽유록(대표적으로 「꿈하늘」)은 어떤 식으로든 몽유자와 그 반면 인물(antagonist) 사이에서 일상 / 통속의 문제가 내면화되기 시작한다는 점에서 전(傳), 특히 역사적 영웅을 입전한 내면 부재의 전(傳)과는 그 격차가 분명한 계몽의 서사였다.

3. 신소설, 그 파탄의 영웅 형상

조선 후기 서사의 주요한 흐름의 하나가 대중화 · 통속화 · 창작 주체와 향유층의 다양화라면, 사실 근대 초기 서사(전과 몽유록)가 조선 후기의 이러한 서사적 경향을 그대로 이어받은 것만은 아니다. 이 시기 계몽 벡터 안으로 수렴된 서사적 글쓰기와 조선 후기 서사 사이의 접점(예컨대, 허구화 / 통속화되는 전)이 없는 바는 아니지만, 대체로 이 시기 서사는 계몽의 기획에 포획된 형편이어서 조선 후기의 문학적 성취와 변이상을 그대로 수용해낼 여유가 없었던 듯하다. 이 시기 계몽 서사의 이러한 성격은, 전(傳) 양식은 말할 것도 없거니와, 일부의 몽유록 양식까지도 '허구'가 서사의 포치 원리로 작동하지 않는 것에서 잘 드러난다.

그러나 이 시기 모든 서사가 계몽의 기획에 포획된 것만은 아니어서, 전대의 서사적 변화상을 계승하면서 또 다른 새로움을 지향하는 서사물들이 한편에서 신생되고 있었다. 여전히 이 시기 서사 양식은 경험적인 것과 허구적인 것 사이의 긴장 속에서 그 양식적 분화 과정을 거치고 있었다.[22] 이런 점에서 전대의 서사(전과 몽유록)와 대타적 거리에 있었던 신소설, 특히 계몽적 성격이 약화되고 통속성이 강화되는 1910년대 이후의 신소설의 변화상에 주목할 필요가 있겠다. 그것은 단순히 신소설의 통속화 문제의 해명에 그치는 것만이 아니라, 이 시기 문학사의 가려진 한 부분을 다시 열어주는 것으로써의 의미도 있다.

요컨대 이 시기 신소설의 통속화 현상은 출판법(1909) 이후 검열 강화와도 관련하겠지만, 이 시기 서사의 중심(적어도 독자 향유층의 측면에서)을 점유하고 있었던 방각본 소설과 구활자본 고소설과의 경쟁 관계에서 기인한 것으로 볼 수 있다는 점이다. 그렇다면 이 시기의 신소설은 구활자본 고소설이 등장하는 1912년 이전에는 방각본 소설과 경쟁을 해야 하는 형편이었고, 이 이후부터는 구활자본 고소설과 경쟁을 해야 하는 처지에 놓여 있었다.

---

22 권영민, 「근대소설의 기원과 담론의 근대성」, 『문학동네』 5권 4호, 1998 겨울, 157면.

신소설의 출현을 전대소설(방각본 소설과 구활자본 고소설)과의 경쟁 구도 안에서 이해할 때, 여기서 우리는 장르 경쟁이 수반하는 문제적 지점을 다시 떠올려볼 필요가 있다. 요컨대 경쟁하는 두 장르는, 특히 후발 장르는 어떤 식으로든 상대 장르로부터 일탈하려는 경향도 있지만, 또 상대 장르의 문법과 만나려는 경향이 있다는 점이다. 이 경우 상대 장르의 어떤 지점(이념이나 세계관)에서 일탈하려는 원심력도 매우 크지만, 반대로 그 장르의 형식적 구조시학의 어떤 지점을 닮아가려는 구심력 또한 매우 크다는 사실이다. 신소설이 전대소설의 이념과 그 미학적 기반에서 끊임없이 벗어나려 하면서도, 끝내 버리지 않은 것이 있다면 그것은 '일대기 형식' 속에 영웅을 형상화하는 서술시학이었을 것이다.

옥년이는 아무리 조션계집아희이느 학문도 잇고 개명한 싱각도 잇고 동셔양으로 둔기면셔 문견이 놉흔지라 셔슴지 아니ㅎ고 혼인언론 디답을 ㅎ는디 구씨의 소청이 잇스니 그 소청인즉 옥년이가 구씨와 갓치 멷히든지 공부를 더 심써ㅎ야 학문이 유여한 후에 고국에 도라가셔 결혼ㅎ고 옥년이는 조션부인 교육을 맛투ㅎ기를 청ㅎ는 유지한 말이라 옥년이가 구씨의 권ㅎ는 말을 듯고한 죠션부인교육할 마음이 간절ㅎ야 구씨와 혼인언약을 미지니 구씨의 목적은 공부를 심써ㅎ야 귀국훈 뒤에 우리ㄴ라를 독일국갓치 연방도을 삼으되 일본국과 문쥬를 훈디 합ㅎ야 문명한 킁국을 맨들고즈ㅎ는 (비스믹)갓한 마음이오 옥년이는 공부를 심써 ㅎ야 귀국한 뒤에 우리나라 부인의 지식을 널려셔 남자의

게 압제밧지말고 늠자와 동등권리를 찻게ㅎ며 쏘부인도 나라에 유익
한 빅성이 되고 스회상에 명예잇는 스룸이 되도록 교육힐 마음이라 셰
상에 제목적을 제가 즈긔 ㅎ는 것갓치 질거운 일은 다시 업는지라.[23]

「혈의루」는 신소설의 특징(1910년 이전의 신소설)이 잘 드러나는
작품으로 평가된다. 그 계몽적 주제 의식, 서사 구조, 인물의 형상
화 방식 등에서 이 시기 신소설의 전형적 면모를 잘 갖추고 있는
작품이란 것이다. 잘 알려진 바와 같이 전대 소설과 관련한 신소
설의 양식적 성격, 곧 "상업적인 인기를 확보하기 위해 전대 소설
이 지니고 있던 흥미 위주의 사건구조를 전승하고 이를 호기심으
로 더욱 자극하는 방향으로 손질한 소설"[24]이란 평가는 맞지만,
그 답습된 '행복-고난-행복'의 일대기 구조 안에 들어온 인물(주인
공)의 형상이 전대의 귀족적 영웅 소설의 인물(주인공) 형상과 일치
하지 않는다는 평가는 적어도 최초의 신소설 「혈의루」와 관련해
서는 맞지 않는다. 대체로 귀족적 영웅 소설의 인물은 전(傳)이나
몽유록(幻)을 서사로 수용하고 있다는 점에서 몽유록 양식은 근본적으로는
반유가적 양식이겠지만, 자기 삶의 규율 원리로 유가적 이념을 받아들이고 있다
는 점에서 몽유록의 인물은 여전히 '유가적'인물이다)의 인물과 마찬가지
로 이미 전범화된 유교적 질서를 준신하고, 바로 그 "정의와 질서
에 헌신함으로써 자기 완성을 추구하고자 하는"[25] 인물이다.

---

23 「혈의루」, 『광학서포』, 1907, 85~86면.
24 조동일, 『신소설의 문학사적 성격』, 서울대 한국문화연구소, 1973, 146면.

이 점에서 이미 추인된 가치 체계의 절대적 지배에서 많이 이탈된 문제적 인물이 형상되는 신소설과 전대의 귀족적 영웅 소설과는 그 '인물(영웅)' 형상이 다르다. 그러나 이러한 인물 형상을 「혈의루」와 관련시키면 잘 맞지 않는다. 결론부터 말하자면 「혈의루」는 "7세 여아의 가족을 찾아 헤매는 모험담이면서도 당대의 시대사적 요구를 현실화시키는 영웅의 성장담"[26]이고, 바로 그 영웅(옥련)이 겪는 시련과 모험의 과정 속에서 시대를 이해할 수 있는 편린들을 찾아낼 수는 있지만, 그 영웅의 인물 형상은 전대의 귀족적 영웅 소설과 별 차이가 없다는 사실이다. 이 점은 위의 인용문에서 드러나는 바와 같이 구완서와의 '혼인'과 관련한 옥련의 태도를 보면 잘 알 수 있다. 사실 결혼 문제와 같은 자기 '일상의 문제'를 "죠선부인교육할 마음"과 같은 사회적 실천(교육구국의 근대 기획)의 문제와 연계시켜 사고하는 옥련의 태도는 이른바 '문제적 인물'이 지향하는 삶의 태도는 아니다. 이러한 경우 인물의 '내면(일상성)'이 '계몽(전체성)'에 복속되고, 개별적 자아의 구체적 감정(내면)이 가지는 의미는 화석화된다. 구완서와의 결혼이 그 전제가 되는 '애정'이란 '내면'이 문제가 되는 것이 아니라, 여성 교육이나 구완서에 대한 인간적 보답(옥련을 구하고 유학비를 후원)의 문제로 귀착된다.

---

25 C. T. Hsia, *The Classic Chinese Novel*, Columbia Univ. Press, 1968, p.29(이보경, 『文과 노벨novel의 결혼』, 문학과 지성사, 2002, 217면 재인용).

26 이인직, 권영민·김종옥·배경열 편, 『「혈의 누」「귀의 성」「치악산」』, 서울대 출판부, 2003, 357면.

　　이 점은 「혈의루」의 연작 속편격인 「모란봉」(1913)에서도 여전하다. 옥련이 서일순의 구애를 끝내 거부하는 것도 구완서에 대한 보답 때문이었다. 결국 「혈의루」의 자유연애라는 계몽 벡터는 그 지향하는 이데올로기와 실제의 인물 형상이 따로인 '구조적 파탄'과 직면한다. 「혈의루」의 또 다른 계몽 벡터인 남녀평등, 곧 "남자의게 압제밧지말고 놈자와 동등권리를 찻게ㅎ"자는 옥련의 계몽 이데올로기가 "결국 철저한 여필종부사상"[27]의 표출에 불과하다는 평가가 제기되는 이유 역시 이와 무관하지 않다. 요컨대 「혈의루」의 다층적 원심력이 내장하고 있는 촉범성(觸犯性), 곧 유가적 윤리나 이념, 또 그에 기반을 둔 제도에 저항하려는 반중세적 지향의식과 그러한 이념을 구현하는 실제의 '인물 형상'이 서로 따로이기 때문이다. 그러기에 「혈의루」의 문제적인 근대 담론, 곧 "우리ㄴ라를 독일국갓치 연방도을 삼으되 일본국과 문쥬를 혼더합ㅎ야 문명한 즁국을 맨들고즈ㅎㄴ" 식의 친일 근대화론이 서사적 장치가 소거된 채로 뜬금없이 편재될 수 있었던 이유도, 결국은 영웅(옥련)의 의식과 그 인물 형상이 따로인 이 '구조적 파탄'과 무관하지 않다.

　　이 점은 비단 「혈의루」한 작품만의 문제는 아닌 듯하다. 「추월색」(1912)의 주인공인 이정임의 인물 형상 역시 큰 틀에서 보면 「혈의루」가 보여주고 있는 파탄의 인물 형상과 크게 다르지 않

27　김영민, 『한국 근대소설사』, 솔, 1997, 209면.

다. 이정임은 "구체적인 현실의 조건에 얽매인 채, 주체로서의 존재를 명료하게"[28] 드러내는 근대소설의 인물과 교섭하는 인물임에는 틀림없다. 또한 「혈의루」와 마찬가지로 근대를 표상하는 서사 포치(예컨대, 자유연애, 서구식 결혼, 서구 유학 등등)들에 의하여 인물이 형상되고 있다는 점 또한 전대 소설과는 다른 지점들이다. 그럼에도 불구하고 「추월색」 역시 신소설(특히 1910년대 신소설)에 대한 부정적 평가, 곧 "구소설로 복귀하는"[29] 소설이란 평가에서 자유롭지 못한 작품이었다. 그 이유 역시 다른 데 있지 않다. 「혈의루」의 옥련과 마찬가지로 「추월색」의 정임의 인물 형상 역시 '새로운 가치'와 만나면서 주조되는 것이 아니라, 오히려 전대의 이데올로기(여필종부)로 회귀되는 과정을 통해서 형상되기 때문이다. 이정임의 '일상의 문제(결혼)'가 해결되는 과정 역시 「혈의루」에서 옥련의 '일상의 문제(결혼)'가 해결되는 과정과 조금도 다를 바 없는 것이다. 결론적으로 신소설은, 인물이 지향하려는 이념과 그 인물 형상이 따로인 '파탄의 구조'로 인하여 서사와 관련이 없는 이데올로기(그것이 친일근대화론이건 여필종부론이건)가 뜬금없이 개입될 수 있는 허약한 서사였다.

모든 서사는 주인공의 사유와 반대 인물의 사유가 충돌하는 양식이다. 그 어떤 서사도 이러한 투식에서 벗어날 수는 없는 것

---

28 권영민, 「근대소설의 기원과 담론의 근대성」, 『문학동네』 5권 4호, 1998 겨울, 157면.
29 최원식, 「1910년대 친일문학의 근대성」, 『아시아문화』 14호, 한림대 아시아문화연구소, 1999, 82면.

이어서, 서사의 주인공은 자신이 '벗어나려는 이념'과 그 이탈하려는 이념을 '추구하려는 대상'과 늘 투쟁하게 되어 있다. 신소설(특히 「혈의루」나 「추월색」)의 주인공은 아이러니하게도 바로 이 두 이념이 자기 안에서 충돌하는 '모순의 인물'이다. 자기 추구(남녀평등, 자유연애, 독립자주)의 과정(서사화)에서 생성되는 갈등을 오히려 '벗어나려는 이념(유가적 가족주의, 여필종부, 친일근대)'에 회귀하여 해소하려 할 때 구조의 파탄은 필연적으로 초래될 수밖에 없다. 그리고 그 결과는 서사와 관련이 없는 이데올로기가 뜬금없이 개입되는 것이었다.

바로 이런 점에서 주인공이 탐색하려는 가치의 실체가 매우 선명하고, 또 이념의 모순적 양립에 의한 자기 갈등을 겪지 않는 주인공이 입전되는 전(傳)이야말로 이 시기 계몽사상가들에게 경외의 미적 형상을 압도적으로 환기시켜주는 매우 실효한 계몽의 서사였을 것이다. 그러나 계몽의 서사로써의 전(傳)이 전적으로 실효한 것만은 아니었던 듯하다. 더욱이 출판법(1909) 제정 이후 역사 전기물, 곧 전(傳)에 대한 출판이 사실상 불가능했고, 신소설 역시 전대소설(방각 소설이나 구활자본 소설)과 경쟁하면서 통속화의 길로 치닫고 있는 상황이었다. 근대 초기 '몽유록' 양식은 바로 이 지점에서 다시 호명되었다. 계몽의 서사로써 전(傳)과 신소설이 가지고 있는 안팎의 한계가 분명했던바, 그럼에도 불구하고 다시 탐색한 글쓰기 방식이 전대의 몽유록 서사였다. 이 시기 계몽사상가들은 끝내 근대적 서사와 만날 수 없었던 존재들이었다.

다시 단재와 국초의 서사를 호명하며

우리의 근대문학에서, 문학과 지리학이 가장 가깝게 구성된 문학을 단재 문학이라 할 때, 우선은 그의 백두산 시편에 주목할 필요가 있다.[1] '나라 없는[無家]' 우리들이 믿을 곳은 오직 '백두(白頭)'일 뿐이란 그의 시적 기술은 물론이거니와 그의 「천희당시화」(1909)의 시 개혁론(곧, 국시론(國詩論))의 심상 지리는 기본적으로 '백두(白頭)'에서 기원한다. 그런데 단재의 이 은유의 시선은 실은 고조선의 '아사달'이란 지리적 공간에서도 드러난다.[2] 이 '아사달'

1　殘燈如對讀書秋 此夜羈人共此樓 天地無家憐我輩 光陰依舊向東流 終期滄海爲平地 只信高山有白頭 倒盡長甁不成醉 隔窓風雪正颼颼(「舊曆歲除逢友述懷」, 『丹齋申采浩全集』下卷, 1975, 391면).

2　魏書云 乃往二千載 有檀君王儉 立都阿斯達(經云無葉山 亦云白岳 在白州地 亦云在開城東

이란 신화의 공간은 후대에 한자가 들어온 이후 '朝鮮'이란 한역
명으로 개칭된 것이겠지만, 그 이전에는 도시의 이름도 되고 국
호도 되었을 것이다.[3] 우리 민족의 지리적 표상 공간으로서의 '아
사달'은 이후 우리 문학과 국어(민) 안에서 여전히 우리 민족을 위
한 '어떤 신성한 위로'로 살아 있다. 바로 이 신성한 고대의 공간
은 단재의 문학을 거치면서 정치 공학에로 정향된다. 이 정치성
의 공간 안에서는 항용 '아'와 '비아'의 이분법이 시도되고, '우리'
와 '나머지 전부(일본과 서구)' 사이의 투쟁의 의미론이 작동한다.
단재는 그의 문학에서 '누가, 그리고 무엇이 우리를 지배하려하
는가'와 관련한 명제를 극단적으로 부각한다.

　단재는 그의 문학에서 일본(서구)의 "공동 전통이라는 도식 안에
들어가지 않는 모든 것을 배제"시키려는 그들의 지배 기술(제국주
의)을 결코 용인하지 않았다.[4] 요컨대 단재의 문학은 '아사달'이란
"아주 먼 고대성에 뿌리를"[5] 둔 공간을 불러내어 새로운 저항의 혁
신물(반제국주의)을 만들어 낸다. 새로움과는 정반대의 '먼 고대성'
의 심상 지리를 호명하는 이 역설의 문학 기술은 이후 작가들로도
이어진다. 요컨대 신라의 불국사 석가탑 조성과 관련한 당나라 석
공과 아사녀의 이야기를 기록한 "조선 후기 설화"[6]를 부여 천민 석

今白岳宮是) 開國號朝鮮(「古朝鮮」, 『三國遺事』 卷一).
3　류영박 편, 『한국사』, 동방도서, 1988, 21면.
4　마르쿠스 슈뢰르, 정인모·배정희 역, 『공간, 장소, 경계』, 에코리브르, 2010, 216면.
5　에릭 홉스봄 외, 박지향·장문석 역, 『만들어진 전통』, 휴머니스트, 2005, 41면.
6　현진건은 경주 기행 서사(「고도 순례 경주」, 『동아일보』, 1929)의 서사적 모티프

공 아사달과 아사녀의 이야기로 변용하여 절절한 민족주의를 제
창한 현진건의 『무영탑』(1939)에서, 또한 신동엽의 「껍데기는 가
라」(1967)에서도 절절한 저항의 시적 형상으로 살아난다.

단재에게 '아사달(녀)'이란 절대의 '(민족적) 세계'로 명명된 것이
니, 그 세계 속에서만 살아 있는 아사달(녀)이란 주체(자아)야 말로
말할 것도 없이 '민족적 자아'일 수밖에 없다. 이런 점에서 단재의
문학 속에서 호명된 아사달(녀)의 도상은 먼 고대성의 공간에로
퇴수한 상고주의와는 격차가 있다. 물론 아무런 방해 없이 자기
를 실현할 수 있었던 시대였더라면, 단재도 굳이 아사달(녀)이란
먼 고대성의 '방'에 들어갈 필요가 없었을 것이다. 그러나 을사 늑

를 활용하여 십 년 후, 『무영탑』(1939)이란 이념형 역사소설을 창안한다. 기행 서
사에서는 당나라 석공과 아사녀의 이야기가 『무영탑』에 오면, 부여의 천민 석공
아사달과 아사녀의 이야기로 바뀐다. 이것은 현진건의 민족주의적 색채를 잘 살
필 수 있는 대목인바, 실제로 이 작품의 서사 모티프는 더 거슬러 올라가면 조선
후기에 와서 기록된 석가탑 조성 설화와도 관계한다. 이와 관련해서는 몇 편의 기
존 논문이 있는데, 아쉬운 점의 하나는 이 설화의 '有一姝名阿斯女'의 '주(姝)-여인'을
'매(妹)-누이'로 오역한 사례를 그대로 답습하고 있다는 점이다. 현진건의 작품에
서 '석공과 누이'의 관계가 '석공과 아내'의 관계로 변용된 것이 아니라, 조선 후기의
설화 기록 자체에서도 아사녀는 '여인'이었던 것이다. 다만, 현진건은 당나라 석공
을 부여의 천민 석공 아사달과 아사녀의 이야기로 변용하여 그의 절절한 민족주의
이념을 제창했던 것이다. 다음의 조선 후기의 석가탑 건조에 얽힌 설화("속전에 이
르기를, 불국사 창건 시 당나라에서 온 석공에게 아사녀라는 여인이 있었다. 아사
녀가 갑자기 와서 석공과 만나기를 요구하였으나, 큰 공사가 끝나지 않았고 아사녀
가 비루한 몸이라는 이유로 허락되지 않았다. 다음날 아침 아사녀가 남서쪽 십 리
쯤에 있는 연못을 내려다보면 석공이 보일 듯하여, 가서 살펴보니 정말 석공의 모
습이 비쳤다. 그러나 탑의 모습은 비치지 않았다. 그래서 무영탑이라 불렀대[諺傳
創寺時 匠工自唐來人 有一姝名阿斯女 要訪輒到通未則 大功未完 不可以陋身許納 明旦坤方
十里許 自有天然之澤 臨彼則庶可見矣 斯女依從往見則果鑑 而無塔影故名]"(「西釋迦塔」,
『佛國寺誌(外)』, 서울아세아문화사, 1983, 47면))에서 잘 확인할 수 있다.

약 이후 단재는, 그가 무조건 수행해야 할 정언 명법 안에 서구라는 '낯선 자(타자)'와의 공존은 생각할 수 없는 것이었다. 특히 단재에게 서구의 가면을 쓴 일제는 그냥 낯선 자가 아니라, '나-주체'의 고통스러운 균열을 가져오는 파괴적 존재일 뿐 그 어떤 공존을 모색할 수 없는 존재였다. 단재의 서사 속에서의 사건이 항용 '아(나)'와 '비아(타자-일본 / 서구)' 사이의 화해가 아닌 투쟁의 의미론만 생성되는 이유가 여기에 있었다.

단재 서사 속의 '서구(일제)'는 어떤 식으로든 정의와 합리의 체계, 그리고 '최소 도덕'이 결여된 집단이었다. 그것은 또한 간계의 표상이었고, 결국 우리 역사마저 찬탈하는 주체로 형상되었다. 물론, 근대 초기 서사에 산생한 모든 문예물이 그러한 것은 아니었다. 단재와 거의 동일한 수준에서 전통적 화이관과 그와 관련한 지배의 이데올로기를 부정하고 있었던 국초는 단재와는 완전히 다른 방식으로 서구 근대(일제)를 그대로 용인하고 있었다. 국초에게 서구 근대라는 '신법'은 또 다른 의미의 체제교학(體制敎學)의 성격을 띨 수밖에 없었던바, 그것은 '구본신참(舊本新參)'의 논리로 서구 근대(일본)를 통어하려 했던 주체들의 계몽 '신법'과는 근본적으로 다른 것이었다.

단재에게, '(사적인) 자유' 개념은 그 자체로 매우 낯선, 아니 생경함을 넘어 '투쟁'의 대상이었다. 단재는 개체 사이의 분절적 차이나 개체의 자기 분열적 상쟁에 기초한 근대적 세계상을 인정하지 않았다. 단재가 '나(개체 / 자아)'의 자기 '싸움'을 극단적 자기 파멸, 곧 '자살'로 규정한 이유도 다른 데 있지 않았다. 단재는 오직, '가족'과 '국가' 중심주의에 의해 구성된 '나(개체)'만이 참된 실존적 지배력을 가질 수 있다는 그 '결연한 기투'를 보여준 거의 유일한 작가였다. 단재의 문학 지리학이 '고조선'의 아사달을 구성하고, 고구려의 자강자대주의를 절실하게 형상한 이유도 이와 관련하는 것이었다.

그런가 하면 국초에게, 서구 근대는 '따라가야 할 대상이었지 투쟁의 대상'은 아니었다. 그의 서사가 절묘한 서사적 균형 감각(이념성과 흥미성의 결합) 위에서 서구 근대를 겨냥한 것은 맞지만, 그의 서구 따라가기가 언제든지 친일로 귀일될 수 있는 현실에서 서구 추수를 소박한 미래주의(근대 기획)로만 볼 수 없는 사정도 분명하게 존재하고 있었다. 국초의 서사는 '추구하려는 대상'과의 성찰적 투쟁이나 반성이 소거된, 이른바 모순의 현실이 가장 철저하게 관념화된 서사였던 셈이었다.

근대 초기 서사 지형은 이 연구에서 살펴본 것처럼 크게 여섯 분면 안에서 분할되고 있었다. 요컨대, 전계(傳系) 서사물, 야담계 기사(記事), 그리고 신소설과 역사 전기물, 그리고 몽유 서사물이 그것이었다. 이와 더불어 여항의 독서물인 전대의 서사물(방각본과 활자본 고소설)이 더 있었다. 문제는, 저잣거리에서 상품으로 유통된 여항의 독서물은 말할 것도 없거니와 신문과 잡지에 공간된 이들 서사물에 대한 연구가 최근 들어와 상당수 축적되면서 한국 근대 서사의 기원을 새롭게 탐색하는 의미 있는 성과들이 제출되

는 가운데, 여전히 이식론이거나 그 역인 '편면적' 내발론의 함정
에 빠져 있는 연구 시각이 여전하다는 것이다. 이 연구 역시 이른
바 열린 관점을 부단히 톺아본 것으로 자위하기엔 너무 편면적인
내발론의 함정에서 여전히 벗어나지 못한 것이 사실이다. 비록
그것이 근대 초기 문학사 실상이었을지라도. 그 실상을 넘어서
는 어떤 지점을 끝내 찾지 못한 안타까움은 여전하다.

　다시 단재와 국초의 서사를 호명하면서 깊은 아쉬움을 달래고
자 한다.

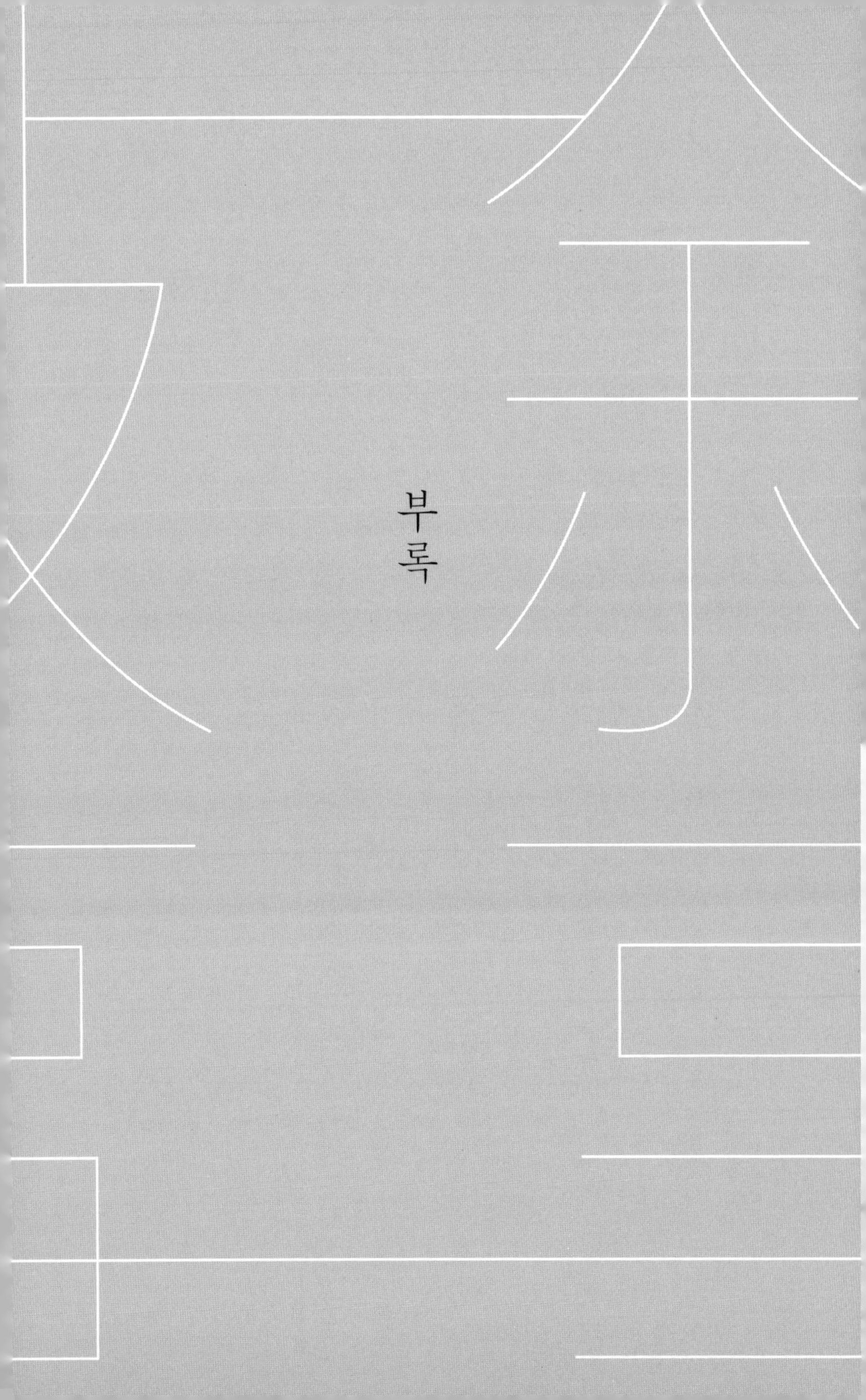
부
록

부록의 자료편에는 제3장에서 다룬 단재 신채호의 신화 두 편을 수록하였다. 단재의 신화 작품은 이미 알려진 작품들이지만 이 저서를 읽어가는 데 따르는 번거로움을 좀 줄이자는 취지에서 수록하기로 하였다. 같은 생각에서 제4장과 5장에서 다루고 있는 『한성신보』 소재 작품들도 함께 수록한다. 특히 『한성신보』 소재 작품들은 김영민 선생님의 연구 성과(『한국의 근대신문과 근대소설 2-『한성신보』』, 소명출판, 2008)를 참고하여 수록하였음을 알려 둔다.

鐵馬 코를 내리치다

마울과 배당은 다 檀君 時節 사람이다. 太白山 東쪽과 西쪽에 갈려서 살았는데 사람들이 이들을 두려워해 服從치 않는 者 없었다. 마울은 智慧가 놀랍고 배당은 힘이 세었다. 배당이 일찍이 활을 메고 칼을 차고 가실원으로부터 바다·들 할 것 없이 골고루 돌아다니며, 土産物은 더 말할 것 없고 珍貴한 보배들을 모조리 討索하였다. 이리하여 해마다 朝貢 바치는 나라가 七十餘國이었다.

마울에게는 弟子 하나가 있었는데 이름을 여수기라 했다. 그도 힘과 勇猛이 天下에 드날렸다. 일찍이 학반령에서 사람들이 모여 술을 마시는데 문득 큰 범이 나왔다. 사람들은 자리를 피하여 도망치는데 여수기만은 태연하게 얼굴 빛 하나 變하지 않고 덤벼들어서 범의 꼬리를 잡아 땅 바닥에 내리쳤다. 또 鐵槌를 잘 사용하기 때문에 그와 맞서서 겨룰 者가 없었다.

사람들은 天下의 壯士는 배당이라고 일렀다.

그러나 여수기만은 그를 대단하게 여기지 않고 '이놈을 한 번 쳐 눕혀서 사람들의 입을 틀어 막아야 한다'고 생각하고 있었다.

그래서 하루는 말을 타고 달려가 그 집 문을 두드리며

"배당이 있느냐?"고 소리쳤다.

배당의 아내가 나오며

"사냥을 가고 없읍니다"고 대답하였다. 그러자 여수기는

"남편이 있었더면 몽둥이로 뚜들기려 했더니 분하게 되었다"
고 하면서 돌아갔다.

그리고는 自己 스승 마울에게 그 말을 했더니 마울이 깜짝 놀
라며

"넌 이제 죽었다. 배당이 天下壯士로 매양 사냥하러 가서 山으
로 오르내리는 것이 마치 나는 것 같고 온 종일 接戰해도 疲困을
모르며 힘이 어찌 센지 數千 사람이 잡아 끌어도 까딱하지 않는
사람이다. 네 어찌 그를 對敵할 수 있겠느냐! 큰일났구나. 그러나
내게 한 꾀가 있으니 너를 죽음에서 免하게 하리라" 하더니, 여수
기를 뒷山에 숨겨 두고는 그가 죽었다고 헛소문을 내었다. 그리
하여 弟子들로 하여금 素服 입고 發喪하고 門 밖에는 큰 鐵馬 하나
를 세워 놓게 하고는 배당이 오기를 기다렸다.

이윽고 배당이 팔을 뽑내고 눈을 부릅뜨고 큰 소리로
"여수기 이놈, 나오너라!"
고, 외치면서 달려드는 바람에 나무 풀 할 것 없이 左右로 모두 쓰
러지는 것이었다.

그런데 그는 문득 哭聲을 듣고
"웬 哭聲인고?"라고 물었다.
"여수기가 죽어서 방금 發喪했다"고, 하니
"왜 죽었느냐?"고 하여
"發狂을 해서 죽었다."
고 하니, 배당은 웃으면서

"어린 놈이 감이 와서 나를 侮辱하더니 응당 미쳤던 게로다."

하고, 옆에 철마를 보며

"이건 또 무엇이냐?"

고 물었다. 마울이 눈물을 머금고

"이 鐵馬는 내 弟子 여수기가 살았을 때 가지고 놀던 것이다."

고 했다.

"가지고 논다니 어떻게 두고 하는 말인가!"

마울이

"여수기 같은 사람이야 어찌 古今에 드문 力士가 아니겠는가. 鐵馬는 무게 三千餘斤이나 되니 비록 壯士라 하더라도 능히 들지 못하려든, 여수기는 이것을 외손으로 집어 구름 위로 치쳤다가 내려오는 것을 코 끝으로 받는다. 그런데 여수기가 이미 故人이 되었으니 비록 鐵馬는 남았어도 내 다시는 그런 재주를 보지 못할지니 어찌 섭섭하지 않겠는가"고 했다.

배당이 성을 내면서

"너는 이런 장난을 여수기만 可能하다고 생각하는가! 이제 또 내가 하는 것을 좀 보려므나."

하고, 그는 팔을 걷어 올리고 앞으로 썩 나서며 鐵馬를 들어 空中에 던졌다. 그리곤 얼굴을 젖혀 내려오는 鐵馬를 코로 받았다. 鐵馬는 사정없이 코를 때려서 마침내 그는 피를 흘리며 땅에 꺼꾸러져 죽었다.

外史氏 ― 曰

지금도 이 두 사람을 追慕하여 祭祀하는 사람들이 있는데, 마
울을 祖上이라 일컫고 배당을 山神이라 부른다. 마울의 智慧는 欽
慕할 법도 하거니와 배당과 같은 者는 힘은 세지만 하나의 미련
한 작자라 무슨 祭祀할 것이 있겠는가.

九尾狐와 五帝

　수긍은 어려서 그 스승 태화仙人에게서 글을 배웠다. 태화仙人은 그를 매우 사랑하여 그와 더불어 道를 말할 수 있다고 생각하였다.

　그가 學業을 끝마치고 집으로 돌아가려 할 때, 仙人은

　"어떤 異人이 너를 찾아 오거든 곧 내게 알리라"고 당부 하였다. 그래 수긍은 응락하고 집으로 돌아와 며칠 있노라니, 과연 어떤 나그네가 지나다 들렀다. 수긍이 그와 더불어 天文·地理·政治·學術이며, 사람들의 日用 必需品에 이르기까지 또는 萬物의 創造 起源에 대하여 물어 보니 대답하지 못함이 없었다. 그래 수긍은 크게 敬歎하여 이 사람은 天下의 奇人이요, 學術의 巨匠으로서 우리 先生도 그를 따르지 못할 것이라고 생각하였다.

　니그네는 하루 밤 쉬어서 곧 떠나 갔다. 수긍은 스승 태화仙人에게 달려와서 顚末을 세세히 이야기하였더니, 태화仙人은 수긍에게 壁을 마주하고 앉아 呪文을 三六五回 외우라고 하였다.

　呪文이 끝나자 수긍과 태화仙人은 몸도 가벼이 둥둥 떠서 구름 밖으로 날아 東쪽으로 七日 동안 가다가 한 곳에 이르렀다. 그 곳은 네 모가 반듯한 섬이었는데 四方이 各各 四百里씩 되고 그 中間에 큰 나무가 한 구루 서 있었다.

　나무의 둘레는 數千尺이나 되는데, 東쪽으로 벋은 가지는 푸르고 南쪽으로 벋은 가지는 붉고 北쪽으로 벋은 가지는 검고 西쪽으로 벋은 가지는 희고 가운데 가지는 누른 빛인데, 그늘이 온 섬을 덮고도 남음이 있었다.

태화仙人이 누른 가지 하나를 꺾어서 게다가 黃帝라 쓰고 다음으로 푸른 가지, 붉은 가지, 흰가지, 검은 가지에다 그 빛깔대로 東쪽은 靑帝, 南쪽은 赤帝, 西쪽은 白帝, 北쪽은 玄帝라 썼다. 그리고는 그것을 소매에 넣고 돌아왔다.

태화仙人이 수궁을 北쪽으로 向하여 앉게 하고 自己는 南쪽으로 向하여 앉았다. 그리고 黃帝를 가운데 놓고 中軍元帥라 任命하고 靑帝는 左軍元帥, 白帝는 右軍元帥, 赤帝는 前軍元帥, 玄帝는 後軍元帥로 各各 任命하였다. 그렇게 하고는 태화仙人이 嚴肅하게 衣冠을 바로잡고 呪文을 三六五回 또 외었다. 다음 命을 내리기를

"敵이 侵入했으니 中軍元帥는 前·後·左·右 四軍元帥를 거느리고서 나가 싸우라" 하였다.

말이 채 끝나기도 前에 門 밖에서

"하늘에 오르면 모든 별들이 머리를 숙이며 땅에 들면 魔鬼들이 엎디어 기나니, 나를 對敵할 者 있으면 이리 나오라"고 호통하면서 우레로 북을 삼아 치니 하늘이 震動하고 무지개로 깃발을 삼아 내거니 구름 위에 펄펄 날리더라.

赤帝가 前軍이 되어나가 싸우다가 한참만에 돌아와 敗戰을 告한다. 다음 靑帝가 左軍이 되어 나가 싸우다가 또 敗하였고, 白帝도 玄帝도 모두 나가 싸우다 敗하였다. 그 다음 黃帝가 親히 出戰

하여 七日 七夜를 싸워서 끝끝내 이기었다. 그리고 그 妖物의 머리를 잘라 왔다 하거늘, 수긍과 仙人이 나와 보니 이 妖物은 뻘건 머리에 꼬리는 아홉, 길이는 서른 발이나 되는 여우였다.

"이게 무엇이냐?"고 수긍이 물은즉

"이것이 바로 네가 神靈같이 尊敬하던 그 나그네이다."
고 대답하는 것이었다. 수긍이 깜짝 놀라며

"그 나그네는 본시 사람이었는데 어찌 죽어서는 여우로 되었나요?"

"오전에는 妖妄한 놈이 너의 精神을 죽였으므로 너는 여우를 사람으로 보게 된 것이요, 이제는 네가 도리어 여우를 죽였으니 여우를 여우로 알아보게 된 것이다. 너는 무엇이 여우로 된 줄 아느냐?"

"모릅니다."

"그럴 것이다. 이 여우는 본시 天宮의 眷屬으로서 香飯을 훔쳐 먹다가 罪를 입어 여우가 된 다음 이미 五萬年이 되었다. 그리하여 익은 것도 안 먹고, 草木의 열매도 안 먹고, 오직 智慧 있는 사나이들을 迷惑시키고는 그 精血을 빨아 먹는다. 지난 번 네가 英明한 異人이라 해서 잘 待接하였기 때문에 인제는 神力이 아니고는 이놈을 잡아 버릴 수 없을 것으로 생각하고 五帝將軍으로 하여금 힘을 合하여 죽여 버리게 한 것이다. 多幸히 成功하였으니 인제 너는 걱정할 것 없다."

수긍이 묻기를

"五帝는 天神의 助力者인데 어떻게 先生이 이를 부렸으며 五色 나무는 무슨 나무이기에 神이 이 나무에 依據합니까?"

"이 나무 이름은 扶桑이라 한다. 또 一名 無窮花나무라고도 한다. 世上 사람들이 扶桑을 뽕나무의 一種으로 아는데 이것은 옳지 않다. 無窮花는 夫餘의 神聖한 나무인데 그 잎이 뽕나무 비슷하다 하여 扶桑이라 일컫는다. 世上에서 흔히 말하는 扶桑은 우선 五色 이 나지 않고 오직 無窮花만 五色이 나나니, 天地間에 나서 天宮 아래서만 자란난다. 바람·비·눈·서리·벌레·새·짐승, 또 는 사람들의 侵害도 받지 않으므로 다섯 가지 精氣를 독차지하였 으니, 能히 五色을 갖추어 變치 않는 것이다. 五帝의 神이 이를 사 랑하여 늘 여기 와 노는데 실로 神을 恭敬하지 않는 者는 그 자리 를 알지 못하며 비록 안다 해도 그 神을 능히 부릴 수 없나니, 그 神을 미리 알고 그 神을 능히 부릴 수 있는 것은 오직 나 하나뿐이 다." 수긍이 다시 절하고 엎드려 눈물을 흘리면서

"제가 前에는 先生을 사람으로만 알았더니 이제야 우리 先生이 神임을 알았나이다"라고 하니,

仙人은 또 말하기를

"너는 가기도 七日 오기도 七日 一四日을 자지 못했으니 오죽 疲困하겠느냐! 어서 가 자거라."

하였다. 수긍은

"네" 하고 물러 나와 잠을 七일 간 자고 나서 잠을 깨어 보니 방 안이 텅 비어 있었다. 문 밖에 나와 살펴보니 죽은 여우조차 어디

로 갔는지 알 길 없었다고 한다.

外史氏 曰— 원래 神話란 모두 愧歎한 것으로서 읽을 것이 못되나, 옛 사람의 思想과 習俗은 이로써 짐작할 수 있으니, 古事를 硏究하는 이는 이를 無視할 수도 없다. 夫餘의 五加·新羅의 五幢은 이상 五帝의 說話에서 빌어 온 것이 아니겠는가? 그러나 中國은 여우를 吉한 것으로 여기고 우리 나라에서는 凶한 것으로 치니, 이는 다 나라의 風俗이 다르기 때문이다.

李小姐傳

1896년 10월 30일 (1회)

경상도 김슌군에 니씨에 집 ᄒ나이 잇쓰되 본디 그 고을 양반인디 가셰난 요부ᄒ나 다만 자식 ᄒ나히 읍난고로 미양 스러ᄒ더니 늣계야 그 부인이 틱긔 잇셔 비가 졈졈 부루거날 그 니씨난 더홀 말 읍시 깃거ᄒ거니와 그 일향 사롬들도 다 희혼니 여긔여 아달 낫키를 기다리드니 십삭이 차미 히복ᄒ거날 본즉 일긔 여아라. 비록 셥셥ᄒ나 인자지졍이 웃지 남녀가 잇쓰리오. 이 아희 졈졈 자라미 인물이 가위 일셩이라 그 부모가 남에 열 아달 보담 더 귀이 길너 나히 니팔이 되미 그 부덕과 그 승품이 짐짓 요됴슉녀라 그 부모가 그와 갓튼 비필을 으더셔 혼인 ᄒ랴고 널니 구ᄒ드니 그 근쳐에 김씨에 집이 잇쓰되 니 김씨난 또 다만 아달 ᄒ나흘 두엇난지라. 이 아달이 지조와 문필이 남에게 쮜여나니 그 부모와 그 시골 사롬드리 모다 귀이 여기드니 그 아희 나이 열칠팔 셰 되미 혼인지닐 곳졀 구ᄒ되 맛당ᄒ 곳지 읍셔 근심ᄒ더니 드르니 김슌군 니씨 여자가 미오 잘 자란다난 소문을 듯고 즁미를 보니여 통혼ᄒ즉 그 니씨가 또ᄒ 그 김씨 낭자 잘 두엇짜난 말을 드러난지라. 즉시 허락ᄒ야 혼일을 갈히여 두 집이 혼인날 도라오기를 기다리드니 김씨낭자가 우연이 병이 들미 그 부모가 쥬야로 구완ᄒ야 의약를 만니 드려도 차도 읍셔 혼일이 졈졈 박두ᄒ거날

그 부모 헤오디 병세가 그 졍혼 날노난 지닐 슈 읍난지라. 니씨가
에 병셰 이갓틈을 통긔ᄒ야 혼일를 물니여 병셰 나흔 후 다시 틱
일ᄒ야 혼인지너자 ᄒ얏거날 규가에서 이 긔별를 듯고 날마다 낭
자에 집 소문을 탐지ᄒ야도 그 낭자에 병셰가 차도 읍고 졈졈 침
즁ᄒ야 빅약이 무효혼지라. 이럿케 병즁으로 지너간 지 슈년이
되야 니씨 규가에셔 필경 김씨 낭자가 회싱치 못ᄒ기를 짐작ᄒ고
쥬단를 환송ᄒ고 다른 곳디 혼인을 졍ᄒ야 지너랴 혼즉 그 규양
이 이 눈치를 엿자오디 미가규녀가 이런 말숨 엿잠년 거시 도리
상에 어긔여지나 그럿치 아니훈 곡졀이 잇기의 붓쓰러옴을 무릅
쓰고 말숨ᄒ압나니 셰상에 사롬이 여자로 나셔 쳔졍연분을 김씨
낭자로 졍ᄒ야 쥬단 거러써지 ᄒ얏쓰니 그 낭자가 싱사간 부부어
날 드르니 부모계셔 다른 곳으로 다시 혼일을 지너랴 ᄒ시니 그
러훈 도리 어디 잇겟스압. 그 낭자가 비록 죽난디도 나난 다른 뜻
지 읍스오니 부모난 부지럽시 다른 혼쳐 구ᄒ지 마시압소셔 훈디
그 모친니 갈아디 우리 부부 늣계야 너 ᄒ나흘 두어 남에 열 자식
보담 낫게 여기여 길넛다가 지금 와셔 혼인 지너기 젼에 낭자가
병이 드러 우금 슈년에 회싱할 도리 실듯ᄒ고 쏘 네 나히 니십이
갓가왓난지라 읏지 그랄 기다리고 홀노 늙그리오. 네 아즉어린
계집아ᄒ가 무어셜 알고 이갓튼 말ᄒ나냐 ᄒ고 그 아ᄒ 부친더러
이 말를 낫낫치 ᄒ니 그 부친니 이 말을 듯고 그 여아에 마암이
짐짓 올흔 마암으로 아나 그 여아를 불너 갈아디 네에 말이 당연
ᄒ나 늙근 부모가 너 ᄒ나흘 바라고 노리 자미를 보자 ᄒ얏드니

지금 와셔 낭자가 져럿틋 병이 들고 네가 과년ᄒ야 부모에 마암에 심이 민망ᄒ기의 타쳐에 혼인 지니랴 ᄒ거날 웃지 네 마암디로 ᄒ리오. 다시 두 말 말고 잇거라 ᄒ니 그 규양이 다시 말ᄒ되 부모가 자식에 정상을 싱각ᄒ와 이럿케 말슘ᄒ오나 니에 마암은 곳치지 못ᄒ곗시니 원컨딘 부모난 다른 곳 혼인 졍홀 싱각 마시읍소셔. 그 부모 허릴 읍셔 근심이 젹지 아니ᄒ더니 일일른 그 여아가 ᄒ 계교를 니여 밤이면 그 부모 모로계 남복 ᄒ벌을 지어입고 밤즁에 니다라 그 김씨 낭자에 집을 무러 슈일만에 낭자에 집에 가셔 그 쥬인 보고 졀ᄒ고 쑤러 안거날 그 쥬인인즉 낭자에 부친니라. 그 아희를 보고 말ᄒ되 네 어디셔 오난 아희며 승명은 무어시냐 ᄒ니 그 아희 엿자오디 소동은 아모 ᄯᆞ희 스난 승명은 아모기옵더니 년젼에 그 자졔 아희 아모기로 더부러 아모고을 빅일장 장즁에셔 셔로 맛나 여러 날 의약 형졔ᄒ게 지니와 셔로 상약ᄒ기를 아모 ᄯᅥ라도 셔로 차자셔 조이 맛나자 ᄒ온고로 맛참 아모곳 아모에 집이 나에 미가인고로 그 집에 가다가 지나난 길에 그 아희 집이 이 집이라 하옵기의 만나 보랴고 차자왓신즉 자졔 아희가 어디 갓셔쓸난잇가 ᄒ니 그 쥬인니 말ᄒ되 니 자식이 지금 병이 든지 슈년이로되 낫지 못ᄒ고 거의 죽을 지경에 이르러 졍신도 모로고 잇쓰니 네에 말을 드르니 반가오나 셔로 본들 웃지 알이오 ᄒ딘 그 아희 다시 엿자오디 그넌 그러홀 듯ᄒ나 이왕 여긔거니 왓수오니 ᄒ번 보기를 바라나이다 ᄒ딘 그 쥬인이 그 아희를 다리고 니당으로 드러갈 시 (미완)

　김씨 부인니 병인에 겻히 안자다가 김씨가 이 아히 다리고 오난 거슬 보고 김씨다려 무러 갈아디 그 아히난 어디 잇난 아히며 웃지 닉 집에 왓난잇가 호니 김씨가 답호여 갈아디 이 아히가 살기난 아모 곳이 사난디 우리 아히호고 갓치 아모 고을에서 빅일장 뵈이난 장중에서 셔로 만나 의약형제호게 지니고 쏘 셔로 차자 보자난 언약이 잇셔셔 맛참 지니다가 아히 보랴고 왓다 호오호니 그 부인이 이 아히을 본즉 인물이 남중일식이오 나히 십뉵 세라 병든 아히와 상적혼지라 아 아히을 본즉 자긔에 아달이나 다름이 읍셔셔 이에 그 아히 손을 잡고 무러 갈아디 네 웃지호야 니에 자식과 그다지 의가 두터우며 너난 웃지호야 져럿튯 츙실호야 갓갑지 아니혼 길을 쉬읍게 단니며 니에 자식은 웃지호야 져다지 병이 드러 너갓튼 조흔 벗지 와도 정신을 차리지 못호야 보아도 모로난 톄호나냐 호고 김씨 부부 셔로 이 아히를 붓들고 눈물을 흘이거날 이 아히 꾸러안져 엿자오디 인명이 지쳔이라 호야 쓰니 병이 웃지 사롬을 상케 호릿가. 조곰도 염녀마시고 조리나 잘 호와 회싱호기를 기다리소셔 호니 그 부인니 갈아디 살기난 밋지 못홀 거시라. 조고마혼 몸에 중혼 병이 지금 슈넌니 지나도록 차도가 읍시니 웃지 살기를 바라리오 혼디 이 아히 골으디 소등이 임의 딕에 와셔 자졔 병든 모양을 보니 차마 홀홀리 갈 길이 읍시니 아즉 잇셔셔 구안호야 차도 잇난 거셜 보고 가랴 호나이다 혼디 김씨 부부 더옥 귀이 여기여 골으디 네가 니에 자식을 으

엽비 여기여 구완호깃다 호니 붕우유신이라 호난 말이 너를 두고
이른 말이라 웃지 신통치 아니리오 호니 이 아히 이날부터 병인
에 겻틱 잇셔 일동일졍을 조곰도 범연호미 읍고 약씨기를 지셩으
로 호며 식젼이면 미음 다리기와 밤이면 약을 다려 지셩으로 호
안구니 그 부모가 이 아히 졍셩를 보고 셔로 골으딕 자식이 병이
드러 슈년을 구병호미 부모도 져다지 못호거던 하믈며 모로난 아
히가 우연이 와셔 쥬야를 모로고 져럿듯 구병호니 이난 필경 하
날리 도아 니에 자식을 살일 듯호니 이 은혜 빅골난망이라. 그 아
히 딕졉호기를 친자식보듬 더 여기드니 일일은 그 부모와 그 아
히 혼가지로 병인겻틱 안잣짜가 그 부모가 곰호믈 이기지 못호난
모양이 잇거말 이 아히 골으딕 소동이 구병호기를 조곰도 범연이
아니홀 거시니 양위난 편니 춰침호소셔 혼딕 김씨 부부 갈아딕
네가 니에 자식을 위호야 이다지 구병호니 웃지 범연호기짜난 마
암이 잇쓰리오마는 니에 마암에 미안이 여기여 갓치 안져씨나 그
러나 우리 부부 잠간 나가 잘를 잘 거시니 그 스이 동졍을 보라
호고 나가거날 이 아히 홀노 잇셔 병인에 머리도 만지며 다리 팔
도 쥬무루며 마암으로 하날게 츅슈호야 갈아딕 하나님은 구버술
피소셔. 김씨 아히난 쳔졍연분인딕 만일 이 아히가 회싱치 못호
면 이 잔명도 살기를 바라지 아니호깃다 호고 눈물을 흘이드라.
이 소졔가 본집에셔 남복호고 올 째에 마암에 결약호얏쓰되 만일
김씨 아히가 죽으면 나도 스지 아니호깃짜 호고 독약을 물에 타
셔 조고마혼 병에 너셔 의복 속에 지니고 단이니 그 뉘라셔 알이

오. 이 씨 그 병인이 몸을 운전ㅎ야 도라 누으며 물을 찻거날 니
소져 몸에 진녓든 약슈병을 니여서 병인 머리 우에 평상 밋희 넛
코 물을 가져 오랴고 밧그로 나갓드니 그 사이에 병인이 물을 찻
다가 그 상 알희 약슈병을 보고 무슨 물인가 ㅎ야 인ㅎ야 마셧거
날 니소져 물을 가지고 방으로 드러와서 살펴본즉 약슈난 빈 병
이 노이고 병인은 사지를 버리고 소리를 크게 지르면셔 뒤흐로
무슨 헐괴가 나웟거날 니소져 크게 놀너여 웃지홀쥴 모르드니 이
윽히 잇다가 병인이 혼침ㅎ야 누엇더니 조곰 잇다가 몸을 움작이
며 정신니 조곰 나간 것 갓드며 그 부모를 찻거날 니소져 김씨 부
부 취침훈 쳐소에 가셔 이 말슴을 ㅎ거날 김씨 부부 이 말을 듯고
놀너여 즉시 그 병인에 방의 와셔 병인을 만지며 정신차리라 ㅎ
니 병인니 눈을 쩌셔 그 부모를 보고 겨우 말ㅎ여 굴ㅇ디 그 겻티
안졋난 아희난 웃더훈 아희잇가 ㅎ니 그 부모 반기여 디답ㅎ야
굴ㅇ디 이 아희난 아모곳 스난 아힌디 네에 동뇨라 너난 모로
나 ㅎ거날 병인이 듯기를 다 ㅎ고 아즉 정신를 차리지 못ㅎ야 그
러이 여기드라. 일이일 지니미 정신이 점점 나셔 디강 긔역ㅎ난
일이 잇거날 니소져 본젹이 탈노홀가 ㅎ야 병인이 점점 차도잇셔
다시 위팅할 지경에 이르지 아니할 쥴 알고 김씨 부부의계 도라
가기를 고ㅎ니 김씨 부부 그 소져를 말유ㅎ거날 그 소져 굴ㅇ디
소동 집을 난지 지금 달포되와 졔의 부모 기다리겟스오니 (미완)

김씨 부부 골 ㅇ 디 너난 나의 은인이라. 지금 가면 은졔 다시 오랴 ㅎ나뇨 ㅎ니 니소져 골 ㅇ 디 은졔 올난지 긔필은 못ㅎ거니와 종속히 와 뵈올 듯ㅎ오이다 ㅎ고 가드라. 이 쩌 니씨가에셔 이 쑬을 일코 두로 무루니 종젹이 읍거날 니씨 부부 식음을 전폐ㅎ고 쥬야로 울면셔 죽고자 ㅎ니 그 이웃 하롬드리 위로ㅎ야 골 ㅇ 디 니씨 소져가 본디 부덕과 졀긔가 남에 뫼임 듯고 간 거시 아니라 죽지 아니ㅎㅇ얏쓰면 필경 희한혼 일이 잇쓸 거시니 기다려 보스이다 ㅎ더라. 이 쩌 이소져 남복을 입고 본집으로 도라왓거날 니씨 부부 그 쑬 오난 거셜 보고 니다라 손을 잡고 낙누ㅎ며 골 ㅇ 디 너 그스이 어디로 갓다 왓나냐 늙근 부모가 다만 너 ㅎ나흘 바라고 셰상에 잇셔셔 너와 갓튼 비필을 으더 말디 자미를 보고자 ㅎㅇ얏드니 조물이 시긔ㅎ야 김씨 신랑이 병이 드러 지금 와셔난 싱스도 모로고 다른 곳디 통혼ㅎ야 혼인을 지니고자 ㅎ얏더니 너도 간 디 읍셔 쥬야로 스러ㅎ더니 너의가 남복ㅎ고 드러오니 어디로 갓시며 무슨 일노 갓더냐. 우리 부부 너를 다시 보니 지금 죽어도 혼니 읍도다. 자셔이 말슴ㅎ올 거시니 드르시압소셔 ㅎ고 김씨 가에 드러가셔 거쥬승명을 속기여 말혼 것과 병구안ㅎ든 말과 약병 마시고 병이 차도 잇든 말과 김씨 부부 관디ㅎ든 말을 낫낫치 ㅎ니 니씨 부부 이 말을 듯고 그 쌀에 등를 어루만지며 갈아디 셰상에 웃지 너 갓튼 졀긔와 정성이 어디 잇쓰리오. 이난 하날이 너를 으엽비 여기스 김씨 아달이 회싱ㅎ얏도다. 만일 네에 정성과 네에 구완 곳 아니면 웃지 쥬션 장병이 이러틋 나으리오 ᄒᆞ며 그 깃부믈 이기지 못ᄒᆞ더라. 그 일햐 사ᄅᆞᆷ드리 이 소문을 듯고 뉘 아니 탄복ᄒᆞ리오. 즉시 편지를 닷가셔 ᄒᆞ인을 부리여 김씨 집에 보ᄂᆡ여 문병도 ᄒᆞ고 혼인지ᄂᆡ자 다시 ᄐᆡᆨ일할 말도 ᄒᆞ얏거날 김씨가에셔 이 편지를 보고 답셔ᄒᆞ야 병인에 쾌차ᄒᆞᆫ 말과 다시 ᄐᆡᆨ일하라난 말을 ᄒᆞ얏드라. 이 ᄶᆡ 혼일이 다다르니 김씨가에셔 위의를 차리여 김씨가 그 아달을 다리고 신부에 집에 와셔 혼인 지ᄂᆡᆯ 시 신부신낭이 초례셕에 스니 짐짓 원앙에 노슈로다. 교비를 다ᄒᆞᆫ 후에 신부가 그 김씨 시부를 뵈온ᄃᆡ 김씨가 그 며나리을 본즉 그 ᄶᆡ 자긔에 아달 병 구완ᄒᆞ든 아ᄒᆡ와 갓튼지라. 마암에 의아ᄒᆞ야 혼자 말ᄒᆞ야 ᄀᆞᆯ아ᄃᆡ 셰상에 갓튼 사ᄅᆞᆷ도 만토다 ᄒᆞ고 자셔이 보아도 조곰도 다르지 아니ᄒᆞᆫ지라. 신부에 부친이 그 ᄉᆞ돈니 의심ᄒᆞ여 보난 거셜 ᄂᆡ렴에 우스며 ᄀᆞᆯᄋᆞᄃᆡ ᄂᆡ ᄉᆞ돈을 관슝ᄒᆞ니 ᄉᆞ돈니 무슨 의심나난 일이 잇다 ᄒᆞ니 신랑에 부친이 ᄀᆞᆯᄋᆞᄃᆡ 무슨 별노이 의심나난 일이 읍시나 지금 며나리을 본즉 얼골과 ᄏᆡ와 모양이 젼일에 ᄂᆡ 자식 구병ᄒᆞ든 아ᄒᆡ와 조곰도 다르지 아니ᄒᆞ기의 마암에 의아ᄒᆞ노라. 신부에 부친이 우스며 ᄀᆞᆯᄋᆞᄃᆡ ᄂᆡ에 ᄯᅩᆯ이 과연 그 아ᄒᆡ라 ᄒᆞ고 젼후 그 지ᄂᆡ든 말을 낫낫치 말ᄒᆞ니 신랑에 부친이 듯기를 다ᄒᆞ고 층찬ᄒᆞ야 ᄀᆞᆯᄋᆞᄃᆡ 셰상에 웃지 ᄂᆡ에 며나리 갓튼 졀기와 졍셩이 어ᄃᆡ 이쓰며 ᄯᅩ ᄂᆡ의 자식도 져 며나리 아니면 웃지 사라쓰리오. 이난 은혜로 말할 거시 아니라 자고 ᄉᆞ젹에도 읍난 일이로다 ᄒᆞ며 두 ᄉᆞ돈니 셔로 질겨ᄒᆞ드라. 그날밤에 신

랑 신부 신방에 들미 신랑도 병석에 잇쓸 쩌에 자셔이 보든 못ᄒ
야쓰나 이 말을 드른고로 일면이 여구ᄒ야 조곰도 셔로 붓그러
여기지 아니ᄒ고 신랑이 그 신부드러 말ᄒ야 갈아터 니가 그더와
쳔졍연분이라. 웃지 죽어서 오날밤 질검이 읍시리오 ᄒ더라. 이
러이 숨일 지닌 후에 신부를 권귀ᄒ야 김씨 집으로 갈시 김씨 부
인이 그 며나리을 본즉 과연 그 쩌 구병ᄒ든 아희라. 셰상에 이런
희한한 일이 어디 잇쓰리오 ᄒ며 김씨 부부와 신랑 신부가 남에
읍난 며나리로 알며 남에 읍난 안희로 알더라. 이런 소문을 원근
사롬드리 자셔이 듯고 닷토아 와서 보난 사롬도 잇고 일향이 말
ᄒ되 이런 일른 그져 두면 츙열를 모론다 고ᄒ야 김순 군슈 민비
호씨 쩌에 그 일향 스람드리 관가에 말슴ᄒ즉 그 군슈 민씨도 이
말을 듯고 셰상에 읍난 일리라 ᄒ고 자관으로 조가에 말ᄒ야 조
가에셔난 날이에꺼지 품ᄒ야 열녀문을 셰우랴 ᄒ얏드니 갑오년
스변 잇쓸 쩌를 당ᄒ야 결를이 읍셔 아즉 아니ᄒ얏쓰나 이 다음
에도 조가에셔 자셔이 알면 그져 두지 아니ᄒ깃드라. 그 사롬 니
외가 그 부모를 뫼시고 지효로 셤기며 금실이 남에셔 별노이 다
르니 우리난 그 듯난 말이 희한ᄒ기의 긔록ᄒ나니 이런 말은 사
롬마다 사모홀 일이드라. (『한성신보』, 1896.10.30~11.3)

李正言傳

　전나도에 혼 사롬이 잇쓰되 셩은 니요 명은 제운이라. 가셰가 요부ᄒ고 사롬이 우여ᄒ야 또 인물이 남즁일식이라. 부모와 쳐자가 다 잇셔 일향 사롬더리 팔자가 좋다고 일카르더라. 나히 니십에 지나지 아니ᄒ야 공부ᄒ기를 힘쓰더니 일일은 셔울셔 티평과를 뵈인다난 관문이 돌거날 팔도션비더리 구룸갓치 모이난디 이 사롬이 과거를 보고져 십푼 마암이 잇거날 그 부모계 과거보라 가기를 고ᄒ니 그 부모가 말유치 아니ᄒ고 허락ᄒ거날 노자를 만니 가지고 길을 쩌나셔 갈 시 잇쩌난 춘삼월이라 츈화일난ᄒ고 길 가기도 참 조흔고로 도로에 과유가 만어셔 길이 머여 가거날 죽장망혜로 의복을 션명이 입고 괴나리 봇짐을 지고 여러 날 오는 자연 동힝이 만어셔 슈십명이 오난지라. 혼 쥬막에 다다르니 그 쥬막 뒤흐로 강이 흘너가거날 그 션비더리 그 쥬막에셔 점심 요긔를 ᄒ난디 이 사롬은 요긔도 아니ᄒ고 강물 귀경코져 ᄒ야 독힝ᄒ야 강변에 올녀갓다 니려왓다 ᄒ더니 그 쥬막 동니가 여염이 만흔디 그 강변에 큰집 ᄒ나히 난난디 그 문안으로셔 웃더혼 쳐녀 ᄒ나히 은신ᄒ야 니다 보거날 그 사롬이 즈셔이 본즉 그 쳐녀가 인물이 쳔하일식이라 심신이 활홀ᄒ야 방황ᄒ며 그 쳐녀을 유의ᄒ야 보니 그 쳐녀가 드러가는 거시 아니라 또흔 눈이 맞거날 이 사름이 차마 길을 떠나지 못호고 그 쳐녀 볼 계칙을 싱각호더니 그 동힝 션비덜이 이 사름을 찾거날 이 사름이 부득이호야 그 동힝에게 간즉 그 동힝더리 가기을 지촉호거날 이 사름이 그 즛 편치 안타고 핑계호고 쥬막방의 눕거날 그 동힝덜은 남에 마음은 모록 혼즈 두기 어렵다 호야 여러 동힝덜이 다 유슉호랴 호거날 이 스람이 갈으디 나난 병이 급히 나셔 이 쥬막의 유슉호거니와 그디들은 과일이 불원호엿난디 엇지 나를 위호야 갓치 유슉호리요. 아즉 일셰가 져무지 아니호엿스니 더 가면 나난 여긔셔 즈고 명일에 다시 맛날 거시니 먼져 가라 혼디 그 션비덜이 그러할 듯 호야 다 가거날 이 사름이 다시 이러나 그 쳐녀 나와 셧던 문 압흐로 간즉 그 쳐녀가 간 곳 업거날 이 사름이 밋칠 듯 시버 쥬져호다가 날이 져무러 밤이 되셔 만단싱각호여도 그 쳐녀 만날 긔약이 업난지라 죽기을 두려이 아니 넉이고 원쟝호야 드러가기을 싱각호고 인적이 고요호기을 기드려 잇다가 밤이 깁거날 가만이 이러나 그 문압으로 다시 가셔 쟝원이 야진 곳을 엿보아 넘어 드러가니 그 집이 심히 큰지라 어디을 향할지 몰나셔 즈최업시 두루 다니며 본즉 방방이 불 쓰고 즈거날 그 쳐녀가 어늬 방의셔 즈는지 아지 못호야 심히 답답호더니 그 집 뒤흐로 도라간즉 방 호나히 잇는디 촉불이 희미호고 인적이 젹죠호거날 즈최업시 가셔 문틈으로 엿보니 그 쳐녀가 홀노 잇셔 이불을 의지호야 누엇거늘 이 사름이 문을 가만이 열고 드러가니 그 쳐녀가 이러 안지며 외면호야 굴으디 엇더혼 사름인지 모로거니와 이 심야에 엇지

ᄒ야 남에 집에을 월장ᄒ야 드러왓느냐. 뵈온즉 도적도 아니거
날 여아가 홀노 잇난ᄃ 무순 ᄉ고로 이더지 무례ᄒ게 드러오셧소
ᄒ니 이 사름이 갈ᄋᄃ 나난 아모 ᄃ ᄉ난 아모기일너니 금번의
과거길노 가다가 이 곳에 와셔 경치가 좃키의 구경코ᄌ ᄒ야 강
변에 와셔 비회ᄒ더니 그ᄃ가 이 문압헤 나와셔 규시ᄒ거날 남ᄌ
라 ᄒ난 거시 탐화봉접 ᄀᆺ타야 엇지 그 모양을 보고 그져 잇스리
요. 죽기을 두려이 아니 넉이고 십젼 구도ᄒ야 드러왓슨즉 나에
싱사난 그ᄃ 손에 달연난지라 그ᄃ 마음ᄃ로 쳐분ᄒ라 ᄒ니 그
쳐녀가 묵묵무언ᄒ다가 다시 이러나 밧그로 나가 고요훈 동셩을
보고 드러와 안거날 그 사름이 욕심을 이긔지 못ᄒ야 불문곡직ᄒ
고 달녀들거날 그 쳐녀가 이긔지 못ᄒ야 운우지락을 미졋난지
라. 이러이 놀다가 금계가 시벽을 보ᄒ거늘 이 사름이 불가불 나
오려 홀 ᄉ 다시 만날 긔약이 업난지라. 손을 잡고 이별할 ᄉ 그
쳐녀가 굴ᄋᄃ 셔방님 이번 과거의 가시면 과거난 졍녕 참방할
거시니 잇지 마시고 도라가시난 일에 ᄎ지시면 조히 만나 뵈올
거시니 부ᄃ 밋ᄉ오며 ᄯᅩ 나에 일신이 지금 와셔는 셔방님 몸에
미엿스니 부ᄃ 잇지 마시옵소셔 훈ᄃ 이 사름이 갈ᄋᄃ 잇기야
엇지 이지리오마난 이번 과거에 졍녕 참방훈다난 말은 가히 밋지
못할 닐이라 ᄒ니 그 쳐녀가 갈ᄋᄃ 졍영 참방ᄒ실 닐이 잇난고
로 말슴ᄒ난 거시어늘 엇지 그러치 아니ᄒ면 졍녕이 질언을 ᄒ오
리잇가 ᄒ니 이 사름이 과연 그 말과 ᄀᆺ틀진ᄃ 더욱 그ᄃ을 이즈
리오.

처녀 갈아디 쳐자가 무슨 일을 아난 톄흐올잇가마는 니 과연 증험흐난 일이 잇기의 말슴흐난 거시니 부디 허슈이 듯지 마시고 오실 길에 차지시기 쳔만 바라노라 흐거날 이 사룸이 갈아디 조곰도 염녀말고 도라오기를 기다리라 흐고 셔로 손을 붓잡고 작별흐고 나오니 거의 동방이 발건난지라. 도라와 쥬막에 잇셔셔 날이 발근 후에 길을 쩌나 그 동힝흐던 션비를 차자가니 그 션비더리 과연 기다리거날 그 션비들과 갓치 여러 날 동힝흐야 입셩흐니 과일이 슈일 격흐얏더라. 슈일 지난 후 과일을 당흐야 장중에 드러가니 팔도 션비더리 구룸갓치 모이엿거날 필묵을 가졋다가 글졔 나기를 기다려 안졋더니 안식흐야 글졔 나거날 일필휘지흐여 션장흐니 과연 장원급졔에 쌔이엿난지라. 이 사룸이 여러 디 시골 싱원에 자손으로 장원급졔를 흐니 웃지 질겁지 아니리오. 시골집으로 방을 보너고 자긔난 셔울셔 삼일 유과흐고 시골집으로 도문할야고 은안쥰총에 광디 한쌍을 셰우고 셩밧것 나시니 쩌가 츈삼월이라 도로에 지나는 사룸이 뉘 아니 구경하리오. 이 사룸이 질거움을 이기지 못흐야 그 쳐녀 잇난 동너를 지나면셔 인흐야 이져바리고 그 쳐녀을 찻자 보지 아니흐고 그져 지나가셔 자긔에 집에 도문흐니 그 졔족과 일향 친구를 다 모이여 잔치를 비셜흐고 여러 날 풍악을 갓초와 질기니 그 부모가 잇셔 영화극진흐더라. 이 스람이 여러 날 지난 후 셔울노 올너와셔 다시 구슈흐미 여러 지상의 집을 단니거날 무슨 벼살을 할야흔즉 자연 되지 아니ᄒ고 이러이 여러 ᄒᆡ 된즉 겨우 졍언을 ᄒᆞ얏난지라. 차차 부모도 도라가고 운슈비식ᄒᆞ야 쳐자 노비 다 죽어 하낫토 남지 아니ᄒ고 니졍언 일신만 남엇거날 니졍언이 자연 신세 고단ᄒᆞ야 셔울노 다시 와셔 그젼에 단이든 지상에 집이나 친구에 집이나 두루 단이며 으더 머으니 차마 불상ᄒᆞ야 보지 못홀너라. 그 ᄯᅥ 니 졍언이 신세가긍ᄒᆞ믹 젼일 지닉던 일을 모다 싱각혼즉 후회되지 아니혼 일이 읍난지라. 그 여러 가지 후회되난 즁에도 별노이 원 통ᄒᆞ고 후회나난 일이 자긔 과거 보라 올 ᄯᅥ에 그 쳐녀에 하던 말 을 비반ᄒᆞ고 다시 만나 보지 못혼 거설 극히 후회ᄒᆞ나 다시 어ᄃᆡ 가셔 보리오. 그 ᄯᅥ 그 쳐녀가 그 ᄉᆞ함을 작별ᄒᆞ고 그 후로난 과 일을 기다려 소식잇기을 기다리더니 과일이 지나간지 여러날 되 도록 다시 아모 소식이 읍거날 이 쳐녀가 마암에 헤오디 그 사롬 이 과거난 분명이 하얏슬 터이오 ᄯᅩ 상약이 지즁혼디 웃지 이러 홀 이치가 잇스리오. 필경은 과거 보고 어ᄃᆡ 몸이 편치 못ᄒᆞ야 아 즉 닉려오지 아니ᄒᆞ나 보다 ᄒᆞ고 문젼에 나셔 심히 기다리나 인 ᄒᆞ야 소식이 읍난지라. 여러 달 지닉믹 이 쳐녀 일노셔써 근심ᄒᆞ 야 형요이 다 파리히엿난지라. 이 ᄯᅥ 이 쳐녀가 나이 십칠세라. 그 부모가 각쳐에 통혼ᄒᆞ거날 이 쳐녀가 홀노 싱각ᄒᆞ되 닉가 아 모리 하방에 변변치난 못혼 ᄉᆞ라이나 네의 졀긔야 으더 가며 ᄯᅩ 닉 그 ᄉᆞ롬과 일야동풍ᄒᆞ야 금셕갓치 구든 언약을 웃지 져바리고 다른 곳으로 시집을 가며 웃지 그 ᄉᆞ롬을 잇즈리오. 싱각건디 그 사롬도 목셕이 아니여던 웃지 날을 잇즈리오. 닉가 부모에 명을 거역홀지라도 시집가지 아니ᄒ고 멋날 멋달이 될지라도 이 사룸을 기다려셔 빅년히로 ᄒ겟다 ᄒ고 일일은 그 모친게 고ᄒ야 갈아디 이런 말슴 고ᄒ난 거시 여아에 도리난 아니나 부모계 고ᄒ나니 근일 드르니 져의 혼인을 지니랴 ᄒ시고 널니 혼쳐를 구ᄒ다 ᄒ오나 아즉은 밧부지 아니ᄒ오니 그만 두고 계시면 자연 아실 도리가 일슬 거시오니 구혼ᄒ난 거셜 그만 두소셔 ᄒ디 그 부모가 갈ᄋ디 규중에 잇난 여아 웃지 혼인일을 간섭ᄒ며 ᄯ 무슨 연고가 잇관디 자연 알이라 ᄒ니 무슨 연고인지 자셔이 말ᄒ야라 ᄒ니 그 쳐녀가 갈ᄋ디 별노이 할 말슴은 읍시나 종차나 아실 거시니 그리 아시읍소셔 ᄒ니 그 부모가 고이 여긔여 알고자 ᄒ나 아모려나 ᄒ고 그 여아에 눈치만 보고 기다리더라. 이 쳐녀가 쥬야로 기다린들 무슨 소식이 잇스리오. 이 쳐녀가 기다리다가 자진ᄒ야 죽고자 ᄒ야 음식을 전폐ᄒ거날 그 부모가 이 여아에 모양을 보고 갈아디 니가 다른 자식이 읍고는 계야 너를 두어 노리에 자미를 보고자 ᄒ얏더니 네가 무슨 연고로 음식도 먹지 아니ᄒ고 죽으랴 ᄒ니 어인 일이냐. 부모자식 ᄉ이에 무슨 말을 못ᄒ리오. 네 자셔이 말ᄒ여라 ᄒ니 그 여아가 차마 이런 말을 하지 못ᄒ야 속이여 고ᄒ여 갈아디 다른 연고난 읍시나 몸이 편치 못ᄒ야 그러ᄒ오이다 ᄒ고 (미완)

슈식이 만면ᄒ거날 일노써 날마다 근심ᄒ더라. 잇ᄯᅢ 이 여아가 만단으로 싱각ᄒ야도 웃지할 슈 읍난지라. 사라 잇쓰면 부모가 응당 연분을 졍ᄒ야 시집을 보너랴 할 터이니 싀집을 가지 아니ᄒ면 남에 자식이 되야셔 부모에게 근심을 ᄭᅵ칠 쑨 아니라 여자의 도리도 남에 시비가 잇쓸 거시요 죽자ᄒ니 당치 못ᄒᆫ 일이니 웃지하면 너에 심장을 누가 알어셔 풀어 줄이요 무슈이 싱각ᄒ다가 니 살아잇다가 싱젼에 이 사람 다시 만나 보리라 ᄒ고 그 후로난 음식도 잘 먹고 몸도 버리지 아니ᄒ야 날마다 몸을 악그니 그 요조ᄒᆫ 티도랄 뉘 아니 층찬ᄒ리오. 이후로 그 부모가 혼인을 널니 구ᄒ야 지니라 ᄒ더니 맛참 셔울셔 부자 즁인 ᄒ나이 그 쳐녀가 잘 자란다난 소문을 듯고셔 통혼ᄒ얏거날 그 부모가 허락ᄒ야 혼인을 지니더라. 이 ᄯᅢ 니졍언니 동셔기걸ᄒ야 남북촌으로 단이면셔 사랑ᄭᅵᆨ이 되얏녀니 일일은 니졍언이 남촌으로셔 북촌으로 가더니 홀련이 셔풍이 불면셔 디우가 오거날 비를 피코자ᄒ야 아모집이나 디문간에 드러셧더니 즁문간으로셔 늘근 마누라 하나이 의복도 잘 입고 외양도 즘자는지라. 이윽히 셔셔 보다 안으로 드러가 그 죵 계집을 불너셔 말ᄒ되 져 문간에 셔셔 페우ᄒ난 스람을 져 스랑으로 드러가라 하야라 ᄒ니 그 죵 계집이 나와셔 말ᄒ되 문간에서 페우마시고 져 스랑으로 드러가소셔 ᄒ니 니졍언니 불고염치ᄒ고 그 스랑을 차져셔 드러간즉 웃더ᄒᆫ 스람 ᄒ나히 잇난디 나힌즉 오십여셰즘 되야 보이고 의복인즉 쥬의 거

스로 입엇고 금옥탕창이 분명호고 문방졔구가 하낫토 츄혼 게 읍
난지라. 니졍언니 드러가 안즈며 인스호기를 쳥호니 그 스룸이
쥬인이로라 호거날 니졍언니 자긔에 승명을 가릇쳐 쥬고 폐우호
야 드러온 말을 호니 그 쥬인이 그러이 듯더라. 안식호야 그 종
계집이 안문을 열더니 그 뒤으로 웃더혼 부인 호나히 나히 오십
여셰즘 되야 보이난디 드러오거날 그 쥬인이 이 거동을 보고 급
피 말호더 웃지 드러오시오 혼더 그 부인니 갈아더 나도 손님 계
신 쥴 모록 드러오난 거시 아니라 손임 뵈오랴고 드러왓나이다
호니 니졍언이 어인 일인지 아지 못호야 이러나셔 폐코져 호니
그 부인이 말호더 져 손님은 폐치 말고 거긔 안져셔 닌 말을 드러
보시어 호더니 안식호야 안으로셔 상이 들거날 본즉 쥬안을 차리
여 융숭이 나왓거날 그 쥬인이 어인 연고인지 아지 못호야 가마
니 안져셔 동졍만 보거날 부인이 말하더 니가 평싱 소회를 오날
이야 풀 거시니 쥬인디감호고 져 손임호고 두 분이 자셰 드르시
오. 져 손님은 날을 즘 보시오. 모로겟소 혼즉 니졍언이 그 부인
을 보아도 과연 보지 못호던 스룸이라. 모로노라 호니 그 부인이
아모히 아모달 아모날에 아모짜에셔 과거길에 계집 아히 만나던
일 싱각호 깃소 호니 니졍언이 묵묵무언이어날 그 부인이 그졔야
그 쥬인디감더러 쳐녀젹에 져 사람 만나 일이일이혼 말을 다 호
며 갈아더 니가 굿쩌에 꿈 호나흘 으드니 쳥용 황용이 하날노셔
날여와셔 닌 품에 셔리엿다가 하날노 올너가거날 치마 압히 알
셰시 노이엿거날 놀너 씨니 몽스 분명혼지라. 마암에 질기나 향

인셜화 못ᄒ고 잇더니 져 손님이 이리이리ᄒ기의 니 일신을 그 사ᄅᆷ에게 부락고져 ᄒ얏더니 그 후로 다시 아모소식도 읍거날 니가 죽으랴 ᄒ다가 다시 싱각ᄒ니 스름으로 세상에 나셔 명식읍시 죽으리오. 장니나 보차ᄒ고 스라셔 져 쥬인ᄃᆡ감에게로 시집을 와셔 자식 삼형졔을 두어셔 삼형졔 다 과거하야 모다 금옥을 붓쳐 쓰니 그 자식이 져 ᄃᆡ감 자식이 아니라 그ᄃᆡ가 날을 잇지 아니ᄒ고 언약과 갓티엿더면 그ᄃᆡ에 자식일거슬 웃지 원통치 아니리오. 자근 스랑에 그 아달 삼형졔을 다 불너 뵈거날 본즉 참 범상ᄒᆫ 스룸더리 아닐너라. 이부인 갈아ᄃᆡ 니 평싱 소원이 다시 한번 만나면 이 말이나 다시 ᄒ고 죽자 ᄒ얏더니 이졔 난 죽어도 한이 읍도다 ᄒ니 그 방즁에 그 남편되난 ᄃᆡ감과 그 아달 되난 스룸더리 이 말을 듯고 묵묵ᄒ니 니졍언은 분함과 그 붓그러옴을 이기지 못ᄒ야 가기를 청ᄒ니 부인이 슐을 부어들고 슈삼비 권ᄒ야 먹이고 작별ᄒ고 니당으로 드러가니 니졍언이 이후로난 자연 심스 불평ᄒ야 아모리 후회ᄒᆫ들 웃지ᄒ리요. 그러흠으로 스람이라 ᄒ난 거시 아즉 조흔 일만 싱각ᄒ고 은혜를 져바리면 길ᄒᆫ 법이 읍난니라. 니졍언 그 ᄶᅵ에 그 쳐녀를 보지 아니ᄒ얏더면 웃지 과거ᄒ얏쓰며 그 쳐녀를 다시 차자쓰면 웃지 이 지경에 이르럿쓰리오. 심이 원통ᄒ고 후회되더라. (『한성신보』, 1896.11.22~30)

金氏傳

전일에 활양이 성풍ᄒ야 쥬ᄉ쳥누와 각셔예 노리ᄒᄂ 거시 모다 활양에 판니라. 이 ᄶ 츈간이 되야셔 일긔 온화ᄒ고 각쳐에 경치 좃코 좃커날 이곳 져곳 단니면셔 활공부ᄒ더니 일일은 남촌ᄉ난 길황양 ᄒ나이 잇셔셔 여러 활양덜과 더부러 어느 곳에 가셔 활공부ᄒ다가 셕양 셜노에 다 각각 집으로 도라올 시 김활양이 활을 메고 남촌으로 올 ᄶ에 이 골목 져 목 오다가 어너 골목에 다다르니 어인 가마 ᄒ나이 어느 골목에셔 나와셔 가난디 가마도 조코 그 가마 뒤에 ᄶ라오난 종 계집 아희가 나히 열육칠셰즘 되고 옷션 모다 힌 거스로 ᄒ야셔 조츌ᄒ계 입고 가마치를 붓잡고 다라가난디 그 자두지족과 ᄒ난 티도가 참 쳐음 보난 비라 김활양이 혼자말노 ᄶ라가난 종도 져다지 으엽부거든 그 가마 안에 잇난 ᄉ롬이야 노소난 모로거니와 오작 으엽부리오. 어너 골목 어너집으로 가난지 니 ᄶ라가 보리라 ᄒ고 멀지막이 뒤을 좃차 ᄶ라갈 시 이 교군니 이리져리 북촌으로 가셔 어느 집으로 드러가난디 그 집인즉 비록 허슐ᄒ나 본디난 큰집이더라. 그 ᄶ가 아즉 어둡지 아니ᄒ고 희가 좀 잇거날 김활양이 그 근쳐에 두루 단이면 그 동정을 보면셔 어둡기를 기다이니 그 집이 그 가마 드러간 후에 다시 아모도 니황ᄒ난 사롬도 읍고 문젼이 소실ᄒ니 니

렴에 헤아리되 이 집이 외무 쥬장혼가 웃혼야 집 밧그로 너왕혼
난 스롬도 읍고 안으로 아모 소식이 읍난고 혼며 그 동정을 단단
니 보난지라. 김활이 본디 긔훈이 조코 마암이 호협혼야 셰상에
별노이 겁너난 모양이 읍난 스롬이라 혼자말노 사나가 셰상에 나
셔 무론 모스혼고 혼고십푼 일을 다 혼고자 혼거날 이만 변변치
아니혼 일을 니 웃지 그만 두고 갈이요 혼며 동정을 보다가 날이
져무러 어둡거날 악가 드러가던 그 종 계집 아희가 안으로셔 나
와셔 문을 닷고 드러가난지라. 김활양이 곳 그 계집 아희를 짜라
드러가고 십푸나 그 속을 모로난고로 밤 들기를 기다려 잇다가
밤이 오리거날 드러갈 곳을 차자 본즉 담이 다 놉고 드러가기가
어려오나 김활양인즉 본디 여력잇고 날닌지라 몸을 소스 담으 너
머 드러가셔 두루 단니며 본즉 방이 다 어둡고 방 혼나이 불을 혀
잇거날 자초을 가마니 혼야 근쳐에 가셔 동정을 보니 아모 인셩
은 읍고 불만 발근지라 그 문젼으로 갓가이 드러가셔 문틈으로
엿본즉 방안에 다른 사나의나 하낫토 읍고 다만 여인 늘근니가
잇셔셔 엇더혼 졀문 여인에 무롭을 버이고 이를 잡피거날 그 졀
문 여인인즉 소복을 입고 쵹하에 안잣난디 인물이 일식이요 나히
이십즘 되야 뵈이난지라. 쏘 그 겻히 그 계집아희가 안잣거날 다
모양을 보니 화려혼 빗손 읍고 다만 슈심만 그득하야 뵈이니 어
인 일인지 짐작지 못혼야 을리 쥬져혼더니 그 노인이 이러 안즈
며 길이 훈슘 짓고 그 졀문 여인다려 일너 갈아디 밤이 오리쓰니
가셔 자라 혼니 그 졀문 연인이 그 다른 방으로 나가난더 그 계집

아히도 짜라가거날 이 스룸이 쏘 뒤흘 좃차 그 방문 전에 가서 문 궁그로 드려다 보니 그 절문 여인니 조흔 금침을 펴고 축을 도도고 우금침에 안젓거날 그 모양이 참 장부에 마암을 도도난지라. 이 스룸이 곳 드러가 슈작을 ᄒ고 습푸나 그 계집 아히가 잇난고로 그리홀 슈가 읍셔서 급한 마암을 억졔ᄒ고 동정만 보더니 그 절문 여인이 그 계집아히다려 담비를 푸여 오라 ᄒ니 그 계집아 히가 담비 ᄒᄃ를 푸여드린즉 그 절문 여인이 ᄃ을 바다 입에 물 고 안석에 기디여 안즈며 한슘짓난지라. 그 담비를 한ᄃ를 다 피 우고 그 계집 아히다려 일너 갈아디 오날밤이 을마나 되얏나냐 ᄒ니 그 계집아히가 디답ᄒ야 갈아디 밤이 미우 오러엿나이다 ᄒ 디 그 여인이 그 아히다려 갈아디 그러ᄒ면 네 방에 나가셔 자거 라 ᄒ니 그 계집 아히가 졔방으로 나가거날 이 할양이 그 절문 여 인이 혼자 자난 거셜 깃거ᄒ야 그 계집 아히 나가셔 잠들기를 기 다려 드러가 볼니라 ᄒ고 좀 밧 겻히 잇다가 드러갈야 홀 즈음에 어디로셔 무슨 인끠 나거날 놀니여셔 몸을 감초와셔 가마니 보니 웃더호 스나의놈 ᄒ나이 담을 너머 드러와셔 져도 밧계셔 동정을 보다가 아모도 읍난 양르 보고 문을 열고 드러가니 이 스룸이 그 놈 드러간 후 뒤을 짜라 쏘 가셔 문틈으로 엿본즉 그 절문 계집이 이놈 드러 오난 거셜 보다가 반기여 이러나 손을 잡고 잇쯔허 금 침우에 가셔 두리 안져셔 희학이 무쌍ᄒ니 김할양이 이 모양을 본즉 분긔디발ᄒ야 니니 두를 보리라 ᄒ고 가마니 안져셔 이윽허 보니 그 계집과 그 스나의가 촉불을 도도고 아져셔 (미완)

계집에 아당 피우난 것과 스나희에 어루난 모양이 가이 불 만 ᄒ더라. 김활양이 이 거동을 보고 발분홈을 이긔지 못ᄒ야 활에 살을 메워 문궁그로 그 사나희 놈을 한번 쏘니 그놈이 바로 이마가 마져서 즉스하거날 그 계집이 어인 일인지 아지 못ᄒ야 황황ᄒ야 이 송장을 치울 슈가 읍시니 송장을 이불에 말어서 잔약혼 계집이 죽을 힘을 다ᄒ야 다락으로 쓸어올니고 흔적읍시 슈쇄ᄒ고 안져셔 길이 흔슘짓고 안거날 김활양이 말초를 다 보고 담을 너머 자긔에 집으로 도라와셔 잠을 자더니 비몽스몽에 한청의 소년니 의복도 션명이 입고 인물도 동탕혼 자가 문을 열고 완연이 드러와셔 엽흐로 안지며 말ᄒ야 갈아디 나난 아모 골목 스난 아모더니 부모가 잇셔셔 공부ᄒ기를 위ᄒ야 문밧 아모 절노 가셔 동접을 다리고 공부ᄒ미 자연 제 집에 사롬을 자조 보너난지라. 절간에 와셔 다른 사롬이 누가 잇스리오 절에 중 ᄒ느이 연소ᄒ고 스람도 근간ᄒ기의 이 중을 신임ᄒ야 자조 제 집에 스환ᄒ얏더니 이 중이 그 사환ᄒ난 스이의 니에 계집을 잠통ᄒ야 단이더니 이 계집과 그 중이 져의 맘더로 통간ᄒ기를 위ᄒ야 그 중이 일일은 츈화일난ᄒ미 귀경ᄒ기를 쳥ᄒ거날 공부ᄒ다가 울격혼 싱각이 잇셔셔 그 중을 짜라셔 절 뒤희 층암절벽이 잇난더 그 우희 안져셔셔 경치를 살피며 노더니 그 중이 홀지의 미러셔 그 셕벽 알희 나리치니 분골쇄신ᄒ미 그 놈이 나에 신톄를 절벽 스이 인적부도할 곳에 너어두고 흑으로 무더쓰니 그 뉘가 알니오 그 후에 그 즁이 장발ᄒ야 속인이 되고셔 그 계집과 지금것 잠통ᄒ니 니에 부모난 이 연고난 아지 못ᄒ고 날노 ᄒ야금 순간에 즘싱에 히를 입어셔 다시 종젹도 모론다 ᄒ고 노리에 양위가 자식이 ᄒ 낫토 읍고 불측ᄒ 그 며나리를 다리고 계시니 이 원슈를 갈이지 못ᄒ고 지금거지 신톄가 썩도 아니ᄒ고 잇더니 하날이 니에 원통 ᄒ믈 굽어 살피스 그디로 ᄒ야금 그놈을 죽여 쥬셔셔 천만년 원 억을 풀어쥬시니 이 은혜랄 읏지 다 갈이올잇가 ᄒ고 빅비치스ᄒ 고 이러나거날 놀니여 씨다르니 그 꿈에 말ᄒ던 일과 그 졀 뒤히 갈아치던 졀벽얼 역역히 긔록하겟난지라. 그 잇튼날 김활양이 그 게집에 집에를 다시 가 보리라 ᄒ고 가셔 본즉 그 랑자 집에 엇더ᄒ 노인 ᄒ나이 잇셔셔 얼골에 슈심을 씌고 안젓거날 김활양 이 드러가 인스ᄒ고 갈아디 니 쥬인 노인을 뵈오니 무슨 근심이 잇난지 슈심이 만면ᄒ오니 무슨일이 잇난잇가 ᄒ즉 그 노인니 갈 아디 별노이 아모 근심 ᄒ난 거시 읍거니와 어디로셔 오시난 손 임인지 모로거지와 읏지ᄒ야 무루시난잇가. 김활양이 갈아디 나 난 지나가난 사름이여니와 쥬인에 긔상을 뵈오니 필경이 무슨 연 고가 잇난 것 갓튼고로 뭇잡나니 자셔이 말슴ᄒ시면 자연 알아볼 도리가 잇스니 바로 말슴ᄒ소셔 ᄒ디 그 노인니 갈아디 니가 늣 계야 자식 ᄒ나흘 두어셔 나히 지금 아모싱인디 셩취ᄒ야 실하에 자미를 보고자 ᄒ얏더니 아모리 귀ᄒ 자식이나 무식ᄒ면 쓸 디 읍난고로 연전의 아모졀노 공부를 보니엿더니 가운이 불힝ᄒ야 그 자식이 홀연이 간 디 읍시니 이거션 필경이 즘싱에게 상ᄒ 바

되야 신톄도 찻지 못ᄒ고 지금 과거ᄒ난 며나리를 다리고 늘근
니외가 셰월을 보닉고 잇스니 이러무로 무산 조흔 일이 잇셔셔
근심ᄒ난 빗치 읍스리오 ᄒ거날 김활양이 이 말을 듯고 갈아디
니가 그 자졔 죽은 소인과 그 신톄 잇난 곳을 알게스니 쥬인은 이
러혼 눈치도 뵈이지 말고셔 ᄒ인 이삼인을 다리고 날과 갓치 가
스이다 ᄒ니 그 쥬인이 괴이 여긔여 어인 일인지 아지난 못ᄒ나
그 사롬이 졍이 말ᄒ난 고로 그 사롬 말ᄒ난 디로 ᄒ인을 다리고
김활양을 ᄯᅡ라셔 그 아달 공부ᄒ던 졀노 가거날 그 졀 뒤히 졀벽
이 잇난디 졀벽 스이에 흘걸 헛치고 보니 과연 그 아달에 송장이
잇난디 얼골 빗도 변치 아니ᄒ고 지금 죽은 사롬과 갓거날 그 노
인니 이 모양을 보고 그 송장을 어루만즈며 디셩통곡ᄒ며 갈아디
니 자식에 송장이 이곳에 잇난 거셜 알진딘 그 곡졀도 알 거시니
그디난 하낫토 긔이지 말고셔 자셔이 말ᄒ야 나에 원슈를 갑계
ᄒ야 쥬소셔 ᄒ니 김활양이 갈아디 아모말도 ᄒ지 말고 나 가라
치난 디로 ᄒ며는 자연 아실 도리가 잇슬 거시니 송장을 갓다가
장스나 잘 지닉고 조쳐ᄒ라 ᄒ거날 이 노인이 이 말을 듯고셔 일
장통곡혼 후에 그 송장을 어니 곳에 권조로 뭇고셔 자긔에 집으
로 닉여오거날 김활양이 그 노인다려 말ᄒ야 갈아디 세상스룰 어
려온 일을 당ᄒ면 니두를 다 헤아려가지고 ᄒ난 거시 올ᄒ니 부
디 노인은 니 말 ᄒ난 거셜 우수이 여긔지 말고 나 가라치난 디로
ᄒ시오 ᄒ고 (미완)

 말ᄒ야 갈아디 딕에 도라가셔 이러ᄒᆫ 눈치도 뵈이지 말고 그 자부잇는 방 다락 안에 무슨 물건 니올 거시 잇다 ᄒ고 그 다락에 드러가 보시면 자연 아실 일이 잇슬 거시니 보시고 일을 웃지 조쳐ᄒ시던지 ᄒ시오 ᄒ고 김활양이 자긔에 집으로 도라오니라. 이 노인니 그 말디로 집으로 도라가셔 아모 일도 읍난 톄ᄒ고 니당으로 드러가셔 그 며나리 방으로 가셔 그 며나리다려 말ᄒ야 갈아디 너 잇난 방 다락 안에 무어슬 니올 거시 잇스니 니 드러가셔 니오겟다 ᄒ니 그 며나리가 갈아디 무슨 물건인지 제가 니올이다 ᄒᆫ즉 노인니 말하디 너난 모로난 거시라 니가 니여오리라 ᄒᆫ즉 그 며ᄂᆞ리 눈치가 황황ᄒ야 웃지할 줄 모로난 것 갓거날 이 노인니 눈치을 보고셔 더옥 괴이 여기여 부득이 그 방으로 드러가셔 다락문을 열고셔 본즉 무슨 닙싀가 나며 그 안에 이불에다 무슨 거셜 말어셔 두엇난디 혈흔이 낭자ᄒᆫ지라 놀니여 이불을 펴고 보니 웃더ᄒᆫ 놈이 화살을 이마에 꽂치고 죽엇더라. 이 노인니 긔가 막히여 갈아디 니 자식이 종젹을 모로기의 즘성에게 죽은 줄노 아랏더니 지금 보니 이 모양이 잇슨즉 이놈에 손에 죽엇스니 이러ᄒᆫ 원슈가 어디 잇스리오. 그 며나리을 친졍으로 보닉고 이런 스연을 낫낫치 말ᄒ니 그 며나리 친졍이 ᄯᅩᄒᆫ 지상에 집이라 그 집에셔 이 말을 듯고 다 놀닉여 갈아디 양반에 집 여자가 이갓튼 힝실이 잇셔셔 양가를 다 망케 ᄒ니 너갓튼 여자난 셰상에 용납지 못ᄒ리라 ᄒ니 그 여자 도로여 힝실을 싱각ᄒᆞᆫ직 만번 죽어도

앗겁지 아니혼지라. 그 친뎡 부모계 고호야 갈아디 그놈에 겁욕
을 당호고 즉시 니가 죽난 거시 올커날 그놈과 마암을 혼가지로
호야 도로여 가장을 희를 보이고 지금것 상통호다가 하날이 미워
여기스 웃더혼 장부에계 이 모양을 뵈이고 이 지경에 이르럿스니
니에 죄난 만스무셕이라 무슨 면목으로 사라잇스리오 호고 인호
야 자폐호니라. 그 쩌 김활양이 자긔에 집으로 도라가셔 밤이 되
거날 촉을 도도고 누엇더니 비몽사몽간에 젼일 꿈에 보단 소년이
완연이 문을 열고 드러와셔 졀호고 안즈며 말호야 갈아디 쳔빅년
원억혼 원슈를 갈일 길리 읍셔셔 죽은 몸이 바회 틈에 잇셔셔 썩
도 아니고 지금것 잇더니 하날이 니에 원통홈을 살피스 그디로
호야금 이 지원혼 원슈를 갈이여 쥬시니 이 은혜난 빅골난망이라
종금 이후로난 신명이라도 그디를 짜르단니며 도아줄 거시니 그
리 아시오 호고 인호야 간 디 읍난지라 놀니여 끼다르니 남가일
몽이라. 김활양이 이후로난 무슨 어려온 일이 잇더니 모로난 일
이 잇던지 미스랄 그 소년니 꿈에 와셔 가랏쳐 쥬거날 김활양이
세상에 아지 못홀 일이 읍고 어려온 일이 읍난지라. 세상 스람더
리 신인이라 일키르미 자연 위호난 스람도 만코 짜로난 스름도
마나셔 벼살을 호난디 남에서 쮜여나계 호난지라. 일일을 나라에
셔 션쳔방어스랄 졔슈호거날 김활양이 스은호고 나와셔 션쳔으
로 도림하랴 홀 시 김활양이 본디 가난호던 스름이라 쳐음으로
조흔 고을을 하얏스니 부모를 영화로 뫼셔 갈야고 호니 부모와
쳐자와 노속덜과 소솔이 여러 십명이라. 길을 쩌나셔 션쳐으로

가더니 잇써에 흉년이 져셔 길에 도적이 디치ᄒ거날 힝인더리 길
에 쓰너지난지라 어느 쥬막에 드러셔 자랴홀 시 그 일힝이 안밧히
다 드러셔 셕반 나오기를 기다리더니 김활양이 셕반 나오기 전에
곤홈을 이기지 못ᄒ야 벽에 기더여 잠간 조으더니 이 소년니 와셔
갈아디 이 쥬막에 쉬우면 큰 희을 당ᄒ고 이명이 상할 거시니 지금
쩌나셔 멋니를 더 가셔 쉬우라 ᄒ고 간 디 읍거날 김활양이 놀니여
잠을 쩌셔 홀지에 ᄒ인을 불너셔 져녁밥을 먹지 말고 길을 쩌나셔
가자 ᄒ니 그 ᄒ인덜과 종인덜 여러 스롬이 다 갈아디 지금 일세가
져물고 오라지 아니ᄒ야 셕반니 들거날 어디로 더 가시자 ᄒ난잇
가 ᄒ디 김활양이 갈아디 니가 짐작ᄒ난 도리가 잇셔셔 가자 ᄒ거
날 웃지 고집ᄒ나뇨 ᄒ고 길을 쩌나셔 니십리를 더 가셔 자고 그
잇튼날 ᄒ인을 그 쉬우라든 쥬막으로 다시 보니여 탐지ᄒ야본직
과연 그날밤에 도적 빅여명이 그 쥬막에 드러와셔 그 힝차를 탈취
코져 왓다가 힝차가 읍난고로 그 쥬막 동니와 그 쥬막을 다 도적ᄒ
야 갓다 ᄒ니 그 일힝더리 김활양은 쳔신이라 일커르더라. 션쳐
도임ᄒ 후에 치민ᄒ기를 이 일과 갓지 ᄒ니 빅셩더리 말ᄒ야 갈아
디 우리 원임은 쳔신이 강임ᄒ얏다 ᄒ니 일노쎠 나라에셔 아시고
벼슬을 졈졈 도도와 디장거지 이르니 귀신이라도 은혜을 갑난다
ᄒ더라. (『한성신보』, 1896.12.4~14)

佳緣中斷

1896년 12월 16일 (1회)

영남에 훈 셔싱이 잇셔 유람흐기를 위흐야 명산디쳔을 두루 구경홀 시 일일은 훈 곳에 일으니 길까에 농부 삼수십명이 모여 논을 미이며 노릭를 불으거날 곤비훈믈 이긔지 못흐여 길까 슈음 아리 안즈 다리를 슈이며 즈셔이 보니 기즁 계집 훈나이 나이 이팔즘 되얏는디 즈식이 츌즁흐고 능히 노릭를 불으니 훈 곡조를 불으면 모든 농뷔 소릭를 아올나 일졔이 화답흐거날 귀를 기우려 즈셔이 들으니 이곳 노릭 아니라 시젼 칠월편이너놀 마음에 크게 긔특이 넉여 골아디 엇더훈 계집사롭이 능히 시젼을 이굿치 외오는고 옛날 반소와 채담이라도 이에 지나지 못흐리로다. 닉 맛당이 이 녀즈의 거취를 보리라 흐고 오릭 안즈 동졍을 보더니 어언간 날이 셔산에 쩌러지고 어두은 빗치 나무에 나니 모든 농뷔 각각 집으로 도라가거날 셔싱이 그 계집에 뒤를 짜라간즉 조고마훈 초옥으로 들어가더니 져근너 듯흐여의를 이고 물을 길나오거날 셔싱이 곳 물을 통흐고즈 흐나 남녜유별훈 고로 졉어치 못흐고 스스로 스마상여의 봉황곡 아지 못홈을 탄식흐고 물너와 긱졈에서 잘 시 젼젼흐여 줌을 일우지 못흐고 발기를 기다러 졀귀글 훈 슈를 지어 조각 조희에 써 가지고 그 여즈 물갓는 길에 가 가마니 더니고 왓더니 과연 평명에 그 녀지 물을 길너 가는 길에 오엔 조희조각이 쩌러졋거날 집

"

어가지고 도라와 펴본즉 그 글에 굴앗스되 시젼 훈질을 분명이 외오니 긔지 말을 멈으르고 비나 졍이 잇셧도다 부인집에 밤이 집도록 사름이 일으지 아니ᄒᆡ엿스니 반박휘 쇠잔훈 달이 이삼경이더라 ᄒᆡ엿거날 녀지 보기를 맛치미 심니에 혜오디 작일 엇더훈 셔싱이 니게 쯧시 잇셔 즈조 도라보며 ᄎᆞ마 가지 못ᄒᆞ고 송졍에서 쉬기로 니 ᄯᅩ훈 의심이 잇셔 보앗더니 이 글이 반다시 그 사름의 지은 비로다 ᄒᆞ고 즉시 그 글을 화답ᄒᆞ여 우물길에 더졋더니 셔싱이 몸을 감초아 그 글 더지물 엿보아 알고 즉시 집어 쩌여보니 ᄒᆡ엿스되 작일에 셔로 만나몬 열눈이 밝앗스니 졍이 잇스나 말ᄒᆞ지 아니ᄒᆞ니 졍이 업습과 ᄀᆞᆺ도다 담을 넘고 구녕을 뚤는 거시 어려온 일이 아니나 일즉 농부로 더부러 곳치지 아니ᄒᆞᆷ을 밍셔ᄒᆡ엿도다 ᄒᆡ엿거날 셔싱이 보기를 맛고 위연 탄왈 가위 녀즁 문장이요 검ᄒᆞ여 졀기 잇스니 졸연이 동심케 ᄒᆞ기 어려온지라 무슨 긔이훈 계교로 훈 번 맑은 빗츨 쳡ᄒᆞ여 이ᄀᆞᆺ흔 은근훈 회포를 위로ᄒᆞᆯ고 ᄒᆞ며 마음을 졍치 못ᄒᆞ더니 홀연 훈 계교를 싱각ᄒᆞ고 이에 두어줄 글을 지어 다시 우물길에 가마니 더지니 그 녀지 보고 잡어 쩌여 보니 시면에 굴으스되 작일 글을 더진 스이은 감히 다시 숙녀 장디하에 올니노라 ᄒᆡ엿고 니면에 ᄒᆡ엿스되 싱은 본디 영남 션비로 이제 산쳔을 유람ᄒᆞ다가 어졔 노상에서 낭낭의 노러를 들은즉 이 시젼 훈질이라 건션ᄒᆞ믈 익의지 못ᄒᆞ여 이에 식형지원이 잇셔 감히 졀귀 훈 수를 붓쳣더니 비록 구슬노 갑흐미 잇스나 글 가온디 곳치지 안는다 두 글ᄌᆞ는 가위 그 ᄒᆞ나를 알고 그 둘을 아지 못ᄒᆞᆷ이라.

그 한나힌즉 주막의 집중히미 권되 업슴에 갓갑고 그 둘인즉 고슈의 고집불통홈과 갓흔지라 감히 어리셔근 소견을 베푸노니 용셔흐야 싱각흐라. 옛젹에 한황이 항왕 홍구의 언냑을 비반흐고 진왕이 초왕 육빅니의 언냑을 져빅럿스니 만승의 놉홈으로도 언냑과 밍셔를 비반흐엿거든 하물며 일기 부인이리요. 경홍은 초왕의 총이흐는 쳡으로 감아니 양싱을 좃치니 사룸마다 그 능흔 일을 일크랏고 문군은 탁시에 과녀로 상여를 잠통흐여 맛참니 쳔추의 긔이흔 주최를 일웟느니 이제 낭낭이 안으로 강한에 문장을 품고 밧그로 요조흔 주식이 잇거날 교쥬흔 녜졀을 굿게 직회여 고인의 능수를 본밧지 아니흐니 그윽이 낭낭을 위흐야 춰치 아니흐노라. 옷슬 물니치고 어러 죽으믄 진삼의 젹은 일이요 기동을 안고 싸져 죽으믄 미싱의 말졀이라. 이제 낭낭의 고집흐미 엇지 이와 달으리요. 은하슈가 비록 너르나 오히려 견우 직녀의 아람다이 모임이 잇고 구중이 비록 깁흐나 쏘흔 귀비와 녹산의 조흔 인연이 잇는지라. 이제 셔싱이 낭낭에게 임의 은하에 너르미 업고 쏘 구중의 깁흐미 업스니 쳔상에 아람다이 모임을 본밧지 아니흐고 인간에 조흔 인연을 밋지 못흔즉 반다시 죽는 지 셔싱이요 젹원흐는 지 낭낭이니 간졀이 낭낭을 위흐야 앗기노라. 음양지낙은 쳔지 신지 아니자나나 고인의 수지흐는 혐의와 다른지라 능흔 주는 결단을 날니게 흐느니 만날 곳즌 어두온 쌔와 신벽이 잇스며 구렁과 수풀이 잇스니 겻 사룸의 열눈으로 밝히 알 비 업

스미 의심업ᄂ지라. 이에 왈 쳔여불취면 반슈기앙이요 쩌가 일
으러 힝치 아니ᄒ며 반다시 후회ᄒ미 잇다 ᄒ니 오직 낭낭은 하
날이 쥬ᄂ 긔틀을 싱각ᄒ며 후회ᄒᆯ 일을 싱각ᄒ여 ᄒᆫ번 보기를
허ᄒ야 조흔 인연을 미진즉 엇지 다힝ᄒ지 아니ᄒ리요. 낭낭의
셩명과 년긔와 어ᄂ 쩌 만날 언약을 ᄌ셔히 뵈여 목마르 듯ᄒ 회
포를 위로ᄒᄆᆯ 쳔만 ᄇ라노라 ᄒ엿더라. 녀ᄌ 보기를 맛친 후 가
마니 싱각ᄒ야 ᄀᆯ아디 그 문장을 보니 우ᄒ로 가히 공경이 되어
방가를 퇴산의 편안ᄒᄃ 밧들 거시오 아리로 가히 방빅이 되어
싱녕을 도탄 가온디 건질지라. 갓흔 인지 날노 말미얌아 죽은즉
반다시 원귀가 되어 나의 젼졍을 힉ᄒ리니 맛당이 굽혀 좃ᄎ ᄒᆫ
번 이 사ᄅ의 마음을 위로ᄒ리라 ᄒ고 이에 글을 지여 조희에 써
봉ᄒ야 우물길 우희 더지니 셔싱이 그 글을 집어본즉 ᄒ엿스되
몬져 군ᄌ의 시를 보고 이여 군ᄌ의 글을 밧드니 흔흔ᄒ여 목마
른 지 큰 물을 림ᄒ 것 ᄀᆺᄒ나 그러ᄒ 쳡의 지아비 글에 눈이 업
스나 말에 귀 잇스니 이ᄀᆺ치 마지 아니ᄒ다가 져의 노를 만나면
창ᄌ에 ᄀ득ᄒ 회포를 실노 다 펴기 어려온지라. 오직 군ᄌᄂ 깁
허 살피소셔. 쳡의 성은 니요 일홈은 향이니 비록 지아비 잇스나
잠간 부부지의를 미지미 무어시 방힉로오리요. 이십일일 밤에
죽림 가온더로 오시면 잠간 졍회를 펴오리다 조희 젹고 말이 긴
고로 만에 ᄒ나를 초ᄒ야 올니ᄂ이다 ᄒ엿더라. 셔싱이 보기를
맛치미 그 ᄯᆮ즐 알고 불승환희ᄒ여 그날을 당ᄒ미 ᄇ로 죽림에
드러가 몸을 감초아 기다리더니 밤이 숨경이 지나미 월식이 낫ᄀ

고 쳥풍이 셔리하는디 슈면에 사름에 소리 업고 맛참니 동졍을 보지 못하니 시름이나 삼ㅊ치 어즈럽고 눈에 꼿치 브야흐로 출몰할 지음에 홀연 신 쓰으는 소리 먼 디로브터 졈졈 갓가오니 싱이 희불ㅈ승하여 급히 몸을 일어 감아니 본즉 과연 그 녀지라. 시ㅊ치 쮜여 나아가 손을 잇글고 쥭림에 드러가 무릅흘 졉하고 안즈 말할 시 말 밧게 은근한 졍은 산이 무럽고 브다이 깁허 양디의 운우와 녹슈의 원앙을 엇지 가히 형언하리요. 녀지 위연이 탄식하고 낭연이 읊흐니 기시에 왈 혼 박휘 기인 달이 오경에 밝앗스니 응당 은근이 두기 졍을 빗최리라. 위슈 물결이 빅번 씨스나 엇지 붓그러옴이 업스리요. 긔 원디는 쳔년에 빗츨 곳치지 아니하엿더라 하엿거날 셔싱이 그 글을 듯고 참괴한 마음을 이긔지 못하야 이에 화답하야 위로하니 기시에 왈 쥭림 기인 달이 마음을 빗최여 발갓스니 운우 양디에 졍을 다하지 못하도다. 가인은 상심하는 디를 짓지 말나 쳔되 비록 공번되나 슈시에 곳치느니라. 양인이 셔로 여졍이 권권하더니 이윽고 달이 쩌러지며 닭이 ㅈ로 우니 냥인이 부득이 니별할 시 눈물을 머금고 평싱 잇지 못할 졍을 말하며 각각 연연이 흣터지니라. (『한성신보』, 1896.12.16~26)

李氏傳

츙청도 짜에 흔 사름이 잇난더 셩은 니라. 본더 고가자손으로 양반은 조흐나 어려서 그 부친은 도라가고 자모 흔분을 뫼시고 잇난더 형셰가 지빈흐야 그 자모를 봉양활(할) 길이 읍난지라. 그러나 이 스름은 삼슌구식흐면셔도 사랑에셔 글 일끼만 조와흐고 굼난거션 근심치 아니흐니 그 부인 김씨가 부덕과 효힝이 갸륵하야 그 자모를 지셩으로 셤기고 밧그로 공부흐난 가장을 극진이 밧드되 이 부인니 나지면 남에 길삼흐야 쥬기와 밤이면 남에 바누질 흐야 쥬기로 싱익흐야 자긔난 먹을 쥴도 모로고 입을 쥴도 모난고 다만 그 가장만 봉양홀 쥴 아니 세상 사름더리 뉘 아니 층찬흐리요. 일일은 부인니 그 가장다려 말흐야 갈아더 사름이 세상에 나셔 남과 갓치 호의호식은 못흐나 우리 니외가 잇셔셔 자모 흔분을 봉양을 잘 못흐니 읏지 흔심치 아니리오. 그디난 글도 즁흐거니와 글만 보지 말고 세상에 나가셔 먹고 살 도리를 싱각흐시오 흐니 이 사름이 갈아더 나도 부인이 말흐기를 기다릴 거시 아니라 그럴 쥴은 아나 니가 본더 장스흐자 흐니 돈니 읍셔 흐지 못흐고 농스흐자 흐니 비오지 못흔 거시라. 농스할 길 읍고 다만 칙만 보난더 부인으로 하야금 자모와 어린 자식이 먹고 살어가니 비로 니외간이라도 이 은혜을 읏지 다 갈이리오. 그 부인 이

말을 듯고 그 가장을 위로ᄒ야 갈아디 싱구불망이라 ᄒ난 말이
잇스니 셜마 남은 자모 훈분과 어린 자식 남미를 아스지경에 이
르게 ᄒ리오 ᄒ고 지셩으로 그 시모를 섬기니 하날이 감동ᄒ야셔
도 웃지 먹을 도리가 싱기지 아니하리오. 이러므로 이 사롬이 그
부인은 셰상에 읍시여기여 금실이 미우 조흔지라. 일일은 그 모
친니 병이 드러 빅약이 무효ᄒ거날 부인과 그 스나의가 지셩으로
시병ᄒ나 쳔명을 웃지하리오. 인ᄒ야 명이 진ᄒ니 쵸종범졀과
안장할 계칙이 읍난지라. 그 일향 사롬더리 졍상을 불상이 여기
여 포목과 젼냥을 부조ᄒ거날 이를 힘입어 션산에 장스지니고 삼
년을 지니일 시 조셕상식과 삭망졔젼을 졍셩으로 지니여 삼년을
지니셔 어린 자식 남미와 그 가장을 다리고 젼과 갓치 지니난지
라. 일일은 그 부인니 그 가장다려 말ᄒ되 우리 집이 본디 양반에
자손으로 이 궁향에 잇셔셔 불농불상ᄒ고 살 길이 망연ᄒ야 어린
자식도 굼겨 죽이겟고 ᄯᅩ 사나으가 셰상에 나미 입신양명 ᄒ난
거시 사롬에 도리인즉 우리 니외 자식덜 다리고 셔울노 가셔 일
가도 차자보고 츌입도 널니ᄒ야 과환을 힘을 써셔 장니을 보자
ᄒ니 이 사롬이 디답ᄒ야 갈아디 이 말이 졋키난 극히 조흐나 양
슈쳥풍으로 웃지 빅스지에 가셔 살니요. 그러나 그 말디로 하야
보스이다 ᄒ고 여간 가장집물을 다 팔아 돈냥이나 만드러 가지고
노자ᄒ야 남부녀디ᄒ야 셔울노 올나오니 일간 초옥이라도 웃넌
슈 읍난지라. 그 일가집 겻간 ᄒ나흘 으더 가지고 잇스니 시골과
달나셔 더옥 살기가 어려워 긔한이 자심ᄒ야 견디일 슈 읍난지

라. 그러나 이부인니 남에 바느질ᄒ고 돈냥바다 먹난고로 밤낮 잠을 일우지 못ᄒ고 잇스니 이갓튼 싱이를 뉘 아니 가긍이 여기리요. 이 사룸은 조셕을 먹으나 아니 먹으나 남북촌으로 단니면셔 힝세ᄒ여 과거보기만 힘을 쓰니 웃지 졸련ᄒ리오. 일일은 북초 어듸로 갓다가 날이 져무러 친구를 맛나셔 오리 노다가 밤이 깁펏난듸 초롱에 불을 들고 남촌으로 건너올 시 어느 골목에 오더니 어듸로셔 웃더ᄒ 장옷 쓴 계집이 뒤에 오거날 마암에 헤오듸 어듸로 가난 계집닌가 보다 ᄒ고 돌녀다 보도 아니ᄒ고 오거날 이 계집이 어듸로 가지난 아니ᄒ고 곳 짜라오거날 괴이 여기여 무러보고자 ᄒ다가 쏘 다시 싱각ᄒ듸 웃더ᄒ 계집인지 아니도 못ᄒ고 말ᄒ야 무러보다가 무안을 당홀가 ᄒ야 무러보도 아니ᄒ고 그듸로 오거날 이 계집이 쏘ᄒ 그듸로 오난지라. 집 근쳐에 와셔 이 사룸은 집으로 드러오고 이 계집은 문 밧게 셧거날 문을 닷고 드러오니 그 부인니 져녁밥을 화로에 노와두고 기다리다가 그 가장이 오거날 밥을 니여 노으니 이 사룸이 밥상을 듸ᄒ야 밥을 먹으며 그 부인다려 그 계집이 짜라오던 말을 ᄒ거늘 그 부인니 말ᄒ듸 그러ᄒ면 그 계집이 어듸로 가옵던닛가 ᄒ니 이 사룸이 갈아듸 그 계집이 이 문압거지 와셔 가지난 아니ᄒ고 문압희 션 난 거셜 보고 드러왓노라 ᄒ니 그 부인이 갈아듸 이 심야에 사룸이 짜라오거날 웃지 니 문젼에 와셔 셧난 거셜 보고 문을 닷고 혼자 드러 왓난고 ᄒ고 즉시 나가셔 문을 열고 보니 그 계집이 모양듸로 셧거날 마암에 놀니여셔

 그 부인니 갈아디 워인 사롬이 이 심야에 어디를 차자가난 지 가랴 ᄒ면 가겟지 웃지ᄒ야 이 문젼에 셔셔 방황ᄒ난고 ᄒ니 그 여인이 그계야 머리에 쓴 거셜 벗고셔 디답ᄒ야 갈ᄋ디 어디로 가다가 길을 일코 갈 바를 아지 못ᄒ야 딕 문젼에 와셔 잇나이다 ᄒ니 그 부인이 갈아디 거긔 셧지 말고 니 집으로 드러가자 ᄒ니 이 여인니 ᄯ라 드러오거날 그 부인이 방문을 열고 드러오라 ᄒ니 이 여인이 문 밧계셔 드러오지 아니ᄒ고 쥬져ᄒ거날 그 부인 이 갈아디 니 집이 형세 어려워 다른 방은 읍고 담은 방 ᄒ나이 잇셔셔 남녀 동거ᄒ니 조곰도 웃지 여긔지 말고 드러오라 ᄒ거날 이 여인니 드러와셔 한가으로 안거날 촉하에 자셔이 보니 나히 이십즘 되야 보이고 자식과 틱도가 참 녀즁일식인디 몸에 입기난 소복이 극히 조츌한지라. 니싱이 갈아디 남녀유별이라 ᄒ얏스나 임의 니 집에 오신 킥이오니 말슴ᄒ야 웃더홀 거 아니오라 감이 뭇잡나니 어디 계시며 무슨 일노 어디 가시며 웃지ᄒ야 져럿틋 홀노 아모 골목셔붓터 날을 ᄯ라 오셧난잇가 ᄒ니 그 여인이 피 셕ᄒ고 디답ᄒ야 갈아디 아즉은 디답홀 말슴 읍스오나 츄후에 자 연 아실 거시니 그리 아시고 감이 뭇잡나니 딕에 셩씨난 누그시 온잇가 하거날 니싱이 갈아디 닉셩은 니가오나 가셰 극빈ᄒ야 스 난 모양이 이러ᄒ오이다 ᄒ니 그 여인이 갈아디 션비의 빈한ᄒ 거시 예스어날 웃지 구차ᄒ 거슬 한ᄒ올잇가 사롬이 평싱을 스자 ᄒ면 한 ᄯ가 잇슬 거시니 조곰도 한할 거시 읍스오이다. 셔로 이리 말ᄒ고 그날 밤을 지나고 그 잇튼날 일즉 일어나셔 그 여인이 머리에 장옷셜 쓰고 나가거날 부인이 말ᄒ야 갈아ᄃ 어디로 가나냐 ᄒ니 그 여인이 갈아ᄃ 니 어디로 잠간 갓다가 도라올이다 ᄒ고 나가거날 니싱이 심즁에 미오 괴이 여긔여 그 부인다려 갈아ᄃ 그 여인이 다시 드러올넌지 모로거니와 만일 다시 오면 필경 무슨 연고가 잇난 거시니 아모커나 니두를 보리라 ᄒ고 니싱 부부 셔로 말ᄒ고 잇스나 ᄯ 시량이 읍셔셔 아참을 일우지 못ᄒ고 잇스니 어린 자식은 비곱품을 이긔지 못ᄒ야 어미를 부루고 울거날 니싱 부부 이 모양을 보고 아모리 싱각ᄒ되 어디 가셔 돈 한푼 변통치 못ᄒ고 기리 탄식만 ᄒ던 차에 자고 나가든 그 여인이 밧그로셔 드러오거날 니싱이 갈아ᄃ 어디로 갓다가 오난잇가 ᄒ니 그 여인이 말ᄒᄃ 어디 잠간 갓다 왓나이다 조곰 잇더니 밧그로 소바리가 와셔 찻거날 니싱이 나가보니 쌀이 한바리 왓난지라. ᄯ 그 뒤으로 남기ᄒ 바리 오거날 니싱이 어인 일인지 아지 못ᄒ야 안으로 드러와셔 이 말을 ᄒ즉 그 여인이 갈아ᄃ 니가 나가셔 구쳐ᄒ야 가져온 거시니 다 드려오라 ᄒ거날 니싱이 싱각ᄒᄃ 괴이ᄒ나 아즉 긔혼을 이긔지 못ᄒ난 지경이라 웃지 염치를 도라보리오 아모려나 나무와 쌀바리를 다 드리니 잠시 군급을 면ᄒ얏난지라. 그 영인이 인ᄒ야 가지 아니ᄒ고 그 부인과 갓치 음식지졀을 니싱에게 공궤ᄒ난지라. 밤이면 한 방에 분별읍시 잠을 자고 나지면 침션지졀과 치산ᄒ난 거시 조곰도 타인에 모양은 아니 ᄒ거날 니싱이 니렴에 혜오ᄃ 스나의가 일쳐 일쳡은 읍난 거시 아

니라 져마다 ㅎ난 거시니 니 져 여인을 첩으로 두리라 ㅎ고 그날
밤에 함긔 자다가 운우지약을 밋고자 ㅎ니 그 여인이 조곰도 사
양치 아니ㅎ고 허락ㅎ야 인ㅎ야 쳐첩을 다리고 잇난지라. 그리
ㅎ지 멋칠 지난 후 시량이 진홀 만ㅎ면 이 여인이 나갓다 오면 쌀
바리와 나무바리가 드러오난지라. 이러이 ㅎ기를 여러 날 ㅎ되
종시 그 여인의 이허난 모로난지라. 일일은 그 첩이 니싱다려 갈
아디 어디로 이스를 ㅎ자 ㅎ자 ㅎ거날 니싱이 말ㅎ디 어디로 이
사ㅎ얏스면 조흘 쥴은 아나 빈ㅎㅎ 사롬 지물이 잇셔야 이스도
ㅎ곗난디 지물이 어디 잇나냐 ㅎ니 그 첩이 갈아디 지물이야 잇
던지 읍던지 니 말 디로만 ㅎ여라 ㅎ고 슈일 후 이스 퇴일ㅎ야 그
날이 당ㅎ니 이스ㅎ여 가거날 니싱과 그 부인은 어인 일인지 아
지도 못ㅎ고 그 첩 가자 ㅎ난 디로 짜라가니 북촌 어디 가더니 어
느 큰집으로 드러가거날 니싱 부부 드러가셔 보니 문방졔구며 셰
간범졀이 큰 부자에 집도 그에셔 더할 슈 읍난지라. 니싱이 그 첩
다려 말ㅎ디 이 뉘에 집이며 쥬인은 어디로 갓나냐 ㅎ니 그 첩이
우어 갈아디 이 집이 우리 집이요 셰간 임자가 우리어날 쏘 쥬인
이 어디 잇스리오 ㅎ거날 니싱이 심즁에 심이 괴이 여긔나 그 첩
이 그리ㅎ난 고로 그제야 자셔이 도라보니 일용사물이 읍난 거시
읍고 심지어 노비꺼지라도 여일ㅎ거날 부인은 부인에 방에 잇고
첩은 첩에 방에 잇셔셔 셰상에 그릴 거시 읍더라. (미완, 『한성신보』,
1896.12.28~1897.1.10)

孀婦寃死害貞男

한 지상이 평안감스를 ᄒ여 도영ᄒ 지 반년이 지나미 그 아둘이 년긔 약관에 갓가온디 용미 가장 아람다온지라. 일즉 근친코즈ᄒ야 쳥녀를 타고 일기 소동을 다리고 길을 나 평양을 향ᄒ야 갈 시 여러 날 만에 고을지경에 다다라 홀연 큰 비를 만나 길을 힝홀 슈 업ᄂ지라. 스면을 도라보니 쥬졈이 업고 다만 일 리 허에 ᄒ 촌낙으로 뵈이거날 드러가 보니 기즁 ᄒ 집이 사랑과 문젼이 소쇄ᄒ거날 나귀에 나려 드러가 쥬인을 츠즈니 그 쥬인인즉 본니 영니로 노퇴ᄒ야 젼가에 은거ᄒ 지라. 그 소년이 감스의 즈뎬줄 물어 알고 공경ᄒ여 마져 니실을 소쇄ᄒ고 쳥ᄒ여 드러 좌졍ᄒ미 지셩으로 관디ᄒᄂ지라. 우셰 긋치지 아니ᄒ고 날이 져물미 홀 일 업셔 그 집에셔 밤을 지닐 시 쥬인에 무남독녜 일즉 쳥상이 되여 집에 잇슨 지 오린지라. 방년이 계오 이팔인디 화용월티 진짓 경국지식이라. 거쳐ᄒᄂ 방이 소년 잇ᄂ 방과 창 ᄒ나를 격ᄒ미 우연이 창틈으로 여어본즉 일위 소년이 셩모옥식에 초립쳥포로 단좌ᄒ엿스니 틴되 안한ᄒ여 진실노 졀디 긔남지라. 스스로 마음에 말ᄒ야 굴오디 엇더ᄒ 복이 만은 부인은 져러ᄒ 졀미ᄒ 가랑을 만나 빅년 언약을 미졋ᄂ고. 명도의 긔박홈을 탄식ᄒ며 인싱의 수유를 늣겨 젼젼반측ᄒ여 즁야에 잠을 일우지 못ᄒ고 근심

ᄒᆞᄂᆞᆫ 마음이 초초ᄒᆞ여 여치여광ᄒᆞ다가 문득 번듯쳐 싱각ᄒᆞ되 굿게 심규를 직혀 헛도이 방년을 보ᄂᆞ미 교듀ᄒᆞᄂᆞᆫ 녜와 다름이 업슨즉 구쳔에 셕지 아니ᄒᆞᆯ 한을 풀기 어려온지라. ᄒᆞᆫ번 굽히미 가부여온 씌글과 약ᄒᆞᆫ 풀 갓흔 신세에 무어시 희로오리요 ᄒᆞ고 이에 가마니 아람다온 슐 두어 잔과 가효일합과 산과 슈품을 갓초와 편지 ᄒᆞᆫ 봉을 써 합우희노와 시비로 ᄒᆞ야곰 소년에게 보ᄂᆞ니 이 ᄯᅢ 소년이 녀관 외로온 등잔에 잠적홈을 니기지 못ᄒᆞ더니 홀연 듀효와 일봉셔를 보고 경아ᄒᆞ여 급히 ᄯᅥ여보니 ᄒᆞ엿스되 주인의 ᄯᅩᆯ 박뎡쳥상은 삼가 군ᄌᆞ 녀탑하에 올니노니 첩이 본ᄂᆞ 부모의 무남독녀로 종이홈을 입어 몸에 금수를 입고 입에 고량을 스리여ᄒᆞ다가 계오 비녀 질을 희를 당ᄒᆞ야 이에 혼례를 힝ᄒᆞ미 교비홈을 맛치지 못ᄒᆞ야 낭군이 홀연 기셰ᄒᆞ니 하늘이냐 슬푸고 슬푸다. 첩이 비록 완물이나 엇지 ᄌᆞ결ᄒᆞ야 하종홈을 모로리요만은 싱각건디 술잔을 합ᄒᆞᆮ 즈리에 감이 눈을 드지 못ᄒᆞ미 눈으로 그 용모를 보지 못ᄒᆞ고 귀로 그 셩음을 듯지 붓ᄒᆞ엿스니 막막ᄒᆞᆫ 구쳔에 좃고 구ᄎᆞ이 스라 거연이 삼상을 지ᄂᆞ니 슬푸고 원통ᄒᆞ도다. 이 무슴 사름이뇨. 하늘이 만물을 니시미 물건이 다 짝이 잇셔 무지ᄒᆞᆫ 금슈도 스스로 쌍으로 깃드림이 잇거든 하물며 사름이 음양지니를 아지 못ᄒᆞ나 엇지 금슬의 싱각이 업스리요.

곳과 시 날 짯짯흔 져녁과오동달 밝은 밤에 졍신이 홀홀ㅎ야 비월ㅎ고 눈물이 산산ㅎ야 옷깃슬 젹실 졔 몃번이나 날이 길믜 희갓흔 거슬 한ㅎ엿는고 믹양 밤이 ㅂ다ㄱ치 깁흐믈 근심ㅎ엿도다 팔 우회 잉혈을 ᄉ랑ㅎ믹 삼혼이 ᄉ라지는 것 ㄱ고 거울 속에 아미를 딕ㅎ믹 구장이 슫는 것 ㄱ도다. 하날이 챵챵ㅎ믹 하소건이 ㅎ기 어렵고 귀신이 명명ㅎ믹 알외지 못ㅎ는도다. ㄴ│ 마음이 돌이 아니니 가이 구으르지 못ㅎ고 ㄴ│ 마음이 돗치 아니니 가이 것지 못ㅎ는도다. 젹막흔 공규에 누가 회포를 위로ㅎ리요. 그림 촉불 츤 빗혜 혼갓 잇지 못ㅎ는 한이 간졀ㅎ도다. 엇지 다힝이 하늘이 혼 비를 빌니ᄉ 군지 강림ㅎ시니 아람답다 반악에 션풍이요 셩ㅎ다 ᄌ도의 옥모로다. 순분의 의를 도라보지 아니ㅎ고 상즁의 모임을 본밧고ᄌ ㅎ니 문군의 힝실 곳치믈 혐의치 아니ㅎ고 만일 상여의 풍뉴를 드리워 써 삼셩의 아람다온 인연을 믹지면 엇지 쳔지의 미시 아니리요. ᄉ졍이 핍박ㅎ는 바에 염우를 무릅 쓰고 감이 복심을 펴노니 다힝이 덕음을 씨치소셔 ㅎ엿더라. 소년이 본딕 안힉를 ᄉ랑ㅎ는 사람이라 일즉 그 안힉로 더브러 밍셔ㅎ되 방외에 범식ㅎ면 기아들이라 써셔 줌머니에 너엇는지라. 이졔 그 글을 보고 묵묵히 싱각ㅎ되 편시에 말을 좃고ᄌ 흔즉 안힉에게 신을 일어ㅂ리깃고 그 말을 좃지 아니흔즉 쳥상에게 쳑원을 홀지라. 이ᄎ이피에 ᄉ셰눈쳐ㅎ여 지슴 싱각ㅎ다가 다시 싱각ㅎ여 골ㅇ딕 공부ᄌ의 말슴에 ᄉ롬이 신이 업스면 셰상

에 셔지 못혼다 호엿고 즈스즈의 말솜에 군즈지도ㅣ 조단호부부
라 호엿스니 츠라리 청상에게 원을 씻칠지언졍 니즈에게 언약을
져보리지 못호리라 호고 이에 그 봉호 글과 보닌 주효를 돌녀보
닌니 청상이 쏘 오졀시를 지여보닌니 그 글에 굴으디 어니 곳 나
귀 탄 손이 소소이 비를 씌고온고 창을 격호야 한업는 뜻즌 봄술
두 세잔일너라.

1896년 1월 16일 (3회)

소년이 그 글을 보고 쏘 답호지 아니호니 청상이 위연 탄왈 죄
를 하늘에 어덧스니 하늘이 망케 호시고 업슈이 넉이믈 사롬에게
보앗스니 스람이 보리미라 혼번 죽을 슈밧게 다른 도리 업다 호
고 인호야 병드러 누으니라. 명일 소년이 주인 노옹을 호직호고
길을 쩌는 후 청상의 병이 졈졈 침즁호여 죽을 지경에 일으미 그
부모ㅣ 죽을가 두려워호여 쥬야의 약에 골몰호니 청상이 울며 고
호야 굴으디 소녀의 병이 출체 잇스오니 비록 편작의 의원과 신
농씨의 약이며 관뢰의 졈이 잇셔도 엇지홀 길 업스오니 부졀업시
노력상심치 마르소셔 호거늘 부뫼 지삼 그 곡졀을 무른디 청상이
부득이 호여 젼후스를 낫낫치 고호니 부뫼 울어 굴으디 네에는
어긔엿스나 그 뜻이 불상혼지라 엇지 참아 안즈셔 그 죽으믈 보
리요 호고 즉시 영문에 드러가 감스에게 븨이고 그 쏠의 젼후졍
셰를 셰셰이 알외니 감시 그 아돌을 불너 그 연유를 말호고 과연

그러흔 일이 잇고 업스믈 무른디 디답흐야 골으디 과연 그 일이
잇느니이다. 감시 쑤지져 왈 엇지 그 말을 좃지 아니흐얏는다. 소
년이 문득 쥼어니로셔 그 안히와 밍셔흔 글을 니여드리며 고흐야
골으디 이 언약이 잇는고로 그 말을 좃지 아니흐엿느이다 흐거늘
감시 크게 쑤지져 왈 너의 흔 비 참 기즈식이로다. 부부지간에 일
시 희담이 무어시 장부의 평싱 힝스에 관계흔 비 잇스리오 조곰
도 마음에 머무르지 말고 맛당이 속히 가 그 가긍가련흔 졍을 위
로흐라. 소년이 맛춤니 듯지 아니흐니 감시 디로흐여 쑤지져 왈
너의 힝스와 소견이 져러흐니 엇지 능히 문무간에 공명이 되여
가졍을 보젼흐리요. 니 집이 망흐리로다 흐더라. 그 후 쳥상이 인
흐야 원을 머금고 죽은지라. 소년이 평싱 경영흐는 일에 미미이
마를 지여 되는 일이 업고 과거보기를 힘쓰나 흔번도 맛치지 못
흐는지라. 심즁에 고이히 넉이더니 감시를 당흐여 장즁에 드러
가 문필을 극히 치셩흐여 볼시 시관이 맛참 쳥상에셔 비회흐더니
흔 셔싱이 글장을 가지고 드러와 밧칠 즈음에 홀연 소복흔 녀지
공즁에 셔셔 먹병을 기우려 글장을 더러이고 인흐야 간 디 업거
늘 시관이 크게 고이히 넉여 그 글장 봉니를 써이고 일홈을 보니
고인의 아들이라. 과장을 파흔 후 집에 도라와 그 소년을 츠즈 지
닌 바를 말흐고 일너 골으디 그디 반다시 평싱에 원을 씨친 계집
이 잇셔 이러틋 마를 지으니 비록 만번 과거를 보아도 필경 맛치
지 못흐고 한갓 졍녁만 허비흐리니 다시 과거 볼 싱각을 두지 말
나 흐니 소년이 그 말을 듯고 크게 뉘웃쳐 흐나 밋지 못흘지라 인

ᄒᆞ야 과거를 폐ᄒᆞᆫ 후 가산이 졈졈 탕픽ᄒᆞ고 쳐지 구몰ᄒᆞ니 일신
이 의탁홀 곳이 업셔 신을 삼으며 즈리를 쳐 잔명을 보존ᄒᆞ다가
필경 주려죽으믈 면치 못ᄒᆞ니 상부원혼이 지극 혹독ᄒᆞ더라. (『한
성신보』, 1897.1.12~16)

小說 婢子貞節

　문관 ᄒ나이 집이 부요ᄒ여 디디로 젼ᄒ야 오는 노비들이 심이 만하 ᄉ역ᄒ지 아니ᄒ고 나가셔 ᄉ는 죵들이 영남에서 만이 ᄉ는 고로 그 공을 거두랴 ᄒ고 친이 영남으로 ᄂ려가 그 곳에 일으니 노소 비복 등이 일시에 디령ᄒ여 계하에 나렬현신 ᄒ거날 문관이 눈을 드러 ᄌ셔이 본즉 기즁 ᄒ 비지 나히 십칠팔셰 쯤 되는디 별ᄀᆺᄒ 눈과 옥ᄀᆺᄒ 쌤이며 쏫ᄀᆺᄒ 얼골에 달ᄀᆺᄒ 티되 사롬의 눈을 놀니며 마옴을 흔드는지라. 문관이 그 일홈을 무른즉 향셤이라. 봄을 더듬을 마옴이 잇셔 향셤다려 일너 ᄀᆯᄋ디 너는 니가 공을 밧지 아니ᄒ고 맛당이 다리고 갈 터이니 즉속 의상을 쌜아 힝장을 츠리고 령을 어긔지 말나 ᄒ니 향셤이 그 뜻슬 혜아리고 고ᄒ야 ᄀᆯᄋ디 나으리게오셔 공을 밧기 위ᄒ야 오셧슨즉 공만 거두어 ᄇ드심이 올커날 다려가신단 분부는 그 쳐분을 아지 못ᄒ올지라. 소인이 우ᄒ로 부뫼 잇습고 아리로 지아비 잇ᄉ오니 이를 바리고 어디로 가오리잇가 밍셔코 봉승치 못ᄒ ᄀᆺᄂ이다. 문관이 ᄭ지져 ᄀᆯᄋ디 니 뜻지 잇셔 말을 발ᄒ엿스니 비록 불에 드러가며 물을 밟는 일이라도 엇지 감히 ᄉ피ᄒ리요. 니 뜻이 임의 결단ᄒ엿스니 다시 여러 말 말나 향셤이 고왈 군신과 노쥬는 그 의리 일반이라. 임군의 명이 잇셔 도리에 어귄즉 신히 그 명을 밧들지 아니ᄒ고 상젼의 령이 잇셔도 녜에 억원즉 죵이 그

령을 좃지 아니ᄒ나니 이졔 나으리게오셔 ᄌ식으로 ᄒ야곰 부모
를 ᄇ리라 ᄒ시니 이는 리에 억의미요. 지어미로 ᄒ야곰 지아비
를 바리라 ᄒ시니 이는 녜에 억의미오니 기졔 군ᄌ의 마음으로
이ᄀᆺ흔 비녜무리흔 일을 힝코ᄌ ᄒ시오니 그 마음 잇는 ᄇ를 일
노 좃츠 아올지라. 옥은 가히 부스럿더리나 그 빗츤 가히 브스럿
더러지 못ᄒ올지라. 노류장화를 사ᄅᆷ마다 비록 꺽그나 산계야목
은 집에 깃드리지 못ᄒᆞᆸ느니 바라건디 뉴의치 마르소셔. 문관
의 만장이나 되는 불ᄀᆺ흔 욕심이 흉중에서 일어느니 엇지 청종ᄒ
니 잇스리요. 엄흔 호령이 츄상 ᄀᆺ흐여 ᄶ어나기를 지촉ᄒ니 향셤
이 ᄒ올일업셔 부모와 지아비를 하직ᄒ올 시 그 한은 단셩ᄒ고 ᄶ어나
는 경상은 참아 보지 못ᄒ올너라. 힝ᄒ야 낙동강에 일으러 비를 타
고 건널 시 중뉴에 다다라 향셤이 돗디를 의지ᄒ고 안ᄌ 쳐연흔
빗츨 ᄯ고 묵연이 싱각다가 믄득 나삼을 ᄶᆺ고 손가락을 ᄶ무러
피로 칠졀 일슈를 ᄶᆻ셔 문관 ᄋᆲ히 드리고 인ᄒ야 몸을 강즁에 더
지니 강풍이 소소ᄒ야 소리 목 밋치고 쳥산이 믁믁ᄒ야 빗치 쳐
랑ᄒ더라. 기 기에 왈 위엄은 상셜ᄀᆺ고 의는 산ᄀᆺ흐니 아니가기
도 ᄯᅩ흔 어렵고 가기도 ᄯᅩ흔 어렵도다 도롯 네려 낙동강 물 푸른
거슬 보니 이 몸이 위퇴흔 곳에 이 마음이 편안ᄒ도다 ᄒ엿더라.
이 ᄶᅵ 문관이 그 죽으믈 보고 글을 디ᄒ여 상심통셕흠을 마지 아
니ᄒ나 엇지홀 길 업셔 추회홀 ᄯ름일너라. (『한셩신보』, 1897.1.20)

海賊剿滅

1902년 9월 7일 (1회)

전라도 추즈도 근처에 희랑덕이 슈십명식 출몰ᄒ야 도처에 하륙ᄒ면 지물을 노략ᄒ며 부녀를 겁탈ᄒ야 망측ᄒᆫ 죄악은 빅듀에 힝ᄒ되 긔탄이 업시 횡힝ᄒ더니 근일 일본 어부로 ᄒ여금 도덕이 업셔진다 ᄒᄂᆫ데 이졔 죠션국 전라도 완도군 소안도 밍뎐리라 ᄒᄂᆫ 촌에 와 잇던 일본 병고현 명셕군 죵미촌에 사년 쳔원팔ᄎ랑(川原八次郎)이라 ᄒᄂᆫ 사ᄅᆞᆷ의 글을 본즉 당시의 실황을 가히 알지라 미우 ᄌᆞ미잇기로 디강을 취ᄒ야 아뢰올ᄂᆞ니라. 지ᄂᆫ 둘 나흔 날 아ᄎᆞᆷ에 쳔원팔ᄎ랑과 즁노평조(中路平助)의 두 사ᄅᆞᆷ이 희산물 졔조ᄒᄂᆫ 데 종ᄉᆞᄒ야 완도군에 ᄯᅡ룬 소안도에 졔조소를 증ᄒ고 잇다가 한 팔십리 즘 되ᄂᆫ 츄즈도 어업 시찰ᄒ러 갈 시 자근 비를 타고 오후 ᄒᆫ시즘 추즈도 큰 작지동에 비를 디고 나려 민가에 드러가셔 어업의 ᄉᆞ상을 이야기 ᄒ더니 오후 네시쯤 되야셔 별안간 동ᄂᆡ가 소요ᄒ고 남녀노소가 모다 통곡ᄒ며셔 동분셔쥬ᄒ야 살 곳슬 찻거늘 팔ᄎ랑과 평조 두 사ᄅᆞᆷ보기에도 심상치 아니ᄒᆫ 변고이라 크게 놀ᄂᆡ셔 급히 비로 도라와셔 몸을 슘기고 도덕에 거동을 엿보더니 경각간에 희적의 무리가 촌으로 드러가며셔 방포를 슈십번식 놋코 횡힝 츙돌ᄒ다가 ᄒᆫ 무리 도적이 촌쟝(존위)에 집으로 드러가셔 존위를 결박ᄒ여 가지고 ᄯᅩᄒᆫ 무리ᄂᆞᆫ 촌ᄂᆡ에 부즈 사룸 무엇슬 결박ᄒᆞ야 위협으로 두다리고 구박ᄒᆞ는 모양인ᄃᆡ 팔ᄎᆞ랑과 평조 두 사룸은 비속에 숨어 안져셔 눈을 곳츄 쓰고 기다리되 만닐 도적놈덜이 ᄂᆡ 비로 드러오거든 ᄒᆞᆫ번 ᄒᆡ보랴 ᄒᆞ더니 그 도적덜이 비 다인 우헤 하군웅ᄐᆡ랑(下郡熊太郞)의 집으로 드러오니 이 웅ᄐᆡ랑이런 사룸은 일본 구쥬 사룸으로 복어와 ᄒᆡ초를 키랴고 ᄒᆡ작이롤 다리고 이곳셰 와 잇더니 팔ᄎᆞ랑과 즁조 두 사룸이 자셰 엿본즉 그 잡혀온 촌쟝 존위가 웅ᄐᆡ랑을 향ᄒᆞ야 익걸ᄒᆞ는 말이 지금 저분네덜이 돈 늇쳔냥을 쥬어야 살여셔 놋치 만닐 지체ᄒᆞ면 일촌을 모다 총으로 죽여 업시리라 ᄒᆞ나 돈이 적지 아니ᄒᆞᆫ 슈효ㅣ라 당쟝 구처ᄒᆞᆯ 도리가 업스니 당신이 우리를 살니는 덕틱으로 돈을 취ᄒᆞ여 쥬시면 ᄎᆞᄎᆞ 쳥어와 복어 등 셩션으로 갑허드리마 ᄒᆞ고 눈물을 흘니거놀 웅ᄐᆡ랑이 듯고 믜우 불안ᄒᆞᆫ것마는 맛춤 돈이 업슨즉 저긔 우리나라 사룸의 비가 와셔 잇스니 거긔 가셔 의논ᄒᆞ여 보마 ᄒᆞ고 팔ᄎᆞ랑에 비로 드러오니라.

1902년 9월 10일 (2회)

웅ᄐᆡ랑은 팔ᄎᆞ랑의 비로 와셔 촌쟝의 소원ᄒᆞ는 바를 간절이 말ᄒᆞ나 그러나 본리 늇쳔냥이나 되는 돈을 가지고 왓슬 ᄭᅡ닭기 업는지라 팔ᄎᆞ랑이 ᄃᆡ답ᄒᆞ되 아모리 민망ᄒᆞ고 가이 업스나 과연 돈은 한냥도 변통ᄒᆞᆯ 슈 업노라 ᄒᆞᆫ즉 도덕덜이 그 말을 듯고는 울고 잇는 촌쟝이며 싱금ᄒᆞᆫ 사룸덜을 더 몹시 구박ᄒᆞ며 뭇흐로 도라나가며셔 한 도젹이 말ᄒ기를 소 사십필을 모아 쥬리니 목포로 환젼을 삼쳔냥만 붓쳐 달나 ᄒ기눌 웅티랑이 넝소ᄒ고 맛춤 환젼 붓칠 돈이 업노라 디답ᄒ즉 그 도젹도 아모말 업시 가니라.

그 ᄯᅥ 발셔 ᄒᆡ가 다 가셔 졉은지라. 여덜시 반이나 된지라 일본 사ᄅᆞᆷ덜은 쵼민의 곤경당ᄒᄂᆞᆫ 거슬 민망히 녀기고 잇더니 총소리가 뇨란ᄒ며셔 뎍당 슈십명이 민가에 막 구드러가셔 부녀ᄅᆞᆯ 겁할ᄒ며 지물을 마음디로 탈취ᄒᆞ야 극히 뇨란ᄒ더니 쵼민 두어 사ᄅᆞᆷ이 달음박졀ᄒᆞ야 물가의 집으로 드러오며셔 일본 사ᄅᆞᆷ에게 졀ᄒ고 어셔 도젹을 쏘ᄉ쳐 우리ᄅᆞᆯ 살녀달나고 익걸ᄒᆞ거눌 일본 사ᄅᆞᆷ 틈에 산양 총 ᄒᆞ쟈루 외에ᄂᆞᆫ 아모 병쟝긔도 업고 사ᄅᆞᆷ도 단셔힌즉 그디로 ᄒᄂᆞᆫ 슈 업ᄂᆞᆫ지라. 웅티랑이 급히 비를 타고 소안도로 향ᄒᆞ야 가니 이 ᄯᅥ 근 열ᄒᆞᆫ시 반이나 되얏더라. 남어잇ᄂᆞᆫ 두 사ᄅᆞᆷ은 도젹의 거동을 엿보고 잇ᄉᆞᆫ즉 도젹덜이 지물은 가져다가 저의 비에 싸ᄉ고 날이 발그며 ᄯᅥ날 ᄎᆞ으로 잇더니 이 ᄯᅥ에 ᄒᆡ즁으로 비 한쳑이 ᄯᅥ드러 오ᄂᆞᆫ디 ᄌᆞ셰이 본즉 과연 소안도로셔 오ᄂᆞᆫ 구원병이라. 두 사ᄅᆞᆷ이 쏘ᄒᆞᆫ 비를 타고 마즁으로 나가본즉 그 뒤로 이삼쳑 비가 오ᄂᆞᆫ데 갓가이 당ᄒᆞ야 보니 이야 참으로 소안도로 좃차 돌아오난 웅티랑 일힝이라. 그 속에ᄂᆞᆫ 칠팔명의 일인이 총과 칼과 가진 병뎡긔ᄅᆞᆯ 가지고 오ᄂᆞᆫ지라. 크게 깁버셔 비ᄅᆞᆯ 갓치으고 도뎍덜을 잡으랴 홀 시 발셔 도젹덜은 작지동을 ᄯᅥ나셔 소안도로 가다가 구원병 오ᄂᆞᆫ 쥴을 알고 비질 급히 ᄒᆞ야 졔쥬로 향ᄒᄂᆞᆫ지라. 일본인은 용긔ᄅᆞᆯ 도두고 쥭을 힘을 다ᄒᆞ야 비질을 ᄲᅡᆯ

니 ᄒ야 쪼ㅅ차 가더라.

1902년 9월 12일 (3회)

이 ᄲᅢ에 도적들은 일본 사름의 어션이 쪼차 오ᄂᆞ 쥴 알고 죽을 힘으로 비질ᄒ야 다러나나 일본 어션은 맛치 살과 ᄀᆞᆺ치 나가ᄂᆞᆫ디 졈졈 갓ᄀᆞ이 일으러셔 오후 네시쯤은 샹거가 불과 일빅이삼간이라. 저의가 죠급ᄒᆞᆫ 마음을 참지 못ᄒ야 몬져 방포ᄒᆞᄂᆞᆫ지라. 이 ᄲᅢ 일본 어션에 잇ᄂᆞᆫ 사름은 웅티랑과 팔츠랑과 평죠와 쟝긔 사름 졍쳔이와 산구현 좌파군 츌운촌 사ᄂᆞᆫ 림실지조와 더무도 임원국 분졍 사ᄂᆞᆫ 송강쳥쟝과 기외 두어 사름을 아울너 불과 십여명이라. 모다 혈긔ᄅᆞᆯ 다듬어서 방포소리에 겁ᄂᆞ지 안코 더욱 ᄲᅡᆯ니 쪼ᄎᆞ 도뎍의 비에 갓가이 당ᄒᆞᆷ 호령 ᄒᆞᆫ번과 호포 ᄒᆞᆫ방에 젹션을 에우니 도적덜이 다러나랴 ᄒᆞ다가 홀연이 비를 머믈고 일졔이 방포ᄒᆞ니 포셩은 복ᄂᆞᆫ 듯ᄒᆞ고 염초 연긔ᄂᆞᆫ 쟈옥ᄒᆞᆫ디 도적의 비ᄂᆞᆫ 둑겁기가 네치 닷분이요 사름이 슈삼십명인디 일본 어션에ᄂᆞᆫ 불과 십여명이라 가히 져당치 못ᄒᆞᆯ너니 담은 도적들의 방포ᄒᆞᄂᆞᆫ 법이 셧틀너 탄환이 두샹과 귀 엽ᄒᆞ로 지니가고 다힝이 사름은 샹ᄒᆞ지 아니ᄒᆞᆫ지라. 일본 어부덜이 게교 ᄒᆞ나를 싱각ᄒᆞ엿스니 게 쟙ᄂᆞᆫ 계구 즁에 왕티가 잇ᄂᆞᆫ지라 그 티를 쟐너셔 속에ᄂᆞᆫ 셕유를 느코 아구리ᄂᆞᆫ 집ᄒᆞ로 막어 불을 당긔여셔 도적의 비에 더지니

1902년 9월 14일 (4회)

디통에 셕유룰 느셔 불을 다러여 도적의 비로 던지니 불꼿시 일어나셔 닷는 데마다 불이 붓고 검은 연긔눈 묵거 치밀어 긔셰가 위험흔지라. 도뎍덜은 창황 낭픽ᄒ야 불을 쓰랴고 분쥬황황ᄒ리 그 요란흔 모양을 일우 말홀 슈 업더라. 일본 어부덜은 그 형셰를 보고 칼을 쎄여 들고 도뎍의 비로 쒸여 오르니 도뎍덜은 막을 싱각도 못ᄒ고 이리 저리 다라나너라고 분쥬ᄒ다가 즉시 베여 쥭고 그 다음은 (미완)

1902년 9월 26일 (5회)

희즁에 쒸여 드러 물속에 쥭은 쟈도 만코 얼마는 연긔룰 마시고 불에 샹ᄒ여 쥭엇스며 살어셔 남어잇는 쟈ㅣ 겨우 아홉 사름이라. 그더로 일본 사름 손에 싱금이 되야 일본 비로 건네가니 이쩌 도뎍 비는 불이 붓터허셔 연긔 창텬ᄒ고 불꼿시 날니여셔 혀니 셰가 무섭게 되얏더라.

츄즈도 소안도 조션 사름덜은 일본인과 도뎍의 싸홈을 구경ᄒ랴고 놉흔 언덕에 올나 브라보다가 도뎍에 비에 불이 붓넌 걸 보고 크게 깃버셔 춤을 추다가 촌쟝과 주민 등 슈삼십인이 비를 타고 일본 어부룰 마즁ᄒ야 개가룰 불으고 본쳐로 도라오니 그날밤에 그 셤즁 남녀노소가 다 모야셔 홰불을 됴료이 켜고 일본 어부에 공덕을 무슈이 치사ᄒ며 일본인도 만셰를 부르니라.

그리 호고 성검 혼 도덕은 죠션 관리의게 보니고 도덕의게 쎄아
슨 물건은 그 도덕마젓던 사롬에게 보니니 그 셤 빅셩덜이 깃버셔
다음날 회샤로 소 혼필 잡고 술 멋동의로 존치를 호엿는디 일인은
무스호야 죠금 샹혼 쟈ㅣ 불과 슈인이더라. (『한성신보』, 1902.9.7~26)

초출일람

이 책은 저자의 다음 글들을 참고하여 저술하였다.

- 「근대계몽기 단행본 소설 출판물의 현황과 그 성격」, 『현대소설연구』 29호, 한국현대소설학회, 2006.3.
- 「근대계몽기 세 서사의 영웅과 그 인물 형상」, 『고전과 해석』 창간호, 고전문학한문학연구학회, 2006.4.
- 「근대계몽기 몽유록의 양식적 변이상과 갱신의 두 시선」, 『국제어문』 39집, 국제어문학학회, 2007.4.
- 「단재 서사의 양식적 성격과 그 함의」, 『현대문학이론연구』 34집, 현대문학이론학회, 2008.8.
- 「단재와 국초의 자리」, 『한국근대문학연구』 19호, 한국근대문학회, 2009 상반기.
- 「『한성신보』 소재 전계(傳系) 서사물의 역사적 성격」, 『비평문학』 39호, 한국비평문학회, 2011.3.
- 「『한성신보』 소재 야담계 기사(記事)의 서술시각과 인물 형상」, 『우리문학연구』 38집, 우리문학회, 2013.2.
- 「근대 초기 국어 교과서와 계몽의 언어」, 『민족문화연구』 58호, 민족문화연구원, 2013.2.
- 「단재 서사의 기억술과 부정의 정신」, 『우리문학연구』 41집, 우리문학회, 2014.1.